Für Bernard und Suzanne

Megan Goldin

GIRL IN THE NIGHT

Wer ist dein Mörder?

Thriller

Aus dem australischen Englisch
von Robert Betzenbichler

PIPER

Mehr über unsere Autorinnen, Autoren und Bücher:
www.piper.de

Wenn Ihnen dieser Thriller gefallen hat, schreiben Sie uns unter Nennung des Titels »Girl in the Night – Wer ist dein Mörder?« an *empfehlungen@piper.de,* und wir empfehlen Ihnen gerne vergleichbare Bücher.

Von Megan Goldin liegen im Piper Verlag vor:
The Wrong Girl – Die perfekte Täuschung
The Escape Game – Wer wird überleben?
Girl in the Night – Wer ist dein Mörder?

Unser Versprechen für mehr Nachhaltigkeit
• Klimaneutrales Produkt
• FSC®-zertifiziertes Papier
• Hergestellt in Europa

FSC www.fsc.org
MIX
Papier aus verantwortungsvollen Quellen
FSC® C083411

Deutsche Erstausgabe
ISBN 978-3-492-31714-6
Februar 2022

Titel der australischen Originalausgabe: »The Night Swim«,
Penguin Random House Australia 2020
In den USA erschienen bei St. Martin's Press, New York 2020

Redaktion: Kerstin Kubitz
Satz: Satz für Satz, Wangen im Allgäu
Gesetzt aus der Scala
Druck und Bindung: CPI books GmbH, Leck
Printed in the EU

Es war jammerschade,
dass es ausgerechnet ihr passieren musste.

Thomas Hardy,
»Tess of the D'Urbervilles«

HANNAH

1

Es war Jennys Tod, der meine Mutter umbrachte. So sicher, als hätte man ihr mit einer 12-Kaliber-Schrotflinte in die Brust geschossen. Der Arzt behauptete, es sei der Krebs gewesen. Aber ich habe gesehen, wie ihr Lebenswille in dem Moment erlosch, als der Polizist an unsere Eingangstür klopfte.

»Es geht um Jenny, nicht wahr?«, brachte sie mühsam heraus und klammerte sich an das Revers ihres abgetragenen Morgenmantels.

»Ma'am, ich weiß nicht, wie ich es Ihnen anders sagen soll als geradeheraus.« Der Polizist sprach in diesem leisen, melancholischen Ton, mit dem er mich wenige Augenblicke zuvor zum Sitzenbleiben im Streifenwagen aufgefordert hatte. Die blinkenden Warnlichter hatten rote und blaue Streifen an die Wand gemalt, als er vor unserem Haus gehalten hatte.

Trotz seiner Bitte hatte ich mich vom Rücksitz davongestohlen und war an die Seite meiner Mutter gehuscht, sobald sie das Licht angemacht hatte und schlaftrunken auf die Veranda herausgetreten war. Während er ihr die Botschaft überbrachte, drängte ich mich an ihre schmal gewordene Taille. Sie schauderte bei jedem Wort.

Unter den rötlichen Stoppeln war seine verkrampfte Kiefermuskulatur zu erkennen, und als er geendet hatte, standen ihm Tränen in den hellen Augen. Er war noch jung. Hatte sichtlich keine Erfahrung im Umgang mit Tragödien. Er rieb sich die schimmernden Augen mit den Fingerknöcheln und schluckte schwer.

»Mein h-h-herzliches Beileid, Ma'am«, stammelte er, als es nichts mehr zu sagen gab. Die Endgültigkeit dieses Satzes sollte in den folgenden Jahren nachhallen.

Aber in diesem Moment, während die Plattitüden noch in der Luft hingen, standen wir auf der Veranda, starrten uns an und wussten nicht, was tun. Wie sah sie aus, die Etikette des Todes?

Als meine Mom blind ins Haus zurückwankte, schlang ich meine kleinen, mädchenhaften Arme fester um ihre Taille. Von Kummer überwältigt, bewegte ich mich mit ihr mit. Meine Arme wie ein Schraubstock. Das Gesicht gegen ihren eingefallenen Bauch gepresst. Ich ließ sie nicht los. Ich war überzeugt, dass nur ich sie noch aufrecht hielt.

Sie sank auf den abgewetzten Sessel, das Gesicht hinter ihren krallenartigen Fingern verborgen, die Schultern bebend von lautlosen Schluchzern.

Ich humpelte in die Küche und goss ihr ein Glas Limonade ein. Etwas anderes fiel mir nicht ein. In unserer Familie war Limonade das Pflaster, das man über die Probleme des Lebens klebte. Als Mom das Glas zum Mund hob, klackten ihre Zähne gegen den Rand. Sie trank einen Schluck, stellte das Glas auf der abgewetzten Polsterung ihres Sessels ab und schlang die Arme um ihren Körper.

Ich schnappte mir das Glas, bevor es hinunterfallen konnte, und ging damit Richtung Küche. Auf halbem Weg wurde mir bewusst, dass der Polizist noch immer vor der Tür stand. Er starrte auf den Boden. Ich folgte seinem Blick.

Blutige Spuren mit dem Umriss meiner kleinen Füße zogen sich über das Linoleum.

Er sah mich auffordernd an. Es war Zeit, ins Krankenhaus zu fahren. Ich hatte es ihm versprochen, als ich ihn anflehte, mich erst nach Hause mitzunehmen, damit ich bei meiner Mom sein konnte, wenn sie von Jenny erfuhr. Trotzig starrte ich ihn an. Ich würde meine Mutter in dieser Nacht nicht alleinlassen. Nicht einmal, um die Schnitte an meinen Füßen behandeln zu lassen. Er wollte mir gerade widersprechen, als über das Funkgerät in seinem Wagen eine verstümmelte Nachricht kam. Er ging in die Hocke, um auf Augenhöhe mit mir zu sein, und sagte, er würde dafür sorgen, dass so bald wie möglich eine Krankenschwester ins Haus kam und meine verletzten Füße versorgte. Ich sah ihm durch den Draht der Fliegengittertür hinterher, wie er davonraste. Die Sirene seines Wagens war noch lange zu hören, nachdem er in der Dunkelheit verschwunden war.

Die Krankenschwester kam am Morgen darauf. Sie trug einen Schwesternkittel und hatte einen riesigen Medizinkoffer dabei. Sie entschuldigte sich für ihr spätes Kommen und erklärte mir, dass die Notaufnahme in der vergangenen Nacht von einem größeren Notfall überrascht wurde und niemand wegkonnte, um mich zu versorgen. Sie nähte mich mit schwarzem Faden und umwickelte meine Füße mit dicken Verbänden. Bevor sie ging, warnte sie mich davor aufzutreten, sonst würden die Nähte aufgehen. Sie hatte recht. Das taten sie.

Jenny war gerade erst sechzehn, als sie starb. Ich hatte noch fünf Wochen bis zu meinem zehnten Geburtstag. Ich war alt genug, um zu begreifen, dass mein Leben nie mehr dasselbe sein würde. Zu jung, um den Grund dafür zu verstehen.

Ich habe meiner Mutter nie erzählt, dass ich Jennys kalten Körper in den Armen hielt, bis sich die Polizisten wie Geier auf sie stürzten und mich fortzerrten. Ich habe ihr überhaupt nichts von dieser Nacht erzählt. Selbst wenn ich es getan hätte, hätte sie es wohl kaum gehört. Ihr Geist war an einem anderen Ort.

Die Beerdigung meiner Schwester fand im kleinen Kreis statt. Wir beide und ein Priester aus der Gegend, dazu zwei von Moms früheren Kolleginnen vom Supermarkt, die während der Mittagspause in ihrer Kassiererinnen-Uniform kamen. Zumindest sind das diejenigen, an die ich mich erinnere. Vielleicht waren noch andere da. Ich weiß es nicht mehr. Ich war so jung.

Das Einzige, was ich noch genau vor Augen habe, ist Jennys schlichter Sarg, der neben einem frisch ausgehobenen Grab auf einem Rasenstück stand. Ich zog meinen selbst gestrickten Pullover aus und legte ihn oben auf den glänzenden Sarg. »Jenny wird ihn brauchen«, sagte ich zu Mom. »Ihr wird kalt werden in der Erde.«

Wir wussten beide, wie sehr Jenny die Kälte hasste. An Wintertagen, wenn bitterkalte Zugluft durch die Fugen in den ausgebesserten Wänden unseres Hauses drang, flehte Jenny meine Mom immer an, mit uns irgendwo hinzuziehen, wo der Sommer niemals endete.

Ein paar Tage nach Jennys Beerdigung kam ein Mann vom Polizeirevier in einem zerknitterten Gabardineanzug. Mit ausdruckslosem Gesicht zog er ein abschließbares Notizbuch aus seiner Jackentasche und fragte mich, ob ich wüsste, was in der Nacht von Jennys Tod passiert war.

Mit gesenktem Blick betrachtete ich jeden einzelnen aufgelösten Faden der schmutzigen Verbände an meinen Füßen. Nachdem er pflichtschuldig weitere Fragen gestellt und keine Antworten bekommen hatte, klappte er spürbar erleichtert das Notizbuch zu, steckte es in die Jackentasche und ging zurück zu seinem Wagen.

Kaum war er draußen, hasste ich mich für mein verbissenes Schweigen. Manchmal, wenn mich die Schuldgefühle überwältigen, sage ich mir, dass es nicht mein Fehler war. Er hat nicht die richtigen Fragen gestellt, und ich wusste nicht, wie ich etwas erklären sollte, das ich aufgrund meines Alters nicht verstand.

Dieses Jahr begehen wir ein unrühmliches Jubiläum, fünfundzwanzig Jahre ist es her, dass Jenny gestorben ist. Ein Vierteljahrhundert, und nichts hat sich geändert. Ihr Tod ist so schmerzhaft wie an dem Tag, als wir sie begruben. Der einzige Unterschied besteht darin, dass ich nicht länger schweigen werde.

RACHEL 2

Ein einzelnes Wolkenband verunzierte den ansonsten strahlend blauen Himmel, als Rachel Krall in ihrem silbernen SUV auf dem schnurgeraden Highway Richtung Atlantik fuhr. Am Horizont war ein dünner blauer Strich zu erkennen. Je näher Rachel kam, desto breiter wurde er, bis sie sich sicher sein konnte, dass es das Meer war.

Während Rachel über die rechte Spur des Highways raste, warf sie mit mulmigem Gefühl einen Blick auf die raschelnden Seiten des Briefs, der neben ihr auf dem Vordersitz lag. Der Brief hatte sie zutiefst aufgewühlt. Weniger der Inhalt als die seltsame, fast schon unheimliche Weise, wie er ihr früher an diesem Vormittag zugespielt worden war.

Nach Stunden auf der Straße hatte sie bei einem rund um die Uhr geöffneten Diner gehalten, wo sie einen Becher Kaffee und Pfannkuchen bestellt hatte. Sie wurden mit halb aufgetauten Blaubeeren und zwei Kugeln Vanilleeis serviert, die sie an den Tellerrand schob. Der Kaffee war bitter, aber sie trank ihn dennoch. Ihr ging es um das Koffein, nicht um den Geschmack. Als sie ihre Mahlzeit beendet hatte, bestellte sie einen extrastarken Eiskaffee und einen Muffin zum Mitnehmen für den Fall, dass sie auf dem letzten Abschnitt der Fahrt die Energie verließ.

Während sie auf die Bestellung wartete, gab sie Augentropfen in ihre müden grünen Augen und band sich das schulterlange rotbraune Haar zusammen, damit es ihr nicht ins Gesicht fiel. Sie war gerade dabei, es oben auf dem Kopf festzustecken, als die Bedienung ihr die Bestellung in einer weißen Papiertüte brachte, um sofort zu einem Lastwagenfahrer weiterzueilen, der wütend nach seiner Rechnung verlangte.

Rachel ließ der Bedienung ein großzügiges Trinkgeld da, vor allem weil es ihr unangenehm war, wie die Gäste die arme Frau wegen des langsamen Service behandelten. Ist nicht ihre Schuld, dachte Rachel. Sie hatte während ihrer Collegezeit gekellnert und wusste, wie hart es war, bei einem unerwarteten Ansturm die einzige Bedienung zu sein.

Als Rachel die Pendeltür öffnete, fühlte sie sich mehr als satt, und ihr war leicht übel. Draußen war es hell, und auf dem Weg zu ihrem Wagen musste sie die Augen mit der Hand gegen die Sonne abschirmen. Noch bevor sie am Wagen ankam, sah sie, dass etwas unter dem Scheibenwischer klemmte. In der Annahme, dass es sich um einen Werbeprospekt handelte, riss sie ihn kurzerhand von der Windschutzscheibe. Gerade als sie ihn zusammenknüllen wollte, fiel ihr auf, dass ihr Name mit ordentlicher Schrift in schwungvollen Buchstaben darauf geschrieben stand. *Rachel Krall (vom Schuldig-oder-nicht-schuldig-Podcast).*

Rachel bekam jede Woche Tausende von E-Mails und Nachrichten über Social Media. Die meisten waren nett und freundlich. Briefe von Fans. Ein paar jagten ihr Angst ohne Ende ein. Rachel hatte keine Ahnung, unter welche Kategorie dieser Brief fiel, aber allein die Tatsache, dass ein Fremder sie erkannt und ihr am Auto eine Nachricht hinterlassen hatte, fühlte sich definitiv ungut an.

Rachel sah sich um, ob die Person, die den Brief hinterlassen hatte, noch da war, wartete. Ihre Reaktion beobachtete. Lastwagenfahrer standen herum, rauchten und unterhielten sich. Andere überprüften, ob ihre Ladung richtig gesichert war. Autos hielten, Wagentüren wurden zugeschlagen. Motoren sprangen an, wenn andere wegfuhren. Niemand achtete auf Rachel, was allerdings wenig gegen das unbehagliche Gefühl half, beobachtet zu werden.

Es kam nicht oft vor, dass sich Rachel verletzlich fühlte. Im Laufe der Jahre war sie in so manch haarige Situation geraten. Vor einem Monat hatte sie fast einen ganzen Nachmittag eingeschlossen in der Zelle eines Hochsicherheitsgefängnisses mit einem ihr ohne Handschellen gegenübersitzenden Serienmörder verbracht, während Scharfschützen durch ein Loch in der Decke Automatikgewehre auf ihn richteten für den Fall, dass er sich während des Interviews auf sie stürzen sollte. Rachel war die ganze Zeit nicht ein einziges Mal der Schweiß ausgebrochen. Es war lächerlich, dass ihr ein Brief an ihrem Wagen mehr zu schaffen machte als die Begegnung mit einem Serienmörder.

Tief im Innern war ihr klar, wieso sie sich so unwohl fühlte. Sie war erkannt worden. In der Öffentlichkeit. Von einem Fremden. Das war noch nie vorgekommen. Rachel hatte sich sehr bemüht, ihre Anonymität zu wahren, nachdem sie schlagartig berühmt und die erste Staffel ihres Podcasts zu einer kulturellen Sensation geworden war, die eine Fülle von ähnlichen Podcasts nach sich zog und dafür sorgte, dass die Leute landesweit wie besessen waren von realen Verbrechen.

In dieser ersten Staffel hatte Rachel neue Beweise enthüllt, mit denen sich belegen ließ, dass ein Highschoollehrer fälschlicherweise für den Mord an seiner Frau während ihrer zweiten Hochzeitsreise verurteilt worden war. Die zweite Staffel wurde sogar noch erfolgreicher. Darin hatte Rachel ein bis dahin ungeklärtes Verbrechen an einer alleinerziehenden Mutter aufgeklärt, die in ihrem Frisiersalon zu Tode geprügelt worden war. Am Ende der Staffel kannte jeder den Namen Rachel Krall.

Trotz ihres plötzlichen Ruhms, oder besser gesagt genau deswegen, vermied sie öffentliche Auftritte. Ihren Namen und ihre Radiostimme erkannte jeder sofort, aber niemand wusste, wie sie aussah oder wer sie war, wenn sie ins Fitnessstudio ging, in ihrem Lieblingscafé Kaffee trank oder einen Einkaufswagen durch den Supermarkt um die Ecke schob.

Die einzigen öffentlich bekannten Fotos von Rachel waren eine Reihe von Schwarz-Weiß-Aufnahmen, die ihr Ex-Mann während ihrer kurzlebigen Ehe gemacht hatte, als sie noch an der Uni war. Sie hatte kaum mehr Ähnlichkeit mit der Frau auf den Fotos, vielleicht aufgrund des Kamerawinkels oder der Grauschattierungen, vielleicht auch weil ihre Gesichtszüge seit dem dreißigsten Lebensjahr ausgeprägter waren.

Am Anfang, bevor der Podcast so erfolgreich wurde, war man mit der Bitte um ein Foto an sie herangetreten, das begleitend zu einem Artikel erscheinen sollte, in dem es um die Entwicklung des Podcasts zum Kult ging. Ihr Produzent Pete hatte die Idee gehabt, die alten Aufnahmen zu verwenden. Er hatte erklärt, dass Berichte über wahre Verbrechen oft Sonderlinge und Spinner auf den Plan riefen und auch den ein oder anderen Psychopathen. Anonymität, da waren sie sich einig, war ihr bester Schutz. Seitdem hatte sie ihre Anonymität gehütet wie ihren Augapfel, hatte öffentliche

Auftritte genauso gemieden wie Fernsehshows, damit sie im Privatleben von niemandem erkannt wurde.

Deshalb war es ihr so unbegreiflich, dass ein x-beliebiger Fremder sie eindeutig genug erkannt hatte, um ihr auf der Raststätte eines abgelegenen Highways, bei der sie spontan angehalten hatte, eine an sie persönlich gerichtete Nachricht zu hinterlassen. Noch einmal warf sie einen Blick über die Schulter, dann riss sie den Umschlag auf und las den darin befindlichen Brief.

Liebe Rachel,
ich hoffe, Sie haben nichts dagegen, wenn ich Sie mit dem Vornamen anrede. Ich habe das Gefühl, Sie so gut zu kennen.

Die im Brief angedeutete Intimität ließ Rachel zusammenzucken. Als sie das letzte Mal von einem Fan Post in diesem vertraulichen Ton bekommen hatte, war der Absender ein Sexualsadist gewesen, der sie zu einem Beischlafbesuch in seinem Hochsicherheitsgefängnis eingeladen hatte.

Rachel setzte sich auf den Fahrersitz ihres Wagens und las den Brief weiter, der auf von einem Spiralblock abgerissenem Papier geschrieben war.

Ich bin ein großer Fan, Rachel. Ich habe jede Folge Ihres Podcasts gehört. Ich bin der festen Überzeugung, dass Sie der einzige Mensch sind, der mir helfen kann. Meine Schwester Jenny wurde vor langer Zeit ermordet. Sie war erst sechzehn. Ich habe Ihnen zweimal geschrieben und Sie um Hilfe gebeten. Ich weiß nicht, was ich tun soll, wenn Sie wieder Nein sagen.

Rachel blätterte zur letzten Seite vor. Der Brief war unterschrieben mit: *Hannah*. Sie konnte sich nicht an Hannahs Briefe erinnern, aber das hieß nicht viel. Briefe landeten bei Pete oder bei ihrem Praktikanten, die beide die Flut an Nachrichten durchsahen, die an die E-Mail-Adresse des Podcasts geschickt wurden. Gelegentlich leitete Pete ihr einen Brief weiter, damit sie ihn selbst las.

In den Anfangstagen des Podcasts hatte Rachel alle Anfragen selbst gelesen. Teils kamen sie von Familienmitgliedern oder Freunden von unter Mordverdacht stehenden Menschen, weil sie den Ermittlungen nicht trauten, teils von Gefangenen, die ihre Unschuld beteuerten und sie um Rehabilitation baten. Sie hatte es sich zum Prinzip gemacht, jeden Brief persönlich zu beantworten, meist nachdem sie sich kurz mit dem Fall vertraut gemacht hatte, und oft mit dem Hinweis auf ehrenamtlich tätige Organisationen, die vielleicht helfen konnten.

Aber als die Anfragen immer mehr zunahmen, wurde die emotionale Belastung durch all die Menschen, die sie um Hilfe baten, einfach zu groß. Sie war zur letzten Hoffnung all derjenigen geworden, die irgendwann vom Justizsystem enttäuscht worden waren. Rachel erfuhr hautnah, wie groß ihre Anzahl war und dass sie alle das Gleiche wollten. Sie wollten, dass Rachel ihren Fall zum Thema der nächsten Staffel ihres Podcasts machte oder zumindest ihre beachtlichen Fähigkeiten als Investigativjournalistin nutzte, um ihnen zu ihrem Recht zu verhelfen.

Es war Rachel sehr unangenehm, dass sie den verzweifelten, am Boden zerstörten Menschen nur ein paar leere Trostworte zukommen lassen konnte. Die Last ihrer Erwartungen wurde so erdrückend, dass Rachel den Podcast beinahe aufgegeben hätte. Schließlich nahm Pete ihr die gesamte Korrespondenz ab, um sie zu schützen und dafür zu sorgen, dass ihr genügend Zeit für ihre Recherchen und das Verfassen ihrer Podcast-Geschichten blieb.

Der Brief an ihrer Windschutzscheibe war der erste, der es an Pete in seiner Rolle als menschliche Brandschutzmauer vorbeigeschafft hatte. Das erregte Rachels Interesse, trotz der nagenden Angst, derentwegen sie ihre Wagentür ein zweites Mal verriegelte, bevor sie weiterlas.

Es war Jennys Tod, der meine Mutter umbrachte.
So sicher, als hätte man ihr mit einer 12-Kaliber-Schrotflinte in die Brust geschossen.

Obwohl es später Vormittag an einem heißen Sommertag war und sich ihr Wagen aufheizte wie ein Backofen, überlief Rachel ein Schauder.

Ich bin mein ganzes Leben vor den Erinnerungen davongelaufen. Habe mir wehgetan. Und anderen.
Erst die Gerichtsverhandlung in Neapolis hat mich dazu gebracht, mich meiner Vergangenheit zu stellen.
Deshalb schreibe ich Ihnen, Rachel. Jennys Mörder wird dort sein. In jener Stadt. Vielleicht im Gerichtssaal.
Es ist an der Zeit, Gerechtigkeit zu üben. Sie sind die Einzige, die mir dabei helfen kann.

Die Tür eines Kleinbusses, die scheppernd aufflog, ließ Rachel hochschrecken. Sie warf den Brief auf den Beifahrersitz und fuhr eilig rückwärts aus der Parkbucht.

Sie war in Gedanken so sehr mit dem Brief und den mysteriösen Umständen seiner Zustellung beschäftigt, dass ihr erst bewusst wurde, in welchem Tempo sie über den Highway raste, als sie aus ihrem tranceartigen Zustand erwachte und die metallenen Leitplanken an sich vorüberrauschen sah. Sie war bereits mehr als zehn Meilen gefahren und hatte nicht die geringste Erinnerung daran. Sie ging vom Gas und wählte Petes Nummer.

Er ging nicht ans Telefon. Sie drückte auf die Taste für die automatische Wahlwiederholung, gab aber auf, als er nach dem vierten Versuch noch immer nicht abhob. Vor ihr, am Horizont, wurde der blaue Meeresstreifen am Ende des langen ebenen Highways immer breiter. Ihr Ziel war nicht mehr weit.

Rachel warf einen Blick in den Rückspiegel und bemerkte hinter sich auf der Fahrbahn eine silberfarbene Limousine. Das Kennzeichen kam ihr bekannt vor. Sie hätte schwören können, dass sie den Wagen im Laufe ihrer langen Fahrt schon mal gesehen hatte. Sie wechselte auf die andere Spur. Die Limousine tat das Gleiche und setzte sich direkt hinter sie. Rachel gab Gas. Der Fahrer des Wagens ebenfalls. Als sie bremste, bremste auch er. Wieder wählte Rachel Petes Nummer. Wieder nichts.

»Verdammt, Pete.« Sie schlug heftig auf das Lenkrad.

Die Limousine scherte aus und fuhr neben sie. Rachel drehte den Kopf, um den Fahrer zu sehen. In der verdunkelten Scheibe spiegelte sich die Sonne. Der Wagen überholte und verschwand nach mehrmaligem Spurwechsel zwischen anderen Autos. Auf Höhe einer riesigen Anzeigentafel auf dem grasbewachsenen Randstreifen wurde der Verkehr dichter, und Rachel ging vom Gas. Auf der Tafel stand: WILLKOMMEN IN NEAPOLIS, DEM TOR ZUR KRISTALLKÜSTE.

Neapolis lag eine dreistündige Autofahrt nördlich von Wilmington und ein gutes Stück abseits der Interstate, die

die Hauptverkehrsader darstellte. Rachel hatte noch nie von dem Ort gehört, bis sie die bevorstehende Gerichtsverhandlung dort als Thema für ihre sehnsüchtig erwartete dritte Staffel von *Schuldig oder nicht schuldig* ausgewählt hatte.

Beim Halt an einer roten Ampel schaltete sie das Autoradio ein. Automatisch suchte es einen lokalen Sender; zwischen alten Countrysongs kamen an diesem trägen Samstagmorgen die Hörer zu Wort. Durch die verstaubte Windschutzscheibe betrachtete Rachel die Stadt. Ihr fehlte jeglicher Charme, wie Rachel das auch in tausend anderen Kleinstädten gesehen hatte, durch die sie im Laufe ihrer zweiunddreißig Jahre gekommen war. Die immer gleichen, allgegenwärtigen Tankstellenschilder. Schnellrestaurants mit fettverschmierten Fenstern. Einkaufsstraßen mit heruntergewirtschafteten Läden, die schon vor langer Zeit den Kampf gegen die Einkaufszentren verloren hatten.

»Wir haben einen Anrufer in der Leitung«, sagte der Moderator, nachdem die letzten Töne einer akustischen Gitarre verklungen waren. »Wie heißen Sie?«

»Dean.«

»Worüber möchten Sie heute reden, Dean?«

»Heutzutage sind alle so politisch korrekt, dass niemand mehr die Dinge beim Namen nennt. Also werde ich es sagen, wie es ist. Dieses Gerichtsverfahren nächste Woche ist eine Schande.«

»Wieso sagen Sie das?«, fragte der Moderator.

»Weil ... Was zum Teufel hat sich dieses Mädchen dabei gedacht?«

»Sie geben dem Mädchen die Schuld?«

»Natürlich, verdammt. Es ist nicht in Ordnung. Das Leben eines Jungen wird ruiniert, weil sich ein Mädchen betrinkt und etwas Dummes macht, was es hinterher bereut. Wir bereuen alle irgendwas. Nur dass wir nicht versuchen, jemand anders dafür ins Gefängnis zu bringen.«

»Die Polizei und der Staatsanwalt müssen wohl der Ansicht sein, dass es sich um ein Verbrechen handelt, wenn sie den Fall vor Gericht bringen«, unterbrach der Moderator gereizt.

»Verstehen Sie mich nicht falsch. Ich habe durchaus Mitleid mit ihr. Himmel, mir tut jeder in dieser miesen Situation leid. Aber am meisten bedauere ich den Blair-Jungen. Alles, wofür er gearbeitet hat, ist futsch. Dabei ist er noch nicht mal für schuldig befunden worden. Tatsache ist, diese Gerichtsverhandlung ist völlig überflüssig. Reine Zeitverschwendung. Und Verschwendung unserer Steuergelder.«

»Die Auswahl der Geschworenen mag abgeschlossen sein, aber die Verhandlung hat noch nicht begonnen, Dean«, erwiderte der Moderator pikiert. »Die Jury besteht aus zwölf ehrbaren Mitbürgern, die über seine Schuld oder Unschuld entscheiden werden. Es ist nicht unsere – oder Ihre – Aufgabe, darüber zu entscheiden.«

»Nun, ich hoffe jedenfalls, dass die Geschworenen richtig ticken, schließlich würde niemand mit halbwegs gesundem Menschenverstand zu einem Schuldspruch kommen. Niemals.«

Die Stimme des Anrufers wurde von den ersten Tönen eines Country-Hits abgelöst. Über die Musik hinweg sagte der Moderator: »Es ist soeben elf Uhr an einem sehr feuchten Morgen in Neapolis. Alle in der Stadt reden über den Blair-Prozess, der nächste Woche beginnt. Nach diesem Lied sprechen wir mit weiteren Anrufern.«

RACHEL 3

Kaum war die Ampel auf Grün umgesprungen, trat Rachel das Gaspedal durch und schoss über die Kreuzung auf ihr Hotel zu. Es war ein modernes Vier-Sterne-Hotel an einer Strandstraße gegenüber der neuen Marina der Stadt, wo die Boote der Tagesbesucher eine glänzende weiße Reihe bildeten. Am größten Boot hing ein riesiges rotes Banner, mit dem für Tagesausflüge und Sportfischen zu den günstigsten Preisen in der Stadt geworben wurde.

Rachel überließ ihren Wagen dem Parkservice des Hotels und rollte ihren Koffer zur Rezeption. Check-in war erst in einer Stunde, aber man hatte ihr versprochen, ihr das Zimmer bereits früher zur Verfügung zu stellen.

Rachel war bewusst einige Tage vor dem Prozess in Neapolis eingetroffen, um Gewährsleute zu finden und die Menschen und den Rhythmus der Stadt kennenzulernen. Sie stand unter enormem Druck, die dritte Staffel besser zu machen als die letzten beiden. Eine Reihe von Nachahmern kopierte ihr ursprüngliches Format, mit unterschiedlichen Resultaten. *Schuldig oder nicht schuldig* musste frisch und wegweisend bleiben, sonst lief sie Gefahr, in der Versenkung zu verschwinden, weil sie von ehrgeizigen Rivalen überholt wurde. Kurz gesagt musste sie einen Podcast abliefern, der die ersten beiden Staffeln um Längen übertraf.

Misserfolg war keine Option, das wusste Rachel. Deshalb hatte sie für Staffel drei einen Fall ausgewählt, der hochaktuell und kontrovers war und das Zeug hatte, für Gespräche in der Teeküche wie auch am Esstisch zu sorgen.

Zum ersten Mal würde sich *Schuldig oder nicht schuldig* mit einem aktuellen Prozess befassen, der gerade im Gericht stattfand. In den vorherigen Staffeln hatte Rachel alte Fälle aus früheren Jahren aufgegriffen, bei denen alles mit zeitlichem Abstand im Rückblick betrachtet wurde und zu denen im Internet massenhaft Informationen zur Verfügung standen.

Von einem Gerichtsverfahren zu berichten, das gerade stattfand, würde die Zuhörer auf eine virtuelle Geschworenenbank versetzen. Rachel würde ihnen Zeugenaussagen und Beweise in Echtzeit übermitteln, so wie sie im Gerichtssaal vorgetragen wurden, als wären die Zuhörer richtige Geschworene. Jede und jeder würde für sich aufgrund der Beweislage zu einem Urteil kommen können, während die Geschworenen berieten.

Staffel drei würde Rachels Durchhaltevermögen stärker fordern als alles zuvor. Sie plante, tagsüber im Gericht zu sein und abends die Podcast-Episoden aufzunehmen und dazu – sooft es ihr möglich war – auf der Webseite des Podcasts Zusammenfassungen des Geschehens im Gerichtssaal und Transkripte von Zeugenaussagen zu veröffentlichen. Das alles würde sie ohne Pete an ihrer Seite machen müssen. Er hatte einen Motorradunfall gehabt und konnte sie nicht begleiten. Aber er hatte darauf bestanden, ihr so gut wie möglich vom Krankenhausbett aus zu helfen.

Rachels erstes Interview sollte später am Nachmittag stattfinden, und sie wollte sich frisch machen und etwas anziehen, das bei der schwülen Hitze passender war. Vor allem wollte sie auspacken, damit sie anschließend die Stadt erkunden konnte, bevor ihre hektische Arbeitsphase begann. Ihr sank ein wenig der Mut, als ihr der Rezeptionist mitteilte, ihr Zimmer würde noch gereinigt.

Rachel ging in das Hotelcafé und setzte sich an einen kleinen runden Tisch. Hinter ihr stand ein vergoldeter Vogelkäfig. Sie nahm an, dass er nur zur Zierde diente, bis sie etwas rascheln hörte. Sie drehte sich um und sah einen braunen Vogel mit einem rötlichen Schwanz, der lustlos in seinem Futter herumscharrte. Ein Kellner kam vorbei. Sie rief ihn an ihren Tisch und bestellte ein Glas frisch gepressten Orangensaft.

»Was für ein Vogel ist das?«, fragte sie, als der Kellner mit ihrem Getränk kam.

»Eine Nachtigall«, erwiderte er. »Der Geschäftsführer hielt es für eine nette Idee, einen Singvogel in der Lobby zu haben. Das Problem ist, der Vogel kann nicht singen. Ich habe ihn nie auch nur piepsen gehört. Ein schöner Anblick ist er auch nicht gerade. Ehrlich gesagt glaube ich, der ist gar nicht echt. Ich glaube wirklich nicht, dass das eine Nachtigall ist.«

»Nun, ich bin nicht gerade eine Vogelexpertin, aber sogar ich sehe, dass dieser Vogel nicht glücklich ist«, erwiderte Rachel.

»Vielleicht.« Der Kellner zuckte hilflos mit den Schultern, als wollte er ihr zu verstehen geben, dass er auf das Wohlergehen des Vogels keinen Einfluss habe. »Sie sind wegen des Prozesses hier, stimmt's?«, wechselte er das Thema.

»Wie kommen Sie darauf?« Rachel war schlagartig auf der Hut.

»Sie wirken nicht wie eine Urlauberin. Der Geschäftsführer meinte, wir würden ein paar Gäste bekommen, die sich wegen des Prozesses hier aufhalten. Medienleute. Auch Rechtsanwälte.«

Rachel wusste, dass er herauszufinden versuchte, in welche Kategorie sie fiel, aber sie hatte nicht vor, seine Neugier zu befriedigen. Es hatte seinen Grund, dass sie sich unter Petes Nachnamen im Hotel angemeldet hatte. Sie wollte nicht, dass irgendjemand im Hotel ihren richtigen Namen kannte.

»Ich vermute, der Prozess ist hier in der Gegend ein sehr emotionsgeladenes Thema«, sagte sie.

»Es wird gelegentlich hitzig«, gab er ihr recht. »Jeder kennt den Jungen, um den es geht. Einige persönlich, andere vom Hörensagen. Er ist hier ziemlich berühmt. Und die Stadt ist klein genug, dass sich so ziemlich jeder denken kann, wer das Mädchen ist, obwohl sein Name in den Zeitungen nicht erwähnt wird.«

»Wenn jeder jeden kennt, wundert es mich, dass die Verhandlung nicht in einen anderen Gerichtsbezirk verlegt wurde.«

»Ich habe gehört, dass sich der Richter geweigert hat, sie zu verlegen. Er hat gemeint, er hätte Vertrauen in die Geschworenen. Ich denke, er hat recht. Sie werden unparteiisch urteilen. Ich glaube nicht, dass hier jeder jeden kennt. Vielleicht früher mal. Neapolis ist kein so kleiner Ort mehr.«

»Leben Sie hier schon länger?«, fragte Rachel.

»Meine Eltern sind hierhergezogen, als ich zum Studieren gegangen bin. Ich besuche sie im Sommer und arbeite die Urlaubssaison über im Hotel.« Während er sprach, wischte er den Tisch neben Rachel ab.

»Dann gefällt es Ihnen wohl, wenn Sie jeden Sommer kommen, oder?«

»Es ist prima für Kinder und für alte Leute. Wenn man in meinem Alter ist, kann man hier nicht viel machen. Jobs gibt es hier jedenfalls keine«, fügte er hinzu. »Mein Dad sagt, diese Stadt kommt auf keinen grünen Zweig. Die Fabriken haben zu kämpfen. Fischfang und Tourismus bringen das meiste Geld. Auf beide ist kein Verlass. Der Fischfang war mal gut. Jetzt nicht mehr so. Und der Tourismus hängt immer von der Hurrikansaison ab.«

Rachels Telefon klingelte. Es war Pete. Der Kellner blieb in der Nähe und rückte Stühle gerade, die es eigentlich nicht nötig hatten. Rachel war klar, dass er ihr Gespräch mithören wollte. Seinem Gesichtsausdruck nach zu urteilen, überlegte er krampfhaft, wieso ihm ihre Stimme so bekannt vorkam.

Das passierte regelmäßig. Rachels leise, gehauchte Radiostimme war sofort zu erkennen. Sie war ihr Markenzeichen. Das und ihr Anliegen, ihr Publikum mit Überlegungen zu den Missständen im Justizsystem zu konfrontieren, denen sie für ihren Podcast auf den Grund ging. Die Kombination machte ihre Hörer süchtig.

»Rachel Krall hat reale Verbrechen auf die gleiche Art sexualisiert, wie Nigella Lawson Spiegeleiern Sex-Appeal verliehen hat«, hatte ein Journalist in seiner Kolumne geschrieben. »Kralls verführerische Stimme und ihre Überlegungen verleihen ihrem Podcast über reale Verbrechen die Intimität eines Bettgesprächs. Kein Wunder, dass er der erfolgreichste Podcast im Land ist. Vermutlich könnte Ms Krall auch einen Podcast zu trocknender Farbe machen, und die Leute würden ihr bei jedem Satz an den Lippen hängen und dem seidigen Klang ihrer Schlafzimmerstimme lauschen.«

»Ich konnte deine Nachrichten nicht richtig verstehen,

Rach«, sagte Pete. »Die Verbindung war grauenhaft. Aber ich habe zumindest verstanden, dass du etwas an deinem Wagen vorgefunden hast. Was war es?«

»Jemand hat mir einen Brief am Auto hinterlassen, während ich in einer Raststätte gefrühstückt habe. Er war an mich adressiert. Mit meinem Namen.« Rachel legte die Hände um den Lautsprecher, damit der Kellner nicht mithören konnte.

»Standen irgendwelche Drohungen drin?«, fragte Pete.

»Es war weniger der Inhalt als die Tatsache, dass er mir unter dem Scheibenwischer hinterlassen wurde. Jemand hat mich erkannt, Pete.«

»Irgendwann musste das kommen.« Pete seufzte. »Deinen Namen kennt jeder.«

»Aber nicht mein Gesicht. Die Leute erkennen mich nicht so leicht, und dieser Schuppen war wirklich im absoluten Niemandsland. Ich glaube nicht, dass die Leute hier jemals etwas von dem Podcast gehört haben. Es ist so abgelegen.«

»Was stand denn in dem Brief?«, fragte Pete.

»Etwas über ein Mädchen namens Jenny, das vor Jahrzehnten hier in Neapolis umgebracht wurde. Der Absender behauptet, uns schon ein paarmal gemailt und um Nachforschungen gebeten zu haben. Wir müssen eins dieser Antwortschreiben geschickt haben, die ich so hasse. Wir sollten die nicht mehr rausschicken, Pete. Sie verstören die Menschen. Lieber gar nicht antworten als die Leute abwimmeln.«

»Nur damit ich das richtig verstehe«, sagte Pete. »Nachdem diese Person dir mehrmals geschrieben und eine Absage bekommen hat, sieht sie dich zufällig an einer Raststätte irgendwo im Niemandsland, erkennt dich und hinterlässt einen Brief an deinem Wagen, während du frühstückst?« Pete klang ein wenig besorgt. »Das ist ein sehr sonderbarer Zufall.«

»Ja. Genau das meine ich«, erwiderte Rachel. »Ich wusste selbst nicht mal, dass ich dort halten würde, bis ich auf dem Highway das Restaurantschild gesehen habe. Wie wahrscheinlich ist es, dass jemand, der mir vor Monaten Fanpost geschickt hat und mit einer höflichen Absage abgespeist wurde, ausgerechnet in dem Moment an einer abgelegenen Raststätte ist, in dem ich dort eine ungeplante Pause einlege?«

»Wer immer dir diesen Brief hinterlassen hat, muss dir hinterhergefahren sein«, entgegnete Pete. »Hast du gemerkt, ob dir jemand gefolgt ist?«

»Ich bin mir ziemlich sicher, dass ich einen guten Teil der Strecke immer mal wieder denselben Wagen gesehen habe. Kurz vor Neapolis habe ich ihn dann im dichten Verkehr verloren.«

»Kannst du ihn beschreiben? Hast du das Kennzeichen?«

»Du kennst mich doch, Pete. Ich kann einen Mazda nicht von einem Toyota unterscheiden, und bei den europäischen Autos ist sowieso alles zu spät. Ich denke mal, für jemanden, der mir durch mehrere Staaten folgt, um mir einen Brief unter den Scheibenwischer zu schieben, gibt es nur ein Wort.«

»Ein Stalker«, sagte Pete.

»Deswegen ist mein Nervenkostüm etwas strapaziert. Nicht wegen des Briefs. Der Brief beschäftigt mich zwar durchaus. Aber es geht darum, wie er mir zugestellt wurde. Um den vertraulichen Ton und um die Tatsache, dass, wer immer ihn ans Auto geheftet hat, mir dorthin gefolgt ist.«

»Ich könnte die Polizei bitten, mal einen Blick drauf zu werfen«, bot Pete an. »Vielleicht können sie was rausfinden. Nachdem du letztes Jahr diese Morddrohungen bekommen hattest, hat mein Ansprechpartner beim FBI gesagt, wir sollten in einem solchen Fall gleich Anzeige erstatten. Ich habe noch die Visitenkarte mit seiner Durchwahl«, fügte er hinzu. »Schick mir eine Kopie des Briefs. Ich schaue, was ich tun kann.«

»Lass uns das mit dem Brief erst mal für uns behalten«, widersprach Rachel. »Ich will die Polizei nicht mit reinziehen, noch nicht jedenfalls. Ich will nicht diejenige sein, die die Pferde scheu macht.«

»Wenn du meinst«, erwiderte Pete zögernd.

»Tut mir leid, Pete. Ich sollte dich mit diesem Kram nicht belästigen. Du bist im Krankenhaus und hast bestimmt Schmerzen.«

»Nein, die haben mir was gegen die Schmerzen gegeben. Glaub mir, alles, was mich von meiner momentanen misslichen Lage ablenkt, ist mir recht. Schick ihn mir, Rachel, ehrlich, ich flehe dich geradezu an. Ich kann dir versichern, wenn ich hier sterbe, dann aus purer Langeweile.«

»Ich komme mir wie eine Idiotin vor, Pete. Das ist garantiert harmlos.«

»Lieber paranoid als nicht genug auf der Hut sein, Rach. Da draußen läuft so mancher Irre rum, und ich wette, auf deren Liste stehst du ganz oben. Du musst die Augen wirklich offen halten.«

Nachdem Rachel aufgelegt hatte, fotografierte sie den Brief mit dem Handy und mailte ihn an Pete. Erst als sie die Seiten wieder in den Umschlag schob, sah sie, dass an der einen Ecke etwas geschrieben stand, fast wie ein PS.

Vielleicht sollten wir uns persönlich treffen. Ich warte um genau zwei Uhr am Anglersteg Morrison's Point auf Sie.

Rachel riss den Umschlag in Streifen. Sie hatte nicht vor, sich mit einem anonymen Fan und möglichen Stalker an einem alten Anglersteg zu treffen. Pete hatte recht. Sie musste vorsichtig sein. Die erste Episode von Staffel drei war bereits ausgestrahlt worden. Ihre Fans wussten, dass sie in Neapolis war, um über den Prozess zu berichten. Sie wie auch alle anderen.

4 SCHULDIG ODER NICHT SCHULDIG

Staffel drei, Episode eins: Opferbeschuldigung

Seit ich bekannt gegeben habe, dass ich für die dritte Staffel von einem Vergewaltigungsprozess berichten werde, fragen mich alle möglichen Leute, warum ich das tue. Meine Mutter. Mein Bruder. Mein Produzent. Sogar mein Ex rief an, um mir seine Vorbehalte mitzuteilen.

Der Satz »Rachel, bist du verrückt geworden?« kam mehrfach vor. Sie machen sich Sorgen, dass ich Menschen gegen mich aufbringe, egal wie ich von der Verhandlung berichte. Ich werde Menschen verletzen. Ich werde Hassmails und Beschimpfungen bekommen. Und, vielleicht noch beängstigender: Man wird mich auf Twitter fertigmachen.

Denn aus Gründen, die ich nicht verstehe, spaltet Vergewaltigung die Menschen.

Mord ist im Vergleich dazu unproblematisch. Alle sind sich einig, dass Mord eine abscheuliche Tat ist. Da gibt es keine Diskussionen. Keine sich widersprechenden Meinungen. Die Bibel sagt es ganz klar: »Du sollst nicht töten.«

In Bezug auf Vergewaltigung ist die Bibel ambivalent. Genau wie die Gesetzgebung zu Vergewaltigung seit Tausenden von Jahren.

In fast allen Epochen der menschlichen Geschichte war die Vergewaltigung von Frauen ein legitimer Teil der Kriegsbeute. Noch vor gar nicht so langer Zeit konnte ein Mann in einigen Bundesstaaten seine Ehefrau vergewaltigen, ohne gegen das Gesetz zu verstoßen. In einigen Ländern darf ein Mann seine Ehefrau noch immer vergewaltigen, oder auch irgendeine Frau oder irgendein Mädchen, solange er sie hinterher heiratet.

Deshalb habe ich diesen Fall ausgewählt, statt mich in Staffel drei erneut mit einem Mordprozess zu beschäftigen. Ich möchte euch zum Denken anregen, wie Vergewaltigung und die Bedrohung durch Vergewaltigung das Leben von Frauen auf tausend verschiedene Arten beeinflussen.

Vermutlich gibt es noch einen weiteren Grund, weshalb ich mich für diesen Fall entschieden habe. Lange bevor ich von dem Vergewaltigungsprozess in Neapolis hörte, hatte ich mich mit einem anderen Fall beschäftigt, der ... Nun, ich würde lügen, wenn ich nicht zugeben würde, dass er mir damals den Boden unter den Füßen weggezogen hat. Selbst heute kommen mir noch die Tränen. Die Gefühle sind wieder da. Wie ihr vermutlich hören könnt ... verdammt, ich hatte versprochen, nicht zu weinen, wenn ich euch die Geschichte erzähle.

Das Opfer war in meinem Alter. Sie lebte im selben Häuserblock. Wir gingen im selben Supermarkt einkaufen. Wir nahmen nachts dieselben Abkürzungen durch den Park. Wir fuhren mit demselben Zug, vom selben Gleis. Deshalb, ja, traf mich ihr Tod sehr persönlich.

Es war mein Park. Mein Viertel. Und dort ist sie gestorben, auf einer feuchten Rasenfläche, wo meine Freunde und ich im Sommer Frisbee spielten.

Aber ... wenn ich ehrlich bin, war da mehr als dieser schrecklich egoistische Gedanke, dass es auch mich hätte treffen können. Von all den Geschichten, über die ich als

Kriminalreporterin geschrieben habe, hat mich ihre am meisten beschäftigt, und zwar wegen der Art, wie sie nach ihrem Tod behandelt wurde.

Ihren richtigen Namen werde ich nicht nennen, aber nennen wir sie doch Cat Girl. Sie liebte Katzen. Auf der Schulter hatte sie ein kleines Tattoo einer sphinxähnlichen Katze. So hat man sie identifiziert – anhand dieses Tattoos. Sonntags arbeitete sie in einem Tierheim und mittwochs in einer Suppenküche. Sie war nett und lustig. Nach allem, was man hört, war sie eine talentierte Jazzmusikerin mit einer rauen, beschwörenden Stimme, die mir eine Gänsehaut über den Rücken jagte, als ich zum ersten Mal eine Aufnahme von ihr hörte. Als wenn das noch nicht genug gewesen wäre, war sie außerdem eine gute Saxofonistin.

Cat Girl arbeitete neben Tierheim und Suppenküche auch noch in einem kleinen Jazzclub in Carytown im Stadtzentrum von Richmond. Musikliebhaber kamen wegen des Jazz dorthin. Collegestudenten kamen wegen der Happy-Hour-Angebote. Der Club lag ziemlich versteckt. Eine schmale Holzstiege führte vom Eingang in einer Seitengasse zu einem Keller hinunter. Er hatte mitternachtsblaue Wände und schäbige Tische voller Wasserflecken mit nicht zusammenpassenden Stühlen. Niemandem fiel das auf, weil man außer der Bühne in der Dunkelheit nichts erkennen konnte.

Es war ein Dienstagabend. Cat Girl unterbrach gelegentlich ihre Schicht, um ein paar Songs darzubieten. Irgendwann gab ihr ein hochkarätiger Plattenproduzent auf Talentsuche seine Visitenkarte und lud sie ein, für eine Band vorzusingen, die er gerade zusammenstellte. Das war der größte Erfolg, den sie je gehabt hatte. Im Autopsiebericht war seine Visitenkarte unter ihrer persönlichen Habe gelistet. Es war eine ernüchternde Mahnung, dass ihr Leben innerhalb von Stunden vom Höhenflug zur Tragödie wurde.

Als der Club schloss, ging sie zu Fuß nach Hause, statt ein Taxi zu nehmen. Vielleicht wollte sie ein bisschen runterkommen. Es war Frühsommer. Eine perfekte Nacht für einen Spaziergang. Also ging sie zu Fuß. Wieso auch nicht, stimmt's?

Bis nach Hause waren es fünfzehn Minuten. Der letzte Teil war ein bisschen riskant. Vergesst nicht, es war mein Viertel. Ich kenne es wie meine Westentasche. Bevor sie die Abkürzung durch den Park nahm, schickte sie ihrem Freund eine Nachricht, dass sie gleich zu Hause sei. Den Rest könnt ihr euch vermutlich denken.

Ihre Leiche wurde von einem Jogger gefunden. Sie lag mitten im Park auf dem Rasen. Ihre Kleidung und ihre Haare waren nass. Es hatte während der Nacht geregnet. Ihre Unterwäsche lag zusammengeknüllt in einer Pfütze. Ihr Rock war hochgeschoben. Rings um die Kehle hatte sie Würgemale. Sie war vergewaltigt und erwürgt worden.

Am meisten bedrückte mich, dass ihr Mörder sie so entblößt hatte liegen lassen. Er hatte ihr alles genommen. Er hatte ihr das Leben genommen, und selbst im Tod musste er sie in einem letzten Akt der Erniedrigung demütigen.

In der Gegend, in der sie ermordet wurde, lebten vor allem Collegestudenten, die nicht auf dem Campus wohnten. In Windeseile verbreitete sich das Gerücht, sie sei einem Serienmörder zum Opfer gefallen. Die Hysterie könnt ihr euch vorstellen.

Das wurde nicht gerade besser, als die Polizei den Frauen im Viertel riet, Vorsichtsmaßnahmen zu ergreifen. Ihr wisst schon, das Übliche. Klemmen Sie die Schlüssel zwischen die Finger, damit Sie sie als Waffe benutzen können. Behalten Sie das Handy in der Hand, und wählen Sie die 9-1-1, wenn Ihnen jemand folgt oder Sie Angst haben. Wenn jede Frau, die Angst hat, die 9-1-1 anrufen würde, würde die Vermittlung zusammenbrechen. Damit leben Frauen jeden Tag.

Viele Frauen hatten den Eindruck, dass die Polizei eher Cat Girl die Schuld gab als ihrem Vergewaltiger und Mörder. Sie argumentierten, dass es Frauen möglich sein sollte hinzugehen, wo immer sie wollten. Wenn sie spät in der Nacht durch einen Park gehen, sollten sie dafür nicht kritisiert werden. Und erst recht sollten sie nicht vergewaltigt und ermordet werden.

Wenn Schulkinder von irgendeinem Amokläufer erschossen werden, fragt niemand, ob die Opfer nicht größere Vorsicht hätten walten lassen sollen. Niemand schlägt vor, dass die Opfer an dem Tag vielleicht die Schule besser hätten sausen lassen. Niemand gibt jemals den Opfern die Schuld.

Woher also kommt es, dass eine Frau nach dem Angriff unter Rechtfertigungsdruck gerät? »Wenn sie nur nicht allein nach Hause gegangen wäre.« »Wenn sie nur nicht die Abkürzung durch den Park genommen hätte.« »Wenn sie nur ein Taxi genommen hätte.«

Wenn es um Vergewaltigung geht, wird, so scheint mir, dauernd von »wenn sie nur« geredet. Nie dreht es sich um den Mann. Nie sagt jemand: »Wenn er sie nur nicht vergewaltigt hätte.« Es geht immer nur um die Frau. Wenn sie nur …

Als ich mögliche Fälle für Staffel drei recherchiert habe, musste ich oft an Cat Girl denken, wie man ihr die Schuld an der Vergewaltigung und an dem Mord gegeben hat.

Dann hörte ich von dem in Kürze beginnenden Gerichtsverfahren in Neapolis. Etwas daran hat mich so tief berührt, dass ich es nicht mehr aus dem Kopf bekam. Es erinnerte mich an Cat Girl, auch wenn der Fall in Neapolis in vielen Punkten ganz anders ist. In fast allen Punkten.

Eins ist allerdings genau gleich: das Spiel mit der Schuldzuweisung an das Opfer. Da hat sich gar nichts geändert. Genau wie bei Cat Girl habe ich gehört, wie Leute das Mädchen beschuldigen, das im Mittelpunkt des Falls in Neapolis steht.

In diesem Verfahren ist nicht das Opfer angeklagt. Angeklagt ist der Mann, der sie vergewaltigt haben soll. Dennoch könnte man den Eindruck bekommen, dass das Opfer ebenfalls auf der Anklagebank sitzt, denn wie in den meisten Vergewaltigungsfällen steht hier Aussage gegen Aussage. Der mutmaßliche Vergewaltiger und das mutmaßliche Opfer. Wer von beiden sagt die Wahrheit?

Der Prozess beginnt nächste Woche. Wir sind gemeinsam mit dabei. Warten wir ab, wohin uns die Beweise führen.

Ich bin Rachel Krall, und dies ist *Schuldig oder nicht schuldig*, der Podcast, mit dem ihr auf der Geschworenenbank sitzt.

RACHEL

5

Um vom Fenster ihres Hotelzimmers aus einen Blick auf das Meer erhaschen zu können, musste sie sich auf die Zehenspitzen stellen. Der Rezeptionist hatte unten bei der Übergabe der Schlüsselkarte behauptet, man habe ihr ein besseres Zimmer als das gebuchte gegeben, eins mit Meerblick. Dass der Blick vom rauchgrauen Glas des Marina-Restaurantkomplexes gegenüber verdeckt wurde, hatte er unerwähnt gelassen.

Rachel ließ, enttäuscht von dem wenig inspirierenden Ausblick, die weiße Netzgardine los und machte sich wieder daran, ihren Koffer auszupacken und sich für die Dauer des Prozesses in ihrem Übergangszuhause und -büro einzurichten.

Es war ausgestattet mit einem Schreibtisch, einem Brokatsessel, einer Kaffeemaschine sowie mit einer Bronzelampe, die auf dem blaugrauen Teppichboden stand. Im Badezimmer gab es eine verglaste Dusche, einen Stapel flauschiger weißer Handtücher und eine Ansammlung von Fläschchen mit farbloser Körperlotion und Haarshampoo. Das Zimmer roch nach Teppichschaum, Staubsaugerausdünstungen und Raumspray. Rachel zog gähnend die Schuhe aus, ließ sich auf die gestärkten weißen Bezüge des Doppelbetts sinken und starrte an die Decke, bis alles vor ihren Augen verschwamm. Sie hatte seit Mitternacht hinter dem Lenkrad gesessen. Sie sehnte sich nach Schlaf und war in Versuchung, ein Nickerchen zu machen, ermahnte sich aber, dass sie später am Nachmittag noch arbeiten müsse und nicht verschlafen dürfe.

Widerwillig stand sie auf, hängte ihre Kleidung in den Schrank und ordnete dann Aktenmappen, Laptop und Ladegeräte auf dem Schreibtisch an. Als sie damit fertig war, zog sie Shorts und ein T-Shirt an und machte sich auf zu einem kleinen Spaziergang, um sich ein bisschen die Beine zu vertreten.

Aus dem Hotel draußen zu sein und im Sonnenschein an der Strandpromenade entlangzubummeln, war unglaublich wohltuend. Nach einiger Zeit setzte sie sich auf eine Bank und schwelgte in den fast schon blendenden Farbexplosionen der Neonkleidung der Schwimmer im blauen Wasser und der Reihen von gestreiften Sonnenschirmen auf dem goldenen Sandstreifen. Sie fühlte sich so entspannt, dass sie sich kurz fragte, wie sie sich hier auf ihre Arbeit konzentrieren sollte. Sie durfte nicht aus den Augen verlieren, dass sie, auch wenn Neapolis ein Urlaubsort sein mochte, zum Arbeiten hier war.

Ein Arm in Arm gehendes weißhaariges Paar lächelte Rachel im Vorbeischlendern an. Rachel lächelte zurück und hörte sich auf einmal fragen, wo der Anglersteg Morrison's Point sei. Sie bereute die Frage, noch während sie sie stellte.

»Morrison's Point«, wiederholte der Mann. »Den Namen habe ich schon lange nicht mehr gehört. Das ist da drüben, hinter der Landzunge.« Er deutete nach Süden. »Da geht kaum noch jemand hin. Jedenfalls seit sie hier die Marina gebaut und die Strände hergerichtet haben.«

»Außer den Anglern«, widersprach seine Frau. »Da sind immer eine Menge Angler. Genau wie früher.«

»Ja«, stimmte der Mann zu. »Angeln kann man dort noch gut.«

»Ist es weit? Komme ich zu Fuß dahin?«

»Aber sicher doch. Gehen Sie, bis der Fußweg endet. Sie sehen den Steg am anderen Ende des Strands. Sie können ihn gar nicht verfehlen.«

Auf dem Weg Richtung Anglersteg schalt sich Rachel, dass sie gegen eine Grundregel für Kriminalberichterstatter verstieß: Triff dich nicht mit Fans, die dir eine Nachricht unter dem Scheibenwischer hinterlassen. Niemals.

Rachel neigte dazu, sich nicht an Regeln zu halten, also ging sie weiter. Schneller und schneller eilte sie über die Promenade, um pünktlich an dem Steg zu sein. Die Promenade endete, und Rachel sprang in den Sand hinunter. Sie zog die Schuhe aus und lief unten am Wasser entlang, sprang über Seetang und versuchte, außer Reichweite der hereinflutenden Wellen zu bleiben.

Von der nächsten Landzunge aus hatte sie einen guten Blick auf den Anglersteg Morrison's Point. Aus der Ferne sah er alt und baufällig aus, aber aus der Nähe konnte man erkennen, dass er aus solidem, altem Holz gebaut war.

Eine Handvoll Angler war über den Steg verteilt, den Blick auf ihre Nylonschnüre gerichtet. Einer der Angler, der vornübergebeugt auf einer roten Kühlbox saß, in der Hand eine Angel, auf dem Kopf einen tief in die Stirn gezogenen Leinenhut, sah aus, als wäre er im Halbschlaf.

Rachel ging zum Ende des Stegs, lehnte sich gegen das Geländer und beobachtete die Manöver eines Segelschiffs in der Ferne. Die Sonne ließ das Wasser glitzern.

»Haben Sie heute schon etwas gefangen?«, fragte sie einen Angler in der Nähe, der sich mit vor Konzentration gerunzelter Stirn über seine Schnur beugte. Als Antwort trat er den Deckel von einem weißen Eimer, der neben seinem Stuhl stand. Rachel warf einen Blick hinein. Zwei silberne Fische schwammen in Kreisen darin herum.

»Vorhin hatte ich eine Flunder an der Angel. Hab sie zurückgeworfen. Zu klein.« Er deutete die Größe des Fisches mit den Händen an.

»Kommt mir groß vor«, sagte Rachel.

»Nein, das ist nichts«, erwiderte er. »Als ich noch ein Kind war, haben wir dreimal so große Fische gefangen, ohne uns besonders anzustrengen. Ist meilenweit der beste Ort zum Angeln. Keine Felsen hier. Alles Sand. An windstillen Tagen kann man die Fische im klaren Wasser sogar sehen. Sie können sich nirgendwo verstecken.«

»Klingt, als würden Sie hier schon ewig angeln.«

»Ich war immer mit meinem Urgroßvater hier. Diesen Anglersteg gibt es seit über hundertzwanzig Jahren. Der hat mehr Hurrikans überlebt, als Sie zählen können. Als Sandy auf Land traf, dachten wir, er würde davonfliegen. Aber er hat es gut überstanden.«

Rachel drehte sich um und hielt nach Hannah Ausschau. Sie selbst war zur angegebenen Zeit am Steg gewesen. Aber außer den Anglern und einem glatzköpfigen Mann, der den Strand entlangjoggte, war niemand zu sehen. Sein Hund lief hinter ihm her und kläffte die Wellen an.

Rachel betrachtete eine Bronzetafel, die in eine der hölzernen Geländerstangen des Stegs eingelassen war. Eingraviert war eine kurze Widmung an die Mannschaft eines Kutters, die 1927 in einem Sturm umgekommen war. Es gab noch weitere Tafeln zur Erinnerung an Seeleute, deren Schiffe im Lauf der Jahre gesunken waren. Die auffälligste war einem Handelsschiff gewidmet, das im Zweiten Weltkrieg ganz in der Nähe im Atlantik von einem deutschen U-Boot torpediert worden war.

»Die Küste hier in der Gegend ist ein Friedhof. Mein Daddy hat immer behauptet, dass es hier spukt. Nachts kommen die Geister der ...« Die Schnur des Anglers zuckte. Abrupt hörte er auf zu reden und holte rasch die Schnur ein, bis ein leerer Haken aus dem Wasser auftauchte. »Davongekommen«, murmelte er und versah den Haken mit einem frischen Köder. Dann stand er auf, um die Schnur wieder ins Wasser zu werfen.

»Haben Sie irgendjemanden warten sehen?«, fragte Rachel, nachdem er die Angel in die richtige Position gebracht hatte. »Ich sollte mich hier mit jemandem treffen. Einer Freundin«, fügte sie hinzu und sah sich erneut um. »Ich kann sie nirgendwo entdecken.«

»Könnte nicht behaupten, dass ich jemanden hätte rumstehen sehen. Außer Ihnen. Aber das heißt nicht, dass niemand hier war. Ich habe den Blick immer auf die Schnur gerichtet. Man muss schnell sein, sonst sind sie weg.«

Rachel spürte, dass ihre Haut allmählich zu brennen anfing. Die Sonne war intensiv. Rachel bereute, dass sie keine Sonnencreme aufgetragen hatte. Sie hatte nicht damit gerechnet, so lange draußen zu bleiben, und schon gar nicht hatte sie vorgehabt, am Steg darauf zu warten, dass Hannah auftauchte. Sie hätte nicht einmal sagen können, weshalb sie hierhergekommen war. Sie war in Neapolis, um für den Podcast vom Prozess zu berichten. Sie konnte Hannah nicht helfen. Sie hatte gar nicht die Zeit. Der Prozess würde ihre gesamte Zeit und Energie in Anspruch nehmen.

Dennoch blieb sie. Sie schaute den Strand hinauf und hinab. Niemand war auf dem Weg zum Steg. Der Strand lag verlassen da, seit der Mann und sein Hund verschwunden waren. Das alte Paar, das ihr den Weg beschrieben hatte, hatte recht gehabt. Außer den Anglern kam niemand hierher.

Eine Möwe kreischte. Rachel wirbelte herum und sah zu, wie sie auf einen Fischschwarm hinunterstieß. Die Fische huschten unter dem Steg in Deckung. Weitere Möwen kamen herbeigeflogen und kreisten über dem Wasser, aber der Schwarm blieb unter dem Steg.

Das ist doch lächerlich, dachte Rachel. Sie hatte einen beträchtlichen Teil des Nachmittags verloren, und sie würde keine weitere Sekunde verschwenden. Sie hatte lange genug gewartet.

Als sie über den Steg zurückging, sprang ihr ein glänzender Metallgegenstand ins Auge. Es war ein Taschenmesser, das in einem der Pfosten des Holzgeländers steckte. Rachel ging in die Hocke, um es sich genauer anzuschauen. Mit dem Taschenmesser war ein Briefumschlag an das Holz gespießt worden. Die Klinge steckte so tief im Holz, das Rachel das Messer nur unter Aufbietung ihrer ganzen Kraft herausziehen konnte. Es gelang ihr gerade noch, nach dem Papier zu greifen, bevor es zwischen die Bretter des Stegs fiel. Es war ein Briefumschlag. In der ihr inzwischen schon vertrauten Handschrift stand darauf ihr Name.

Rachel klappte das Messer ein und steckte es in die Tasche. Dann sah sie sich den Holzpfosten genauer an. Jemand hatte an der Stelle, an der der Briefumschlag gehangen hatte, ein Herz in den Pfosten geschnitzt. Mit der scharfen Spitze eines Messers war sorgfältig eine Inschrift in das Holz geritzt worden: *In liebevoller Erinnerung an Jenny Stills, die hier brutal ermordet wurde, als sie gerade sechzehn war. Die Gerechtigkeit wird siegen.*

Rachel erinnerte sich, dass genau an dieser Stelle vorhin ein Angler zusammengesunken auf einer roten Kühlbox gesessen hatte. Der Angler war verschwunden.

Sie setzte sich auf den Holzboden, ließ die Beine vom Steg baumeln und riss den Umschlag auf. Dort, wo ihn das Messer durchstochen hatte, hatte er ein großes Loch.

Rachel hörte das gedämpfte Klingeln ihres Handys. Sie holte es aus der Tasche. Es war Pete, aber als sie dranging, war er bereits auf die Mailbox umgeleitet worden. Sie wählte die Mailbox an und presste das Handy fest ans Ohr, um über den Wind hinweg seine Nachricht verstehen zu können.

»Rach, ich habe Tina angerufen, die Studentin, die im Frühjahr als Praktikantin bei uns war. Sie erinnert sich an E-Mails mit der Bitte, den Tod eines Mädchens namens Jenny zu untersuchen. Tina hat mit dem üblichen Formbrief geantwortet. Die Absenderin war nicht glücklich. Sie hat uns zurückgeschrieben. Uns angefleht, ihr zu helfen. Tina hat ihr erneut eine Ablehnung geschickt. Daraufhin hat die Absenderin aufgehört, uns E-Mails zu schicken.«

Der letzte Teil von Petes Nachricht ging in lautem Gelächter unter. Teenager kamen auf den Steg gerannt, der zu schwanken anfing, kletterten über das Geländer und sprangen laut kreischend in die Wellen. Ein Aufplatscher folgte dem anderen, bis alle bis auf ein Mädchen mit langen blonden Haaren im Wasser waren. Das Mädchen stand unschlüssig auf dem schmalen Vorsprung, mit dem Rücken zum Geländer. Die anderen traten Wasser und warteten, dass sie ihnen folgte.

»Komm schon«, rief einer von ihnen.

Das Mädchen zögerte.

»Jetzt spring schon!«

Das Mädchen holte tief Luft und sprang ins Wasser, wobei es Rachel und den Brief nass spritzte. Das Papier war feucht, die Tinte fing an zu verlaufen, als Rachel zu lesen begann.

HANNAH

6

Rachel, ich habe Ihnen vor fünf Monaten von meiner Schwester Jenny geschrieben. Ich bekam eine Antwort von Ihrem Büro. Sie war von Ihnen unterschrieben, aber ich hatte den Eindruck, dass sie nicht von Ihnen verfasst war. In dem Brief schrieben Sie, dass es Ihnen zutiefst leidtue, von meiner Tragödie zu hören, dass Sie mir aber nicht helfen könnten. Sie haben mir alles Gute gewünscht und Ihrer Hoffnung Ausdruck verliehen, dass meiner Schwester doch noch Gerechtigkeit widerfahren würde.

Ich weiß Ihre Wünsche zu schätzen. Wirklich. Gleichzeitig – und ich hoffe, Sie haben nichts dagegen, wenn ich das sage – sehe ich nicht, wie das passieren sollte. Nicht ohne Ihre Hilfe. Die Polizei hat vor langer Zeit aufgegeben. Sie sind die Einzige, dir mir jetzt noch helfen kann. Wenn ich davon nicht fest überzeugt wäre, hätte ich Ihnen an der Raststätte nicht den Brief hinterlassen. Sie sahen verwirrt aus, als Sie ihn gefunden haben. Ich war mir nicht sicher, ob Sie ihn lesen würden. Aber Sie haben ihn gelesen. Wenn nicht, wären Sie nicht zu dem Anglersteg gekommen und würden jetzt nicht diesen Brief lesen.

Ich weiß, dass Jenny für Sie nur ein Name ist, deshalb möchte ich Ihnen vermitteln, was sie für mich bedeutet hat. Vielleicht überlegen Sie es sich dann doch noch anders.

Jenny hatte lange weizenblonde Haare und die gleichen hellblauen Augen wie unsere Mutter. Auf Nase und Wangen hatte sie helle Sommersprossen. Wenn sie lächelte, sah man die schmale Lücke zwischen ihren Vorderzähnen, die sie hasste. Ich fand immer, das war das Schönste an ihr.

Jenny war mehr als nur meine große Schwester. Sie kümmerte sich um mich, wenn meine Mutter arbeitete, was häufig der Fall war, weil Mom, bis es mit ihrer Gesundheit bergab ging, zwei Arbeitsstellen hatte. Jenny holte mich von der Schule ab und nahm mich zum Supermarkt mit, wo wir im Aufenthaltsraum der Angestellten unsere Hausaufgaben machten, bis Moms Schicht vorbei war. Manchmal, wenn Mom länger arbeiten musste, fuhren wir mit dem Bus nach Hause, und Jenny bereitete das Abendessen zu. Der Verlust meiner Schwester hat ein riesiges Loch in mein Herz gerissen, das nie verheilt ist.

Nach Jennys Beerdigung ging es mit meiner Mutter rasch zu Ende. Ihre Haut nahm die graue Farbe eines absterbenden Baums an. Ihr Blick war trüb. Sie bewegte sich mit der Teilnahmslosigkeit einer alten Frau. Am erschreckendsten war, dass sie sich zum ersten Mal seit ihrer Diagnose keine Mühe mehr gab, ihr Leiden zu verbergen.

Vor Jennys Tod pflückte Mom immer Zitronen von unserem Baum und quetschte sie mit der Hand aus, um einen Krug mit Limonade zu machen. Die ganze Zeit redete sie voller Enthusiasmus über ihre Pläne für den Sommer und über eine Reise, die sie uns für das Jahr darauf versprochen hatte. Dabei wusste sie vielleicht bereits damals, dass es niemals dazu kommen würde.

Nach Jennys Tod war nichts mehr. Keine Hoffnung. Keine Pläne. Keine Gedanken an die Zukunft. Mom hörte auf zu kämpfen. Sie kapitulierte. Ohne ihren Lebenswillen breiteten sich diese unermüdlichen Eindringlinge in ihrem Körper aus und hinterließen nichts als zerfressene Zellen.

Tag und Nacht lag sie mit dem Gesicht zur Wand im Bett und starrte Fotos von Jenny an. Es war fast, als würde sie dem Leben den Rücken kehren. Und mir. Wenige Wochen nach Jennys Tod wurde der Sarg meiner Mutter neben Jennys Grab in die Erde gesenkt. Ich war bei der Beerdigung nicht dabei. Ich war in der Klinik.

Als es mir besser ging, schlug mir die Psychologin, eine hübsche Frau mit einem herzförmigen Gesicht und kurzem dunklen Haar, deren Namen ich längst vergessen habe, vor, mit mir zum Friedhof zu fahren, damit ich Blumen auf ihre Gräber legen konnte. Sie meinte, es sei wichtig, sich zu verabschieden. Ich ignorierte ihr Angebot und blieb auf meinem üblichen Platz am Boden vor dem Klinikfenster sitzen, die Arme um die angezogenen Knie geschlungen, und schaute durch die Scheiben auf Hecken, die zu eckiger Perfektion geschnitten waren.

Ich habe dies noch keiner Menschenseele erzählt, aber wenn ich auf den Friedhof gegangen wäre und am Grab meiner Mutter und meiner Schwester gestanden hätte, hätte ich eine Möglichkeit gefunden, mich zu ihnen zu gesellen. Sie waren alles an Familie, was ich jemals gehabt habe, und der Schmerz über ihren Verlust ist bis heute tief in meiner Seele eingebrannt.

Ich kehrte nie mehr nach Hause zurück, dennoch erinnere ich mich an jeden Winkel und jedes Versteck unseres bescheidenen Heims. Wir wohnten südlich der Stadt, landeinwärts vom Strand. Mom nannte es Niemandsland, weil es dort außer uns nicht viel gab.

Es war ein altes Haus mit drei Zimmern und einem rostigen Flachdach, das undicht war, wenn es stark regnete.

Hinter dem Haus hatten wir einen verwilderten Garten voller Obstbäume. Von einem Apfelbaum hing ein Seil mit einem alten Reifen, auf dem ich schaukelte, während Mom Wäsche aufhängte. Dieses Haus und ihr verbeulter Kombi waren alles, was wir besaßen.

An die Zeit in der Klinik habe ich so gut wie keine Erinnerung. Meistens saß ich an dem Erkerfenster und dachte an zu Hause. Von meinem üblichen Platz aus sah ich eines Nachmittags einen Mann und eine Frau kommen. Er hinkte unübersehbar. Sie war rundlich und verströmte eine mütterliche Bedürftigkeit, die ich selbst durch die Glasscheiben spüren konnte.

Sie kamen über den grasbewachsenen Hang auf den Krankenhauseingang zu. Ihr Schritt war quälend langsam. Lautlos trieb ich sie an. Auf dem Weg die Treppe zum Haupteingang hinauf nahm sie stützend seinen Arm, und dann verschwanden sie aus meinem Gesichtsfeld.

Ich wusste, ohne dass es mir jemand sagen musste, dass die beiden das Paar waren, das angeboten hatte, mich zu adoptieren. Ich hatte der Psychologin bereits sehr deutlich zu verstehen gegeben, dass ich nicht bei Fremden leben würde. Sie erwiderte, ich brauche eine Familie, die mich liebte, als wäre ich ihr eigenes Kind. Ich erklärte ihr, dass mich keine Familie so lieben würde, wie meine richtige Familie das getan hatte.

Es dauerte eine Weile, aber irgendwann wurde mir klar, dass ich nicht auf Dauer in der Klinik bleiben konnte. Eine Pflegefamilie war die einzige Möglichkeit, die mir blieb. Ich hatte, soweit ich wusste, keine Verwandten. Ich fragte die Psychologin, ob das Paar, von dem sie mir erzählt hatte, noch andere Kinder habe. Sie antwortete, damit seien die beiden nicht gesegnet. Ich fragte, wie das komme, und sie antwortete, es läge ihrer Vermutung nach daran, dass der Mann verletzt aus dem Krieg zurückgekommen sei und lange Zeit gebraucht habe, um gesund zu werden.

Viel später erfuhr ich, dass Henry fünf Wochen nach Beginn seines ersten Einsatzes in Vietnam verwundet worden war, als in einem Graben eine Granate explodierte, ganz nah bei der Stelle, an der er lag. Er verbrachte mehr Zeit in Rehamaßnahmen als auf dem Schlachtfeld.

Ein Chirurg in einem Militärlazarett rettete ihm das Leben, indem er die Blutung stoppte und so viel an Schrapnellteilen entfernte, wie ihm das unter den Schlachthofbedingungen in diesen Militärlazaretts möglich war. Die Teile, die er nicht zu fassen bekam, haben Henry sein ganzes restliches Leben lang fürchterliche Schmerzen bereitet. Henry war ein liebenswerter Mensch, der wenig sprach und es seiner Frau überließ, den Haushalt zu organisieren. Ihr Name war Kate. Henry nannte sie immer Kitty.

An dem Tag, als ich sie kennenlernte, kamen sie, den Blick ausschließlich auf mich gerichtet, in den Pausenraum, wo ich verunsichert die Vorstellung über mich ergehen ließ. Bevor ich etwas sagen konnte, zog mich Kitty in ihre molligen Arme und ihren Jasminduft. Vermutlich war es nur eine Sekunde oder zwei, aber ich hätte stundenlang so stehen bleiben können. In ihren Armen. Zum ersten Mal seit Jennys Tod fühlte ich mich in Sicherheit. Als Jenny starb, ergab sich meine Mutter dem Tod. Jetzt umarmte ich das Leben. Ich genoss es und schützte es, als wäre es die flackernde Flamme einer Kerze. Ich konnte nicht zurückschauen. Nur nach vorn. Sonst wäre mein Leben unerträglich gewesen.

Einige Monate später zog ich in Kittys und Henrys liebevolles Zuhause am anderen Ende des Staats in der Nähe der

Ausläufer der Appalachen. Ich trug hübsche weiße und pastellfarbene Kleider, ich schlief in einem cremefarbenen Himmelbett in einem Zimmer im ersten Stock. Henry strich das Zimmer in einem dunklen Rosaton. Kitty flocht mir die Haare und fuhr mich zur Schule, zu Tanzstunden und zum Fußballtraining. Nichts war ihnen zu viel.

Als meine Kunstlehrerin Kitty erzählte, ich sei sehr begabt, organisierte Kitty zusätzlichen Unterricht bei einem Privatlehrer. Sie tapezierte die Wände ihres Wohnzimmers mit meinen Kreationen, selbst mit denen, die nur Eltern lieben können. Die Zeit verging, und wir wuchsen immer mehr als Familie zusammen. Ich kann mich nicht mehr genau erinnern, wann die Adoption rechtswirksam wurde. Ich dürfte etwa dreizehn gewesen sein.

In jenen ersten Wochen schlief Kitty auf einem Sessel in meinem Zimmer, wenn ich nachts schreiend aufwachte. Irgendwann kauften sie mir ein Nachtlicht. Ich habe es während meiner gesamten Kindheit aus reiner Höflichkeit angemacht. Gegen die Albträume hat es nicht geholfen. Nicht ein einziges Mal.

Meine nächtlichen Horrorfilme wurden so schlimm, dass meine Mitbewohnerin im College darum bat, in ein anderes Zimmer umziehen zu dürfen. Sie sagte, sie könne nicht mit jemandem zusammenleben, der schrie, als würde er ermordet. Ich lernte, meine Schreie zu dämpfen, indem ich den Kopf unter den Kissen vergrub.

Ich vereinbarte einen Termin im Campuskrankenhaus und bat den Arzt, mir Schlaftabletten zu verschreiben. Er schlug vor, ich solle eine Therapie machen. Ich erwiderte, ich sei mit Tabletten zufrieden. Ihm konnte ich etwas vormachen. Mir selbst nicht.

7 SCHULDIG ODER NICHT SCHULDIG

Staffel drei, Episode zwei: Die Abkürzung

Allmählich bekomme ich ein Gefühl für Neapolis. Die Einwohnerzahl beträgt knapp über 96 000. Etwa ein Viertel der Einwohner lebt schon immer hier. Die übrigen sind Zugezogene, überwiegend Angehörige von Militärs – es gibt in der Nähe der Stadt zwei Militärbasen –, und Rentner. Eine ganze Industrie hat sich auf Cottages für ältere Menschen spezialisiert, die wegen bezahlbarer Grundstücke mit Meerblick und wegen des entspannten Lebensstils des verschlafenen Küstenstädtchens in diese einsame, aber hübsche Gegend ziehen.

Erst seit relativ kurzer Zeit wächst die Bevölkerung, doch davor war Neapolis eine typische Kleinstadt. Jeder kannte jeden. Tatsächlich hat es noch immer diesen Kleinstadtcharme. Die Stadt liegt an einem wettergebeutelten Abschnitt der Küste in North Carolina. Sie wird von Stürmen heimgesucht, gelegentlich auch von Hurrikans. Kartografen können die Küstenlinie nie eindeutig festlegen. Sie ändert sich jedes Jahr.

Die Einheimischen lieben alle Varianten von Wassersport: Angeln, Segeln, Windsurfen und Kajakfahren. Vor der Küste liegen für Taucher interessante Schiffwracks, und für die, die ihre Füße lieber auf dem Trockenen haben, gibt es einen Golfplatz.

Trotz seiner wunderschönen Strände und der entspannten Atmosphäre ist Neapolis nicht von Urlaubern überlaufen. Wieso das so ist, kann ich nicht genau sagen. Vielleicht liegt es daran, dass es nie so ganz seinen Ruf als Arbeiterstadt loswerden konnte. Vielleicht liegt es aber auch daran, dass man nicht so einfach hierherkommt. Es gibt in der Nähe keinen Flughafen. Keinen Zug. Die Stadt liegt am Ende einer Sackstraße, die selbst nur eine von der Interstate 95 abgehende Straße ist.

Es gibt ein mittelgroßes Krankenhaus, ein Gerichtsgebäude und eine Lokalzeitung, die *Neapolis Gazette*. Wenn man sie durchblättert, wird rasch klar, dass man hier eher den Republikanern als den Demokraten zuneigt.

Regionale Küche? Darauf werde ich später zurückkommen müssen, aber ich habe mir sagen lassen, dass die Krabben etwas Besonderes sind.

In dieser Gegend hier redet man langsam, als hätte man alle Zeit der Welt. Was man irgendwie auch wirklich hat, weil es sich anfühlt, als sei das Hamsterrad weit weg. Neapolis ist umgeben von Nationalparks, einem Meeresreservat und einigen weitläufigen Stränden. Die Einheimischen behaupten, es seien die schönsten Strände weltweit. Nach allem, was ich bisher gesehen habe, könnten sie durchaus recht haben.

Da wir gerade von weitläufigen Landschaften sprechen – vermutlich hört ihr, während ich rede, ein Hintergrundgeräusch. Ich bin im Moment nicht im Studio. Vielleicht kommt ihr drauf, wo ich bin?

Ich halte das Mikrofon mal von mir weg, damit ihr die Umgebungsgeräusche hören könnt. Hört gut hin.

Könnt ihr es erkennen? Es ist laut. Nicht wahr?

Da ist definitiv so ein Wuuusch ... wie ein Wasserfall.

Nur dass hier kein Wasser ist.

Tatsächlich stehe ich mitten in einem unwirtlichen Feld aus hohen Wildgräsern. Das Wuuusch, das ihr hört, ist Gras, das sich im Wind bewegt. Wir vergessen, wie laut die Natur sein kann, wenn keine Autos in der Nähe sind, die das magische Geräusch eines winddurchtosten Felds übertönen.

Ich möchte, dass ihr das Rascheln der Wildgräser hört, weil ich möchte, dass ihr hört, was K gehört hat, als sie in jener verhängnisvollen Nacht durch das Feld ging.

K ist der Name des Opfers – Verzeihung, *mutmaßlichen Opfers* – in dem Fall, den wir in dieser Staffel verfolgen. Dieser Podcast hält sich an die gängige Medienpraxis, den Namen von Opfern sexueller Übergriffe nicht zu veröffentlichen. Deshalb werde ich ihren Namen in diesem Podcast nicht nennen. Wir werden uns auf sie als K beziehen.

Es war ein Samstagnachmittag. Kurz vor der Dämmerung. Die Sonne stand tief, und das Licht verblasste allmählich. Es war Herbst. Das Feld, durch das ich gerade gehe, hatte sich zu rostigem und dunklem Herbstgold verfärbt. Entlang des Felds erstreckt sich eine Reihe dunkelgrüner Fichten, die ihm das verwunschene Flair eines Gebrüder-Grimm-Märchens verleiht.

Ihr fragt euch vermutlich, was ein sechzehnjähriges Mädchen kurz vorm Dunkelwerden auf diesem verlassenen Feld zu suchen hatte. Der Grund war etwas ganz Simples, das euch garantiert allen schon mindestens einmal im Leben passiert ist: Sie hatte den Bus verpasst.

K war auf dem Weg zu ihrer besten Freundin Lexi, um dort zu übernachten. Als sie an der Bushaltestelle ankam, war der Bus bereits weg. Kann jedem von uns mal passieren, nicht wahr? Also ging K zu Fuß.

Sie hatte zwei Möglichkeiten: Sie konnte die Hauptstraße entlanggehen. Das würde eine Dreiviertelstunde dauern. Oder sie konnte die Abkürzung durch dieses Feld nehmen. Das würde fünfzehn, höchstens zwanzig Minuten dauern. Sie entschied sich für den schmalen Weg, auf dem ich gerade unterwegs bin. Vermutlich hört ihr die Geräusche, die meine Schuhe beim Gehen machen.

Lasst mich euch beschreiben, wo ich gerade bin. Auf beiden Seiten des Wegs wächst hohes Gras, das mir bis zur Taille reicht. Vielleicht sogar höher. Ich bin fast 1,75 groß, also ist dieses Gras ganz schön hoch.

Wenn ich mich um mich selbst drehe, sehe ich in allen Richtungen nur hohes bräunliches Gras und dahinter den Wald. Kein Zeichen von Zivilisation. Keine Häuser. Keine Straßen. Es fühlt sich irgendwie so seltsam und trostlos an, dass es mich nervös macht. Ich nehme an, K hat das ebenfalls so empfunden.

Ich habe keinen Grund, Angst zu haben. Ich bin am Nachmittag hier, die Sonne scheint, und ich kann Pete, meinen Produzenten, der nach einem Motorradunfall im Krankenhaus liegt, über die Schnellwahltaste erreichen.

Für K war das anders. Sie war in der Dämmerung hier. Allein. Niemand wusste, dass sie auf diesem Weg unterwegs war.

K hatte einen schweren Rucksack dabei, voll mit Bierflaschen, die sie von zu Hause mitgenommen hatte. Ihre Eltern waren fort, deshalb hatte sie ihnen einen Zettel geschrieben, dass sie bei Lexi übernachten würde. Sie klemmte den Zettel unter einen Magneten am Kühlschrank.

Was K nicht erwähnte, war, dass Lexis Eltern erst am kommenden Abend zurückkehren würden. Sie hatten Lexis zwanzigjährigen Bruder Miles angewiesen, auf sie aufzupassen. Er hatte Lexi gesagt, er würde nachts nicht zu Hause sein, und sie solle eine Freundin einladen, damit sie nicht allein war. Deshalb hatte Lexi K eingeladen.

Die Mädchen tauschten an jenem Nachmittag mehrere Nachrichten aus, in denen sie den Beschluss fassten, eine Party zu veranstalten. Nichts Überkandideltes. Ein Dutzend Freunde. Musik. Bier. Vielleicht würden sie ihr Geld zusammenlegen und Pizza bestellen. Als K diese Abkürzung nahm, wollte sie so schnell wie möglich zu Lexi, um die Party vorzubereiten.

Ich frage mich, ob ihr die Abkürzung wohl Angst gemacht hat.

Mir jedenfalls macht sie Angst. Vorhin habe ich eine liegen gelassene Crackpfeife gesehen. Direkt neben mir liegt eine weggeworfene leere Schnapsflasche auf dem Weg. Das sagt einiges über den Typ Mensch, der hier rumhängt. Ab einem gewissen Punkt muss sich K verletzlich gefühlt haben. Vielleicht hat sie ihren Schritt beschleunigt. Ist erst schneller gegangen, dann gelaufen. Vielleicht sogar gerannt. Die Bierflaschen im Rucksack müssen laut geklappert haben, als sie durch das einsame Feld rannte, verfolgt vom Wind.

Übrigens bin ich beide Wege von Ks Haus zu Lexis gegangen. Ich kann euch versichern, dass beide Strecken, was die persönliche Sicherheit betrifft, durchaus Gefahrenpotenzial haben. Klar, die Abkürzung durch das Feld ist einsam. Aber die Hauptstraße ist auch nicht gerade sicher. Das ist keine ruhige Landstraße. Mehrere Fahrer haben mich angehupt, als ich dort vorhin unterwegs war. Einer verlangsamte seinen Wagen und starrte mich im Vorbeifahren lüstern an. Zumindest hat es sich so angefühlt.

Zwei Männer haben angehalten und mir angeboten, mich in ihrem Pick-up mitzunehmen. Sie machten einen recht netten Eindruck. Als ich ablehnte, haben sie mit den Schultern gezuckt und sind weitergefahren. Tatsache ist, dass ich nichts hätte tun können, wenn sie mich hätten zwingen wollen, auf diesem einsamen Straßenabschnitt in ihren Pick-up zu steigen. Ich war ihnen auf Gedeih und Verderb ausgeliefert.

Man könnte eine Münze werfen, welche der beiden Strecken sicherer ist. Die Abkürzung oder die Hauptstraße. Kopf, du kommst sicher und wohlbehalten an. Zahl, du kommst nicht an.

Ich bin Rachel Krall. Dies ist *Schuldig oder nicht schuldig*, der Podcast, mit dem ihr auf der Geschworenenbank sitzt.

RACHEL

8

Als Rachel durch die Drehtür in die Hotellobby trat und an der Empfangstheke vorbeiging, begrüßte die Nachtrezeptionistin sie mit einem nervösen »Guten Abend«. »Guten Morgen« wäre wohl treffender gewesen, schließlich war es weit nach Mitternacht, dachte Rachel und lächelte zurück. Sie hatte fast den ganzen Abend in einem beim Lokalsender angemieteten Studio verbracht und ihre neueste Folge aufgenommen.

Als Rachel die Lobby durchquerte, verstand sie, wieso die Rezeptionistin so nervös war. Eine Gruppe aufgekratzter Teilnehmer einer Immobilienmaklerkonferenz trank Bier und Schnaps, die sie sich besorgt hatte, bevor die Hotelbar schloss. Es waren keine Angestellten da, die das Gelage hätten beenden können, außer der Nachtrezeptionistin und einem Portier, einem schlaksigen jungen Mann, der bereits halb schlief.

Als Rachel an der betrunkenen Gruppe vorbeiging, erzählte einer aus der Runde gerade einen anstößigen Witz. Das schallende Gelächter, das nach der Pointe losbrach, hallte von den Wänden aus unechtem Marmor wider. Die Rezeptionistin sah unglücklich zu ihnen hinüber. Sie war zu ängstlich, um die Männer um mehr Ruhe zu bitten.

Einer der Männer stolperte betrunken zum Vogelkäfig.

Er presste das rot angelaufene Gesicht gegen die vergoldeten Stäbe.

»Sing!«, brüllte er. »Sing, verdammt noch mal! Was für eine bescheuerte Nachtigall bist du bloß?«

Als das nichts nützte, sang er unter dem Gelächter seiner Freunde eine Liedzeile. Der Vogel schwieg. Der Mann pfiff, dann klopfte er mit den Fingerknöcheln gegen den Käfig. Der Vogel flatterte sichtlich gestresst im Käfig umher.

»Wenn ich deine Singstimme so aus der Nähe hören würde, Marty, würde ich es auch mit der Angst zu tun bekommen«, rief einer vom Tisch der Gruppe. Mehr Gelächter. Es verklang, als Rachel den Aufzug betrat und sich die Türen schlossen.

Ihr Stockwerk war nur schwach beleuchtet. Sie trat aus dem Aufzug und ging durch den langen, mit Teppichboden ausgelegten Flur zu ihrem Zimmer. Sie kam an mehreren Türen vorbei, vor denen Tabletts vom Zimmerservice auf dem Boden standen. Rachel betrat ihr Zimmer, schloss die Tür hinter sich ab, lehnte sich dagegen und stieß einen tiefen Seufzer aus. Es war ein unglaublich langer Tag gewesen.

Ein Stechen im Magen rief ihr in Erinnerung, dass sie, während sie den ganzen Abend den Podcast geschrieben und aufgenommen hatte, nicht dazu gekommen war, etwas zu essen. Sie überlegte, ob sie sich irgendetwas beim Zimmerservice bestellen sollte, beschloss dann aber, sich mit dem Inhalt der Minibar zu begnügen. Während sie sich noch einmal den Podcast anhörte, den sie gerade fertig gemacht hatte, aß sie eine Tüte Cashewnüsse und trank ein Bier direkt aus der Flasche. Zufrieden mit dem, was sie hörte, mailte sie die Audiodateien an Pete, damit er sie bearbeiten konnte, wenn er am Morgen wach wurde.

Pete hatte darauf bestanden, während seines Krankenhausaufenthalts die Podcastfolgen auf dem Laptop zu bearbeiten. Seiner Meinung nach stand in seiner Arbeitsplatzbeschreibung nichts, was er nicht auch vom Bett aus machen konnte. Jedenfalls, hatte er gewitzelt, sei es das Mindeste, was er tun könne, nachdem er sich den schlechtestmöglichen Zeitpunkt ausgesucht hatte, um sich beinahe totfahren zu lassen. Ein paar Tage, bevor Pete nach Neapolis hätte fahren sollen, war er auf dem Weg zur Arbeit von einem Lieferwagen gestreift worden. Er verlor die Kontrolle über sein Motorrad und stürzte auf die Straße. Es gelang ihm noch, sich an den Straßenrand zu rollen, wo er das Bewusstsein verlor, kaum dass die Ampel auf Grün umgesprungen war.

Ein paar Sekunden früher – oder später –, und Pete wäre zermalmt worden, ehe er sich vor dem heranbrausenden Verkehr hätte retten können. Er hatte Glück gehabt, aber nicht so viel Glück, dass er unversehrt davongekommen wäre. Er hatte sich die Schulter gebrochen und mehrere Brüche im linken Bein erlitten. Er lag in einem Streckverband auf der orthopädischen Abteilung, wo er voraussichtlich noch ein paar Tage bleiben würde, bevor man ihn nach Hause entließ.

Pete hatte Rachel von den Anfängen ihres Podcasts an begleitet. Sie hatte viel Erfahrung als Journalistin, aber null Erfahrung mit Podcasts, als sie mit der ersten Staffel an den Start ging. Pete brachte ihr alles bei, was er über die Produktion von Podcasts wusste. Im Gegenzug bekam er von ihr einen Crashkurs in investigativem Journalismus.

Sie waren ein gutes Team. Rachel ging ernsthaft und konzentriert an die Sache heran. Gelegentlich überfielen sie Selbstzweifel, aber sie war unglaublich beharrlich. Pete kannte sich mit Audioproduktion aus, als hätte er schon bei seiner Geburt Sounds abgemischt. Und als wäre das noch nicht genug, war er auch noch ein Ass im Umgang mit Social Media. Wichtiger noch, er kümmerte sich um alles, was Rachel hätte ablenken können, damit sie genügend Zeit hatte, sich ihren Nachforschungen zu widmen.

Im Stillen war Rachel erleichtert, dass Pete trotz seiner Verletzungen unbedingt weiterarbeiten wollte. Er hatte eine Menge Arbeit in die neue Staffel gesteckt, und es hätte sich verkehrt angefühlt, ihn durch einen anderen Produzenten zu ersetzen.

Rachel sah in den Mails nach. Die Audiodateien waren rausgegangen. Sie nahm die Spange aus dem Haar und legte ihren Schlafanzug bereit.

Ein Zimmermädchen hatte in ihrem Zimmer für Ordnung gesorgt, während Rachel im Radiosender die Aufnahme gemacht hatte. Die Vorhänge, die sie offen gelassen hatte, waren zugezogen, und die steife Bettwäsche war ordentlich glatt gezogen. Auf dem Kissen lag eine Minitafel Schokolade.

Neben der Tafel lag ein Brief vom Hotel, in dem man sie informierte, dass die von ihr gewünschte Touristenbroschüre beiliege. Irgendjemand vom Hotelpersonal musste sie mit einem anderen Gast verwechselt haben, dachte Rachel, als sie das Hochglanzmagazin aufschlug, das an den Brief angeheftet war.

Es war eine Broschüre über den örtlichen Friedhof, der auf dem Titelblatt als eine der Attraktionen der Stadt bezeichnet wurde. Laut der Broschüre datierte er aus der Zeit des Sezessionskriegs und wies eine Reihe historischer Gräber auf.

In der Broschüre gab es eine Doppelseite, auf deren einer Hälfte eine Karte des Friedhofs abgedruckt war, auf der anderen eine Liste beachtenswerter Gräber. Rachels Herz setzte einen Moment aus, als sie sah, dass jemand unten zu der Liste einen Namen hinzugefügt hatte. Mit blauer Tinte geschrieben stand dort: *Jenny Stills.* Mit derselben blauen Tinte war auf der Karte das entsprechende Grab umkringelt.

Diesmal war Hannah zu weit gegangen. Das hatte etwas Heimtückisches, wie sie Rachel diese Nachricht hatte zukommen lassen – indem sie sie ihr auf das Bett legen ließ. Es war, als wolle Hannah Rachel beweisen, dass sie ihr überall auflauern konnte, sogar in der Privatsphäre ihres Hotelzimmers.

Falls das dazu dienen sollte, Rachel einzuschüchtern, war es ein völliger Fehlschlag. Es machte sie wütend. Sie ging hinunter in die Lobby. Die betrunkenen Gäste von vorhin waren fort, ihre Schnapsgläser standen noch auf den Tischen. Leere Bierflaschen lagen herum, aus denen bernsteinfarbene Flüssigkeit tropfte. Die Nachtrezeptionistin schaute erstaunt hoch, als Rachel an den Tresen trat.

»Ich bin in Zimmer 4014«, sagte Rachel. »Wissen Sie, wieso man mir diese Broschüre ins Zimmer gelegt hat?«

Die Rezeptionistin rief Rachels Zimmer im Computer auf. »Ich habe hier einen Vermerk, dass Sie um 18 Uhr am Empfang angerufen und gebeten haben, dass man Ihnen die Broschüre aufs Zimmer bringt.« Sie verzog keine Miene, konnte aber dennoch nicht ganz verbergen, dass sie Rachel für völlig verrückt hielt, weil sie wegen einer Broschüre solch einen Aufstand machte.

»Das war nicht ich«, erwiderte Rachel. »Ich habe das Hotel heute überhaupt nicht kontaktiert.«

»Dann muss sie für einen anderen Gast gedacht gewesen sein, und unsere Mitarbeiter haben die Zimmernummern verwechselt.« Die Rezeptionistin schien sich zu fragen, wie es zu solch einem Fehler kommen konnte. »Wie auch immer, es tut mir leid, wenn Sie dadurch Unannehmlichkeiten hatten.«

Rachel wusste, dass es sich nicht um eine Verwechslung handelte, und ihr gefiel die Situation ganz und gar nicht. Erst die Nachricht unter dem Scheibenwischer. Dann der mit der Klinge eines Taschenmessers an das Steggeländer geheftete Brief. Jetzt ein Touristenstadtplan auf dem Kopfkissen in ihrem Hotel, auf dem unübersehbar Jennys Grab markiert war.

»Zeichnen Sie zu Fortbildungs- und Qualitätszwecken alle Anrufe auf?«, fragte Rachel die Rezeptionisten.

»Ja, das tun wir, Ma'am.«

»Ich würde mir gern den Anruf von vorhin anhören, mit dem ich angeblich die Broschüre bestellt habe«, sagte Rachel.

Die Rezeptionistin suchte die Aufzeichnung des Anrufs im Computer und spielte sie Rachel vor, die sich über den Tresen beugen musste, um sie richtig hören zu können. Eine Frau hatte im Hotel angerufen und mit einer wenig überzeugenden Imitation von Rachels Stimme um eine Broschüre gebeten, die für sie am Empfangstresen hinterlegt worden sei und ihr ins Zimmer hinaufgebracht werden solle.

»Klingt diese Person wie ich?«, fragte Rachel, als die Aufnahme zu Ende war.

»Nein, Ma'am. Das tut sie nicht.« Die Rezeptionistin schluckte nervös. »Das ist sehr seltsam. Ich werde den Geschäftsführer bitten, dem gleich morgen früh nachzugehen.«

Rachel bat sie, im Computer festzuhalten, dass ab sofort niemand berechtigt war, ihr Zimmer zu betreten, abgesehen von den Reinigungsleuten morgens. Kein Bettdeckeaufschlagen. Kein Zugang zu ihrem Zimmer. Keine Post und keine Nachrichten ins Zimmer. Sie würde alles persönlich an der Rezeption abholen. »Und bitte«, fügte sie hinzu, »sorgen Sie dafür, dass niemand meine Zimmernummer erfährt.«

Mit diesen Worten ging sie zum Aufzug zurück. Sie war so müde, dass ihr alles vor den Augen verschwamm. Auf ihrem Stockwerk angekommen, ging sie den Flur entlang, vorbei an den Türspionen der vielen Zimmer. Die Tabletts vom Zimmerservice waren eingesammelt worden. Nur ein Tablett befand sich noch auf dem Teppichboden. Es stand genau vor ihrer Tür.

Rachel hob es hoch und nahm die Edelstahlglocke ab.

Darunter kam ein Hamburger mit Pommes frites zum Vorschein. Es war genau das, was sie sich bestellt hätte, wenn sie den Zimmerservice angerufen hätte. Unter dem Besteck lag ein Umschlag. Mit ihrem Namen drauf.

Rachel drehte sich um. Der Flur schien immer mehr zu verschwimmen, als sie die lange Reihe flackernder Lichter und Türspione entlangsah, die sie alle zu beobachten schienen. Der Aufzug klingelte, aber die Türen blieben geschlossen.

HANNAH

9

Ich hoffe, Neapolis gefällt Ihnen, Rachel. Es hat eine majestätische Küste. Eine Postkartenschönheit. Lassen Sie sich davon nicht in falscher Sicherheit wiegen. Vergessen Sie nie, dass es nur oberflächlich schön ist. Darunter ist es heimtückisch. Es sollte niemals unterschätzt werden.

Ich muss mich bei Ihnen entschuldigen, Rachel. Es zeugt von ganz schlechten Manieren meinerseits, Sie auf den Anglersteg einzuladen und Sie dann dort stehen zu lassen. Die Einladung war ernst gemeint. Ich hatte wirklich gehofft, wir könnten uns kennenlernen. Aber letztendlich hat es mich zu sehr überwältigt, wieder am Morrison's Point zu sein. In mir kamen plötzlich alte Erinnerungen hoch. Ich habe gezittert und kaum noch Luft bekommen. Ich habe es keine Sekunde länger dort ausgehalten. Ich musste weg. Sie können sich nicht vorstellen, was sie in jener Nacht durchgemacht hat, Rachel.

Für mich ist die Vergangenheit wie ein überbelichtetes Foto: so blendend hell, dass man es sich mit bloßem Auge gar nicht anschauen kann. Angefüllt mit Momenten, die zu schmerzvoll sind, um sich daran zu erinnern, jenseits des kaum wahrnehmbaren Geschmacks einer bittersüßen, mit der Zeit verblassten Erinnerung.

Zum ersten Mal seit meiner Kindheit wieder hier in Neapolis zu sein, hat mich zu der Überzeugung gelangen lassen, dass ich mich, um meine Vergangenheit zu überwinden, an sie erinnern muss. An jedes Detail. Vom Ergreifenden bis zum Trivialen und, ja, sogar bis zum Furchterregenden.

Wenn ich an einen vertrauten Ort zurückkehre oder auf einmal etwas rieche, das mich in meine frühe Kindheit zurückversetzt, selbst wenn ich etwas esse, das ich nicht mehr gegessen habe, seit ich ein kleines Kind war, tauchen vergessene Ereignisse wie Schnappschüsse vor meinem geistigen Auge auf. Das hilft mir, mich zu erinnern. Witzigerweise hilft es mir auch, Ihnen diese Briefe zu schreiben.

Es ist qualvoll, dieses Bohren in meinen emotionalen Wunden. Wenn es zu viel verlangt ist, dass Sie diese Last mit mir gemeinsam tragen, können Sie meine Briefe gern zerreißen. Ich könnte es Ihnen nicht verdenken. Dennoch werde ich weiterschreiben. Ich finde diese Briefe kathartisch. Es mag eine Zeit dauern, bis ich meine Geschichte zu Papier gebracht habe. Einiges davon ist so tief in mir vergraben, dass ich eine Weile brauche, es so zu verdauen, dass ich es in Worte fassen kann.

Wo waren wir also stehen geblieben, Rachel? Jetzt erinnere ich mich. Ich hatte Ihnen von meiner Mom erzählt. Zuerst hat sie ihre Diagnose als kleinen Rückschlag abgetan, ein weiteres Hindernis, das in einem Leben voller Hürden überwunden werden musste. Acht Monate nach ihrer Diagnose war sie kränker denn je, versuchte aber, so zu tun, als sei alles in Ordnung.

Am ersten Tag der Sommerferien bestand Mom darauf, uns beim Strand abzusetzen. Sie hielt mit ihrem verbeulten Kombi auf dem Parkplatz an, ließ den stotternden Motor laufen und öffnete den Kofferraum. Jenny stieg aus, um unsere Strandtasche und die Handtücher herauszuholen.

Während Jenny kurzzeitig abgelenkt war, steckte Mom mir Geld zu.

»Geld für Eis«, flüsterte sie. »Sag Jenny nicht, wo du es herhast. Sie zwingt dich sonst, es zurückzugeben.« Ich schloss die Faust um den Schein.

»Viel Spaß!«, rief Mom und warf uns Küsse zu, als sie losfuhr. Sie war auf dem Weg zu einem Termin im Krankenhaus. »Zum Abendessen seid ihr beide wieder zu Hause. Keine Sekunde früher.«

»Klar doch, Mom«, erwiderte Jenny. Ihre Stimme wurde vom Schnarren des Motors übertönt. Der Wagen musste dringend zur Reparatur, aber die würde er erst bekommen, wenn er endgültig den Geist aufgab. Seit ihrer Diagnose war Mom nicht mehr regelmäßig zur Arbeit gegangen. Sie arbeitete, wenn sie sich in der Lage dazu fühlte, was immer seltener der Fall war. Wenn ihr eine Schicht zugeteilt wurde, kam sie mit aschgrauem Gesicht nach Hause. Danach brauchte sie Tage, um sich davon zu erholen.

Jenny musste gesehen habe, wie ich das Geld heimlich in die Tasche meiner Shorts geschoben hatte. Sie kannte meine Mutter besser als ich.

»Gib es her.« Jenny streckte mir die Hand entgegen.

»Was soll ich dir geben?« Ich tat, als wüsste ich nicht, wovon sie redete.

»Du weißt schon, was.«

»Mom hat es mir gegeben. Es ist für Eis.«

»Wir brauchen kein Eis.« Jenny hielt mir weiter fordernd die Hand hin.

Ich händigte ihr den zerknitterten Geldschein aus. Moms kleines Manöver hatte nicht funktioniert. Manchmal fühlte es sich an, als wäre Jenny die einzige Erwachsene in unserer Familie.

Jenny und ich suchten uns einen Platz im Sand nicht weit von dem Anglersteg Morrison's Point entfernt. Im Laufe des Vormittags trafen ihre Schulfreundinnen ein. Sie saßen in kleinen Grüppchen um uns herum, lagen auf ihren Handtüchern und hörten Musik aus Gettoblastern.

Die Jungs balgten sich miteinander und kickten Bälle über den Sand. Die Mädchen rieben sich gegenseitig den Rücken mit Kokosnusssonnenöl ein und verglichen ihre Bräune, während sie die Jungs verstohlen durch die dunklen Gläser ihrer Sonnenbrillen betrachteten.

Unbeleckt von sämtlichen Teenagerkapriolen, baute ich eine kunstvolle Sandburg mit Türmen, die ich mit Muscheln dekorierte. Als die Hitze zunahm, gingen Jennys Freundinnen ins Wasser, um sich abzukühlen.

Der Steg war hoch und das Wasser tief, und nur die Mutigsten sprangen hinein. Die Jungs stachelten sich gegenseitig zum Springen an und johlten spöttisch, wenn sich jemand nicht traute. Die Mädchen dagegen wateten in ihren Bikinis ins Wasser, schwammen und spritzten sich gegenseitig nass.

Jenny lag auf ihrem Handtuch, las ein Buch und hörte Musik aus unserem Transistorradio. Gelegentlich hob sie den Kopf und schaute sehnsüchtig auf das Meer.

Schließlich fragte sie, ob es in Ordnung sei, wenn sie schwimmen ginge und ich allein am Strand weiterspielte. Ich zuckte mit den Schultern. Mir war das egal, solange Jenny nicht verlangte, dass ich mitkam. Ich hasste Schwimmen. Hasse es auch heute noch. Mom und Jenny haben versucht, es mir beizubringen, aber ich habe immer nur um mich geschlagen und Meerwasser geschluckt, bis ich schließlich in Tränen aufgelöst aus den Wellen rannte und mir schwor, nie wieder ins Wasser zu gehen.

Jenny warf die Sonnenbrille auf das Handtuch und befahl mir, mich nicht vom Fleck zu rühren. Ich nickte, ohne hochzuschauen, weil ich gerade mit der Schaufelkante die Mauern der Sandburg begradigte.

Einige Jungs, die von dem Steg gesprungen waren, pfiffen Jenny anerkennend hinterher, als sie in ihrem korallenroten Bikini über den Strand lief. Ich spürte ihre Unsicherheit, obwohl sie sie zu überspielen versuchte, indem sie sich gerader aufrichtete und ihr langes goldenes Haar über die Schultern zurückstrich.

Jenny watete nicht wie die anderen Mädchen ins Wasser. Stattdessen lief sie zu dem Steg und kletterte auf das Holzgeländer. Sie balancierte auf der Stange wie ein Flamingo, dann machte sie einen Hechtsprung, bei dem kaum Wasser aufspritzte.

Ich hatte den Eindruck, das war ihre Methode, den Jungs klarzumachen, dass sie sie in Ruhe lassen sollten. Ein Stück entfernt von ihren Schulfreundinnen, die in den Wellen schaukelten und sich unterhielten, tauchte sie wieder auf.

Ich machte mich erneut an die Arbeit an den Außenwänden meiner Burg. Ein Schatten fiel auf den Sand. Über mir stand einer der Jungs, die Jenny hinterhergepfiffen hatten. Er hatte mausbraune Haare und hellgraue Augen. Zwischen den Fingern hielt er lässig eine Zigarette. Seine Freunde oben auf der Düne schienen ihn aufmerksam zu beobachten. Ich hatte das Gefühl, dass man ihn zu so etwas wie einer Mutprobe angestiftet hatte, indem man ihn zu mir schickte, damit er mich ansprach.

»Hübsche Burg«, sagte er.

»Danke.« Ich drückte die letzten Muscheln in den Sand, die zur Dekoration der Türme dienten.

»Mein Freund hätte gern deine Telefonnummer«, fuhr er fort.

»Wieso? Worüber will er denn mit mir reden?«

»Er will nicht dich anrufen.« Er trat Sand hoch. »Sondern deine Schwester. Wie ist deine Nummer?«

»Weiß ich nicht. Und selbst wenn ich es wüsste, wäre das egal, weil unser Telefon nicht funktioniert«, erwiderte ich.

Er zuckte mit den Schultern und ging zurück zu seinen Freunden oben auf der Düne. Hinter sich zog er eine Spur aus Zigarettenasche her. Als er bei seinen Freunden ankam, drückte er ihnen wütend Geld in die Hand, als hätte er eine Wette verloren.

Kurz danach kam Jenny aus dem Wasser.

»Was wollte er?«, fragte sie und trocknete sich mit ihrem Strandtuch ab.

»Nichts«, entgegnete ich. Ich war ganz darauf konzentriert, den Sand zu einem Festungsgraben zu formen.

10 SCHULDIG ODER NICHT SCHULDIG

Staffel drei, Episode drei: Die Party

Lexi lebt in einer Wohnsiedlung ein paar Meilen außerhalb von Neapolis. Die Siedlung heißt Crystal Cove. Cove – Bucht – klingt für mich so, als läge die Siedlung an der Küste. Allerdings fiel mir bei meinem Besuch in Crystal Cove auf, dass der Ozean nirgendwo zu sehen ist. Die Wohnsiedlung mit ihrem netten maritimen Namen ist durch ein Waldstück von der Küste abgeschnitten. Es gibt in der Umgebung nichts Kristallklares, und erst recht keine Bucht.

Crystal Cove wurde von einem Bauträger mit geringem Vorstellungsvermögen auf Buschland hochgezogen. Die Häuser sehen auf erschreckende Weise alle gleich aus. Alle haben sie helle blaugraue Dachschindeln mit weißer Zierleiste. Sie haben Doppelgaragen und Dachgauben. Selbst die Gärten sehen identisch aus. Der Ort wirkt wie ein missglücktes Experiment sozialer Umgestaltung.

Als ich dort war, waren keine Kinder auf Fahrrädern unterwegs, niemand kümmerte sich um seine Gartenbeete oder mähte den Rasen. Kein Hundegebell.

Ich klingelte an Lexis Tür. Sie öffnete in Jeans und einem schwarzen, bauchfreien Trägerhemd mit einem glitzernden rosa Motiv. Sie hat das hübsche Aussehen einer Cheerleaderin. Schulterlanges blond gesträhntes Haar, hellblaue

Augen. Sie war durchaus freundlich. Wir haben eine Weile geredet, aber sie bat mich, das Gespräch nicht aufzuzeichnen.

Lexi hat allen Grund, möglichst wenig aufzufallen. Warum, werdet ihr später erfahren. Fürs Erste bleiben wir bei der Vorstellung, dass Lexi das Mädchen von nebenan ist. Ein hübsches Mädchen mit vielen Freunden und ziemlich festen Überzeugungen.

Als K spät an jenem Nachmittag bei Lexi ankam, schoben sie als Vorbereitung für die Party die Sofas aus dem Weg und rollten die Teppiche zusammen. Sie machten eine große Schüssel Popcorn, stellten eine Playlist zusammen und testeten das Soundsystem. Kurz nach zwanzig Uhr klingelte es zum ersten Mal an der Tür.

Um einundzwanzig Uhr war die Party definitiv außer Kontrolle geraten. Eingeladen hatten sie fünfzehn Leute. Viermal so viele kamen. Die Hälfte der Gäste kannten sie nicht. Viele waren im Alter von Collegestudenten. Manche sogar noch älter.

Quasi jeder brachte Alkohol mit. Der Küchentresen war überfrachtet mit Bier- und Schnapsflaschen. Popcornbrösel bedeckten den Boden wie weißes Konfetti.

Irgendwann in der Nacht goss jemand – niemand hat je erfahren, wer – billigen Wodka in alle halb leeren Limonadenflaschen in der Küche. Und nicht irgendeinen Wodka. Es war selbst gebrannter Schnaps, mit dem man die Farbe von den Wänden hätte runterholen können. K trank mehrere Gläser Limonade. Sie hatte keine Ahnung, dass sie mit Alkohol versetzt war. Bis es ihr auffiel, war sie bereits betrunken.

Vieles von dem, was ich über die Party weiß, habe ich den Videos entnommen, die einige der Gäste in jener Nacht in den sozialen Medien gepostet haben. In denen, die ich gesehen habe, ist K unsicher auf den Beinen. Sie schiebt sich durch die Menge im Wohnzimmer, bleibt stehen, um mit Freunden zu reden und zu lachen. Sie ist sichtlich betrunken. Auf einem der Videos ist am Rand zu erkennen, wie sie die Balance verliert und in jemanden hineinstolpert.

Der, gegen den sie fiel, war Lou Lowe. Er ist Pitcher in der Auswahlmannschaft der Highschool. Er ist groß, hat Sommersprossen und rötlich blondes Haar. Lexi war ein paarmal mit ihm aus. Sie betrachtete ihn als Ex-Freund. Manchmal erzählte sie ihren Freunden, sie wäre gern wieder mit ihm zusammen. Er sei die Liebe ihres Lebens. Ihre Freunde sagen, dass sie so über alle ihre Ex-Freunde sprach. Es war Lexis Art, ein »Betreten verboten«-Schild aufzustellen.

Lou erinnert sich gut an diese Nacht, wegen dem, was später geschah. Folgendes hat er mir erzählt, als ich heute mit ihm sprach:

»Ich hatte echt früh am nächsten Morgen ein Training, deshalb konnte ich nichts trinken. Nicht mal ein Bier. Ich glaube, ich war der Einzige auf der Party, der nicht betrunken war. Ich erinnere mich, dass sie in mich hineinstolperte und so was sagte wie: ›Meine Schuld.‹ Ich habe dann einen Witz gemacht so in der Art, dass sie sich mir jederzeit gern in die Arme werfen darf. Sie fand das lustig, und wir fingen an zu reden.«

Nach einiger Zeit wandte Lou den üblichen Trick an. Er sagte zu K, die Musik sei zu laut, um sich vernünftig unterhalten zu können. Er nahm sie an der Hand, angeblich, um einen ruhigeren Ort zum Reden zu finden.

K ließ zu, dass er sie aus der Menge der Partygäste in den Korridor zog. Sie gingen in die Waschküche, von wo man durch eine gläserne Schiebetür in einen Garten gelangt.

Mehrere Leute sahen sie miteinander verschwinden. Es sprach sich in Windeseile herum. Die Gerüchte gelangten bis zu Lexi. Auf der Suche nach den beiden stürmte sie durchs Haus, fuchsteufelswild, dass ihre beste Freundin mit dem Jungen verschwunden war, der – wie sie plötzlich beschlossen hatte – die Liebe ihres Lebens war.

Lexi behauptet, sie hätte die beiden erwischt, wie sie unter der Wäscheleine herumknutschten, zwischen herabhängenden Bettlaken. Sie überschüttete K mit Vorwürfen. Die meisten davon waren nicht nachvollziehbar. Lexi war betrunken und konnte kaum zusammenhängend reden.

Lou verdrückte sich mitten in Lexis Tobsuchtsanfall. Er ließ K allein mit dem wütenden Wortschwall ihrer Freundin. Heute hat er deswegen ein schlechtes Gewissen. Er fragt sich, ob es anders gekommen wäre, wenn er ihr beigestanden hätte. Übrigens behauptet er, es würde nicht stimmen, dass sie rumgeknutscht hätten. Er besteht darauf, Lexi habe das alles erfunden, um ihre anschließenden Handlungen zu rechtfertigen und K in ein schlechtes Licht zu rücken.

Als Lexi die Beleidigungen ausgingen, marschierte sie wieder hinein, schloss die gläserne Schiebetür ab, zeigte K den Stinkefinger und ließ zusätzlich auch noch den Rollladen herunter. K stand allein in der Dunkelheit in Lexis Garten. Es war kalt draußen. Ihre Jacke war drinnen, ebenso ihr Rucksack und das Handy.

K ging ums Haus herum zur Einfahrt, wo sie wartete, dass jemand die Party verließ und sie im Auto mitnahm. Niemand verließ die Party. Sie stand in der Kälte, und drinnen glotzten die Leute durch die Fenster des Wohnzimmers und lachten sie aus. Lexi bewegte sich zwischen ihnen hindurch und erzählte ihnen ihre Version der Ereignisse.

K war zu stolz, um Lexi zu bitten, sie reinzulassen, oder jemanden zu bitten, ihre Eltern anzurufen. Wenn sie sie abholten, würde sie sich ihren Fragen stellen müssen. Sie würde auch allein nach Hause kommen. Sie ging die Straße entlang zu dem Pfad, über den sie am Nachmittag gekommen war. Jetzt war es nicht später Nachmittag. Es war fast Mitternacht. Gefährlicher denn je.

Es ist eine Entscheidung, wie Frauen sie permanent treffen. Cat Girl, die ich in Folge eins erwähnte, musste diese Entscheidung ebenfalls treffen. Sollte sie zu Fuß vom Club nach Hause gehen oder ein Taxi rufen? Sollte sie die Abkürzung durch den Park nehmen oder den langen Weg drum herum? Sollte sie die 9-1-1 wählen, wenn sie das Gefühl hatte, dass ihr jemand folgte? Sollte sie ...?

Nun, man könnte ewig so weitermachen. Frauen, Mädchen, wir treffen dauernd solche Entscheidungen. Bequemlichkeit versus Sicherheit.

Meistens geht alles gut.

Manchmal passiert etwas Schreckliches.

Ich bin Rachel Krall. Dies ist *Schuldig oder nicht schuldig*, der Podcast, mit dem ihr auf der Geschworenenbank sitzt.

RACHEL

11

Neapolis' alter Friedhof sah eher wie ein verwunschener Garten als wie eine Begräbnisstätte aus. Er war umgeben von einem schwarzen Metallgusszaun, der völlig von Efeu überwuchert war. Als Rachel ihren Wagen auf dem leeren Parkplatz abstellte, wusste sie, dass dies nicht gerade das Klügste war, was sie je getan hatte – den Köder zu schlucken und gleich am nächsten Morgen auf dem Friedhof aufzutauchen.

Ihre Mutter hatte sie immer gewarnt, dass ihre Neugier sie eines Tages in Schwierigkeiten bringen würde. Sie hatte sich dabei nur in einem geirrt: Rachels Neugier hatte sie nicht nur einmal, sondern im Lauf der Jahre gleich mehrfach in Schwierigkeiten gebracht. Gleichzeitig war sie das Geheimnis ihres Erfolgs.

Es war Rachels wissbegierige Natur, die sie zum Journalismus gebracht hatte, und tatsächlich war es ihre nicht zu bändigende Neugier, die sie dazu verleitet hatte, den Fall eines Lehrers zu recherchieren, der für den Mord an seiner Frau während ihrer zweiten Hochzeitsreise im Gefängnis saß. Rachel hatte neue Zeugen aufgetrieben, die von der Polizei nie befragt worden waren, sowie weitere Beweise, die den Schluss nahelegten, dass der Ehemann, ein sehr geschätzter Highschoollehrer, zu Unrecht verurteilt worden war.

Daraus hatte sie die erste Staffel ihres Podcasts gemacht. Er verhalf ihr zu nationaler Berühmtheit und belebte ihre schwächelnde Karriere genau in dem Moment, als sie darüber nachdachte, den Journalismus hinzuschmeißen und sich – wie sie gern witzelte – eine richtige Arbeit zu suchen. Er hatte ihr auch, als das Urteil gegen den Ehemann aufgehoben und er bis zur Neuverhandlung nach Hause entlassen wurde, eine Flut von Hassmails eingebracht, von Menschen, die davon überzeugt waren, dass sie einem Mörder zur Freiheit verholfen hatte.

Deshalb machte sich Pete so viele Sorgen um ihre Sicherheit. Ihn hätte der Schlag getroffen, hätte er gewusst, dass sie allein auf dem Friedhof war. Es war zugegebenermaßen etwas leichtsinnig, dachte Rachel, als sie das Friedhofstor öffnete. Aber sie brachte es nicht fertig umzukehren.

Das Tor quietschte. Sie blieb stehen, die Hand noch immer auf dem Griff, und ließ den Blick über die schemenhaften, mit Kriechpflanzen überwachsenen Grabsteine schweifen. Es wirkte, als wäre der Friedhof eher lebendig als tot.

Plötzlich raschelte es im Laub, und sie schreckte zusammen.

Der Griff glitt ihr aus der Hand, und das Tor fiel mit einem Scheppern hinter ihr ins Schloss, was die Vögel in den bedeckten Himmel aufstieben ließ. Ihr hektischer Flügelschlag spiegelte Rachels Herzschlag, der sich mit jedem Schritt in den Friedhof hinein beschleunigte.

Dicht mit Ranken bewachsene Äste verliehen dem Ort eine dunkle Schwermut, die unter anderen Umständen vielleicht etwas Malerisches gehabt hätte.

Der Plan in ihrer Hand flatterte im Wind, während sie den unebenen Kopfsteinpflasterweg entlangging und dabei versuchte, die Fassung wiederzugewinnen. Die zerbröckelnden, efeuüberwachsenen Grabsteine folgten keiner bestimmten Anordnung. In früheren Jahrhunderten hatte man willkürlich Gräber ausgehoben, bevor es Sitte wurde, die Toten in parallel verlaufenden Reihen zu beerdigen. In vergangenen Zeiten begrub man die Toten jeweils dort, wo die Erde am weichsten und das Grab am leichtesten auszuheben war. Daraus ergab sich, dass der Weg immer wieder in Sackgassen hineinmäanderte. Mehr als einmal musste Rachel wieder umkehren.

Die Karte verzeichnete eine Reihe beachtenswerter Gräber, alle markiert mit einer Nummer, zu der es einen Text über den jeweiligen historischen Hintergrund gab. Darunter war das Grab eines Jungen, der im 18. Jahrhundert als Schiffsjunge auf dem Schiff des Piraten Blackbeard gearbeitet hatte. Er war verhaftet und wegen Piraterie zum Tode verurteilt worden. Statt in einem Sarg hatte man ihn in einem Rumfass beerdigt.

Weiter hinten waren Gräber lokaler Berühmtheiten, ein Senator, ein Industrieller aus dem 19. Jahrhundert und ein Cousin der Brüder Wright, der in die frühen fliegerischen Abenteuer der Flugfanatiker investiert hatte. Außerdem gab es eine Abteilung mit Toten aus dem Bürgerkrieg, darunter die Gräber von elf Mitgliedern eines rein schwarzen Bataillons der Unionistenarmee.

Rachel stieß auf einen Weg, der durch eine Platanenallee in den neuen Teil des Friedhofs führte. Dieser bestand aus einer öden Anordnung identischer Grabsteinreihen, ganz anders als der historische Friedhof. Der Rasen war makellos kurz gehalten. Die Grabsteine waren maschinell hergestellt. Es gab keinen Bewuchs, keine Eichen mit tief hängenden Ästen. Alles war ordentlich und steril.

Welkende Kränze und Blumenarrangements auf den Gräbern riefen Rachel ins Gedächtnis, dass die Toten hier noch von Angehörigen betrauert wurden. Auf dem Grab eines tot geborenen Babys saß ein verwitterter Teddybär. Eine rostige Lok, deren rote Farbe abblätterte, stand auf dem Grabstein eines kleinen Jungen. Der Himmel grummelte. Rachel sah hoch. Dunkle Wolken zogen heran wie Wellen, kurz bevor sie brachen.

Rachel hatte keinen Schirm mitgenommen. Sie hoffte, es würde erst zu regnen anfangen, wenn sie wieder beim Auto war. Hastig suchte sie weiter, bis sie mithilfe der Karte Jenny Stills' Grab fand. Ganz hinten in der Reihe standen zwei direkt nebeneinandergesetzte, aus einfachem grauem Granit gehauene Grabsteine.

Die Widmungen auf den Grabsteinen bestätigten zumindest einige grundlegende Fakten. *Jenny, geliebte Tochter von Hope und Schwester von Hannah. Hope, geliebte Mutter von Jenny und Hannah.* Zwei aneinandergrenzende Gräber. Mutter und Tochter, gestorben im Abstand von drei Wochen.

Auf beiden Gräbern lagen wilde gelbe Gänseblümchen verstreut. Jemand war vor Kurzem hier gewesen. Das musste Hannah gewesen sein, dachte Rachel. Sie ging in die Hocke, um sich die Gräber genauer anzusehen, und entdeckte unten an dem einen der beiden Grabsteine sogleich ein verblasstes Graffito. Sie wischte die dünne Staubschicht weg, bis sie entziffern konnte, was da auf Jennys Grab stand: HURE.

Rachel überlief es kalt. Fünfundzwanzig Jahre waren vergangen, und noch immer machte sich jemand die Mühe, bei Jenny Stills' Grab vorbeizugehen, nicht um Blumen niederzulegen, sondern um sie zu beleidigen. Um sie zu entmenschlichen. Rachel hatte gehört, wie jemand genau dieses Wort benutzt hatte, um Kelly Moore zu beschreiben, die Klägerin im Scott-Blair-Prozess. Würde Kelly ebenfalls für den Rest ihres Lebens verleumdet werden?

Rachel sah kein weiteres Graffito, fand jedoch am Rand von Jennys Grab unter einer Ansammlung alter Blätter ein verblasstes, in zwei Blautönen gehaltenes Geschenkband. Es war um einen Blumenstrauß gewickelt, der so vertrocknet war, dass die Blütenblätter in Rachels Hand zu Staub zerfielen. An dem Band hing eine wasserfleckige Karte; die Tinte war zerlaufen und der Text unlesbar.

Es fing an zu regnen, erst nur leicht, doch dann mit einer Heftigkeit, die Rachel zwang, Schutz zu suchen. Es fühlte sich an, als würden die Elemente sie jagen, während sie Richtung Ausgang rannte, wie betäubt vom lauten Aufplatschen des Regens auf die unbeugsamen Grabsteine.

Rachel sprintete durch das Friedhofstor zu ihrem Wagen. Klatschnass setzte sie sich auf den Fahrersitz, die verblasste Karte mit dem Geschenkband, das um den Blumenstrauß auf Jennys Grab gewickelt war, noch in der Hand. Sie warf beides ins Handschuhfach.

Als sie rückwärts aus der Parkbucht fuhr, goss es wie aus Kübeln. Dennoch meinte sie, durch den unerbittlich herabprasselnden Regen hindurch im Rückspiegel etwas zu sehen. Es war eine Frau, die am Friedhofstor stand und sie beobachtete. Als Rachel sich umdrehte, um einen besseren Blick zu haben, war sie verschwunden.

12 SCHULDIG ODER NICHT SCHULDIG

Staffel drei, Episode vier: In die Nacht hinein

Ich bin zu Besuch in dieser Stadt. Ich kenne absolut niemanden. Wenn ich nicht arbeite, höre ich deshalb einen lokalen Radiosender mit vielen Redebeiträgen. Er leistet mir Gesellschaft, ist zu meinem Gefährten geworden. Mitleiderregend, nicht wahr?

Dazu kommen die Telefonate mit meinem Produzenten Pete, der übrigens – für die, die geschrieben und nachgefragt haben – auf dem Weg der Besserung ist. Er dürfte bald aus dem Krankenhaus entlassen werden. Ich vermisse Pete. Es ist einsam unterwegs ohne ihn.

Das Lokalradio hilft mir übrigens, die Stimmung in der Stadt zu ergründen. Ich kann euch sagen, dass der bevorstehende Prozess hohe Wellen schlägt.

Ein Thema, das immer wieder für Gesprächsstoff sorgt, ist die Überzeugung einiger Leute – wenn auch durchaus nicht aller –, dass K sich das im Grunde selbst eingebrockt hat. Sie hat getrunken. Hat mit Jungs rumgehangen. Ihr wisst schon, der übliche Schwachsinn, den man in Bezug auf Vergewaltigungsopfer hört. Dies ist eine kleine Stadt, und es wurde viel darüber getratscht, was in jener Nacht wohl passiert ist. Jede Menge Spekulationen.

Heute war ich im Supermarkt, um mir etwas zu kaufen, womit ich meinen Hunger auf Süßes stillen kann. An der

Kasse brach in der Schlange neben mir ein Streit darüber aus, ob Scott Blair schuldig sei. Und selbst wenn er schuldig wäre – um die Dame vor mir in der Schlange zu zitieren –, »sollte man sein Leben ruinieren wegen einer dumm gelaufenen Nacht mit einem Mädchen, das genau wusste, worauf es sich einließ, als es in seinen Wagen stieg?«

Es ist mir gelungen, einen Teil des Streits, der daraufhin losbrach, mit dem Handy aufzuzeichnen. Ich möchte es euch vorspielen, damit ihr ein Gefühl dafür bekommt, wie die Einheimischen über diesen Fall denken.

»Sie war betrunken. Also konnte sie auch nicht einwilligen.«

Das kam von einer Mutter mit einem Kleinkind, das vor ihr im Einkaufswagen saß.

»Er war ebenfalls betrunken. Wie hätte er wissen sollen, dass sie nicht einwilligt, wenn er betrunken war? Das gilt für beide. Wie auch immer, sein Leben ist ruiniert. Wo soll das denn hinführen, wenn irgend so eine Schlampe versucht, das Leben meines Sohns zu ruinieren, indem sie was erfindet?«

»Passen Sie auf, was Sie sagen, Mister!«

»He! Passen Sie selbst auf!«

»Wenn sie sagt, es ist so passiert, dann glaube ich ihr.«

Das kam von der Kassiererin.

In diesem Stil ging es eine Weile weiter, bis die Leute so laut wurden, dass der Geschäftsführer drohte, die Polizei zu rufen. Diese Stadt ist wegen der Gerichtsverhandlung so aufgewühlt, dass es fast schon eine Erleichterung sein wird, wenn sie endlich beginnt. Jeder hat eine Meinung, aber niemand scheint irgendwelche Fakten zu kennen. Also lasst uns über das reden, was in jener Nacht geschah.

Es war kurz vor Mitternacht, als K sich auf den Weg

durch das unwirtliche Wildgräserfeld machte, nachdem sie von Lexis Party ausgeschlossen worden war. Der Weg war verschlammt und glitschig. Es hatte am Abend geregnet. K musste vermutlich langsam gehen, um nicht auszurutschen.

Vielleicht wurde sie in der kalten Nacht wieder nüchtern. Vielleicht nüchtern genug, um sich klarzumachen, dass es eine ganz schlechte Idee war, allein dort rumzulaufen. Vermutlich hat sie überlegt umzukehren. Ich selbst wäre in solch einer Situation vermutlich umgekehrt. Zumindest mein nüchternes Ich wäre umgekehrt.

Mein betrunkenes Ich, verängstigt und erniedrigt, gleichzeitig waghalsig vom Alkohol, hätte vermutlich das Gleiche getan wie K. Ja, wenn ich mich in die Situation hineinversetze, dann wäre ich weitergegangen. Umkehren hätte das Eingeständnis einer Niederlage bedeutet. Diese Genugtuung hätte K Lexi nicht gegönnt.

Etwa nach der Hälfte der Strecke hörte K Schritte. Jemand war hinter ihr. Sie drehte sich um. Aus der Dunkelheit tauchte ein großer, breitschultriger Mann auf.

Habt ihr schon mal von der Reaktion »kämpfen oder fliehen« gehört? Es ist ein uralter menschlicher Instinkt, entweder zu kämpfen oder die Flucht zu ergreifen. Tatsache ist allerdings, dass das nicht alles ist.

Inzwischen wissen Experten, dass Menschen in Schockstarre verfallen, wenn sie in eine extreme Gefahrensituation geraten, für die es keinen Ausweg zu geben scheint. Genau wie sich Eidechsen nicht mehr rühren, in der Hoffnung, dass ihre Tarnfarbe sie vor einem Raubtier rettet. Deswegen nennt man die Reaktion auf eine Bedrohung heute »kämpfen, fliehen oder erstarren«.

Nach allem, was ich weiß, ist K nicht davongelaufen. Sie

hat sich nicht versteckt. K erstarrte. Genau dort auf dem Weg, während der Mann näher kam. Als sie sein Gesicht erkannte, muss eine Welle der Erleichterung sie durchflutet haben. Es war ein bekanntes Gesicht. Ein älterer Schüler aus ihrer Schule, der weithin als netter Kerl galt.

Harris Wilson hat dunkles Haar, das ihm in die Stirn fällt. In jener Nacht trug er ein graues T-Shirt, darüber eine Jeansjacke sowie schwarze, hautenge Jeans. In einem Telefoninterview, das ich vor einigen Wochen mit ihm geführt habe, erzählte er, er habe zu K gesagt, sie solle dort nicht allein herumlaufen.

»Aber du schon?«, gab sie zurück.

»Vermutlich nicht. Ich dachte, ich behalte dich im Auge. Passe auf, dass du heil nach Hause kommst.«

»Ich brauche keine Begleitung«, erwiderte sie. »Das ist doch nichts Besonderes. Geh ruhig zurück, wenn du Angst hast.«

Sie ließ ihn einfach stehen und ging weiter. Aber eine Sekunde später war er wieder neben ihr. Eine Zeit lang herrschte Schweigen, dann fragte K ihn, wie es kam, dass er auf Lexis Party aufgetaucht war. Er sagte, ein Freund und er hätten auf Instagram von der Party gehört und beschlossen, mal vorbeizuschauen. Der Freund wollte dann bleiben. Er selbst fand die Party langweilig und war gegangen.

Schließlich endete der Weg bei einem von Hecken eingeschlossenen Spielplatz. Harris wohnt schräg gegenüber. K wohnt drei Straßen weiter.

Sie blieben auf dem Spielplatz, schaukelten ein wenig auf zwei nebeneinanderhängenden Schaukeln und redeten über Lexi, die Party und die Schule.

Harris hatte einen Flachmann mit Bourbon in der Jackentasche. Sie teilten sich den Whiskey. Er brannte ihr in der Kehle, aber er machte sie wieder betrunken und weckte erneut die Euphorie, die sie auf der Party empfunden hatte.

Sie hörten sich auf Harris' Handy Musik an. Er zeigte ihr witzige Memes. Sie tranken mehr Whiskey. Gemeinsam leerten sie den Flachmann.

Ermutigt vom Alkohol, küsste Harris sie. Er sagt, sie hätte seinen Kuss erwidert. Sie schmusten ein bisschen. Nichts Ernstes. Als er versuchte, etwas weiter zu gehen, entzog sie sich ihm und schwang sich mit der Schaukel hoch in die Luft. Er sagte zu ihr, er würde nach Hause gehen und einen Joint holen, den er in seinem Zimmer hatte. Vergesst nicht, sein Haus lag auf der gegenüberliegenden Straßenseite.

»Ich warte hier auf dich«, versprach K. Sie legte den Kopf in den Nacken, betrachtete durch die Luft fliegend die Sterne, während Harris nach Hause eilte und sie mitten in der Nacht allein auf dem Spielplatz zurückließ. Das Geräusch des Winds, der an ihren Ohren vorbeistrich, muss so laut gewesen sein, dass sie den Neuankömmling erst hörte, als er neben ihr stand.

Was dann passierte, steht im Mittelpunkt des Gerichtsverfahrens, das nächste Woche beginnt. Wir reden in der nächsten Folge von *Schuldig oder nicht schuldig* darüber, dem Podcast, mit dem ihr auf der Geschworenenbank sitzt. Ich bin Rachel Krall.

RACHEL 13

Rachel zog die Fleece-Kapuze ihres Sweatshirts über den Kopf, bevor sie in einer unauffälligen Straße von Neapolis aus dem Wagen stieg. Es war nach dreiundzwanzig Uhr. Die meisten Leute im Viertel waren bereits im Bett.

Durch herabgelassene Jalousien drang hier und da das Licht von Nachttischlampen, in einem Fenster sah man das Flackern eines Fernsehers. Rachel bog um die Ecke in die nächste Straße ein. Die ersten drei Häuser lagen im Dunkeln, beim vierten brannte das Licht über der Garage. Sie ging auf das Licht zu und dann an der Garage vorbei zur Rückseite des Hauses, wo eine Glasschiebetür nicht abgesperrt war.

Kelly Moores Vater, Dan, saß mit geschlossenen Augen in der Ecke seines Büros in einem Ledersessel. Die Hände hielt er gegen das Gesicht gepresst, als sei er tief in Gedanken versunken. Er hatte schütteres dunkelblondes Haar mit grauen Einsprengseln, sein Gesicht war braun gebrannt, und um die Augen hatten sich Lachfältchen dauerhaft eingegraben.

Als er die hellblauen Augen öffnete, um Rachel zu begrüßen, lagen Fassungslosigkeit und Erschöpfung in seinem Blick. Die Vergewaltigung seiner Tochter Kelly hatte ihn hart getroffen. Rachel wusste das, weil sie ihn mehrfach angerufen und zu einem Treffen zu überreden versucht hatte.

Sie zog sich die Kapuze vom leicht zerzausten rötlich braunen, schulterlangen Haar. Ihre Wangen glühten vom nächtlichen Spaziergang.

»Entschuldigen Sie, dass ich darauf bestanden habe, dass Sie eine Straße weiter parken.« Er stand abrupt auf und schloss leise die Verbindungstür zwischen seinem Büro und dem Rest des Hauses. »Ich wollte nicht, dass irgendjemand Ihren Wagen in der Nähe unseres Hauses sieht. Die Leute reden. Vor allem jetzt.«

Dan Moores Büro spiegelte seine Persönlichkeit wider. Alles war exakt angeordnet. Es gab eine Sitzecke mit einem Breitbildfernseher an der Wand, einem Ledersofa und zwei Sesseln. Auf der anderen Seite standen ein L-förmiger Schreibtisch und zwei Metallschränke. An den Wänden hingen Fotos von seiner Frau und seinen zwei Kindern sowie Fotos aus seiner Zeit bei der Marine, alles in geometrischer Präzision arrangiert. Er war ordentlich, diszipliniert und sichtlich stolz auf alles, was er erreicht hatte. Vor allem auf seine Familie.

Rachel hatte Wochen gebraucht, um Dan zu einem Gespräch zu überreden. An Informationen über den Angeklagten zu kommen, war kein Problem. Scott Blair und seine Familie hatten den Medien mehrere Interviews gegeben. Ihr neuer Rechtsanwalt hatte weitere Interviews zwar untersagt, dennoch sickerte aus dem inneren Kreis immer wieder das ein oder andere Detail durch. Mit dieser gezielten Weitergabe von Informationen wollte man Sympathie für Scott wecken und ihn als unschuldigen jungen Mann darstellen, der das Opfer eines rachsüchtigen Mädchens war.

Es war ein offenes Geheimnis in Neapolis, dass Kelly Moore die Klägerin war, die Blair wegen Vergewaltigung vor Gericht gebracht hatte, auch wenn die Medien ihren Namen nicht öffentlich machten. Theoretisch half Kelly die Anonymität, ihre Privatsphäre zu schützen, aber Dan hatte Rachel bei ihrem letzten Telefonat erzählt, dass dies ein zweischneidiges Schwert war. Es zwang Kelly und ihre Familie zum Schweigen, während die Blairs jede Möglichkeit nutzten, vor dem Prozess möglichst gut in der öffentlichen Meinung dazustehen. Es war auch nicht unbedingt hilfreich, dass der Staatsanwalt darauf bestanden hatte, die Familie müsse alle Medienanfragen bis nach dem Prozess ablehnen – selbst die von Fernsehnachrichtenteams, die versprachen, Kelly und ihre Familie als dunkle Silhouetten zu filmen und die Stimmen zu verzerren, um Kellys Anonymität zu wahren. »Der Staatsanwalt fürchtet, das könnte sich als kontraproduktiv erweisen. Dem Fall schaden. Das dürfen wir nicht riskieren«, hatte Dan in einem vorherigen Telefonat zu Rachel gesagt, als sie sehr auf ein Interview gedrängt hatte.

Dan Moores Sichtweise hatte sich an jenem Morgen geändert, als er den Artikel in der *Neapolis Gazette* gelesen hatte, in dem »Freunde der Familie Blair« mit der Behauptung zitiert wurden, Scott leide unter schlimmen Depressionen. »Er hat alles verloren. Seine Karriere. Seine Freunde. Seinen guten Ruf. Es gibt Tage, da fragt er sich, ob es überhaupt noch irgendetwas gibt, wofür es sich zu leben lohnt. Er hält sich nur mühsam aufrecht. Es bricht einem das Herz, ihn so zu sehen«, hatte ein nicht näher bezeichneter Freund der Familie dem Journalisten erzählt.

Für Dan war der Artikel wie ein Schlag in die Magengrube gewesen. Seine Tochter, zu der er immer eine enge

Beziehung gehabt hatte, schrak jetzt zusammen, wenn er in ihre Nähe kam. Er konnte ihr nicht mal einen Gutenachtkuss auf die Schläfe geben, ohne dass sie zurückzuckte. Stundenlang saß sie da und zerkratzte sich die Arme. Sie aß kaum etwas. Sie war missmutig. Desinteressiert an allem. Seit der Vergewaltigung war sie kaum noch wiederzuerkennen, so sehr hatte sie sich verändert.

Dass Scott Blair der Öffentlichkeit als Opfer präsentiert wurde, machte Dan so wütend, dass er Rachel am Nachmittag angerufen hatte. Als sie seinen Anruf entgegennahm, zitterte seine Stimme noch immer vor Wut. Er sagte ihr, er sei bereit zu reden. Sie dürfe ihn nicht zitieren, aber zumindest würde sie Kellys Version der Geschichte hören. Die einzige Bedingung sei, dass Rachel zu ihm nach Hause komme, und zwar erst spät am Abend, wenn seine Frau und seine Tochter schliefen.

Rachel half Dan, sich mit ihr wohlzufühlen, indem sie ihm eine Reihe von Fragen zu Kellys Kindheit stellte. Er rasselte die vielen Leistungen seiner Tochter herunter. Sie war eine gute Schülerin, Athletin und eine großartige Tänzerin. In der Junior High hatte sie die Hauptrolle in einem Musical bekommen. Einer seiner stolzesten Momente als Vater, vertraute er Rachel an, war der, als Kelly ihre Freunde bat, für die Hurrikanopfer in Haiti zu spenden, statt ihr Geschenke zu ihrem vierzehnten Geburtstag zu kaufen. »Kelly war immer voller Energie. Sie wollte die Welt verändern«, sagte er. »Aber jetzt kommt sie kaum noch aus dem Bett.«

Rachel betrachtete ein gerahmtes Foto von Kelly und ihren Eltern, aufgenommen im Anschluss an das Musical in der Junior High. Kelly hatte das gleiche glänzende dunkle Haar und die gleichen Grübchen wie ihre Mutter. Ihre braunen Augen funkelten, und sie lächelte in die Kamera.

»Sie würden Kelly nicht wiedererkennen. Sie ist ein anderes Mädchen. Sowohl was ihre Erscheinung als auch ihre Persönlichkeit angeht. Das ganze Selbstvertrauen – futsch. Sie ist mager geworden und so nervös, dass wir Angst haben, sie könnte zusammenbrechen«, sagte Dan.

»Das klingt, als wären die vergangenen Monate unglaublich schwierig gewesen«, erwiderte Rachel mitfühlend. »Nicht nur für Kelly, sondern auch für den Rest der Familie.«

»Sie machen sich keine Vorstellung.« Dan rieb sich, ohne sich dessen bewusst zu sein, die Schläfe. »Die Familie dieses Tiers hat eine PR-Firma angeheuert, mit deren Unterstützung sie das Opfer als eine gestörte Jugendliche darstellt, die sich gegen ihn gewendet hat, als er sie fallen ließ. Sie werden sich bis zu einem Freispruch durchlügen. Die Leute werden ihnen glauben. Das tun sie ja jetzt schon.«

»Was ist in jener Nacht passiert? Ich habe das ein oder andere gehört, aber Kellys Seite der Geschichte kenne ich nicht.«

»Ich sagte Ihnen ja schon am Telefon, der Staatsanwalt hat ausdrücklich darauf bestanden, dass wir nicht über Kellys Aussage reden. Ich kann Ihnen nichts erzählen, was uns im Prozess einen Nachteil einbringen könnte.«

»Wenn *Sie* dem Staatsanwalt nichts sagen, wird er von mir auch nichts hören«, machte Rachel ihm Mut.

»Mein Dad war Polizist. Mir wurde beigebracht, Gesetzeshüter zu respektieren«, erwiderte er.

Rachel war lange genug in der Stadt, um zu wissen, dass Dan Moores Vater der legendäre Polizeipräsident Russ Moore war, der das Amt fast zwei Jahrzehnte innegehabt hatte. Nach seiner Pensionierung hatte man eine Straße nach ihm benannt. Einige Ortsansässige aus dem Lager der

Familie Blair behaupteten, die Anklage gegen Scott Blair stünde auf so wackeligen Beinen, dass sie, wäre Kelly nicht Russ Moores Enkelin, niemals vor Gericht gekommen wäre. Rachel hätte gern gewusst, wie Russ Moore aussah, und sie war ein wenig enttäuscht, dass unter den gerahmten Familienfotos kein einziges von Dans renommiertem Vater war.

»Sie wollten nicht in die Fußstapfen Ihres Vaters treten und auch zur Polizei gehen?«, fragte sie.

»Es war nicht einfach, der Sohn des Polizeipräsidenten zu sein«, erwiderte Dan. »Ich musste meinen eigenen Weg finden. Die Navy bot mir diese Möglichkeit.«

Dan war nach seiner Zeit in der Navy nach Neapolis zurückgekehrt und hatte ein halbwegs erfolgreiches Ausflugsbootunternehmen gegründet. Sein Mitarbeiterstab umfasste fünf Festangestellte und während der Saison zehn Aushilfskräfte. Er hatte vier Jachten und zwei Rennboote. Sie gehörten weitgehend der Bank.

»Die letzten Monate habe ich mich in der Arbeit vergraben. Es ist Hauptsaison. Auch wenn der Prozess demnächst beginnt, kann ich nicht viel für Kelly tun, außer für sie da zu sein. Ich bin dankbar, dass der Fall in den Händen des besten Staatsanwalts hier in der Gegend liegt. Wenn irgendjemand diesen Dreckskerl ins Gefängnis bringen kann, dann Mitch Alkins. Er ist ein Kämpfer. Das war schon im Kindergarten so.«

»Dann kannten Sie Alkins also schon als Kind?«, hakte Rachel nach.

»Ja klar. Wir waren in der Schule im selben Jahrgang. Dann ist er nach Georgetown gegangen und ein gewiefter Verteidiger geworden. Hat viel Geld verdient und sich einen Namen gemacht. Jetzt ist er hier als Staatsanwalt. Er sagt, er habe seine alte Heimat vermisst. Hat alles aufgegeben, um nach Hause zu kommen.«

Rachel kannte Mitch Alkins nur dem Namen nach. Für seine Mandanten, deren Liste sich wie das »Who's Who« des Abschaums las, war er der Verteidiger der Wahl gewesen. Alle reich. Mussten sie sein, um seine Honorare bezahlen zu können. Niemand sonst konnte sich das leisten. Dann, vor drei Jahren, hatte er alles hingeworfen, war in seine Heimatstadt zurückgekehrt und hatte die Strafverteidigerbank gegen die des Anklägers eingetauscht.

»Finden Sie es nicht seltsam, dass Mitchell Alkins Ankläger in einem Vergewaltigungsfall ist, nachdem er die meiste Zeit seines Berufslebens einige der denkbar übelsten Vergewaltiger und Mörder verteidigt hat?«, fragte sie.

»Ich weiß ehrlich gesagt nicht, wieso Mitch Staatsanwalt geworden ist. Das ist mir auch egal. Er ist zurück auf der Seite des Guten. Wenn es irgendjemand schafft, in diesem Fall einen Schuldspruch zu erwirken, dann ist das Mitch. Er ist der Beste der Besten. Ich kenne ihn, seit wir so klein waren.« Er hielt die Hand auf Kniehöhe.

»Kennt hier jeder jeden?«

»Nicht jeder. In den letzten paar Jahren sind einige Leute neu zugezogen. Aber ja, diejenigen, die hier aufgewachsen sind und deren Eltern hier aufgewachsen sind – wir kennen uns alle gegenseitig. Manchmal mehr, als uns lieb ist.«

»Der Vater des Angeklagten, Greg Blair, ist ebenfalls hier aufgewachsen. Kannten Sie ihn auch als Kind?«

Dan Moore verfiel in ein unbehagliches Schweigen, bevor er schließlich auf Rachels Frage antwortete. »Als wir jung waren, waren Greg und ich Freunde«, sagte er widerstrebend. »Wir haben uns sehr auseinanderentwickelt. Wir waren nicht lange befreundet. Er hat versucht, mit mir zu reden, nachdem es passiert war. Vermutlich wollte er, dass ich die Polizei um Einstellung der Ermittlungen bitte, damit wir das unter uns ausmachen konnten. Ich weiß nicht, was er sich erwartet hat. Dass Scott sich für das, was er Kelly angetan hat, bei ihr entschuldigt? Dass dann alles vergeben und vergessen wäre? Ich habe ihm gesagt, das kann er sich gleich abschminken.«

»Sie sind beide auf die Neapolis High gegangen?«

»Damals gab es nur die eine Highschool. Sogar Richter Shaw war dort. Er war vier Klassen über uns. Ich kannte ihn nur flüchtig. Sie wirken schockiert.«

Er lachte über Rachels erstaunten Gesichtsausdruck. »Los, sagen Sie es schon. Die Stadt ist reine Inzucht, keine Frage.«

»Was für einen Ruf hatte Alkins in der Schule?«, fragte Rachel.

»Mitch war schon in der Schule Furcht einflößend. Er war ein schlauer Kopf, dazu passend hatte er eine spitze Zunge. Das ist eine mörderische Kombination. Er wird einen Schuldspruch erwirken«, wiederholte Dan. »Schon seltsam, wie das Leben alte Freunde wieder zusammenbringt. Vor diesem Prozess hatten wir seit der Schule keinen Kontakt mehr. Das liegt gute fünfundzwanzig Jahre zurück. Ich habe '92 meinen Abschluss gemacht.«

Rachel musste an Jenny Stills' Grabstein auf dem Friedhof denken. Der Sommer '92 war jener Sommer gewesen, in dem sie gestorben war. Damals musste die Stadt noch klein genug gewesen sein, dass sich ihr Tod in die Erinnerung ihrer Mitschüler eingegraben hatte. Oder vielleicht auch nicht? Rachel fand, es könne nicht schaden zu fragen.

»Kannten Sie damals in der Highschool ein Mädchen namens Jenny Stills? Sie war vermutlich im zweiten Jahr, als Sie Ihren Abschluss gemacht haben.«

»Jenny Stills?« Er dachte angestrengt nach. »Tut mir leid.« Er schüttelte den Kopf. »Die Schulzeit liegt lange zurück. Ich kann mich an viele Leute nicht mehr erinnern. Wieso fragen Sie?«

»Sie ist in jenem Sommer gestorben, in dem Sie wohl Ihren Abschluss gemacht haben. Ich dachte, Sie wüssten vielleicht, was passiert ist.«

»Ich war in dem Sommer nicht hier. Kurz nach der Abschlussprüfung bin ich in Urlaub gefahren. Im August war ich bereits bei der Navy. Grundausbildung. Die haben uns so geschunden, dass ich mich nur noch an die Schmerzen erinnere.«

Als sie das Gespräch schließlich beendeten, war es bereits weit nach Mitternacht. Dan bot Rachel an, sie zum Wagen zu begleiten, aber sie lehnte ab. Sie ließ sich nicht einschüchtern. Das Versprechen hatte sie sich vor Jahren gegeben, als die Polizei allen Mädchen im Viertel empfahl, nachts nicht draußen herumzulaufen, nachdem Cat Girl so heimtückisch in der Nähe ihrer Wohnung vergewaltigt und erwürgt worden war.

Damals hatte Rachel beschlossen, dass sie sich keine Angst machen lassen würde. Von nichts. Von niemandem. Mit Sicherheit nicht von der Dunkelheit.

Dan ließ sie durch die Eingangstür hinaus, machte das Außenlicht an und sah ihr nach, wie sie den Gartenweg entlangging. Als sie auf der Straße angekommen war, hörte sie, wie die Tür ins Schloss fiel und ein Metallriegel klickte. Blätter wehten im leichten Wind über den Asphalt, während Rachel in die Dunkelheit hineinging, die verlassen daliegende Straße entlang zu ihrem Wagen.

Kaum war sie um die Ecke gebogen, hörte sie Schritte hinter sich. Es klang, als würde ihr jemand folgen. Als sie sich umdrehte, waren da nur Schatten. Sie ging schneller. Weitere Schritte. Sie fragte sich, ob es ihre eigenen waren und sie sich selbst Angst einjagte.

An der Kreuzung überquerte sie diagonal die Straßen und drückte auf den Autoschlüssel, um den Wagen zu entriegeln. Er gab einen Piepston von sich, und das Licht ging an. Rachel stieg rasch ein und fuhr zum Hotel zurück.

RACHEL

14

Als ihr Handy klingelte, zuckte Rachel zunächst nicht einmal zusammen. Irgendwann nahm ihr erschöpftes Gehirn dann aber doch den vertrauten Klingelton wahr. Ohne wirklich aufzuwachen, zog sie die Hand unter der Bettdecke hervor und stellte das Handy ab. Sie vergrub den Kopf unter einem weißen Kissen und versank wieder in Tiefschlaf.

Ein paar Minuten später riss sie das altmodische Geläut ihres Hoteltelefons brutal aus dem Schlaf. Rachel gab ihm einen Schubs in ihre Richtung. Es landete auf dem Bett, und sie fing an, mit geschlossenen Augen wild auf allen Knöpfen herumzudrücken. Sie wollte nur eins: das Ding zum Schweigen bringen und wieder einschlafen. Als alles nichts half und das hartnäckige Klingeln anhielt, zog sie das Telefon unter die Bettdecke.

»Wer ist da?«, krächzte sie.

»Ich bin's, Pete.«

»Pete? Wieso rufst du mich mitten in der Nacht an?«, fragte sie, die Augen noch immer geschlossen.

»Es ist Morgen, Rach«, erwiderte Pete. »Du hast mich gestern gebeten, dich zu wecken, damit du joggen gehen kannst. Schon vergessen?«

Rachel öffnete die Augen und lugte unter der Bettdecke hervor. Streifen hellen Sonnenlichts am Rand der Vorhänge ließen ahnen, dass der Morgen schon lange angebrochen war.

»Stimmt«, erwiderte sie. »Ich bin so müde. Ich bin erst um drei Uhr eingeschlafen.«

Sie setzte sich auf und lehnte den Kopf an einen Kissenstapel. Die grün fluoreszierenden Zahlen auf dem Radiowecker verrieten ihr, dass es drei Minuten vor sieben war. Sie hatte vier Stunden geschlafen.

»Wie lief es mit Dan Moore?«, fragte Pete.

»Ich weiß nicht recht.« Sie gähnte. »Er hat sich geweigert, über irgendetwas zu reden, das vielleicht Thema im Gerichtssaal sein könnte. Im Großen und Ganzen hat er mir nur erzählt, was passiert ist, als er und seine Frau feststellten, dass Kelly verschwunden war.«

»Wieso wollte er sich mitten in der Nacht mit dir treffen, wenn er nicht vorhatte, mit der Sprache rauszurücken?«

»Keine Ahnung. Ich weiß nur, dass ich eine Straße weiter parken und mich in sein Haus schleichen musste, nachdem seine Frau schlafen gegangen war. Er behauptete, er wolle nicht, dass sie oder die Staatsanwälte herausfinden, dass er mit mir spricht. Ich weiß nicht, wieso das irgendjemanden interessieren sollte. Zumal er mir nicht gerade viel erzählt hat. Im Gegenteil, er war sehr ...« Durch das Telefon drang das Murmeln mehrerer Stimmen.

»Rach, mein Chirurg kommt gerade zur Visite. Ich rufe dich wieder an, sobald er weg ist.«

Rachel unterdrückte ein Gähnen und das kaum bezwingbare Bedürfnis, einfach weiterzuschlafen. Stattdessen hievte sie sich aus dem Bett und duschte, um wach zu werden, während sie darauf wartete, dass Pete sich wieder meldete. Sie kleidete sich an und zog gerade den Vorhang auf, als ihr Handy klingelte.

»Was hat der Chirurg gesagt?«, fragte sie.

»Ich muss bis Ende der Woche bleiben. Unter uns: Ich denke über einen Gefängnisausbruch nach. Ich habe es so satt.« Sein unbeschwerter Ton konnte seine Niedergeschlagenheit nicht ganz kaschieren. »Erzähl mir, was Dan Moore gesagt hat.«

»Ich weiß was Besseres. Ich lese es dir vor, Wort für Wort.« Rachel holte ihr Notizbuch heraus, setzte sich im Schneidersitz auf das ungemachte Bett und schlug die erste Seite auf.

»Wir waren auf dem Weg nach Norfolk, um John, meinen Sohn, zu besuchen. Er ist Leutnant in der Navy. An jenem Sonntag war auf seinem Stützpunkt Besuchstag für Familienangehörige. Wir sind bei Lexi vorbeigefahren, um Kelly mitzunehmen. Da Kelly nicht ans Handy ging, bin ich rein, um sie zu holen. Es war nicht zu übersehen, dass dort eine Party stattgefunden hatte. Beim Garagentor lagen gelbe Abfallsäcke voller Bierdosen. Jemand hatte sich in ein Gartenbeet übergeben. Ich war überrascht, dass Lexis Eltern ihr die Party erlaubt hatten, weil sie erst vor ein paar Monaten in das Haus eingezogen waren. Kein Erwachsener, der halbwegs bei Verstand ist, würde sein Kind in einem nagelneuen Haus eine Party feiern lassen. Ich war sofort misstrauisch.«

Rachel stand auf und stellte den Wasserkocher an. Mit den Zähnen riss sie ein Päckchen Kaffee auf und schüttete das gefriergetrocknete Granulat in ihren Becher, während sie weiterlas.

»Die Eingangstür war nicht verschlossen. Ich schob sie auf. Im Wohnzimmer schliefen zwei Teenager. Einer lag auf dem Sofa, voll angezogen mit Jeans und Stiefeln. Der andere hatte sich unter dem Couchtisch zusammengerollt, über dem Kopf eine Jacke. Popcorn und Chipskrümel hatten sich im Teppich festgetreten. Aus dem Esszimmer war ein Staubsauger zu hören, und dort fand ich Lexi. Ihr Make-up war verschmiert, und sie trug eine Lounge-Hose. Ihre Füße waren nackt. Beim Esstisch hatte der Teppich einen Weinfleck. Ich starrte ihn an. Sie errötete, als wäre sie auf frischer Tat ertappt worden. Sie beteuerte, es sei nicht ihre Schuld. Sie seien uneingeladen aufgetaucht, und sie sei sie nicht wieder losgeworden. Für mich klang es, als hätte sie diese Ausrede schon die ganze Nacht geübt. Ich sagte ihr, sie solle Kelly von oben runterholen. Sie hat mich angeschaut, als wäre ich verrückt. Sie hat so etwas geantwortet wie: ›Kelly?‹, und ich habe eher sarkastisch entgegnet: ›Ja, Kelly, meine Tochter. Sag bloß, sie schläft noch?‹ Lexi hat mich verwundert angeschaut. Sie hat gesagt, Kelly sei nicht da. Sie sei am Abend vorher nach Hause gegangen.«

Rachel machte eine Pause, um kochendes Wasser in den Becher zu gießen. Sie fügte Kaffeesahne und Zucker hinzu und rührte um. Den Schmerz in Dans Stimme hatte sie noch deutlich im Ohr, als er nach Worten suchte, um zu erklären, was an jenem Morgen geschah, an dem sich das sonnige Leben seiner Familie für immer änderte.

»Ich bekam Panik«, las Rachel weiter vor. »Nichts hatte darauf hingedeutet, dass Kelly nach Hause gekommen war. Normalerweise lässt sie das Licht an, oder in der Küche steht ein Teller. Den Schlüssel legt sie immer auf den Flurtisch. Ihr Schlüssel war nicht da. Das Haus war genau so, wie es war, als wir am Abend vorher ins Bett gegangen waren. Ich habe Lexi gefragt, wie Kelly nach Hause gekommen ist. Da reagierte sie dann wirklich seltsam. Schluckte. Wurde blass. Ich konnte spüren, dass sie sich wegen irgendetwas schuldig fühlte. Lexi behauptete, sie hätte von den anderen gehört, dass Kelly und ein Junge aus der Schule, Harris, die Party zu Fuß verlassen hätten. Ich fragte Lexi, in welche Richtung sie gegangen seien. Erst zuckte sie nur mit den Schultern, dann meinte sie, vermutlich hätte die beiden die Abkürzung durch das Feld genommen. Sie sagte, so sei Kelly auch gekommen. Sie öffnete den Schrank im Flur und reichte mir Kellys Rucksack. Als ich sah, dass Kelly ihren Rucksack mit allen Sachen und ihrem Handy zurückgelassen hatte, wusste ich, dass Lexi sie rausgeworfen hatte. Hätte Kelly ihr Telefon gehabt, hätte sie mich angerufen, damit ich sie abhole. Ich mochte Lexi nie sonderlich. Das Mädchen hat eine ausgesprochen bösartige Ader.«

Rachel blätterte die Seite um und trank einen Schluck Kaffee. Sie erinnerte sich, wie Dan abrupt aufgestanden und in seinem Büro auf und ab gelaufen war, als er ihr den folgenden Teil erzählte.

»Wir mussten so schnell wie möglich herausfinden, wohin sie gegangen war. Die Zeit arbeitete gegen uns. Wir fuhren zum Feld. Am Anfang des schlammigen Wegs sah ich Fußspuren. Es war mehr als ein Paar. Wenn Kelly dort gegangen war, dann andere Leute ebenfalls. Ich bekam Panik. Das ist sonst gar nicht meine Art. Ich habe Gefechte miterlebt. Ich werde nicht panisch. Aber wenn die eigene Tochter verschwunden ist, ist das etwas völlig anderes. Ich warf Christine den Autoschlüssel zu und sagte zu ihr, sie solle nach Hause fahren und schauen, ob Kelly dort war, während ich ihrer Spur durch das Feld folgte. In dem hohen Gras konnte jemand leicht verschwinden. Von Kelly war keine Spur zu finden. Dafür sah ich Dinge, die mir Angst machten: eine Reihe Bierdosen, an einen Baumstamm genagelt, mit Löchern von Kugeln eines Luftgewehrs. Das verriet mir mehr über die Leute, die dort rumhängen, als mir lieb war. Bei der Vorstellung, dass mein kleines Mädchen in der Nacht dort rumgelaufen war, wurde mir regelrecht übel. Als ich zu Hause ankam, saß Christine weinend auf der Verandatreppe. Kellys Bett war unberührt. Wir durchsuchten das Haus vom Keller bis zum Dachboden. Den Garten, die Garage, den Schuppen. Christine überprüfte sogar die Aufzeichnungen der Alarmanlage. Niemand hatte während der Nacht das Haus betreten. Damit war eindeutig klar, dass Kelly nicht nach Hause gekommen war. Ich setzte mich neben Christine. Wir hielten uns an der Hand und senkten den Kopf, um zu beten. Unsere Tochter war verschwunden, und wir hatten keine Ahnung, was mit ihr passiert war.«

Rachel warf das Notizbuch neben sich auf das Bett. »Das ist mehr oder weniger alles, was Dan mir erzählt hat«, sagte sie zu Pete und sah auf den Wecker. »Ich sollte allmählich los. Ich habe heute echt viel zu tun. Falls Zeit bleibt, möchte ich mehr über den Tod von Hannahs Schwester rausfinden. Irgendjemand muss sich doch an irgendetwas erinnern.«

»Du weißt, dass mir das überhaupt nicht gefällt«, erwiderte Pete. »Wie sie dir die Briefe hat zukommen lassen – da hat sie eine Grenze überschritten. Du weißt nichts über sie.«

»Genau deswegen möchte ich mit Hannah reden.«

»Schau, Rachel«, sagte Pete vorsichtig. »Der Prozess beginnt – wann? In vier Tagen? Leg diese Hannah-Geschichte erst mal auf Eis, und konzentrier dich auf den Podcast. Wir können dem später immer noch nachgehen.«

»Keine Sorge«, erwiderte Rachel. »Der Podcast hat absolute Priorität. Das Skript habe ich geschrieben, nachdem ich gestern Abend von dem Treffen mit Dan Moore zurück war, und das Aufnahmestudio habe ich für heute Nachmittag gebucht. Es wäre wirklich eine große Hilfe, wenn du weiter nach Informationen über Jenny Stills suchen würdest. Was immer du finden kannst.«

»Glaub mir, ich suche. Da fällt mir etwas Interessantes ein. Hannah Stills ist im Internet nicht zu finden. Keine Geburtsurkunde. Nichts auf Social Media. Es ist fast, als gäbe es sie gar nicht.«

»Vermutlich benutzt sie den Namen ihrer Adoptiveltern«, sagte Rachel. »Ich wette, die Unterlagen sind nicht einsehbar. Was ist mit den Lokalzeitungen? Ich habe ein bisschen nachgeforscht, aber nichts gefunden. Kannst du die Datenbanken der regionalen Zeitungen einsehen? Haben die Lokalzeitungen irgendwelche Artikel zu Jennys Tod gebracht?«

»Online konnte ich nicht das Geringste finden.«

»Ich fahre heute Morgen bei der hiesigen Bücherei vorbei. Mal sehen, ob ich im Archiv alte Zeitungsausgaben finde.«

»Rach, ich verstehe nach wie vor nicht, wieso du so besessen von dieser Sache bist. Weil Hannah dich an dem Anglersteg versetzt hat?«

»Nein«, antwortete Rachel. »Weil ich sie im Stich gelassen habe. Sie hat mir geschrieben und mich verzweifelt um Hilfe gebeten, und ich habe sie ignoriert. Genau wie die Leute Kelly Moore ignoriert haben, als sie bei der Party draußen stand und auf Hilfe wartete. Ich werde nicht gleichgültig sein, Pete. Ich spüre, dass Hannah verzweifelt ist. Sonst würde sie sich nicht so sehr anstrengen, meine Aufmerksamkeit zu erregen.«

»Du kannst nicht die ganze Welt retten, Rach«, sagte Pete leise.

»Das vielleicht nicht. Aber ich kann einen Menschen nach dem anderen retten.«

RACHEL

15

Neapolis' Zentralbücherei war ein helles Ziegelgebäude, aus dessen riesigen Fenstern man auf einen gepflasterten Platz mit Cafés und Spezialitätenläden sah.

Rachel stand als Vierte in der Schlange vor der Informationstheke. Die diensthabende Bibliothekarin zeigte einer älteren Dame, wie die automatische Buchausleihe funktionierte. Schließlich gab sie auf und scannte die Bücher für die Dame, dann kam sie an die Theke, um bei der nächsten Frage zu helfen.

»Wo finde ich Ihre Zeitungsarchive?«, fragte Rachel, als sie an der Reihe war.

»Wir sind nur noch eine Ausleihbücherei«, erwiderte die Bibliothekarin. »Keine wissenschaftliche Bibliothek. Unsere Archive und das Forschungsmaterial wurden alle ins Rathausarchiv verlegt. Es ist zweimal in der Woche vormittags geöffnet. Heute bis Mittag und Freitagvormittag.« Sie warf einen Blick auf die Uhr. »Wenn Sie heute noch hinwollen, sollten Sie sich beeilen. Es schließt in einer Stunde. Sonst müssen Sie bis Freitag warten.«

Freitagmorgen kam für Rachel nicht infrage, da würde der Prozess bereits begonnen haben. Eilig verließ sie die Bücherei, um rechtzeitig in das Archiv zu gelangen, bevor es an diesem Tag schloss. Der schnellste Weg war der durch den Stadtpark. Er verband den neuen Stadtteil mit dem charmanten historischen Altstadtkern, wo das Rathaus aus dem 19. Jahrhundert, das Gericht und weitere Verwaltungsgebäude an einem von Bäumen gesäumten Boulevard standen. Rachel überquerte die Straße und lief über die grünen Rasenflächen, vorbei an einem Zierteich im Herzen des Stadtparks mit Enten und Seerosen und dann an einem Radweg entlang, der am oberen Ende in den Boulevard einmündete.

Als sie die Treppe hinauflief und in die klimatisierte Kühle des weißen klassischen Rathausgebäudes trat, schwitzte sie heftig. Es war das erste Mal seit ihrer Ankunft in Neapolis, dass sie sich richtig körperlich verausgabt hatte. An der Wand im Eingangsbereich hing eine Informationstafel, der sie entnahm, dass sich das Archiv im Untergeschoss befand. Sie folgte den Hinweisschildern und gelangte am Ende eines fensterlosen Gangs schließlich zum Archiv.

Ein schlanker Mann mit grauem Haar sah von seinem Computerbildschirm hoch, als Rachel das puristische Büro betrat. Hinter ihm standen Tische mit altmodischen Geräten zum Betrachten von Mikrofilmen.

»Ich bin auf der Suche nach alten Zeitungsausschnitten aus der *Neapolis Gazette*«, sagte Rachel, die stehen geblieben war, obwohl er sie mit einer Handbewegung zum Sitzen eingeladen hatte. Sie hatte es eilig, und wenn sie stehen blieb, würde das ihrer Bitte mehr Nachdruck verleihen.

»Unser Zeitungsarchiv reicht über ein Jahrhundert zurück«, erwiderte er. »Wenn Sie sich die Originalausgaben im Archiv ansehen wollen, müssen Sie einen Antrag stellen. Bis Sie die Genehmigung erhalten, dauert es eine Woche. Oder, wenn Ihnen das lieber ist, können Sie sich ohne

Termin die Mikrofilmkopien anschauen. Um welchen Zeitraum geht es denn?

»Sommer '92«, erwiderte sie.

»In dem Fall müssten Sie die Mikrofilme sichten. Dieser Jahrgang ist noch nicht in unser digitales System eingepflegt.«

»Wo finde ich die Mikrofilme?«, fragte Rachel.

»Wir schließen bald. Es wäre besser, Sie kämen am Freitag wieder, da haben wir das nächste Mal geöffnet. Dann haben Sie genügend Zeit, sie in Ruhe durchzusehen.« Er machte sich gar nicht erst die Mühe, seinen Unmut über ihr Auftauchen kurz vor Schließung zu verbergen.

»Ich habe nur heute Zeit«, erwiderte Rachel und warf einen Blick auf die Wanduhr. Es blieben noch vierzig Minuten, bis das Archiv zumachte. »Die Zeit reicht noch, um zu finden, wonach ich suche«, fügte sie hartnäckig hinzu.

»Na gut«, entgegnete er widerstrebend. »Welche Daten brauchen Sie?«

»Juni bis Dezember '92.«

Der Archivar schaltete ein altmodisches Mikrofilmgerät ein und ging mit einer Langsamkeit, die Rachel schier unerträglich fand, ein Verzeichnis durch, wobei er immer wieder einen Blick auf die Wanduhr warf. Schließlich fand er den entsprechenden Mikrofilm und fädelte ihn in das Lesegerät ein.

Mithilfe des Hebels am Gerät durchforstete Rachel die einzelnen Ausgaben der *Neapolis Gazette*. Sie fand mehrere Artikel über zwei Jungen, die in jenem Sommer bei einem Autounfall ums Leben gekommen waren. Über Jenny Stills' Tod waren keine Artikel zu finden, bis Rachel auf einer Innenseite auf einen kurzen Absatz innerhalb einer Zusammenfassung örtlicher Nachrichten stieß. Er war so klein, dass sie ihn beinahe übersehen hätte.

TEENAGER AUS NEAPOLIS ERTRINKT NAHE DEM ANGLERSTEG

Gestern ertrank am Morrison's Point Strand ein sechzehnjähriges Mädchen. Es wurde ins Neapolis General Hospital gebracht, wo es von den Ärzten für tot erklärt wurde. Der Name des Opfers wurde noch nicht bekannt gegeben. Nach dem Vorfall wurde der Strand abgesperrt. Inzwischen ist er wieder frei zugänglich. Die Polizei ruft alle Schwimmer dazu auf, vorsichtig zu sein.

Rachels Vermutung, dass es sich bei der Ertrunkenen um Jenny Stills handelte, wurde in einem wenige Tage später veröffentlichen Artikel bestätigt. Auch er stand auf einer der Innenseiten der Zeitung:

Das Mädchen aus Neapolis, das am Morrison's Point Strand ertrunken ist, wurde als Jenny Eliza Stills identifiziert. Laut Polizei ist das Mädchen mit dem Kopf auf Felsen aufgeschlagen, als es in der Nacht von dem Steg sprang, um zu schwimmen. Die Familie hat noch keine Angaben zur Beerdigung gemacht. Polizei und Behörden rufen Teenager dazu auf, nicht in der Nähe des Anglerstegs am Morrison's Point zu schwimmen.

Mehr konnte Rachel zu Jennys Tod nicht finden. Zu den Jungen, die bei dem Autounfall ums Leben gekommen waren, fand sich eine Reihe weiterer Artikel. Beide Jungen stammten offenbar aus angesehenen Familien, und es gab eine ausführliche Berichterstattung inklusive Grabreden und Todesanzeigen. Außerdem wurde immer wieder über den Zustand eines nicht näher genannten dritten Jungen berichtet, der vermutlich am Steuer gesessen hatte und auf der Intensivstation um sein Leben kämpfte. Über das ertrunkene Mädchen wurde nichts weiter berichtet.

Rachels Blick fiel auf ein Foto von einem von Kerzen hell erleuchteten Gedenkgottesdienst, der einen Tag nach dem tödlichen Autounfall abgehalten worden war. Es war auf der Titelseite der Zeitung abgedruckt unter der Überschrift: NEAPOLIS TRAUERT. Mit zusammengekniffenen Augen betrachtete Rachel das körnige Schwarz-Weiß-Foto, das den Polizeipräsidenten, Russ Moore, auf einem Podium neben dem Bürgermeister zeigte. Der Polizeipräsident hielt die Arme stocksteif und streckte die Brust heraus. Laut der Bildunterschrift handelte es sich um eine Schweigeminute für die beiden toten Jungen. Einer der Jungen war der Neffe des Bürgermeisters. Der andere war der einzige Sohn eines bekannten Geschäftsmanns der Stadt.

Polizeipräsident Moore wirkte riesig, eine beeindruckende Persönlichkeit, neben der der grauhaarige Bürgermeister, der auf dem Foto neben ihm stand, klein und unbedeutend aussah. Auf einem anderen Foto erkannte Rachel einen jungen Dan Moore, den Arm in einer Schlinge, mit seinem Dad.

Rachel arbeitete sich immer schneller durch die weiteren Zeitungsausschnitte. Ihr war bewusst, dass ihr die Zeit davonlief. Sie war enttäuscht, dass sich außer den beiden kleinen Artikeln keine weiteren Informationen über Jenny Stills fanden.

Der Archivar ließ sie deutlich merken, dass er das Büro in Kürze zumachen würde. Mit viel Getöse fuhr er die anderen Geräte herunter und packte seine Aktentasche. Rachel war nicht so begriffsstutzig, dass sie nicht gewusst hätte, dass dies seine Art war, sie zur Eile anzutreiben. Sie ignorierte ihn und arbeitete sich weiter durch die Artikel, entschlossen, jede Sekunde zu nutzen, die ihr noch blieb, bevor das Archiv schloss. Als sie einen Artikel in einer Zeitungsausgabe später aus jenem Jahr fand, war sie froh, dass sie sich nicht hatte einschüchtern lassen.

UNTERSUCHUNG IM FALL DES ERTRUNKENEN MÄDCHENS IN NEAPOLIS EINGESTELLT

Laut Bericht des Büros des Gerichtsmediziners, das die Untersuchung gestern offiziell eingestellt hat, starb das junge Mädchen, das letzten Sommer am Morrison's Point tot im Wasser gefunden wurde, nachdem es vom Steg gesprungen, auf Felsen aufgeschlagen und dann ertrunken war.

Die Mutter des Mädchens, die inzwischen verstorben ist, hatte gefordert, die Umstände des Tods ihrer Tochter unter dem Aspekt einer Gewalttat zu untersuchen. Doch der Gerichtsmediziner kam zu dem Schluss, dass eine weitergehende Untersuchung nicht zu rechtfertigen sei, das Mädchen sei tragischerweise ums Leben gekommen, als es nachts in rauer See schwamm.

Die zuständigen Behörden geben an, sie warnten Teenager schon seit Längerem davor, von dem Steg zu springen, und versprachen, Warnschilder aufzustellen, um weitere Tragödien zu verhindern.

»Sie müssen jetzt Schluss machen.«

Rachel sah hoch. Der Archivar stand an der Tür, die Hand auf dem Lichtschalter. Ihre Zeit war abgelaufen.

Als Rachel das Gebäude verließ und zur Bücherei zurückjoggte, wo sie ihren Wagen hatte stehen lassen, war sie neugieriger denn je und frustriert, dass sie nicht viel Zeit haben würde, um nach Antworten zu suchen, jetzt, wo der Prozess begann.

Die dürftigen Informationen und die magere Zeitungsberichterstattung über Jenny Stills' Tod hatten bei Rachel mehr Fragen aufgeworfen, als sie Antworten bekommen hatte. Es gab einen auffälligen Unterschied zwischen der Berichterstattung über Jennys Tod und der zu den beiden Jungen. Vielleicht lag es daran, dass Jenny Stills ertrunken war, statt bei einem spektakulären Autounfall mit mehreren Toten ums Leben zu kommen. Oder daran, dass Jenny und ihre Familie, wie Rachel anhand von Hannahs Briefen vermutete, auf der sozialen Hierarchieleiter unten standen, während die bei dem Autounfall getöteten Jungen aus einflussreichen Familien stammten.

Es war nicht nur der Mangel an öffentlichem Interesse an Jennys Tod, der Rachel beschäftigte. Immer wieder fragte sie sich, was Jennys Mutter so sehr umgetrieben haben mochte, dass sie in den letzten Tagen vor ihrem Tod die Kraft aufgebracht hatte zu fordern, der Tod ihrer Tochter solle als mögliche Gewalttat untersucht werden. Was hatte Hope Stills dazu veranlasst zu glauben, dass Jenny vielleicht ermordet worden war, wenn die Behörden sicher waren, sie sei auf tragische Weise ertrunken?

Rachel blieb noch genügend Zeit für einen kurzen Stopp beim nahe gelegenen Polizeirevier. Vielleicht konnte sie dort ein paar Antworten bekommen. Es war ein Flachdachgebäude aus den Siebzigern und lag nur zwei Straßen von der Bücherei entfernt. Rachel reichte dem diensthabenden Polizisten ihren Presseausweis und erklärte ihm, sie würde gern mit einem älteren Kollegen sprechen, der vielleicht an der Untersuchung des Falls eines ertrunkenen Teenagers vor mehreren Jahrzehnten beteiligt gewesen war. Als er ihr damit nicht weiterhelfen konnte, bat sie um Kopien des Polizei- und des Autopsieberichts.

»Haben Sie ein Aktenzeichen? Oder den Namen des Opfers?«, fragte der Polizist.

»Jenny Stills«, antwortete sie.

Er tippte den Namen ins System ein.

»Tut mir leid«, sagte er. »Der Name taucht in unserem System nicht auf.«

RACHEL

16

Detective Nick Cooper bearbeitete auf Händen und Knien das Deck seines Zweimasters mit einer elektrischen Schleifmaschine, als Rachel auf sein Boot geklettert kam. Da ihr klar war, dass er sie bei dem ohrenbetäubenden Lärm des Geräts nicht hören würde, zog sie dessen Stecker aus der Steckdose, sodass die Stromzufuhr unterbrochen war.

Das hohe Kreischen hörte abrupt auf, und nur noch das sanfte Plätschern der Wellen gegen das Boot war zu hören. Detective Cooper setzte die Ohrschützer und den Gesichtsschutz ab und stand auf, um herauszufinden, wieso seine Schleifmaschine plötzlich nicht mehr funktionierte.

Als er Rachel sah, wischte er sich die Handflächen an seiner Kakiarbeitshose ab und streckte ihr dann die Hand hin. Sein helles Haar und die hellen Bartstoppeln standen in deutlichem Kontrast zu seiner dunkel gebräunten Haut und dem schwarzen T-Shirt.

»War es schwierig, mein Boot zu finden?«, fragte er und legte die Schleifmaschine zur Seite.

»Ich habe mich an der Staubwolke orientiert, genau wie Sie gesagt haben«, erwiderte Rachel. »Wie es aussieht, werden Sie einige Zeit mit Streichen beschäftigt sein.«

»Das ist der Preis, den ich dafür zahle, dass ich ein Holzsegelboot habe. Mehr Pflege, aber wenn ein frischer Wind geht, gibt es nichts Schöneres, als mit diesem Schmuckstück zu segeln«, erwiderte er und holte zwei von Kondenswasser triefende Dosen mit Mineralwasser aus einer Kühlbox. Eine warf er Rachel zu, dann riss er die Lasche von seiner.

»Worüber möchten Sie reden?«, fragte er und schob einen 7,5-Liter-Eimer Farbe zur Seite, damit sich Rachel auf die Bank setzen konnte.

»Mich interessiert alles, was Sie über den Scott-Blair-Fall wissen«, antwortete Rachel.

Detective Cooper setzte sich an die Reling seines Boots und trank einen großen Schluck von seinem Wasser. »Netter Versuch«, sagte er, nachdem er geschluckt hatte. »Sie wissen, dass ich vor dem Prozess nicht über den Fall reden darf. Ich war an der Untersuchung sowieso nicht beteiligt. Dafür war die Abteilung für Sexualstraftaten zuständig. Ich habe nur die ersten Befragungen in den Stunden nach Kelly Moores Verschwinden durchgeführt. Wie ich Ihrem Produzenten bereits gesagt habe, kann ich zumindest darüber reden, wenn Ihnen das hilft. Solange Sie mich nicht zitieren.«

»Nur zu«, entgegnete Rachel. »Erzählen Sie mir, was immer Sie mir erzählen können.«

»Ich hatte geplant, an jenem Sonntagmorgen nach Ocracoke zu segeln, als mich der Diensthabende vom Revier anrief. Ein junges Mädchen wurde vermisst. Der Vater hatte ihr Verschwinden gemeldet. Man bat mich, mich ein bisschen umzuhören.«

»Der Vater ist Dan Moore, Sohn des früheren Polizeipräsidenten Russ Moore?«, fragte Rachel.

»Ich sehe, Sie haben sich mit den lokalen Gegebenheiten vertraut gemacht.«

»So gut ich konnte«, erwiderte Rachel und dachte daran, dass sie vieles leider nicht hatte herausfinden können. Zum Beispiel, wie Jenny Stills gestorben war. »Ich wette, die Ermittlungen wurden aus Rücksicht auf Russ Moore schnell vorangetrieben.«

»Kein Kommentar«, erwiderte Detective Cooper und trank einen weiteren Schluck Mineralwasser.

»Was haben Sie unternommen, nachdem man Sie gebeten hatte nachzuforschen, was mit Kelly passiert war?«

»In solchen Fällen spricht man immer als Erstes mit der Person, die die Vermisste zuletzt gesehen hat. In diesem Fall war es ein Junge namens Harris Wilson. Mein erstes Ziel war sein Zuhause.«

Harris' Dad, Bill Wilson, polierte gerade in der Auffahrt seinen Wagen, als Detective Cooper vorfuhr. Der Detective trug Leinenshorts und ein T-Shirt. Er war auf dem Weg zu seinem Boot gewesen, als er den Anruf bezüglich Kelly Moore bekommen hatte. Ihm war keine Zeit geblieben, nach Hause zu fahren und sich umzuziehen.

»Ist Harris da?«, rief er Bill zu, während er die Auffahrt entlangging.

»Wer will das wissen?«, fragte Bill.

Detective Cooper zeigte ihm seine Polizeimarke. »Ich bin auf der Suche nach einem Mädchen, das seit gestern Nacht vermisst wird. Harris' Freunde sagen, er hätte sie vielleicht gesehen, bevor sie verschwunden ist.«

»Harris schläft«, erwiderte Bill und wienerte grimmig die Kühlerhaube seines Wagens.

»Können Sie ihn aufwecken?«, fragte Detective Cooper. »Es ist ziemlich wichtig.«

»Aber gerne. Wird eh Zeit, dass er aufsteht.« Bill warf

den Lappen auf die Kühlerhaube und ging voran ins Haus.

Er bot Detective Cooper einen Platz am Kiefernholztisch in der Küche an, wo der Detective den Sportteil der Zeitung durchblätterte, während Bill nach oben ging, um seinen Sohn zu wecken. Ein paar Minuten später kam Harris barfuß in die Küche geschlurft. Sein Haar war verstrubbelt, seine Kleidung zerknittert, als hätte er sie sich buchstäblich übergeworfen. Er schaffte es nicht, Detective Cooper in die Augen zu sehen, als er sich einen Stuhl heranzog und sich neben seinen Dad an den Küchentisch setzte. Detective Cooper legte die Zeitung weg und musterte ihn.

In all den Jahren bei der Polizei hatte er mit unzähligen Vermisstenfällen zu tun gehabt. Das Szenario war fast immer das gleiche: Ein Teenager läuft davon, und die Eltern erwarten, dass sofort etwas getan und auf der Suche nach ihrem Kind jeder Stein umgedreht wird. Das Kind taucht unweigerlich nach ein paar Stunden oder Tagen wieder auf. Es stellt sich heraus, dass er oder sie nach einem Streit zu Hause bei Freunden untergeschlüpft ist. Manchmal wiederholte sich dieses Muster, wenn das Kind nach einem weiteren Streit erneut davonlief.

Er war davon ausgegangen, dass es sich um einen dieser Fälle handeln würde. Jedenfalls bis er Harris zu Gesicht bekam. Seine Augen waren blutunterlaufen, und er zeigte ein unverhältnismäßig großes Interesse am Fußboden. Schlimmer noch, Harris roch nach Alkohol und Gras. Detective Cooper hatte es bereits gerochen, bevor Harris auch nur am Küchentisch angekommen war.

Ob zu Recht oder nicht, auf dem inoffiziellen Schuldbarometer, mit dem Detectives potenzielle Verdächtige maßen, war Harris in der roten Zone.

Harris nahm einen grünen Apfel aus der Obstschale, die auf dem Tisch stand. Einen Moment lang sah es aus, als wolle er hineinbeißen, dann überlegte er es sich anders und warf ihn von einer Hand in die andere, als bereite er sich auf einen Wurf vor. Es sah nicht gut aus. Ein Mädchen war verschwunden, und Harris spielte und zappelte herum und machte den Eindruck, als wäre er am liebsten ganz woanders. Harris' Vater trat seinen Sohn leicht in die Wade, damit er sich zusammenriss. Harris sah seinen Dad an und zuckte mit den Schultern. Ihm musste klar sein, dass er nach Marihuana und billigem Alkohol stank. Nicht unbedingt der beste Eindruck, den man auf einen Polizisten machen konnte, wenn man der Letzte war, der ein Mädchen vor seinem Verschwinden gesehen hatte.

Harris fing wieder an, den Apfel hin- und herzuwerfen, dann biss er so kräftig ab, dass es laut krachte. Detective Cooper beobachtete ihn genau. Er schob seinen Stuhl ein Stück zurück, damit er den Teenager, der ihm gegenübersaß, besser im Blick behalten konnte.

Eins war sicher: Harris Wilson war von einem möglichen Zeugen zu einem Hauptverdächtigen avanciert, bevor er auch nur eine einzige Frage beantwortet hatte.

»Danke, dass Sie mit mir reden, Harris«, sagte Detective Cooper betont lässig. »Ich habe nur ein paar Fragen. Es dauert nicht lange.« Der Teenager zuckte mit den Schultern, als wäre ihm das egal.

»Wussten Sie, dass Kelly Moore verschwunden ist?«

»Mein Dad hat es mir gesagt. Als er mich geweckt hat. Da habe ich es zum ersten Mal gehört«, antwortete Harris, den Blick nach unten gerichtet. Er hob den Apfel wieder in die andere Hand. »Was meinen Sie mit ›verschwunden‹?« Er sah hoch. Detective Cooper fiel auf, dass seine

Stimme unsicher klang. Harris hatte vor irgendetwas Angst.

»Verschwunden in dem Sinn, dass niemand weiß, wo sie ist«, antwortete Detective Cooper, ohne Harris aus den Augen zu lassen. »Einige Leute behaupten, Sie hätten gemeinsam mit ihr die Party verlassen. Haben Sie gestern Nacht mit Kelly eine Party verlassen?«

»Mehr oder weniger.« Harris wand sich bei der Frage.

»Was meinen Sie mit ›mehr oder weniger‹?«

»Kelly hat die Party verlassen, nachdem Lexi sie aus dem Haus ausgesperrt hatte. Ich sah sie die Straße hinunter in die Dunkelheit verschwinden. Viele von uns haben das gesehen. Ich bin ihr hinterhergegangen.«

»Sie sind ihr hinterhergegangen?«

Bill Wilson setzte sich so abrupt auf, dass sein Stuhl quietschte. Zum ersten Mal schien er zu begreifen, dass Detective Coopers plötzliches Interesse an seinem Sohn nicht so harmlos war, wie er vermutet hatte.

»Ich fand es nicht richtig, dass sie nachts allein unterwegs war. Lexi hat sie echt mies behandelt. Also bin ich Kelly hinterhergegangen und habe sie in die Stadt zurückbegleitet. Ich wollte sowieso gehen. Die Party war langweilig.«

Harris erzählte Detective Cooper, wie sie zum Spielplatz gegangen seien und eine Zeit lang auf den Schaukeln gesessen hätten, bis er Kelly dort allein gelassen habe, um etwas von zu Hause zu holen. Er war nur ein paar Minuten fort gewesen.

»Und was genau haben Sie geholt, das so wichtig war, dass Sie ein junges Mädchen mitten in der Nacht in einem Park allein zurückgelassen haben?«

Harris starrte fasziniert auf seine Fingernägel, bevor er

schließlich den Kopf hob. »Ich habe was zu rauchen geholt.«

»Eine Zigarette? Oder was Stärkeres? Etwa Marihuana? Keine Sorge. Ich will Sie nicht wegen Drogen drankriegen. Ich will nur Kelly finden.«

»Das andere«, murmelte Harris.

»Ich habe das Gefühl, das ist noch nicht alles«, sagte Detective Cooper, der zwar kein derartiges Gefühl hatte, aber wusste, wie man Verdächtige zum Reden brachte. »Was haben Sie noch geholt?«

»Ich habe meinen Flachmann wieder aufgefüllt.« Harris sah seinen Vater schuldbewusst an.

»Und?«, fischte Detective Cooper weiter.

»Ich habe ein Kondom eingesteckt.« Harris seufzte tief und starrte auf seine nackten Füße.

»Dann dachten Sie also, Sie könnten bei Kelly landen?«

»Ich dachte, es wäre sinnvoll, es einzustecken. Vorsichtshalber.«

»Und? Kam es so weit?«

»Nein«, erwiderte Harris. »Sie war nicht mehr da, als ich zurückkam. Wie ich Ihnen schon gesagt habe.«

Detective Cooper seufzte. Er hätte Harris gern weitere Fragen dazu gestellt, aber er musste sich zurückhalten. Harris galt offiziell noch immer als Zeuge, nicht als Verdächtiger, und Detective Cooper hatte ihm nicht seine Rechte vorgelesen.

»Was geschah, als Sie gemerkt haben, dass Kelly nicht mehr im Park war?«

»Ich habe mich auf die Schaukel gesetzt und meinen Joint geraucht.«

»Sie haben sich bekifft? Sie haben sie nicht gesucht?«

»Doch, ich habe nach ihr gesucht. Ich habe ihren Namen

gerufen. Keine Antwort. Ich habe angenommen, dass sie nach Hause gegangen war. Dass sie mich versetzt hatte. Ich bin noch eine Zeit lang geblieben, habe geraucht und bin dann nach Hause gegangen.«

»Das stimmt«, schaltete sich sein Vater ein. »Harris hat einen Stapel Recyclingsachen umgeworfen, als er gegen halb drei nach Hause kam. Ich habe kurz darauf nach ihm geschaut. Er lag im Bett und schlief.«

»Es wäre hilfreich, wenn Sie aufs Polizeirevier kommen könnten, Harris«, tastete sich Detective Cooper vorsichtig vor. »Dort können wir uns ausführlicher unterhalten. Vielleicht haben Sie noch irgendetwas anderes gesehen, was uns zu Kelly führen könnte.«

»Ist das wirklich nötig?«, fragte Bill Wilson. »Sie sagten doch, Sie hätten nur ein paar Fragen.«

»Hatte ich auch. Aber ein Mädchen ist verschwunden. Aus dem, was Harris mir erzählt hat, ergeben sich weitere Fragen. Die können wir auf dem Polizeirevier besser klären als hier.«

Harris' Vater griff nach einer Schachtel Zigaretten und zündete sich eine an. »Brauchen wir einen Rechtsanwalt?«, fragte er, nachdem er den Rauch ausgestoßen hatte.

»Das ist Ihre Entscheidung.«

»Wollen Sie damit sagen, dass mein Junge unter Verdacht steht?«

»Bis wir Kelly Moore gefunden haben, steht jeder unter Verdacht. Vor allem die letzte Person, die sie lebend gesehen hat. Im Moment scheint das Ihr Sohn zu sein.«

Detective Cooper zerdrückte seine leere Mineralwasserdose und warf sie in den Abfalleimer. Rachels Zeit war um. Er musste wieder an die Arbeit.

»Glauben Sie, dass Harris was damit zu tun hat? Dass Scott und er das gemeinsam getan haben?«, fragte Rachel, die nicht gehen wollte, bevor sie nicht so viele Informationen wie möglich aus ihm herausgequetscht hatte.

»Harris wurde wegen Beihilfe angeklagt. Das ist eine ernst zu nehmende Straftat. Sie haben vermutlich in den Lokalnachrichten gehört, dass er einem Vergleich zugestimmt hat. Jetzt muss er nicht vor Gericht.«

»Harris muss an der Sache beteiligt gewesen sein. Wieso hätte er sonst einem Vergleich zustimmen sollen?«, hakte Rachel nach.

»Es gibt viele Gründe, wieso ein Verdächtiger einem Vergleich zustimmt. Vielleicht ist er schuldig. Oder er ist nicht schuldig, fürchtet aber, es den Geschworenen nicht beweisen zu können. Oder, dritte Möglichkeit, seine Familie kann sich das übliche Honorar eines guten Strafverteidigers nicht leisten.« Er steckte ein neues Blatt Schmirgelpapier in die Schleifmaschine und wollte sich wieder seiner Arbeit zuwenden.

»Selbst dann ist es schwer zu glauben, dass jemand etwas gesteht, was er nicht getan hat«, wandte Rachel ein.

»Recht zu bekommen, ist teuer. Für eine halbwegs vernünftige Verteidigung brauchen Sie wirklich viel Geld. Vielleicht haben seine Familie und die Rechtsanwälte gerechnet und sind zu dem Ergebnis gekommen, dass sie keine längere Haftstrafe für Harris riskieren wollen«, erwiderte Detective Cooper. »Diese Art Kuhhandel passiert dauernd. Ohne so etwas wäre das Justizsystem permanent überlastet. In meinen zwanzig Jahren als Detective auf Rhode Island ist es zu mehr Vergleichen als zu Gerichtsverhandlungen gekommen, und in den letzten beiden Jahren hier in Neapolis war es genauso.«

»Dann sind Sie noch gar nicht so lange hier!«, rief Rachel überrascht aus. Sie hatte vorgehabt, ihn nach Jenny Stills zu fragen, vielleicht hätte er gewusst, was ihr zugestoßen war. Aber wenn er erst relativ kurz in der Stadt war, konnte sie sich das sparen. »Wieso sind Sie hierhergezogen?«

Er zögerte. »Meine Ehe war gescheitert. Ich dachte, ich verlasse die Polizei und baue mir hier etwas mit Tauchausflügen für Touristen auf. Ich bin Tauchlehrer. Dann bot man mir einen Job als Detective an. Jetzt bin ich wieder bei der Polizei. Glauben Sie mir, das überrascht niemanden mehr als mich.« Er steckte den Stecker der Schleifmaschine wieder ein.

Während Detective Cooper die Ohrschützer aufsetzte, kletterte Rachel, begleitet vom hohen Jaulen der über das Deck gleitenden Schleifmaschine, vom Boot auf den Steg.

Sie ging zurück Richtung Strand, vorbei an einigen am Steg vertäuten Jachten, bis sie bei dem Marinakomplex angekommen war. Dort gab es mehrere Restaurants, von deren Freifläche aus man direkt aufs Meer sah. Rachel hatte noch keins von ihnen ausprobiert, obwohl sie gleich gegenüber von ihrem Hotel lagen. Die Tische dort waren immer alle besetzt, und sie hatte nie die Zeit zu warten, bis einer frei wurde.

Als Rachel beim *Blue Sea Café* vorbeikam, entdeckte sie einen kleinen Tisch direkt am Wasser, der noch frei war. Sie beschloss, sich ausnahmsweise ein richtiges Mittagessen zu gönnen, statt sich etwas zum Mitnehmen zu holen und es unterwegs hinunterzuschlingen. Sie setzte sich auf den Stuhl mit Blick aufs Meer und holte ihre Sonnenbrille heraus, um nicht geblendet zu werden.

Als die Bedienung kam, bestellte Rachel den Krabbenburger von der Tafel mit den Spezialitäten. Als Beilagen gab es Pommes frites, Salat und kunstvoll angerichtete Avocadoscheiben mit einem Spritzer Limette. Rachel aß alles auf. Auf Nachtisch oder Kaffee verzichtete sie. Sie hatte genug getrödelt. Als die Bedienung mit einer American-Express-Mappe kam, schob Rachel ihre Kreditkarte hinein, ohne einen Blick auf die Rechnung zu werfen.

»Oh, ich brauche Ihre Karte nicht«, sagte die Bedienung. »Ihre Rechnung wurde bereits bezahlt.«

»Von wem?« Rachel öffnete die Mappe, um es herauszufinden. Darin lag eine Quittung, an die ein Umschlag mit ihrem Namen getackert war.

»Keine Ahnung«, erwiderte die Bedienung und stellte Rachels Teller zu einem ordentlichen Stapel zusammen. »Die wurde am Tresen bezahlt.«

HANNAH

17

Rachel, haben Sie jemals etwas getan, das Sie so sehr bereuen, dass Sie Ihre Seele verkaufen würden, um die Zeit zurückdrehen und es ungeschehen machen zu können?

Für Sie waren es vielleicht die Heirat mit Ihrem Freund vom College und die Scheidung sechs Monate später, als Sie feststellten, dass Sie Ihren besten Freund geheiratet hatten, aber nicht die Liebe Ihres Lebens. Sie haben das in einem Interview erwähnt, das Sie einer Zeitschrift gegeben haben. Ich weiß nicht mehr, welcher.

Für mich war es der Tag etwa drei Wochen nach Beginn der Sommerferien. Ich war am Strand eingeschlafen, zum Klang der Sommerhits, die laut aus dem Radio dröhnten, dem dauernden Gelächter und dem Krachen der sich brechenden Wellen.

Als ich wach wurde, fühlte sich alles anders an. Niemand war zu hören, und es war insgesamt seltsam still. Das Meer war außergewöhnlich ruhig, so glatt wie selten. Das Licht war gedämpft. Am zuvor noch strahlend blauen Himmel hingen jetzt bauschige graue Wolken. Die Temperatur war gesunken. Ich setzte mich auf und sah, dass wir die Einzigen waren, die noch am Strand lagen. Alle anderen waren nach Hause gegangen und hatten ihre Handtücher und Sonnenschirme mitgenommen. Von der Landzunge her kamen Surfer mit Longboards und bis zum Nabel offen stehenden Neoprenanzügen aus dem Wasser und gingen in einer ungeordneten Prozession davon.

Jenny zog ihr türkisfarbenes Batikstrandkleid über den Bikini. Das feuchte Haar hing ihr offen über die Schultern. Ich packte meine Sachen in die Strandtasche, und wir machten uns auf den weiten Weg nach Hause. Unser Haar war stumpf vom Salz, unsere gerötete Haut gesprenkelt mit Sand.

Als wir bei der Tankstelle an der Old Mill Road vorbeikamen, frage ich Jenny, ob wir uns dort ein Eis am Stiel kaufen könnten. Das war zu einem Ritual am Ende jeden Strandtags geworden.

»Es wird bald regnen«, erwiderte Jenny und schaute zum bedeckten Himmel hinauf.

»Das dauert doch nur eine Sekunde«, beharrte ich. Ich ließ meine Unterlippe dramatisch zittern. Jenny seufzte, und wir überquerten die Straße. Viel später habe ich mich gefragt, ob unsere Leben anders verlaufen wären, wenn ich keinen Aufstand gemacht hätte. Wenn wir weitergegangen wären.

Das ist das Problem mit Fehlern. Nicht alle kann man wiedergutmachen. Ich kann die Toten nicht wieder zum Leben erwecken, sosehr ich mir das auch wünschen mag.

Die Tankstelle gehörte einem Mann namens Rick, der permanent mürrisch schaute und nie ein gutes Wort für uns hatte. Er brüllte uns an, wir würden ihm Sand in den Laden schleppen, selbst wenn wir gar nicht am Strand gewesen waren. Oder er behauptete, wir wären am Gefrierschrank gewesen, obwohl wir noch nicht einmal die Tür angefasst hatten. »Ihr Stills-Mädchen seid doch arm wie Kirchenmäuse. Raus mit euch, wenn ihr nichts kauft«, hat er einmal zu uns gesagt, als wir während eines Gewitters reinkamen. Seitdem hatte ich immer Angst vor ihm.

Ich wartete bei den Zapfsäulen, während Jenny hineinging, um mir ein Eis am Stiel zu kaufen. Meine Füße waren sandig, und ich wollte Rick keinen Anlass bieten, mich anzuschnauzen. Durch das Fenster schaute ich zu, wie Jenny aus der Gefriertruhe ein rotes Eis nahm. Sie ging durch den Laden zur Kasse, um Rick das Geld zu geben. Im Spiegelbild der Fensterscheibe sah ich einen Pick-up an einer der Zapfsäulen halten.

Vorn saßen drei Teenager, ein vierter hockte hinten auf der Ladefläche. Ich erkannte ihn sofort. Es war der Junge mit den grauen Augen, der an jenem Tag am Strand nach unserer Telefonnummer gefragt hatte. Als seine Freunde aus dem Pick-up stiegen, erkannte ich sie ebenfalls. Ihre Namen wusste ich nicht. Ich wusste nur, dass sie immer zusammen auf den Sanddünen rumhingen, rauchten und auf einem Gettoblaster laut Musik laufen ließen. Instinktiv war mir klar, dass es am besten war, ihnen möglichst aus dem Weg zu gehen.

Leichter Regen fiel auf die gesprungene Betonauffahrt der Tankstelle. Es war nur eine Frage der Zeit, bis es zu schütten anfangen würde.

»Du wohnst doch am Ende der Old Mill Road, oder? Da ist ein Sturm im Anmarsch. Ich kann dich nach Hause fahren, dann wirst du nicht nass«, sagte der Fahrer, der den Tankstutzen in der Hand hielt und Benzin in den Pick-up füllte.

Ich warf einen Blick in den Laden. Jenny wartete darauf, dass Rick sie bediente. Er schien in seinem Kassenbuch eine lange Zahlenreihe zusammenzuzählen, und obwohl er wissen musste, dass sie dort stand, ließ er sie warten, bis er damit fertig war.

»Willst du jetzt mitfahren oder nicht?«, fragte der Fahrer.

»Ich muss meine Schwester fragen.«

Jenny kam aus dem Laden und reichte mir das Eis. »Komm, schnell, bevor es anfängt zu regnen«, sagte sie, hob die Badetasche auf, die zu meinen Füßen lag, und ging rasch an dem Pick-up vorbei.

»Er hat angeboten, uns nach Hause zu fahren«, rief ich ihr hinterher. Der Wunsch, schnell nach Hause zu kommen, verdrängte meine Vorsicht.

»Wir gehen. Die Zeit reicht noch.« Jenny winkte mir, ihr zu folgen. »Mach schon, Hannah.«

»Mein Fuß tut weh. Ich bekomme eine Blase«, jammerte ich und zog stur die Schultern hoch. »Ich habe keine Lust, durch den Regen zu laufen.«

»Wir fahren in eure Richtung. Ich kann euch dort rauslassen«, sagte der Fahrer und schraubte den Tankdeckel fest. »Das ist kein Problem.«

»Bitte, Jenny«, flehte ich und schaute in den bedrohlich dunklen Himmel hinauf. »Ich will nicht im Gewitter rumlaufen.«

»Na gut«, gab sie widerwillig nach. Sie warf die Strandtasche hinten auf den Wagen, und ich kletterte hinterher. Jenny wollte mir gerade folgen, als der Fahrer die Beifahrertür öffnete.

»Hier ist noch Platz«, sagte er und wartete, bis Jenny widerstrebend eingestiegen war.

Seine drei Freunde kamen aus dem Laden. Der mit den grauen Augen zündete sich eine Zigarette an und sog den Rauch ein wie ein Verhungernder, der endlich sein lange herbeigesehntes Essen bekommt. Die anderen beiden holten triumphierend verschiedene Süßigkeiten unter ihren T-Shirts hervor und setzten sich vorn neben Jenny. Offensichtlich hatten sie die Sachen mitgehen lassen, ohne dass Rick es bemerkt hatte. Jenny war in der Mitte eingeklemmt. Der Fahrer saß links neben ihr, und die beiden Jungen saßen zwischen ihr und der Beifahrertür. Ich merkte, dass es ihr nicht gefiel, so eingeengt zu sein.

Der mit den grauen Augen sprang hinten zu mir auf die Ladefläche, sog an seiner Zigarette und starrte in den Himmel. Durch das rückwärtige Fenster sah ich die beiden Jungen vorn aus einer halb leeren Flasche trinken, in der offenbar Alkohol war, während der Fahrer den Pick-up anließ und aus der Tankstelle rausfuhr. Einer von ihnen bot Jenny einen Schluck direkt aus der Flasche an. Sie schüttelte den Kopf.

An der Straße angekommen, bog der Pick-up so schnell ein, dass ich gegen die Seite geschleudert wurde und mir die Schulter so stark anschlug, dass ich mir auf die Zunge beißen musste, um nicht zu weinen. Der Junge mit den grauen Augen half mir, mich wieder aufzusetzen. Er empfahl mir, mich an der Seite des Pick-ups festzuhalten, damit ich mir nicht wehtat.

»Bitte sag ihm, er soll langsamer fahren«, flehte ich ihn an.

»Das sage ich ihm, sobald ich kann. Wie heißt du?«, fragte er in dem Versuch, mich abzulenken.

»Hannah«, antwortete ich. »Und wie heißt du?«

»Bobby«, entgegnete er.

Wir hielten abrupt vor der einspurigen Brücke. Wir mussten erst zwei Wagen und einen Pick-up vorbeilassen, bevor wir dran waren. Während wir warteten, sprang Bobby vom Wagen und sprach mit dem Fahrer. Ich weiß nicht, was er gesagt hat. Sie stritten wegen irgendetwas. Er kletterte nicht wieder auf die Ladefläche, sondern ging zurück Richtung Tankstelle und rauchte dabei seine Zigarette. Ein paarmal drehte er sich um, als wäre er sich seiner Sache nicht ganz sicher. Aber er ging dennoch weiter. Als wir losfuhren, verschwand er in einer Staubwolke. Wir überquerten die Brücke und nahmen den Weg den Hügel hinauf zu unserem Haus.

Wir fuhren so schnell, dass ich mich an der Seite des Pick-ups festklammern musste und meine Fingerknöchel ganz weiß wurden. Das Haar wurde mir ins Gesicht geweht. Ich konnte nichts sehen. Nach einer Kurve wurde der Pick-up langsamer. Ich war erleichtert, als verschwommen vor uns das weiße Viereck unseres Hauses mit dem blassroten, rostigen Dach unter den Kiefern auftauchte. Ich ging davon aus, dass sie uns vor der Haustür rauslassen würden oder zumindest am Anfang der unbefestigten Auffahrt, die von der Hauptstraße zu unserem Haus führte. Stattdessen blieb der Pick-up auf halber Höhe auf der Hauptstraße stehen. Wir mussten noch das Feld überqueren, um nach Hause zu kommen.

»Du kannst jetzt aussteigen«, rief der Fahrer durch das halb geöffnete Fenster. Ich warf unsere Strandtasche hinunter und sprang hinterher. Dann lief ich zur Beifahrerseite des Fahrerhauses und wartete, dass Jenny ausstieg.

Sie war vorn zwischen ihnen eingeklemmt. Sie konnte nur aussteigen, wenn entweder der Fahrer oder die beiden Beifahrer zuerst ausstiegen. Keiner machte Anstalten, sich zu bewegen. Jenny saß steif da, während die Jungen die Flasche mit dem Alkohol über ihren Schoß hinweg hin und her reichten und daraus tranken. Es fing an, heftig zu regnen, und ich wurde immer nasser.

Ich klopfte an das Fenster. Der Junge, der direkt neben dem Fenster saß, kurbelte die Scheibe einen kleinen Spalt herunter.

»Deine Schwester sagt, sie will mit uns angeln gehen«, rief er über den lauten Motor hinweg. Mir wurde schlecht von seinem alkoholverpesteten Atem, der mir durch den schmalen Spalt ins Gesicht wehte.

»Jenny hasst angeln«, sagte ich.

»Ich denke, wenn wir es ihr erst beigebracht haben, wird es ihr Lieblingssport.« Er grinste. »Sie ist bald zu Hause.«

Mit quietschenden Reifen schoss der Pick-up in die dem Meer entgegengesetzte Richtung davon.

RACHEL 18

Die Rezeptionistin des Radiosenders, die Rachel vor Stunden bei ihrer Ankunft begrüßt hatte, war längst gegangen, als Rachel nach der Aufnahme ihres Podcasts aus dem schalldichten Raum kam. Die Deckenleuchten des Büros waren aus. Nur noch die Leute, die das Abendprogramm aufnahmen, saßen in einem Studio mit einem beleuchteten roten »Auf Sendung«-Zeichen über der geschlossenen Tür.

Rachel verließ das Gebäude. Es war früher Abend, und sie war erschöpft. Die vier oder fünf Stunden, die sie nachts immer nur schlief, forderten allmählichen ihren Tribut. Ihr war durchaus bewusst, dass sie sich das ungesunde Leben, das sie seit ihrer Ankunft in Neapolis führte, wieder abgewöhnen musste. Zu wenig Schlaf, zu viel Fast Food, das sie im Gehen aß. Kein regelmäßiger Sport. Zu Hause joggte sie viermal die Woche am Morgen. Seit sie in Neapolis war, war sie nicht ein einziges Mal richtig gejoggt, außer man rechnete ihren Sprint durch den Park zum Rathausarchiv als sportliche Aktivität.

Als sie die Straße überquerte, sah sie an der Windschutzscheibe ihres Wagens einen Brief flattern. Sie seufzte. Allmählich hatte sie die Nase voll von Hannahs Spielchen. Rachel warf den Brief auf den Beifahrersitz und schnallte sich an. Sie hatte nicht vor, den Briefumschlag eilig aufzureißen und den Brief gleich hinter dem Steuer zu lesen, wie sie das bei der Highway-Raststätte getan hatte. Es war an der Zeit, eine andere Vorgehensweise auszuprobieren. Kein Interesse an Hannahs Briefen zu zeigen. Vielleicht konnte sie Hannah so aus der Reserve locken, damit sie sich kennenlernen und persönlich miteinander reden konnten, statt dieses Katz-und-Maus-Spiel zu spielen – dessen Sinn Rachel nicht mal ansatzweise begriff.

Pete hatte recht. Sie musste sich ausschließlich auf den Podcast konzentrieren. Sie hatte keine Zeit, auch noch Jenny Stills' Tod auf den Grund zu gehen. Vielleicht, dachte Rachel, würde sie nach Abschluss des Gerichtsverfahrens noch ein paar Tage länger in Neapolis bleiben und schauen, was sie herausfinden konnte. In der Zwischenzeit musste sie sich voll und ganz auf den Podcast konzentrieren. Ablenkung war das Letzte, was sie brauchen konnte. Zu viel stand auf dem Spiel.

Sie fuhr Richtung Hotel, wo sie im Café der Lobby zu Abend essen und dabei ihre Unterlagen über die Familie Blair durchgehen wollte. Pete war es gelungen, ihr ein Interview mit Greg, Scotts Vater, zu organisieren. Sie wollte alle seine Presseinterviews noch einmal lesen, bevor sie ihn und seine Frau am nächsten Tag traf. Rachel warf einen Blick auf Hannahs Brief, der neben ihr auf dem Sitz lag. Sie war in Versuchung, ihn zu lesen, aber sie durfte sich da nicht wieder hineinziehen lassen. Sie hatte keine Zeit, Hannahs Retterin zu sein oder Jennys Rächerin. Kurz überlegte sie, ob sie ihn zerreißen und die Fetzen aus dem Fenster werfen sollte.

Rachel schaffte es zwei Häuserblöcke weit, bevor sie den Wagen abrupt am Straßenrand zum Stehen brachte. Sie schaltete die Warnblinkanlage ein und riss den Umschlag auf. Nachdem sie Hannahs unregelmäßige, manchmal kaum lesbare Handschrift entziffert hatte, warf sie die Seiten auf den Beifahrersitz und ließ den Motor wieder an.

Instinktiv wendete Rachel den Wagen und fuhr nach Süden, in Richtung der Tankstelle an der Old Mill Road. Sie fragte sich, ob Rick noch dort arbeitete und ob er sich, so er das noch tat, an den Fahrer und die Beifahrer des Pickups erinnerte, die Hannah in ihrem Brief beschrieb. Rachel hatte den Eindruck, dass sie regelmäßig an der Tankstelle getankt hatten.

Auf ihrer Fahrt entlang der Küste sprang ihr der Anglersteg Morrison's Point ins Auge, der sich grau gegen den sich verdunkelnden Himmel abzeichnete. Wieder ohne groß zu überlegen, fuhr Rachel von der Straße ab auf den Strandparkplatz. Sie stellte den Wagen mit Blick auf den Ozean ab. Es wurde allmählich dunkel. Rachel nahm an, dass ihr noch genug Zeit blieb, um zu dem Steg zu gehen und nachzuschauen, ob man wirklich ein Schild mit der Warnung aufgestellt hatte, dort nicht ins Wasser zu springen, wie das in dem Zeitungsartikel im Archiv angekündigt worden war.

Der abendliche Küstenwind war so stark, dass Rachel kaum aus dem Wagen steigen konnte. Als sie über den Strand ging, wehte ihr Sand ins Gesicht, der sich auf ihrer Haut wie Nadelstiche anfühlte. Sie entdeckte das Schild. Es hing an einem verrosteten Pfahl, der unten am Wasser in einem dicken Betonklotz steckte, gerade außerhalb der Reichweite der Wellen. Die verblasste Warnung an Schwimmer sah aus, als sei sie jahrzehntealt. Beim letzten Mal war ihr das Schild nicht aufgefallen, aber da hatte sie auch nicht danach Ausschau gehalten.

Rachel trat auf den Steg. Er schwang unter ihren Füßen hin und her. Rachel musste sich am Geländer festhalten, so sehr prügelte der Wind auf sie ein. Salzwasser spritzte vom aufgewühlten Meer herauf. Das schäumende Wasser sah im schwindenden Licht undurchsichtig aus.

Als Rachel auf Höhe der Inschrift angekommen war, die Hannah in das Holz geschnitzt hatte, ging sie in die Hocke, um sie noch einmal zu lesen: *In liebevoller Erinnerung an Jenny Stills, die hier brutal ermordet wurde, als sie gerade sechzehn war. Die Gerechtigkeit wird siegen.*

Der laute Wind verhinderte, dass Rachel den Steg hinter sich knacken hörte. Sie bemerkte auch nicht den Mann, der hinter ihr aus der Dunkelheit auftauchte.

»Wer sind Sie?« Überrascht von der wütenden Stimme sprang Rachel auf.

Sie wirbelte herum, um den Störenfried sehen zu können, wurde aber sofort vom Lichtstrahl einer Taschenlampe geblendet, der ihr direkt ins Auge fiel. Rachel konnte nur erkennen, dass der Mann stämmig war und Jeans und ein so verschwitztes Karohemd trug, dass sie es riechen konnte. Seine Arme und sein Hals waren mit Tätowierungen übersät, und die linke Gesichtshälfte war voller schlecht verheilter Narben von Messerstichen.

»Ich habe Sie was gefragt«, knurrte er und trat auf sie zu. Instinktiv wich Rachel einen Schritt zurück, bis sie mit dem Rücken gegen das hölzerne Geländer stieß. Er richtete die Taschenlampe auf die Stelle, vor der Rachel in die Hocke gegangen war, und ließ den Lichtstrahl hin und her wandern, um die Inschrift zu lesen. Bei den Worten *brutal ermordet* hielt er inne.

»Was wissen Sie darüber?«, fragte er.

»Nicht viel«, erwiderte Rachel. »Ich habe gehört, dass sie hier ertrunken ist. Mit dem Kopf auf Felsen aufgeschlagen, als sie vom Steg gesprungen ist.«

»Die Leute sind blöd. Die glauben alles«, sagte er verächtlich. »Hier gibt es gar keine Felsen. Der Grund hier in der Gegend ist reiner Sand. Und das Wasser ist tief. Wirklich tief. Wenn ich mich richtig erinnere, war sie eine gute Schwimmerin.«

»Wenn es kein Unfall war, wie ist sie dann gestorben?«, hakte Rachel nach. Zum ersten Mal bestätigte ihr jemand mehr oder weniger, was sie bereits vermutete – dass Jennys Ertrinken kein Unfall gewesen war.

»Sie müssen hier verschwinden«, knurrte er und trat noch einen Schritt auf sie zu. Rachel sah bei seinem Bein etwas Metallenes aufblitzen. Es sah aus, als hielte er ein Klappmesser in der Hand. »Gehen Sie, und dass ich Sie hier ja nicht wiedersehe.«

Rachels Herz raste wie wild, als sie zur Seite trat und über den Steg zurückging. Mit schnellen Schritten hastete sie über den Strand auf ihr Auto zu. Sie zwang sich, nicht zu laufen, obwohl sie beim Tosen des Winds nicht wissen konnte, ob er ihr folgte. Sie einholte. Sie widerstand der Versuchung, einen Blick über die Schulter zu werfen. Er sollte nicht wissen, dass er ihr Angst gemacht hatte.

Als Rachel am Wagen ankam, musste sie ihre ganze Kraft aufbieten, um gegen die starken Windböen die Fahrertür aufzustemmen. Sie stieg ein, und die Tür schlug hinter ihr zu. Sofort erstarb das ohrenbetäubende Heulen des Winds. Rachel genoss einen Moment lang die Stille, bevor sie den Motor anließ und davonfuhr. Sie warf einen letzten Blick auf den Steg und sah, dass der Mann am Geländer lehnte und sie beobachtete.

Rachel fuhr Richtung Old Mill Road, wo sie die Tankstelle, wie von Hannah beschrieben, an der Straßenecke fand. Rachel tankte, dann ging sie hinein, um zu zahlen. Der

Laden war hell erleuchtet, hatte einen weißen Fliesenboden und ordentlich eingeräumte Regale. Hinten im Laden standen ein Kaffeeautomat sowie Automaten für alkoholfreie Getränke. In einem Schrank mit einer Warmhaltevorrichtung befanden sich gefüllte Donuts sowie Burritos in Alufolie.

»Arbeitet Rick noch hier?«, fragte sie den Kassierer.

»Ich kenne keinen Rick«, erwiderte er, ohne von seinem Handy hochzusehen. Er schob ihr ein Kreditkartenlesegerät hinüber, damit sie das Benzin bezahlen konnte.

»Ihm hat diese Tankstelle früher gehört, oder zumindest hat er hier vor ein paar Jahren gearbeitet.« Rachel hielt ihre Kreditkarte über das Lesegerät. Eher vor ein paar Jahrzehnten, dachte sie.

»Nie von ihm gehört.« Der Kassierer hatte den Blick noch immer auf sein Handy gerichtet.

»Könnte ihn jemand anders hier kennen?«

Der Kassierer sah hoch. »Wen?«

»Rick. Den Mann, der hier früher gearbeitet hat«, erwiderte Rachel und schluckte ihren Ärger hinunter.

Der Kassierer verdrehte die Augen. »Versuchen Sie es mal bei Sally Crawford. Ihr Haus liegt etwa eine Meile in die Richtung.« Er deutete mit dem Finger Richtung Stadt. »Das erste Haus nach dem leer stehenden Häuserblock. Die ist schon ewig hier.« Er zog das »e« von »ewig« in die Länge, als wäre »ewig« ein Schimpfwort. »Wenn ein Rick hier gearbeitet hat, dann weiß sie das.«

Sally Crawfords Haus war ein einstöckiges Gebäude, dem mehrere im Laufe der Jahre hinzugefügte Nebengebäude ein zusammengeschustertes Aussehen verliehen. Der ungemähte Rasen war voller Unkraut, das auch aus der festgefahrenen Erde der Auffahrt herauswuchs. Auf dem Rasen vor dem Haus standen ein altes Wohnmobil und, verborgen unter einer verschimmelten Zeltplane, ein Boot. Als Rachel von der Auffahrt zur Haustür ging, hörte sie hinten im Garten Hunde bellen.

Sie drückte auf die Klingel. Nichts geschah. Durch das Milchglasfenster im Flur sah sie Licht, und es drang genügend Lärm nach draußen, dass sie wusste, es war jemand zu Hause. Wieder drückte sie auf die Klingel und ließ den Daumen ein paar Sekunden länger als notwendig darauf liegen.

Ein Mann Anfang zwanzig mit einer offenen Bierflasche in der Hand öffnete die Tür. Er trug Shorts. Kein Hemd. Er hatte langes Haar und einen zotteligen Bart.

»Sie wollen mir doch hoffentlich keine Gesichtscreme oder irgend so einen Mist verkaufen, oder?«, fragte er Rachel.

»Ich verkaufe gar nichts«, erwiderte Rachel. »Ich wollte nur kurz mit Sally reden. Was Privates.« Sie versuchte, den Eindruck zu vermitteln, als kenne sie Sally, damit er sie hineinließ.

Mit einem Grunzlaut drehte er sich um, ging den Flur entlang und überließ es Rachel, ihm zu folgen. Sie kam in eine Küche, wo eine korpulente Frau mit rotem Haar stand, von der Rachel annahm, dass es Sally war. Mit einem Edelstahl-Fleischermesser schnitt sie am Küchentresen eine Wassermelone in Scheiben. Ihr Sohn öffnete mit dem Ellbogen die Schiebetür zum Garten, wo ein paar Leute um einen Grill herumstanden.

»Luke sagt, Sie wollen was mit mir besprechen.« Sally sprach vor sich hin, ohne von ihrer Arbeit aufzusehen.

»Man sagte mir, Sie könnten mir vielleicht Auskunft zur Geschichte der Stadt geben«, erwiderte Rachel.

Sally sah hoch und musterte Rachels wildes Haar und ihr vom Wind zerzaustes Äußeres. »Sie schauen aus, als wären Sie im Orkan gesegelt.«

»Ich war am Morrison's Point, bevor ich hierhergekommen bin.«

»Es ist nicht klug, nachts dort rumzulaufen. Wenn es dunkel wird, hängt dort der Abschaum der Stadt rum. Landstreicher. Drogensüchtige. Ich sehe dort immer Spritzen rumliegen, wenn ich sonntagmorgens da draußen mit den Hunden unterwegs bin.« Beim Reden schnitt sie weiter die Wassermelone in Scheiben, wobei sie sich mit ihrem ganzen ausladenden Körper auf das Messer stützte, um die Klinge durch die dicke grüne Schale der Melone zu drücken.

»Da war ein Mann mit Narben im Gesicht auf dem Steg. Er hat mir richtig Angst gemacht. Wissen Sie, wer das ist?«, fragte Rachel.

»Klingt nach diesem Obdachlosen, von dem ich der Polizei erzählt habe«, murmelte Sally. »Ich habe gehört, er hängt nachts seine Krabbennetze vom Steg. Das ist nicht erlaubt.« Sie warf Rachel einen Blick zu. »Er ist gefährlich. Unberechenbar. Die Polizei hätte ihn gleich aus der Stadt werfen sollen, als er vor ein paar Jahren hier aufgetaucht ist. Die sind heutzutage viel zu nachsichtig«, fügte sie mehr zu sich selbst hinzu, während sie die Wassermelonenscheiben auf ein riesiges Tablett warf. Dann fragte sie abrupt: »Sie sagten, Sie wollten Informationen zur Geschichte der Stadt. Was genau wollen Sie wissen? Ich habe nicht viel Zeit. Wir essen gleich.«

»Ich bin auf der Suche nach dem Mann, der die Tankstelle an der Old Mill Road betrieben hat«, erwiderte Rachel. »Er heißt Rick. Seinen Nachnamen weiß ich nicht.«

»Ich weiß, wen Sie meinen«, sagte Sally. »Er hat vor einigen Jahren an eine dieser Franchiseketten verkauft. Ich habe gehört, er lebt jetzt im Altenheim. Was wollen Sie von ihm?«

»Sein Name tauchte in dem Brief eines Mädchens auf, das hier aufgewachsen ist. Mir wurde gesagt, dass Rick sie vielleicht gekannt hat.«

»Ich habe mehr als zwanzig Jahre an der Grundschule gearbeitet. Ich weiß garantiert mehr als Rick. Wie heißt sie?«

»Hannah Stills«, entgegnete Rachel.

»Klar, an die erinnere ich mich.« Sally legte das Messer auf das Schneidebrett. »Ein ruhiges kleines Ding mit braunem Haar und traurigen Augen. Hat ihre ganze Familie innerhalb eines Monats verloren. Danach hat sie nicht mehr gesprochen. Man hat eine Psychologin hinzugezogen, aber sie hat sich geweigert, den Mund aufzumachen. Nicht ein Ton. Später hat sie die Stadt verlassen. Pflegefamilie«, fügte sie vielsagend hinzu.

»Woher wissen Sie das?«, fragte Rachel.

»Hörensagen«, erwiderte Sally ausweichend. »Sie hatte sonst keine Familie, die sich um sie hätte kümmern können, nachdem ihre Schwester Jenny ertrunken und die Mutter an Krebs gestorben war.«

»Ich habe gehört, die Mutter glaubte, dass Jenny ermordet wurde. Dass sie gar nicht ertrunken ist.«

»So ein Schwachsinn«, fuhr Sally sie an. »Jenny Stills wurde doch nicht ermordet. Ihre Mutter wollte es nicht wahrhaben. Jenny ging gern nachts schwimmen. Die Jungen hörten davon und kamen mit. Da ging es um sehr viel mehr als nur um schwimmen, wenn Sie verstehen, was ich meine. Eines Abends hat sie sich betrunken und ist vom Steg gesprungen. Ist mit dem Kopf aufgeschlagen und ertrunken. Das war ganz allein ihre Schuld. Ich spreche nicht gern schlecht über Tote, aber diese Jenny war ein wildes Mädchen. In jeder Hinsicht.«

»Was meinen Sie mit ›wild‹?«, fragte Rachel kühl.

»Ist doch klar, oder? Jenny Stills ging mit jedem ins Bett«, erwiderte Sally Crawford verächtlich. »Sie hatte einen schlechten Ruf. Und damit meine ich einen wirklich schlechten Ruf. Das Mädchen war genau wie seine Mutter. Promiskuitiv. Die kleine Schwester hat mir leidgetan, aber diese Jenny war außer Kontrolle. Von einer anderen Familie großgezogen zu werden war das Beste, was Hannah Stills passieren konnte. Die Familie Stills war ... Nun, die hatten hier in der Gegend so einen gewissen Ruf. Schon der Großvater, Ed. Der hatte nicht alle Tassen im Schrank. Kein Wunder, dass die Tochter so verkommen war, und danach auch die Enkelin. Und dann deren Tochter, Jenny. Der Apfel fällt eben nicht weit vom Stamm.«

»Essen ist fertig«, rief jemand aus dem Garten.

»Okay, okay.« Sally griff nach dem Tablett mit den Melonen. »Ich komme.«

An der Schiebetür zum Garten drehte sie sich zu Rachel um. »Wenn ich Ihnen einen Rat geben darf«, sagte sie. »Lassen Sie die Vergangenheit ruhen, was Jenny Stills angeht. Dass ein Mädchen einen falschen Weg einschlägt, ist das eine. Dass sie anständige Menschen mit runtergezogen hat, ist das andere. Die hat nicht das geringste Mitleid verdient. Hören Sie? Nicht das geringste.«

HANNAH

19

Ich habe den Eindruck, dass Sie Ihre Zeit in Neapolis genießen, Rachel. Bei mir bin ich mir da nicht so sicher. Es ist für mich nicht einfach, mich in dieser seltsamen Situation zurechtzufinden, dass ich nach all der Zeit wieder hier bin. Ich war fest überzeugt, ich würde nie wieder hierher zurückkehren. Als ich hörte, dass Sie auf dem Weg nach Neapolis sind, dachte ich mir, wenn Sie das schaffen, schaffe ich das ebenfalls. Und so kam es zu meiner eigenen Überraschung dann auch.

Rachel, ich möchte Ihnen sagen, dass es mir wirklich leidtut, dass wir uns noch nicht persönlich kennengelernt haben. Ich hatte gehofft, dass wir uns zu diesem Zeitpunkt längst getroffen hätten. Ich habe zugegebenermaßen ein paarmal gekniffen. Das hat nichts mit Ihnen zu tun. Nur mit mir. Ich möchte nicht, dass Sie mich so kennenlernen, wie ich gerade bin. Ein Nervenwrack, um ehrlich zu sein. Verletzlich. Traurig. Wahnsinnig wütend, wenn ich Leute sehe, die ich kenne, und mich erinnere, wie schlecht sie uns behandelt haben.

Neapolis ist ein hübscher Ort, wenn ich die schlimmen Erfahrungen beiseiteschiebe und ihn objektiv betrachte. Der historische Stadtkern ist so gut erhalten wie jeder andere südlich der Mason-Dixon-Linie. Die Küche ist einfach, aber sehr gut. Die besten Crab Cakes, die ich je gegessen habe – ich glaube, jetzt nennt man sie Burger –, gab es in Neapolis. Der, den Sie in dem Café an der Marina gegessen haben, war recht schmackhaft, aber an die Krabbenburger, die meine Mom in meiner Kindheit gemacht hat, kam er nicht mal ansatzweise heran. Mein früherer Freund, der sich für einen Koch hielt, hat diese Art Essen »Meeresfrüchte-Chic« genannt. Er behauptete, diese Gerichte würden immer besser klingen, als sie schmecken. Aber er hat auch nie die Crab Cakes in Neapolis probiert.

Die Stadt hat sich verändert. Jedenfalls verglichen mit dem, wie ich sie in Erinnerung habe. Sie ist nicht mehr so verschlafen. Nicht mehr so provinziell. Es ist mehr los. Dennoch ist einiges noch so wie früher. Gestern war ich in meiner alten Grundschule. Sie sah genauso aus, wie ich sie in Erinnerung hatte. Das gleiche Farbschema in den Gängen. Derselbe Schulhof. Selbst die veralteten Geräte auf dem Spielplatz sahen aus wie damals. Ich bin an goldigen Fünftklässlern vorbeigegangen, die sich gerade in einer Reihe aufstellten, um ins Klassenzimmer zu gehen. Kaum zu glauben, dass ich damals dort mit dem gleichen unschuldigen Leuchten in den Augen gestanden habe. Ich hatte nicht die geringste Ahnung, was das Leben noch für mich bereithielt.

Sie fragen sich vermutlich, was mit Jenny passiert ist, nachdem sie an jenem Tag mit den Jungen davongefahren ist. Um die Wahrheit zu sagen: Ich weiß es im Grunde nicht. Sie hat nie ein Wort darüber verloren. Was ich aber weiß, ist, dass sie ein anderer Mensch war, als sie mitten in der Nacht nach Hause kam.

Mom schlief, als ich an jenem Nachmittag heimkam, nachdem die Jungen Jenny in dem Pick-up mitgenommen hatten. Irgendwann bin ich ebenfalls eingeschlafen, zusammengerollt wie ein Welpe am Fußende von Moms Bett. Ich wurde wach, als ich es leise an der Haustür klopfen hörte. Es war mitten in der Nacht. Ich lief zur Tür. Die Vorhänge waren offen, und die Schatten der Kiefern draußen zeichneten Muster auf die Wände.

»Wer ist da?« Meine Stimme zitterte.

»Ich bin's, Jenny. Lass mich rein.« Ein Schauder durchlief mich. Ich wusste, dass sie am Ende war. Das konnte ich an ihrer Stimme hören. Ich schob den Riegel zurück und riss die Tür weit auf.

Jenny ging an mir vorbei. Ich streckte den Kopf nach draußen. In der Dunkelheit waren keine Pick-up-Scheinwerfer zu entdecken, es war auch kein Motor zu hören. Überhaupt nichts außer dem Rascheln der Bäume im Wind. Ich schloss die Tür und schob den Riegel vor.

»Wieso warst du so lange weg?«, fragte ich.

Ich bekam keine Antwort. Ich drehte mich um und sah sie im Flur verschwinden. Unter der Badezimmertür schimmerte ein Lichtstreifen. Die Wasserhähne quietschten, und Wasser prasselte auf das billige Emaille der Badewanne. Ich klopfte an die Tür, aber Jenny hörte mich entweder nicht oder wollte nicht mit mir reden. Ich ging wieder in Moms Zimmer, legte mich zwischen sie und die Wand und lauschte dem Rauschen des Wassers, bis ich einschlief.

Als ich wach wurde, hatten sich Moms Finger in meinen Haaren verkrallt. Ich musste sie behutsam lösen, damit ich sie nicht aufweckte, als ich mich aus dem Bett und in mein Zimmer schlich, um nach Jenny zu schauen. Sie schlief tief und fest im unteren Stockbett, das meins war, meinen Teddy gegen den Bauch gepresst. Die Decke war verrutscht, und ich sah, dass sich an ihren Hand- und Fußgelenken blaue Flecke bildeten.

Ich wusste nicht, was ich denken sollte, also ließ ich es. Stattdessen machte ich alles so wie immer morgens. Ich frühstückte und packte Handtücher und Sandwiches in unsere Strandtasche. Als Mom wach wurde, brachte ich ihr Toast mit Marmelade und dünnen Kaffee. Sie setzte sich mit dem Tablett auf dem Schoß auf und stocherte in ihrem Frühstück herum. Als sie sah, wie spät es war, fragte sie, wieso Jenny und ich noch nicht am Strand seien. Ich murmelte so etwas wie, dass wir demnächst aufbrechen würden. Zufrieden mit meiner Antwort, drehte sie sich auf die Seite und schlief wieder ein.

An jenem Morgen war es drückend heiß, und als es immer später wurde und Jenny keine Anstalten machte, wach zu werden, wurde ich allmählich ungeduldig. Schließlich hielt ich es nicht mehr aus.

»Jenny. Du musst aufstehen.« Ich rüttelte sie sanft. »Wenn wir nicht bald aufbrechen, ist es zu heiß, um zum Strand zu gehen.«

»Lass mich in Ruhe. Ich bin müde«, murmelte sie undeutlich.

Jenny blieb tagelang so liegen. Teilnahmslos. Sie wusch sich nicht. Sie aß kaum etwas. Sie sprach kein einziges Wort.

Ich hatte keine Ahnung, was mit ihr los war. Ich war ein Kind. Ich konnte nicht mal Vermutungen anstellen. Außerdem war ich so damit beschäftigt, mich um Mom zu kümmern, die an den meisten Tagen kaum aus dem Bett kam, dass ich nicht wusste, wie ich die Mauer des Schweigens durchbrechen sollte, die Jenny um sich herum errichtet hatte.

Etwa drei oder vier Tage später gingen uns die Lebensmittel aus. Im Kühlschrank war kein Tropfen Milch und keine Scheibe Brot mehr. Wir hatten nichts mehr außer den Zitronen an unserem Baum und ein paar Karotten und Tomaten, die Mom im Frühjahr gepflanzt hatte.

Ich berichtete Mom, dass nichts mehr zu essen im Haus war, und sie gab mir ein bisschen von ihrem Ersparten, damit ich einkaufen gehen konnte. Sie nahm an, dass ich mit Jenny gehen würde. Ich verschwieg ihr die Wahrheit.

Ricks Tankstellenladen war die nächstgelegene Einkaufsmöglichkeit und die einzige, die ich zu Fuß erreichen konnte. Ich ging hin und packte den Einkaufswagen voll. Nachdem ich bezahlt hatte, tat Rick alles in vier Plastiktüten. Ich nahm zwei in jede Hand und ging am Straßenrand entlang zurück nach Hause. Von dem Gewicht der Tüten taten mir bald die Schultern weh. Alle paar Minuten musste ich die Tüten absetzen und mich ausruhen.

Während einer dieser Pausen hörte ich hinter mir den Kies knirschen. Ich drehte mich um. Neben mir kam ein Pick-up mit offener Ladefläche zum Stehen. Es waren derselbe Pick-up und derselbe Fahrer, die uns nach dem Tag am Strand nach Hause mitgenommen hatten. Diesmal war der Fahrer allein. Den Ellbogen legte er lässig in das offene Fenster, als er sich herausbeugte, um mit mir zu reden.

»Wie geht es deiner Schwester?«, fragte er.

»Gut«, log ich.

»Ist sie in der Nähe?«

»Zu Hause. Wieso?«

»Nur so.« Er hielt mir ein aufgerissenes Kaugummipäckchen hin. Obwohl ich spontan ablehnen wollte, nahm ich ein Kaugummi und steckte es mir in den Mund.

»Soll ich dich nach Hause bringen?«, fragte er. »Die Tüten da sehen schwer aus. Die eine hat schon einen Riss.«

Ich sah hinunter und stellte fest, dass die Tüte mit der Milchpackung aufgerissen war. Ich war in Versuchung.

Wenn ich mit ihm mitfuhr, war ich in wenigen Minuten zu Hause, statt mich mit eingerissenen Einkaufstaschen eine halbe Stunde lang den Hügel hinaufzuquälen. Als ich zögerte, beugte sich der Fahrer zur Beifahrerseite hinüber und stieß die Tür auf.

»Steig ein«, befahl er, als bliebe mir gar keine Wahl. Ich tat wie geheißen und setzte mich so weit wie möglich von ihm weg. Die Einkaufstaschen stellte ich zu meinen Füßen ab.

Statt mich wie beim letzten Mal an der Hauptstraße rauszulassen, bog er auf die Buckelpiste ein, die zu unserem Haus führte. Er blieb mit laufendem Motor vor der Veranda stehen und starrte auf das Haus, als ob er etwas suchte. Vermutlich hatte er gehofft, Jenny zu sehen. Ich nahm meine Einkaufstaschen und kletterte aus dem Wagen, erleichtert, wieder zu Hause zu sein.

»Danke fürs Mitnehmen«, rief ich mit schriller, nervöser Stimme, als ich auf die Veranda trat.

Er legte den Gang ein und fuhr los. »Grüß deine Schwester von mir«, rief er zurück. »Sag ihr, ich hoffe, sie ganz bald zu sehen.«

RACHEL

20

Scott Blairs Zuhause war ein architektonisches Meisterwerk, gelegen im teuersten Viertel von Neapolis. Es hatte einen eigenen Strandzugang, ein Putting Green und einen Swimmingpool wie in einem Badeort. Rachel hatte das Haus bereits in einer Design-Zeitschrift gesehen, aber selbst das hatte sie nicht auf den Anblick vorbereiten können, der sich ihr bot, als Cynthia Blair die riesige Eingangstür öffnete und sie in einen mit schwarz-weißen Fliesen ausgelegten Flur mit einem Kronleuchter führte.

»Greg ist einer Ihrer größten Fans«, schwärmte Cynthia, als sie Rachel ins Wohnzimmer führte, wo gegenüber den bodentiefen Fenstern eine weiße Ledercouch stand, von der aus man einen atemberaubenden Blick auf das Meer hatte. Cynthia war groß und schlank und hatte langes blondes Haar. Sie trug eine figurbetonte weiße Hose und ein dazu passendes ärmelloses Oberteil. Zwischen ihren Brüsten baumelte an einer Goldkette ein Diamant.

»Meine Frau hat recht. Ich bin ein großer Fan, Rachel«, sagte Greg Blair, nachdem er auf dem Balkon sein Telefonat beendet hatte und hereinkam, um sie zu begrüßen. Er trug sorgfältig gebügelte Chinos und ein Baumwollhemd in gebrochenem Weiß mit offenem Kragen. Er hatte das gleiche markante Kinn und gute Aussehen wie sein Sohn und auch die gleichen blauen Augen und das gleiche hellbraune Haar.

»Als mich Ihr Produzent kontaktiert hat, habe ich ihm gesagt, dass wir gern helfen, wo immer wir können. Wir haben nichts zu verbergen. Wir sind wie ein offenes Buch. Lassen Sie mich wissen, was immer Sie brauchen.«

Rachel wusste genau, was sie brauchte. Ein Interview mit Scott Blair. Obwohl die Familie bereits zweimal abgelehnt hatte, beschloss sie, Greg Blairs großzügiges Angebot auf den Prüfstand zu stellen. »Ist Scott zu Hause? Ich würde mich freuen, wenn er bei unserem Gespräch heute dabei sein könnte.«

»Ich wünschte, Scott dürfte reden«, erwiderte Greg. »Wirklich. Scotts Name und sein Ruf sind durch den Dreck gezogen worden. Es war ihm nicht möglich, sich zu verteidigen. Tatsächlich hat uns unser neuer Anwalt strikte Anweisung gegeben, dass er erst nach der Verhandlung reden darf. Das habe ich auch Ihrem Produzenten gesagt. Pete, nicht wahr?«

Rachel nickte.

»Ich habe Pete gesagt, dass wir kooperieren, wo immer möglich, dass ein Interview mit Scott aber nicht infrage kommt. Nach der Verhandlung sieht es ganz anders aus. Was wir uns wirklich erhoffen – und Rachel, Ihr Ruf eilt Ihnen diesbezüglich voraus –, ist Gerechtigkeit. Wir hoffen, dass Ihr Podcast fair und ausgeglichen sein wird, auch wenn Sie bis zum Ende der Verhandlung nicht mit Scott reden können.«

Rachel nickte unverbindlich und wechselte das Thema, indem sie Interesse an der langen Schwimmbahn heuchelte, die sie durch ein Seitenfenster sehen konnte. »Schwimmt Scott jetzt hier?«, fragte sie.

»Ja«, erwiderte Greg und ging mit ihr zum Fenster, damit sie das vierbahnige Becken in Olympialänge besser sehen konnte, von dem aus man einen Blick auf das Meer hatte. »Scott konnte im örtlichen Schwimmbad nicht mehr schwimmen. Die Medien haben ihm aufgelauert. Das war jeden Morgen ein Spießrutenlaufen durch die Kameras. Glücklicherweise hatten wir die Schwimmbahn für mich gebaut. Ich schwimme noch immer zwei, drei Meilen pro Tag. Macht der Gewohnheit. Unseren Familienpool benutze ich nicht gern. Der ist gut für Partys, aber nichts, wenn man ernsthaft schwimmen will. Also haben wir die Schwimmbahn für mich gebaut, und jetzt kann auch Scott mit seinem Training weitermachen.«

»Scott trainiert auch weiterhin?«

»Wenn er kann.« Greg klang angespannt und verbittert. Er führte Rachel wieder zurück zu dem weißen Sofa, setzte sich und bedeutete ihr, sich neben ihn zu setzen. »Scott darf seit Monaten an keinem Wettbewerb mehr teilnehmen. Für einen Schwimmer von seinem Kaliber könnte allein das die Karriere dauerhaft beschädigen. Er hat nicht getan, was man ihm vorwirft. Sein Prozess hat noch nicht begonnen, wie Sie wissen, aber seine Strafe bekam er sofort, nachdem die Anschuldigungen erhoben worden waren. Laut Gesetz gilt er als unschuldig, solange nicht das Gegenteil bewiesen ist. In Wirklichkeit ist es genau umgekehrt.«

»Kelly Moore behauptet, Scott habe sie vergewaltigt«, sagte Rachel. »Wenn das stimmt, ist das Schwimmtraining das kleinste seiner Probleme.«

»Es stimmt nicht«, widersprach Greg. »Sie waren nackt baden, und dann hatten sie in gegenseitigem Einvernehmen Sex. Ich weiß nicht, was in das Mädchen gefahren ist, dass sie falsche Angaben macht. Vielleicht wollte sie berühmt werden. Vielleicht war es auch Rache, weil Scott so dumm war, sie in einer Nachricht an seinen Freund, die sie gesehen hat, als, na ja, nicht so gut im Bett zu bezeichnen. Ich kenne ihr Motiv nicht. Aber ich kenne meinen Sohn, und er hat es nicht getan. Er hatte alles zu verlieren und nichts zu gewinnen außer einem Fi...« Er brach abrupt ab.

»Wollten Sie gerade ›Fick‹ sagen?«, beendete Rachel das Wort.

»Das war völlig unangebracht«, erwiderte er, ohne eine Sekunde zu zögern. »Sie müssen verstehen, ich habe seit Tagen nicht mehr geschlafen, und wir sind alle sehr gestresst. Aber das ist keine Entschuldigung. Es tut mir leid.« Er stand vom Sofa auf und klatschte in die Hände, als wolle er zu verstehen geben, dass diese Episode vorbei war. »Lassen Sie mich Ihnen etwas zeigen.«

Greg führte Rachel in ein angrenzendes Zimmer mit handgezimmerten Mahagoniregalen in unterschiedlichen Breiten, die in einem minimalistischen, asymmetrischen Design an schlichten weißen Wänden standen. Auf den Regalen befand sich nichts als Trophäen und Medaillen von Schwimmwettbewerben.

Auf einem der Regale standen Auszeichnungen aus der Zeit, als Greg ein Meisterschwimmer war. Auf dem zweiten waren Scotts sämtliche Medaillen ausgestellt: von Grundschulpreisen über Medaillen aus bundesstaatlichen Wettbewerben bis hin zu Nationalmeisterschaftspreisen.

Greg hielt eine seiner Goldmedaillen hoch. »Diese Medaille stammt aus der Nationalmeisterschaft. Ich habe Gold gewonnen. Habe zwei nationale Rekorde eingestellt.« Er hob eine Silbermedaille hoch. »Die habe ich bei den Weltmeisterschaften gewonnen. Habe mit einer Zehntelsekunde Rückstand verloren. Ich hatte es in das Olympische Team geschafft und war in der letzten Trainingswoche, als ich mir eine Schulterverletzung zugezogen habe.«

»Das muss Ihnen das Herz gebrochen haben«, sagte Rachel mitfühlend.

»Hat es auch. Ich musste operiert werden. Ich war erst zwanzig. Habe nie zu meiner alten Form zurückgefunden. Ich habe es versucht, aber es ist mir nicht mehr gelungen, in die Spitze zurückzukehren. Es hat mir viel bedeutet, dass mein Sohn in meine Fußstapfen getreten ist. Ich habe ihn nie dazu gedrängt. Scott hat sich ganz allein fürs Schwimmen entschieden. Ich habe ihm sogar abgeraten. Ich wusste, wie viel Disziplin und Konzentration man braucht. Ich kannte den lähmenden Schmerz der Enttäuschung. Aber es war seine Leidenschaft. Es war sein Traum, an den Olympischen Spielen teilzunehmen. Dafür hat er alles gegeben. So viele Jahre harter Arbeit.« Er seufzte.

Greg fing an, Scotts Erfolge einzeln aufzuzählen, angefangen mit seinem ersten Sieg mit elf in einem bundesstaatlichen Wettbewerb. »Er hatte kaum trainiert. Das war pures Talent, mit dem er da gewonnen hat«, erzählte Greg. Danach hatte Scott die Schwimmszene mit einem Sieg nach dem anderen aufgemischt. Mit vierzehn hatte er den Rekord seines Vaters im Freistilschwimmen eingestellt. Später im selben Jahr hatte er die Nationalmeisterschaften der Junioren im Freistil – und im Rückenschwimmen – gewonnen. »Fragen Sie irgendeinen Schwimmtrainer. Die sagen unisono, dass Scott einer der größten Schwimmer sein könnte, die dieses Land je hervorgebracht hat. Und dann passiert so etwas.«

Als wolle er das Gesagte unterstreichen, schlug Greg eine Aktenmappe auf, die auf seinem Schreibtisch lag, und holte einen dicken Packen Zeitungsausschnitte heraus. Er hielt ihr den obersten hin. Es war ein Artikel auf der Titelseite mit einem Foto, auf dem Scott von Polizisten aus einem Swimmingpool herausgezerrt wurde. Ein weiteres Foto zeigte Scott, wie er tropfnass in seiner Badehose in Handschellen abgeführt wurde. »Meisterschwimmer wegen Vergewaltigung eines Teenagers verhaftet«, lautete die Überschrift.

»Wieso sollte ein junges Mädchen ihn beschuldigen, wenn es gar nicht stimmt?«, fragte Rachel, sobald sie an einem Glastisch auf dem Balkon Platz genommen hatten, von dem aus man auf das Meer sah.

»Ich habe keine Ahnung. Und ich will es auch gar nicht wissen. Ich weiß nur, dass er es nicht getan hat. Hinter Scott sind so viele Mädchen her. Er muss keinen unwilligen Teenager vergewaltigen, wenn es mehr als genug attraktive, willige junge Frauen gibt. Models. Schauspielerinnen. Es ergibt keinen Sinn. Es ist, als wollten ihn alle nur niedermachen. Sie neiden ihm seinen Erfolg.«

»Glauben Sie wirklich, dass das alles nur eine Verschwörung ist, um ihm einen Dämpfer zu verpassen?«, fragte Rachel skeptisch.

»Mein Sohn hat es nicht getan«, wiederholte Greg voller Überzeugung. »Scott könnte die nächsten zehn Jahre oder mehr im Gefängnis verbringen. Die besten Jahre seines Lebens verlieren. Weswegen? Weil es sich ein Mädchen hinterher anders überlegt hat? Er war doch selbst noch ein Kind. Gerade achtzehn. Betrunken. Dumm. Er hätte wissen müssen, dass man sich mit solch einem Mädchen nicht einlässt. Mit ihrem familiären Hintergrund und allem. Ihr Großvater war Polizeipräsident. Die Polizei macht sich für ihre Leute stark.«

Er lehnte sich zurück, schaute auf das Meer hinaus und sammelte seine Gedanken.

»Scott hat dieses Mädchen nicht vergewaltigt. Das hat er nicht. Aber er wird bereits behandelt wie ein Vergewaltiger.«

»Wie äußert sich das?«, fragte Rachel.

»Zum einen ist er allein auf die Aussage des Mädchens hin von Schwimmwettbewerben ausgeschlossen worden. Er hat sein Collegestipendium verloren und seine Sponsoren. Ich befürchte, dass er immer der Schwimmer bleiben wird, der ein Mädchen vergewaltigt hat. Dass das dauerhaft an ihm hängen bleibt. Es spielt keine Rolle, dass er es nicht getan hat. Ich hoffe nur, die Geschworenen erkennen die Wahrheit und sprechen Scott frei, damit er sein Potenzial noch ausschöpfen und die Goldmedaillen gewinnen kann, für die er sein ganzes Leben so hart gearbeitet hat. Scotty ist noch jung. Er kann noch jahrelang schwimmen. Wenn wir die Leute nur davon überzeugen können, dass er zu Unrecht beschuldigt wird.«

In diesem Moment wurde die Schiebetür geöffnet, und ein Mann in Jeans und einem marineblauen Hemd trat zu ihnen auf den Balkon. Sein helles Haar wehte im Wind.

Rachel erkannte Dale Quinn sofort. Er war ein Rockstar unter den Rechtsanwälten, der sich seine Sporen mit der erfolgreichen Verteidigung eines Ehemanns verdient hatte, der angeklagt war, seine Frau vom Balkon im elften Stock gestürzt zu haben. Quinn hatte für den Mann einen Freispruch erkämpft, indem er die Geschworenen überzeugt hatte, dass die Frau nach einem Streit vielleicht vom Balkon gesprungen war.

»Wissen Sie, wieso ich Dale als Scotts Verteidiger ausgewählt habe?«, fragte Greg. »Und es hat nichts mit der Tatsache zu tun, dass wir alte Freunde sind und Dale in seinem ersten Jahr an der Highschool hier gewohnt hat, weil sein alter Herr auf der Marinebasis außerhalb der Stadt stationiert war.«

»Ich habe keine Ahnung.« Rachel stellte sich dumm, obwohl sie die Antwort ahnte. Geschworene liebten Dale Quinn. Er sah gut aus, hatte einen jungenhaften Charme und war ein Virtuose darin, auf die Tränendrüsen zu drücken. Sie hatte ihn im Gerichtssaal erlebt, als sie noch für die Zeitung berichtet hatte. Es war, als hätte man einer Meisterklasse im Freundegewinnen und Menschenbeeinflussen zugeschaut. Nur dass Quinns Spezialität das Gewinnen von Geschworenen war.

»Vor sechs Jahren hat Dale einen Jungen etwa in Scotts Alter verteidigt. Gleiches Szenario. Erzähl es ihr, Dale«, sagte Greg.

»Mein Klient und ein Mädchen hatten während einer Party im Innenhof des College Sex. Einvernehmlich. Aus einem Gefühl von Ritterlichkeit heraus bringt er sie zurück auf ihr Zimmer, wo sie in Tränen ausbricht und ins Badezimmer stürzt. Er bleibt, um sicherzugehen, dass alles mit ihr in Ordnung ist. Lässt seine Telefonnummer da, bevor er geht. Am nächsten Morgen wird er wegen Vergewaltigung verhaftet. Während der Gerichtsverhandlung findet mein Privatermittler heraus, dass das Opfer schon mal so etwas gemacht hat. Zweimal sogar. Beide Male falsche Anschuldigungen. Sie war minderjährig. Die alten Akten waren nicht zugänglich. Der Richter urteilte, dass sie nicht herangezogen werden durften, also konnten wir sie in der Verhandlung nicht nutzen. Der einzige Weg aus dieser schwierigen Situation war für mich, das Mädchen auf Umwegen dazu zu bringen, einiges davon zuzugeben.

Ich war zuckersüß zu ihr. Habe ihr in alle möglichen Richtungen Fragen gestellt. Auf einmal erzählt sie dem Gericht, dass sie mit dem Jungen Sex hatte, um einen Ex-Freund zu ärgern, der ebenfalls auf der Party war. Sie gibt im Zeugenstand zu, dass sie nie Nein gesagt hat und zu dem Zeitpunkt durchaus einverstanden war. Hinterher hat sie es bereut. Hat behauptet, sie wäre nicht sonderlich enthusiastisch gewesen. Sagte, das hätte er merken müssen. Das Gesetz kennt keinen rückwirkenden Widerruf der Einwilligung.«

»Die Geschworenen haben eine Stunde getagt und ihn dann für nicht schuldig erklärt«, unterbrach Greg.

»Sie haben ihn freibekommen. Das beweist, dass das System funktioniert«, sagte Rachel und betrachtete sich in Dale Quinns verspiegelter Sonnenbrille.

»Drei Tage später ist er von einer Brücke auf den Highway gesprungen«, fuhr Quinn fort. Er machte eine dramatische Pause, damit seine Worte ihre Wirkung entfalten konnten. »Stress und Depression haben ihn umgebracht. Er wusste, sein altes Leben würde er nie wieder zurückbekommen. Sein guter Ruf hatte nachhaltig gelitten. Er verlor ein erstklassiges Praktikum. Hatte keinerlei Aussicht darauf, auch nur eine einzige Anstellung zu finden, wenn er mit dem Studium fertig war. Seine Karriere war beendet, bevor sie begonnen hatte.«

Rachel erinnerte sich, von dem Fall gehört zu haben. Nach seinem Tod hatten die Eltern in einem Programm zum Zeitgeschehen ein tränenreiches Interview gegeben. Bevor ihr Sohn wegen Vergewaltigung angeklagt wurde, hatte man ihm ein heiß begehrtes Praktikum bei einem Kongressabgeordneten angeboten. Er verlor das Praktikum und wurde mitten im Semester vom College suspendiert. Seine Noten stürzten ab. Er kämpfte mit Depressionen.

»Was wollen Sie damit sagen?«, fragte Rachel.

»Was in einem Moment der Intimität geschieht, ist kompliziert und verwirrend. Wenn wir es im Gerichtssaal unter die Lupe nehmen, stellen wir oft fest, dass es kein Schwarz und Weiß gibt. Nur Grauschattierungen«, sagte Quinn. »Geschworene mögen kein Grau. Das Gesetz mag kein Grau.« Er stand auf. »Wenn ich Mitch Alkins wäre, würde ich mir Sorgen machen. Es ist nicht einfach, eine Verurteilung zu erreichen, wenn man nur Grau anzubieten hat.«

Quinn setzte die Sonnenbrille ab, steckte sie in die Tasche und wandte sich zum Gehen. »Ich mache mich besser auf den Weg. Ich habe eine Verhandlung, die in weniger als vierundzwanzig Stunden beginnt, und habe noch nicht ein einziges Wort von meinem Eröffnungsplädoyer geschrieben.«

Ein Dienstmädchen erschien mit einer Flasche Riesling. Greg goss ihnen beiden ein Glas ein. Rachel ließ ihres stehen. Die Gastlichkeit der Blairs wirkte wie ein kaum verhohlener Versuch, sie auf ihre Seite zu ziehen. Es nervte sie.

Was sie am meisten interessierte, war die Gefechtszentrale oben, wo Scott sich offensichtlich mit seinem Verteidigerteam traf. Es klingelte dreimal. Jedes Mal entschuldigte sich Cynthia, um weitere Rechtsanwälte ins Haus zu lassen. Rachel hörte leises Gemurmel und Schritte, während die Leute in den ersten Stock hinaufgingen. Dann fiel eine Tür ins Schloss, und das Gemurmel erstarb.

Während der ganzen Zeit blätterte Greg Blair durch alte Alben, zeigte ihr Fotos von Scott als Baby, als Kleinkind, als Fünfjährigem ohne Vorderzähne. Scott strahlend auf dem Siegerpodest, nachdem er seine erste Goldmedaille geholt hatte. Die Blairs wollten Scott zu einem Sympathieträger machen. Bis zu einem gewissen Grad war ihnen das gelungen. Als Cynthia Rachel zu ihrem Wagen begleitete, empfand sie mehr Mitgefühl mit ihm, als sie erwartet hatte.

»Wir bitten Sie lediglich darum, dass Sie nicht vorschnell urteilen«, sagte Cynthia. »Das hat er schon zur Genüge erleben müssen. Wir wollen, dass Scott fair behandelt wird, im Gericht wie im Urteil der Öffentlichkeit. Das ist doch nicht zu viel verlangt, oder?«

21 SCHULDIG ODER NICHT SCHULDIG

Staffel drei, Episode fünf: Die Autofahrt

Ich habe keinerlei Zweifel, dass K Scott Blair sofort erkannt hat, als sie ihn in jener Nacht auf dem Spielplatz stehen sah.

Wieso ich mir da so sicher bin? Weil in diesen Zeiten des über Social Media erzeugten Pseudoruhms Scott Blair eine lokale Berühmtheit war, wie es in Neapolis quasi noch nie eine gegeben hatte.

In der Lokalpresse erschienen Artikel über ihn, im Fernsehen zeigte man Interviews. In Ks Highschool hatte ein großes gerahmtes Foto von Scott in der Trophäensammlung der Berühmtheiten einen Ehrenplatz. Das örtliche Schwimmbad hatte neben der Tür, die zum Innenbecken führte, ein lebensgroßes Foto von Scott aufgehängt, das ihn beim Freistilschwimmen zeigte. Übrigens sind beide Fotos inzwischen auf Bitten von Ks Familie entfernt worden, nachdem Scott Blair wegen Vergewaltigung und sexueller Nötigung angeklagt wurde.

Scotts Berühmtheit wurde vor allem durch Social Media befeuert. Wie viele der Kids an der Neapolis High folgte K als eine von hundertzweiundsiebzigtausend Followern Scott auf Instagram. Immerhin war er der berühmteste Absolvent der Schule. Bevor Scott angeklagt wurde, hatte er regelmäßig Fotos gepostet. Scott beim Schwimmtraining.

Beim Gewichtheben. Beim Laufen. Ihr könnt es euch bestimmt vorstellen.

Wenn man sich seine alten Instagramposts anschaut, sieht man Fotos von Bergen von Essen, die vor Scott auf dem Tisch stehen, bevor er sich sein Frühstück reinschaufelt: drei Schalen Müsli. Ein Stapel Toast, bestrichen mit bestimmt einem Glas Erdnussbutter. Drei Gläser Orangensaft. Ich mag mir gar nicht vorstellen, was er zum Mittag und zum Abendessen verschlungen hat.

Es gibt Fotos von Scott, wie er im Fitnessraum Gewichte hebt. Unterwasseraufnahmen, wie er schwimmt. Überwasseraufnahmen von seinen muskulösen Armen, mit denen er bei Sportveranstaltungen durch das Wasser pflügt. Fotos von seinen kräftigen Beinen, die das Wasser wegschaufeln. Für seine liebenden Fans hat er jeden Aspekt seines Trainings festgehalten.

Seit Scott wegen Vergewaltigung angeklagt wurde, gibt es eine erstaunliche Menge an Instagramposts mit Fotos, die zeigen, wie er ehrenamtlich in seiner Kirche arbeitet und in einer Suppenküche Eintopf auf Teller schöpft oder benachteiligten Kindern Schwimmunterricht gibt.

Vielleicht bin ich aber auch nur zynisch. Vielleicht hatte sich Scott wirklich schon lange der Wohltätigkeit verschrieben, bevor er wegen mehrerer Fälle sexueller Gewalt angeklagt wurde.

In den Monaten, bevor er als Verdächtiger im Fall K genannt wurde, absolvierte Scott Blair ein strapaziöses präolympisches Training. Er stand im Morgengrauen auf, um zu trainieren. Er schwamm morgens zwei Stunden im Pool. Zwei Stunden am Abend. Mittags eine Stunde Training mit Gewichten im Fitnessraum. Dieses brutale Programm absolvierte er sechs Tage die Woche. Nichts Ungewöhnliches für einen Meisterschwimmer mit Chancen auf die Olympischen Spiele.

Während des Trainings zog sich Scott eine Verletzung an der Wade zu. Die Wunde verursachte einen nagenden Schmerz, der sich auf seine Schwimmzeiten auswirkte. Sein Trainer empfahl ihm, am Wochenende nach Hause zu fahren. Sich ein paar freie Tage zu gönnen und sich erst dann wieder auf sein Training zu konzentrieren. Deshalb war Scott an jenem Samstagabend wieder in Neapolis.

In einem seiner Interviews sagte er – bevor ihn sein neuer Rechtsanwalt, Dale Quinn, anwies, nicht mehr mit den Medien zu reden –, dass er manchmal, wenn er am Wochenende zu Hause war, gern zu jenem Spielplatz ging, von dem K verschwand, um alte Freunde zu treffen und sich vom Stress des Wettkampfschwimmens zu erholen. Er war in dem Viertel aufgewachsen. Daher kannten sich Harris und er trotz des Altersunterschieds von fast zwei Jahren.

Scott sagt, er sei in jener Nacht gestresst gewesen. Ihm standen einen Monat später entscheidende Testwettbewerbe bevor, und er machte sich Sorgen wegen jener Wadenverletzung. Deshalb ging er in den Park, um die Atmosphäre seines alten Viertels einzusaugen. Um zu entspannen. Die Sterne anzuschauen. Sehr poetisch.

Die Anschuldigungen der Staatsanwaltschaft sind weniger poetisch. Sie behauptet, dass er dort war, nachdem er Harris Wilson dazu angestiftet hatte, K von Lexis Party nach Hause zu folgen und sie auf dem Spielplatz festzuhalten, bis er dorthin kommen und sie in seinem Wagen verschleppen konnte. Was genau das ist, was er getan hat.

Egal ob man der Staatsanwaltschaft glaubt oder Scott Blair, Tatsache ist, dass Scott in jener Nacht dort war. Er sah K auf der Schaukel. Er nahm sie in seinem Wagen mit.

Sie ging freiwillig mit ihm mit. Wir wissen das, weil es Aufzeichnungen davon gibt, wie die beiden den Spielplatz verlassen. Sie wurden von einer Kamera am Haus gegenüber dem Spielplatz aufgenommen, die dort wegen eines permanenten Graffitiproblems angebracht worden war. Die Besitzer des Hauses hofften, die Vandalen beim Besprühen ihres Zauns erwischen zu können.

Stattdessen zeichnete die Kamera auf, wie Scott Blair K die Tür seines silberfarbenen Sportwagens öffnet und mit ihr davonfährt. Nachdem er angeklagt worden war, wurden die Aufzeichnungen in einem lokalen Nachrichtensender gezeigt.

Scott fuhr K nicht nach Hause, wie er ihr versprochen hatte, bevor sie freiwillig in sein Auto stieg. Hätte er das getan, wäre alles anders gekommen. Er behauptet, dass K, sobald sie im Auto saßen, ein bisschen in seinem neuen Cabriolet herumfahren wollte. Es hatte Ledersitze und diesen typischen Geruch neuer Autos. Er behauptet, auf Ks Wunsch hin das Verdeck heruntergelassen zu haben, obwohl es Oktober war. Im Oktober wehen eisige Winde vom Atlantik über Neapolis hinweg. In jener Nacht mit heruntergelassenem Verdeck zu fahren, muss sehr kalt gewesen sein.

Sie fuhren die Küste entlang. Nach einiger Zeit hielten sie bei einem die ganze Nacht geöffneten Pizzaservice an. Weitere Aufzeichnungen dokumentieren dies, in diesem Fall wurden sie den Medien vom Besitzer des Pizzaservice zugespielt. Vermutlich glaubt er an die alte PR-Weisheit, dass jede Aufmerksamkeit gute Werbung darstellt, vor allem, wenn sie nichts kostet.

Zurück zu den Aufzeichnungen. Sie zeigen, wie Scott und K beim Bestellen nebeneinander am Tresen stehen. Sie setzen sich hin und reden, während sie auf ihre Pizzen warten. Nach etwa zehn Minuten steht Scott auf und nimmt zwei Pizzaschachteln und zwei Mineralwasser in diesen übergroßen Bechern in Empfang.

Scott trägt beim Rausgehen die Pizzaschachteln. Er hat eine Jeans und ein schwarzes T-Shirt an und seine Baseballkappe verkehrt herum aufgesetzt. K geht hinter ihm und trägt die Becher mit dem Mineralwasser. Das kann man auf den Aufnahmen genau erkennen.

Die Verteidigung wird argumentieren, dass sie nicht hätte mitgehen müssen. Sie hätte die Mitarbeiter des Pizzaservice bitten können, die Polizei anzurufen, oder vom dortigen Telefon ihren Dad benachrichtigen können. Sie hätte weglaufen können. Sie tat es nicht. Sie folgte Scott zu seinem Wagen, und die beiden fuhren los. Das deutet darauf hin, dass sie freiwillig mit ihm zusammen war, was die Verteidigung als Indikator für ihre Stimmung in jener Nacht bezeichnen wird.

Scott fuhr zum Strand. Er wählte den letzten Strand vor dem Nationalpark südlich von Neapolis aus. An dem Strand stehen ein paar Schuppen, in denen Jetskis und Motorboote zum Wasserskifahren untergestellt werden. Scotts Eltern haben dort ein Boot. Er musste wissen, dass niemand da sein würde. Dass es abgelegen und normalerweise verlassen war.

Reportern sagte er, nachdem Anklage gegen ihn erhoben worden war, dass K und er am Strand saßen und Pizza aßen. Sie hörten Musik und redeten. Es war nett. Romantisch. Und dann führte eins zum anderen, und sie hatten Sex.

Sein Rechtsanwalt sagt dazu Folgendes: »Mein Klient, Scott Blair, und K gingen in der fraglichen Nacht gemeinsam schwimmen und hatten danach einvernehmlichen Sex. Es gab keine Gewalt, keine Vergewaltigung oder Zwang irgendeiner Art. Alles, was in jener Nacht geschah, einschließlich der sexuellen Aktivitäten, war zu dem Zeitpunkt, als es stattfand, völlig einvernehmlich. Falls sich hinterher bei der Klägerin Reue einstellte, ist das bedauerlich, aber es hat nichts mit dem zu tun, wie sich mein Klient in jener Nacht verhalten hat. Scott hat die ihm zur Last gelegten Taten nicht begangen.«

Die Staatsanwaltschaft zeichnet in ihrer Anklageerhebung ein ganz anderes Bild. Sie behauptet, das Scott K mit dem Versprechen, sie nach Hause zu fahren, in sein Auto gelockt hat. Stattdessen ist er mit ihr durch die Gegend gefahren und hat angehalten, um Pizza zu kaufen, die sie an einem einsamen Strand gegessen haben, wo er K mehrfach vergewaltigt hat. Danach hat er sie dort zurückgelassen und sich auf die dreistündige Fahrt zurück zu seinem Collegeapartment begeben, damit er ein Alibi hatte.

Die Staatsanwaltschaft behauptet, dass Scott Blair K vergewaltigt hat, weil er mit einem Freund eine Wette abgeschlossen hatte, wer innerhalb einer Periode von dreißig Tagen mit mehr Frauen Sex haben konnte. K sollte eine Kerbe an seinem Bettpfosten sein. Ob sie wollte oder nicht.

Ich bemühe mich wirklich sehr, hier objektiv zu bleiben. Ich muss Scott einen Vertrauensvorschuss geben. Ihr wisst schon, unschuldig bis zum Beweis des Gegenteils. Außerdem gehört es zu meinem Job, für alles offen zu bleiben.

Die Frage, die an mir nagt, ist: Warum hat Scott K allein am Strand zurückgelassen und ist in sein Collegeapartment zurückgefahren? Warum sollte er das tun, wenn es ein harmloses sexuelles Abenteuer war?

Scotts Eltern behaupten, dass K Scott gebeten habe, sie

an der Bushaltestelle abzusetzen. Dass sie zu Scott gesagt habe, sie würde lieber am Morgen mit dem Bus zurückfahren, damit niemand sah, wie er sie aus seinem Auto rausließ. Ihre Eltern sollten nicht mitbekommen, dass sie die Nacht mit ihm verbracht hatte.

War die Tatsache, dass Scott es K überlassen hat, wie sie nach Hause kam, die Tat eines jungen Manns, der wahrhaftig nichts verkehrt gemacht hatte? Oder die Tat eines jungen Manns mit einem sehr schlechten Gewissen, der etwas vertuschen wollte, von dem er wusste, dass es ein Verbrechen war? Wir werden es gemeinsam herausfinden, wenn die Verhandlung morgen beginnt.

Ich bin Rachel Krall, und dies ist *Schuldig oder nicht schuldig,* der Podcast, mit dem ihr auf der Geschworenenbank sitzt.

RACHEL

22

Der Rasen südlich vor dem Gerichtsgebäude von Neapolis war abgesperrt. Dort standen Fernsehreporter, um mit dem roten neogeorgianischen Gebäude im Hintergrund Livesendungen zu moderieren. Das Gerichtsgebäude stammte aus dem späten 19. Jahrhundert, als Neapolis Ambitionen hatte, eine größere Hafenstadt zu werden. Von einem riesigen Platz aus führte eine Steintreppe hinauf zu einer weißen Säulenhalle, durch die man zum Eingang gelangte. Rachel stellte sich zu einer Gruppe Einheimischer, die vor der Absperrung standen und einer Fernsehreporterin zusahen, die gerade eine Liveübertragung inklusive Studiogast und Zuschauerfragen moderierte.

»Der Prozess hat diese kleine Stadt gespalten. Einige sagen, dass Scott Blair, der Schwimmstar, der wegen Vergewaltigung einer Highschoolschülerin angeklagt ist, unschuldig und ein Opfer überbordender Political Correctness sei. Andere sorgen sich, dass das Urteil in diesem Fall Vergewaltigungsopfer davon abhalten könnte, Anzeige zu erstatten«, sagte die Reporterin und horchte auf die nächste Frage, die durch ihren Kopfhörer kam.

Rachel wartete die Antwort der Reporterin auf die nachfolgende Frage nicht ab. Oben in der Säulenhalle hatte sich vor den Metalldetektoren gleich innen hinter der Glastür zum Gerichtsgebäude eine lange Schlange gebildet. Rachel lief im Zickzack zwischen den Menschen auf dem belebten Platz hindurch und nahm immer zwei Stufen auf einmal, nachdem sie einem gleichgültigen Polizisten an der Absperrung kurz ihren Presseausweis hingehalten hatte.

Während sie darauf wartete, durch die Metalldetektoren gehen zu können, sah sie von der obersten Treppenstufe auf den Platz hinunter. Es herrschte eine Atmosphäre wie bei einem Jahrmarkt, was Rachel ziemlich geschmacklos fand, schließlich handelte es sich um den Beginn eines Vergewaltigungsprozesses. Verkaufswagen mit Essen machten ein Bombengeschäft mit Kaffee, Donuts und Frühstücksburritos. Demonstranten in schwarzen T-Shirts mit der Aufschrift »Stoppt Vergewaltiger« hielten Transparente mit der Aufschrift »Sperrt ihn ein« hoch. Einheimische standen herum und machten Selfies.

Als der Wagen der Familie Blair vorfuhr, ertönte auf einmal ein so lauter, schriller Schrei, dass die Leute die Köpfe drehten, um herauszufinden, was los war. »Kastriert ihn!«, kreischte eine Demonstrantin. Es folgte ein unverständlicher Chorgesang, der lauter wurde, als Scott Blair und seine Eltern, flankiert von zwei Security-Leuten, über den belebten Platz eilten. Rachel ging auf, dass die Demonstranten »Schneid ihn ab, schneid ihn ab« sangen, während sie der Familie Blair bis zur Treppe zum Gerichtsgebäude folgten. Sie wurden von einer rivalisierenden Gruppe niedergebrüllt, die überwiegend aus Frauen bestand und weiße T-Shirts mit Scott Blairs Foto über dem Aufdruck »Unschuldig« trug.

Der Gerichtssaal war halb leer, als Rachel durch die imposante, polierte Tür trat und sich auf den für sie reservierten Platz auf der Pressetribüne setzte. Im Saal standen noch die originalen Holzbänke, die Wände waren getäfelt, der Boden aus grauem Stein. Durch die Bleiglasfenster, die weit oben in den Wänden saßen, fiel gedämpftes Licht herein. Sie filterten das grelle Sommerlicht und verliehen dem Saal die Atmosphäre einer Kirche.

Die weitgehende Stille wurde vom dumpfen Aufprall diverser Akten zerrissen, die von Anwaltsassistenten auf den Tischen abgeladen wurden. Gerichtsmitarbeiter stellten Computer an und legten Unterlagen zurecht, um die Ankunft des Richters vorzubereiten. Rasch füllte sich der Gerichtssaal, und das leise Gemurmel verwandelte sich in lautes Getöse.

Scott Blair kam herein, inmitten einer Phalanx von Rechtsanwälten. Er trug eine dunkle Hose und einen hellblauen Pullover mit V-Ausschnitt, mit dem er gesund und jünger als neunzehn Jahre aussah.

Cynthia Blair ging in einem hochgeschlossenen marineblauen Kleid hinter ihm. Ihr Haar war unauffällig gestylt, ihr Make-up wirkte natürlich. Außer ihrem Ehering trug sie keinen Schmuck. Rachel konnte kaum glauben, dass dies dieselbe glamouröse, juwelenbehängte Frau war, die sie vor zwei Tagen kennengelernt hatte. Greg Blair trug einen nicht übermäßig teuren Anzug, der, so vermutete Rachel zynisch, sorgfältig ausgewählt war, um die Geschworenen vergessen zu lassen, dass die Blairs die reichste Familie der Stadt waren.

Dale Quinn hatte sich für ein ähnlich unauffälliges Anzug-Krawatte-Ensemble entschieden, um die Rolle des Sohns der Stadt zu spielen, der es zu etwas gebracht hat, und nicht wie der schnodderige Typ von außerhalb zu wirken. Quinn hatte vor der Verhandlung jede Gelegenheit genutzt – darunter auch einen lobhudelnden Artikel über sich in der Lokalzeitung –, um nostalgisch über seine Kindheit und Jugend in Neapolis zu schwadronieren. Dabei hatte er, soweit Rachel wusste, dort nur kurze Zeit gewohnt.

Mit diesen sorgfältig lancierten Interviews hatte er die zukünftigen Geschworenen umworben, bevor sie auch nur den Brief im Briefkasten fanden, mit dem sie zur Erfüllung ihrer Pflicht als Geschworene aufgefordert wurden. Quinn kannte sich sehr gut mit der Wirksamkeit von Publicity im Vorfeld einer Gerichtsverhandlung aus. »Es ist nie zu früh, um die Geschworenen zu beeinflussen«, sagte er gern in Lehrvideos und in Interviews, die Rachel bei ihren Recherchen auf YouTube gefunden hatte.

Die laute Stimme des Gerichtsdieners ließ alle aufspringen. Eine holzgetäfelte Tür ging auf, und der Richter betrat den Gerichtssaal. Richter Nathaniel Shaw war eher klein und drahtig, was trotz der sich bauschenden Falten seiner schwarzen Robe nicht zu übersehen war. Sein gebräuntes Gesicht untermauerte seinen Ruf, ein begeisterter Segler und Radfahrer zu sein. Rachel hatte gehört, dass der Richter manchmal mit dem Rennrad zum Gericht fuhr. Die grauen Schattierungen in seinem hellbraunen Haar verliehen ihm etwas Gesetztes, weit jenseits seiner gut vierzig Jahre. Er ließ den Blick seiner wachen blauen Augen mit hochmütiger Autorität durch den Saal wandern, der allen klarmachte, ohne dass er auch nur ein Wort zu sagen brauchte, dass er keine Dummheiten duldete.

Richter Shaw war bekannt für seine Aversion gegen kleinliche Streitereien und theatralische Auftritte im Gerichtssaal. Für jegliche legalen Manöver, durch die sich der Prozess unnötig in die Länge zog, zeigte er wenig Toleranz. Seine Urteile waren knappe und eher schmucklose juristische Prosa, wenn auch manchmal interessant hinsichtlich ihrer Begründung. Effekthascherei duldete er grundsätzlich nicht. Am erstaunlichsten war, dass er Journalisten leidenschaftlich verabscheute. Er starrte die Reporter auf der Pressetribüne an, als wolle er ihnen diese Tatsache ins Gedächtnis rufen.

Rachel hatte das Gefühl, dass der vernichtendste Blick für sie reserviert war. Man hatte ihr, als sie ihre Zulassung abgeholt hatte, unter dem Siegel der Verschwiegenheit mitgeteilt, dass der Richter alles andere als begeistert von ihrem Podcast über die Verhandlung sei. Von seinen Mitarbeitern hatte er erfahren, dass ihre Nachforschungen in Staffel eins von *Schuldig oder nicht schuldig* zu Frank Murphys Freilassung geführt hatten, nachdem sie neue Beweise für die Unschuld des beliebten Highschoollehrers gefunden hatte.

In den letzten sieben von zehn Jahren, die der Richter im Amt war, war keins seiner Urteile erfolgreich angefochten worden. Nicht ein einziges. Zu seinen Mitarbeitern hatte er gesagt, dass er sich seinen nahezu exemplarischen Rekord nicht von einem Podcaster ruinieren lassen werde. Zumindest hatte Rachel es so von ihrer Quelle gehört, einem Sachbearbeiter im Gericht, der Fan ihres Podcasts war und sie mit reichlich Informationen über die internen Abläufe bei Gericht versorgt hatte.

Der Richter hatte bereits Video- und Audioaufnahmen von der Verhandlung untersagt. Rachel konnte es wirklich nicht brauchen, dass er ihre Berichterstattung bis ins kleinste Detail kontrollierte oder ihren Zugang zum Gerichtssaal beschränkte. Mit Erleichterung hatte sie die Information desselben Sachbearbeiters vernommen, dass der Richter ein selbst ernannter Technikfeind war, der noch nie in seinem Leben einen Podcast gehört hatte und nicht einmal ein Smartphone besaß. »Hoffen wir, dass es so bleibt«, hatte sie zu Pete gesagt.

Nachdem die Geschworenen ihre Plätze eingenommen hatten, betrat die Familie Moore den Gerichtssaal. Kellys Eltern hatten ihre Tochter untergehakt, stützten sie und sorgten dafür, dass sie auf dem Weg zur Sitzreihe hinter den Staatsanwälten Scott Blair am Platz der Verteidiger nicht sehen musste. Kelly durfte für das Eröffnungsplädoyer der Staatsanwaltschaft im Gerichtssaal bleiben. Danach mussten ihre Mutter und sie den Saal verlassen, da man sie beide als Zeuginnen aufrufen würde und das Gesetz ihre Anwesenheit vor ihrer Aussage verbot. Dan Moore hatte Rachel gesagt, er würde während der gesamten Verhandlung stellvertretend für die Familie im Saal sitzen bleiben.

Die erste Stunde verging mit ermüdenden organisatorischen Angelegenheiten, die alle unruhig machten, weil alle auf den eigentlichen Beginn der Verhandlung warteten. Ein fast schon hörbarer Seufzer der Erleichterung ging durch den Saal, als der Richter die Staatsanwaltschaft aufforderte, ihr Eröffnungsplädoyer zu halten.

Mitch Alkins erhob sich zu seiner vollen imposanten Größe. Er hatte dunkles Haar und die breiten Schultern eines Holzfällers. Sein dröhnender Bariton konnte Zeugen in Angst und Schrecken versetzen, wenn er ihn zu diesem Zweck einsetzte. Als Alkins noch Strafverteidiger war, hatten selbst gestandene Polizeikommissare nach ein paar Runden mit ihm den Zeugenstand als zitternde, verschwitzte Wracks verlassen. Rachel zweifelte nicht daran, das er als Staatsanwalt genauso Furcht einflößend sein würde. Allein seine donnernde Stimme schüchterte die Menschen ein, weshalb er sie vermutlich nur sehr gezielt einsetzte. Es war eine schwierige Gratwanderung, die Geschworenen so anzusprechen, dass er ihnen Ehrfurcht einflößte, ohne sie dabei in Angst und Schrecken zu versetzen.

Alkins' Entscheidung, von der Strafverteidigung zur Staatsanwaltschaft zu wechseln, war eins der großen Rätsel der Strafgerichtsbarkeit. Manche behaupteten, es sei Buße, weil er einem Kinderschänder zum Freispruch verholfen hatte. Andere meinten, es sei ein Schritt auf dem Weg in die Politik. Spekuliert wurde viel, aber niemand kannte die Wahrheit – außer Mitch Alkins selbst, und der schwieg.

Alkins stand vor den Geschworenen und betrachtete über die Seiten seines Eröffnungsplädoyers hinweg ihre Gesichter. Am ersten Tag einer Gerichtsverhandlung trug er immer dieselbe Krawatte, gelb mit marineblauen diagonalen Streifen. Er war nicht abergläubisch, außer bei dieser Krawatte, die er in einer alten Tabakdose in der Schublade seines Büroschreibtisches aufbewahrte.

Ohne ein Wort zu sagen, warf er die vorbereitete Rede in einen Papierkorb neben seinem Tisch. Es war, als wolle er den Geschworenen vermitteln, dass sein Vertrauen in sie groß genug war, um ihnen die reine, ungeschminkte Wahrheit erzählen zu können. Keine Ausflüchte. Kein Drumherumreden. Die Geschworenen hingen an seinen Lippen, bevor er auch nur ein einziges Wort gesagt hatte.

Rachels Kugelschreiber schwebte startbereit über dem Notizbuch, während sie wartete, dass Alkins zu reden anfing. Sie hatte vor, jeden Satz mitzuschreiben, falls sie so schnell mitkam. Wenn die Verhandlung am Nachmittag endete, wollte sie eine Abschrift des Eröffnungsplädoyers auf die Webseite ihres Podcasts stellen.

Alkins wählte einen behutsamen Einstieg in seine Ausführungen. Er stellte sich vor und erzählte den Geschworenen ein wenig über den Fall. Am Ende der Verhandlung, sagte er, würden genügend Beweise vorliegen, dass sie den Angeklagten zweifelsfrei der diversen gegen ihn erhobenen Anschuldigungen für schuldig befinden würden, als da wären: mehrfache Vergewaltigung, sexuelle Nötigung und sexuelle Gewalt.

Er deutete zu dem Tisch der Verteidigung, wo Scott Blair stur geradeaus schaute und versuchte, sich nicht unter den durchdringenden Blicken der Geschworenen zu winden. Er hatte einen zerknirschten, offenherzigen Gesichtsausdruck aufgesetzt, der ihn aussehen ließ, als könne er keiner Fliege etwas zuleide tun. Rachel fand, es wirkte einstudiert, wie alles am Auftritt der Familie Blair im Gericht an diesem Morgen, von der unauffälligen Kleidung bis hin zum ernsten Gehabe.

»Das Opfer, Kelly Moore, hatte ihr ganzes Leben noch vor sich, als sie am Nachmittag des 11. Oktober zu ihrer Freundin Lexi Rourke ging.« Alkins' einschmeichelnde Stimme füllte den Gerichtssaal.

»Kelly war sechzehn. Sie war ein glückliches, gut integriertes Mädchen. Und eine ausgezeichnete Schülerin. Eine talentierte Sportlerin. Sie freute sich auf all die Schritte ins Erwachsenenleben – den Führerschein machen, zur Abschlussfeier der Highschool gehen. Vielleicht den ersten Freund finden. Kelly lernte fleißig. Sie wollte Physiotherapeutin werden oder mit benachteiligten Kindern arbeiten. Das waren ihre Träume. Einfache Träume.« Alkins sah beim Reden jedem einzelnen Geschworenen in die Augen.

»All das änderte sich, als der Angeklagte Kelly mitten in der Nacht an einen einsamen Strand lockte, wo er sie vergewaltigte. Mehrfach. Mit brutaler Gewalt. Kelly wird als Zeugin auftreten. Sie wird Ihnen in ihren eigenen Worten schildern, was ihr geschehen ist und welche schrecklichen

Dinge ihrem Körper und ihrer Seele angetan wurden. Kein Mensch, schon gar nicht ein junges Mädchen, sollte jemals so etwas aushalten müssen. Kelly hat tiefe seelische Wunden davongetragen, und es mag Jahre dauern, bis sie heilen. Wenn überhaupt. Man darf niemals die Auswirkungen eines sexuellen Übergriffs auf ein Opfer unterschätzen.«

Dale Quinn und sein Team rutschten unruhig auf ihren quietschenden Stühlen hin und her, während Alkins ausführte, welche Beweise er vorzutragen gedachte. Richter Shaw sah sie ein paarmal durchdringend an, ermahnte sie aber nicht. Es war nicht nötig einzugreifen. Die Geschworenen bekamen die Störungen gar nicht mit. Ihre Aufmerksamkeit galt voll und ganz Alkins, der den Gerichtssaal mühelos im Griff hatte.

»Kellys Mutter und ihr Therapeut werden als Zeugen aussagen. Sie werden Ihnen erzählen, welche Auswirkungen die Vergewaltigung auf Kelly und ihre Familie hat. Diese sind so vielfältig, dass es mich, um ehrlich zu sein, zutiefst erschüttert. Sie werden Zeugenaussagen von Ärzten, Krankenschwestern und Polizeiermittlern hören, die Kellys Beschreibung dessen, was ihr zugestoßen ist, stützen werden. Sie werden hören, dass der Angeklagte, Scott Blair, und sein Mitbewohner im College eine Wette abgeschlossen hatten, wer innerhalb von dreißig Tagen mit den meisten Mädchen Sex haben konnte. Dazu gehörte es, ein Foto zu machen und jedes Mädchen zu bewerten. Der Freund lag vorn. Der Angeklagte, Mr Blair, verlor nicht gern. Nicht bei seinen Schwimmwettbewerben und schon gar nicht bei dem schäbigen Sexwettstreit mit seinem Freund. Als er sah, wie Kelly die Party verließ, und man ihm fälschlicherweise erzählte, sie sei an ihm interessiert, beschloss er, in dieser Nacht Sex mit ihr zu haben. Was sie wollte, interessierte ihn nicht.« Er schwieg einen Moment. »Er hatte ein Motiv, Kelly zu vergewaltigen. Und er hat sie vergewaltigt. Er hat sie sogar fotografiert und bewertet, um sie seiner Strichliste hinzuzufügen.«

Bei der Erwähnung seines Namens sah Scott Blair aufmüpfig zu Alkins hoch. Rachel sah, wie Dale Quinn seinem Mandanten unauffällig gegen den Schuh trat. Scott senkte rasch den Blick und zog die Schultern hoch wie ein zu Unrecht getadelter Schuljunge.

»Sie werden von Harris Wilson hören, der bezeugen wird, wie rücksichtslos Scott Blair seinen Plan in die Tat umgesetzt hat, in jener Nacht mit Kelly Sex zu haben, während er gleichzeitig alles getan hat, um sich ein Alibi zu verschaffen. Mr Blair sagte zu Harris, es sei ihm egal, ob Kelly mit ihm schlafen wolle, er würde auf jeden Fall Sex mit ihr haben. Und sie wollte nicht mit ihm schlafen, wie Kelly Ihnen selbst erzählen wird, wenn sie als Zeugin vernommen wird. Außerdem werden wir als Beweis die herzlose, angeberische Nachricht vorlegen, die Mr Blair seinem Freund schickte, nachdem er Kelly vergewaltigt hatte. Er schämte sich nicht für das, was er getan hatte. Er war stolz.«

Alkins wies nicht extra darauf hin, dass Kelly im Gerichtssaal saß, mit blassem Gesicht, die Arme der Eltern um ihre Schultern, eingehüllt in die Liebe ihrer Familie. Vielleicht hätte es den dramatischen Effekt erhöht. Rachel sah, dass Alkins den Bruchteil einer Sekunde in Versuchung war, dann fuhr er aber doch fort.

»Die Party, die Kellys Freundin Lexi veranstaltete, war nur für ein paar wenige Freunde geplant, aber die Nachricht verbreitete sich über Social Media, wie dies heutzutage offenbar häufiger passiert. Mehr als sechzig Leute erschienen, darunter auch Collegestudenten und ältere

Highschoolschüler. Unter denen, die die Party stürmten, waren Scott Blair und sein Freund Harris Wilson.

Kelly trank zwei Bier, wie die meisten Partygäste. Sie hatte an jenem Abend nichts gegessen, was die Wirkung des Alkohols verstärkte. Als sie anfing, sich betrunken zu fühlen, stieg sie auf Limonade um, damit sie wieder nüchtern wurde. Sie wusste nicht, dass jemand die Limonadenflasche mit Wodka aufgefüllt hatte, und so wurde sie versehentlich sehr betrunken. Kurz darauf entbrannte ein Streit zwischen Kelly und ihrer Freundin Lexi, offenbar wegen eines Jungen, der ihnen beiden gefiel, und sie wurde aus dem Haus gesperrt und war gezwungen, in der Dunkelheit zu Fuß nach Hause zu gehen.«

Nach einer kurzen Pause fuhr Alkins fort. »Kelly ist nicht die Angeklagte. Wir sind nicht hier, um darüber zu urteilen, ob ihre Entscheidungen in jener Nacht klug waren. War es illegal, dass ein Mädchen in ihrem Alter Alkohol trank? Ja. Aber Kelly wurde nicht wegen illegalen Alkoholkonsums angeklagt, genau wie auch sonst keiner der Partygäste. Und Sie sind nicht hier, um darüber zu urteilen. Traf Kelly eine unkluge Entscheidung, als sie sich in der Dunkelheit auf den Heimweg gemacht hat? Jeder von Ihnen, der Teenager zu Hause hat, weiß, dass sie regelmäßig unkluge Entscheidungen treffen. Ist es deshalb gerechtfertigt, dass sie angegriffen, verletzt oder vergewaltigt werden? Nein, ist es nicht. Einem Menschen sollte es möglich sein, zu Fuß nach Hause zu gehen, selbst im Dunkeln, auch durch ein einsames Feld, und sicher zu Hause anzukommen.«

Alkins fuhr mit einer detaillierten Beschreibung fort, wie Scott Blair Harris anwies, Kelly von der Party nach Hause zu folgen und sie auf dem Spielplatz so lange abzulenken, bis er dort sein konnte.

»Kelly hatte keine Ahnung, dass sie reingelegt wurde. Dass sie in eine Falle tappte.«

Rachel dehnte ihre verkrampfte Hand, als Alkins eine Pause machte, um das Gesagte wirken zu lassen. Er fuhr mit einer lebendigen Schilderung fort, wie Kelly in Scotts Wagen landete und wie sie zu dem Pizzaservice fuhren.

»Scott Blair bot ihr an, sie nach Hause zu fahren. Aber statt sie heimzufahren, brachte der Angeklagte Kelly an einen einsamen Strand, wo er sie vergewaltigte und verletzte. Als er fertig war, ließ er sie einfach zurück, sodass sie mit dem Bus nach Hause fahren musste, und floh in sein Collegeapartment, wo er angeblich, wie er später fälschlicherweise behauptete, die Nacht verbracht hatte.«

Fasziniert lauschten die Geschworenen Alkins' überzeugender Darstellung, und einer von ihnen starrte Scott Blair böse an, als Alkins beschrieb, wie er Kelly Moore zwar Geld für den Bus in die Hand gedrückt, sich aber nicht darum gekümmert hatte, ob überhaupt Busse fuhren. Kelly musste stundenlang an einer einsamen Bushaltestelle beim Parkplatz des abgelegenen Strands warten, bis ein Bus kam. Die Urlaubssaison war vorbei, und der Bus hielt dort nur zweimal täglich.

»Scott tat alles, was er konnte, um seine Tat vorher und nachher zu verschleiern. Er brachte Harris dazu, Kelly zu dem Spielplatz zu locken, damit er vor der Vergewaltigung nicht mit ihr gesehen wurde. Danach verließ er sie und fuhr zurück zu seinem Apartment. Er zwang sie sogar, sich nach der Vergewaltigung zu waschen, in dem missglückten Versuch, forensische Beweise seiner Tat zu tilgen«, sagte Alkins.

»Scott Blair hat ein schweres und schreckliches Verbrechen begangen«, fuhr er fort. »Er beging es vorsätzlich. Er wendete Gewalt an, und er tat es mit der Arroganz eines Menschen, der glaubt, damit davonkommen zu können. Er glaubte, sein Ruhm und seine familiären Beziehungen ließen ihn über dem Gesetz stehen.« Für seine abschließenden Ausführungen trat Alkins noch einen Schritt näher an die Geschworenen heran.

»Scott Blair ignorierte Kellys verzweifelte Bitten aufzuhören, weil ihm egal war, was sie wollte. Das interessierte ihn nicht im Geringsten. Ihn interessierte nur, was *er* wollte, und das war die Befriedigung seiner körperlichen Gelüste und der Sieg in einem schäbigen und erniedrigenden Sexwettbewerb. Was er tat, tat er mit klarem Kopf. Mit einem Plan. Mit Weitblick. Wohl wissend, dass es unrecht war, und vor allem mit Verachtung. Verachtung für das Gesetz und Verachtung für die Rechte und die Entscheidung der jungen Kelly. Die Beweise werden dies zweifelsfrei belegen. Wenn sie es tun, wird es Ihre Pflicht sein, Scott Blair in allen Anklagepunkten schuldig zu sprechen.«

RACHEL

23

Alkins erzielte mit seiner Ansprache einen hypnotischen Effekt. Seine letzten Worte hallten noch nach, während er absichtlich langsam zu seinem Platz zurückging. Für ein paar Sekunden war im Gerichtssaal nur das Geräusch seiner Schritte auf dem Steinboden zu hören. Die elektrisierte Stille erinnerte Rachel an die in einem Theater, kurz bevor das Publikum aufspringt und begeistert klatscht.

Am Tisch der Verteidigung blätterte Dale Quinn betont lässig seine Notizen durch, während er die weiteren Anweisungen des Richters abwartete. Rachel wusste, dass Quinn härter denn je kämpfen würde, um Alkins die Geschworenen wieder abzunehmen.

Während der kurzen Pause nach Alkins' Plädoyer warf Rachel unauffällig einen Blick auf ihr Handy, um zu sehen, ob Pete bei der Suche nach Hannah Fortschritte gemacht hatte. Hannah hatte vor ein paar Tagen abrupt aufgehört, Briefe zu schreiben. Rachel hatte Pete gebeten, bei Hotels und auch bei Autovermietungen in Neapolis und im weiteren Umkreis Nachforschungen anzustellen. Wenn das zu nichts führte, wollte sie am Ende ihres nächsten Podcasts einen Aufruf hinzufügen. Hannah behauptete, ein Fan zu sein. Sie würde den Aufruf hören und, so hoffte Rachel, den Kontakt zu ihr wiederaufnehmen. Als der Richter Quinn aufforderte, sein Eröffnungsplädoyer zu halten, schlug Rachel eine neue Seite in ihrem Notizbuch auf. Sie hoffte, am Abend eine vollständige, vielleicht sogar wortgetreue Abschrift beider Eröffnungsplädoyers auf der Webseite veröffentlichen zu können. Sie wollte ihren Zuhörern das Gefühl geben, selbst im Gerichtssaal anwesend zu sein und alle relevanten Informationen zu bekommen, die für ein fundiertes Urteil nötig waren. Sie sollten das Gefühl haben, auf der Geschworenenbank zu sitzen.

Quinn sprang auf und wirkte dabei, als sei er nervös und ungeschickt. Er trank einen Schluck Wasser und verschüttete prompt unter den Blicken der Geschworenen etwas davon auf sein Hemd.

Rachel, die bei ihren Vorbereitungen auf die Verhandlung seine Vorgehensweise studiert hatte, wusste, dass es sich um einen Trick handelte, den er in seiner Studentenzeit während eines Praktikums von einem legendären Strafverteidiger gelernt hatte. Der Einstieg seines Mentors bestand immer darin, über irgendetwas im Gerichtssaal zu stolpern, sei es eine Aktentasche oder ein Tischbein. Sofort ging die unsichtbare Schranke zwischen ihm und den Geschworenen hoch. Es entstand eine Bindung zu ihm als Mensch, und damit auch zu seinem Mandanten.

Quinn zog umständlich ein Taschentuch heraus und tupfte an dem Wasserfleck auf seinem Hemd herum. Die Geschworenen sahen ihm mitfühlend zu. Der Richter, der alle Tricks seines Gewerbes kannte, war weniger tolerant.

»Mr Quinn.« Der Stuhl des Richters quietschte, als er sich zum Mikrofon vorbeugte. »Ich glaube, wir warten.«

»Selbstverständlich, Euer Ehren«, erwiderte Quinn. Ein letztes Mal betupfte er sein nasses Hemd und lächelte die Geschworenen verschämt an. Im Vergleich zu Alkins wirkte er jung und unbeholfen, dabei war sich Rachel ziemlich sicher, dass die beiden gleichaltrig waren.

Rachel bewunderte die Art, wie Quinn es geschafft hatte, sich als der Unterlegene darzustellen. Wer fühlte nicht mit dem Unterlegenen mit? Als Quinn zum Reden ansetzte, war der Bann, in den Alkins den Gerichtssaal versetzt hatte, gebrochen.

»Vor etwa drei Monaten erhielt ich in meinem Büro in Memphis einen Anruf, in dem ich gebeten wurde, einen jungen Schwimmer zu verteidigen, von dem ich noch nie gehört hatte. Ich interessiere mich nicht so für Schwimmen. Meine Frau und ich haben kleine Zwillinge. Wenn ich nicht bei Gericht bin, helfe ich ihr, die Babys zu füttern und zu baden. Daher sagte mir der Name Scott Blair nichts, als ich den Anruf erhielt. Ich wusste auch nicht, dass es sich um einen potenziellen Olympiateilnehmer handelte, als ich die unsichere Stimme eines jungen Manns hörte, der mich fragte, ob ich seinen Fall übernehmen würde.« Rachel versuchte verzweifelt mitzuschreiben, ihr Kugelschreiber flog nur so über die Seiten des Notizbuchs.

»Nun, ich habe ihm gleich gesagt, dass ich keine Fälle außerhalb von Tennessee annehme, auch wenn ich in North Carolina zugelassen bin. Das heißt übrigens nicht, dass ich irgendetwas gegen diesen schönen Staat habe. Ich bin hier aufgewachsen und habe viele schöne Erinnerungen an Neapolis. Aber ich habe Beth versprochen, als sie die Zwillinge bekam, dass ich nicht mehr reisen würde, bis die Mädchen älter sind. Ich betrachte mich gern als jemanden, der zu seinem Wort steht. Scott flehte mich an, ihm trotzdem weiter zuzuhören. Er erzählte mir, was in jener Nacht im Oktober geschehen war, und zwischen seiner Version und der, die Mr Alkins Ihnen vorgestellt hat, ist ein Unterschied wie zwischen Tag und Nacht.« Letzteres betonte er mit besonders grimmiger Stimme. »Das war der Moment, in dem mir bewusst wurde, dass hier in Neapolis ein echter Justizirrtum vorliegt. Von den Problemen dieses Jungen zu hören, machte mir schwer zu schaffen. Aber ich konnte seinen Fall nicht übernehmen. Das sagte ich ihm. Ich hatte meiner Frau ein feierliches Versprechen gegeben. Später beim Abendessen erzählte ich Beth von dem Anruf. Sie bestand darauf, dass ich den Jungen gleich am nächsten Morgen zurückrief und ihm sagte, dass ich ihn verteidigen würde. Sie meinte, sie würde mit den Babys schon zurechtkommen, solange ich fort war. Ich könne nicht zulassen, dass das Leben dieses Jungen wegen einer ungerechten Verurteilung zerstört würde. Es ist also Beth zu verdanken, dass ich heute vor Ihnen stehe und Ihnen allen sagen kann, dass Scott ... nun, er ist unfairerweise verleumdet und fälschlicherweise angeklagt worden für ein Verbrechen, das er nicht begangen hat. Scott ist unschuldig. Laut unserem Justizsystem ist von seiner Unschuld auszugehen. Leider wurde Scotts Name in den Dreck gezogen, lange bevor die Gerichtsverhandlung begann. Sein Ruf ist so schwer beschädigt, dass ich mir nicht sicher bin, ob sein Name jemals wieder reingewaschen werden kann. Er wurde vom staatlichen Schwimmteam suspendiert und von der Teilnahme an nationalen Schwimmwettbewerben ausgeschlossen. Seine olympischen Träume sind zerplatzt. Sein Collegestipendium wurde ihm entzogen. Seine Sponsoren haben ihn im Stich gelassen. Das Leben dieses Jungen ist ruiniert, weil er wegen eines Verbrechens angeklagt ist, das er nicht begangen hat. Lassen Sie mich Ihnen ein bisschen über Scott erzählen. Er ist neunzehn Jahre alt und hat bereits ein halbes Dutzend bundesstaatliche Rekorde im Freistilschwimmen eingestellt. Als wäre das noch nicht genug, hat er nur ganz knapp nationale Rekorde verpasst. Einige der Topschwimmer und Trainer unseres Lands sagen, dass Scott das Potenzial hat, einer der größten Schwimmer seiner Generation zu werden. Es verlangt einem eine Menge ab, wenn man in diese Elite vorstoßen will. Während wir all die Jahre im Tiefschlaf in unseren Betten lagen, ist Scott im Morgengrauen in das kalte Wasser eines olympischen Trainingsbeckens getaucht und zwei Stunden geschwommen. Das hat er seit seinem neunten Lebensjahr gemacht. Sechs Tage die Woche, vierzig Meilen pro Woche. Deshalb verwundert es mich, dass Scott noch Zeit für seine Familie, seine Kirche und natürlich sein Studium hat.« Quinn steckte die Hände in die Hosentaschen und redete mit ruhiger Stimme weiter.

»Aber das ist nicht alles, wofür er Zeit hatte. In einer Gesellschaft, in der junge Menschen nur allzu oft mit sich selbst beschäftigt sind, widmet Scott seine Freizeit jenen, die nicht so vom Schicksal verwöhnt sind wie er, in seiner Kirche und im Umfeld der Gemeinde. Sie werden von Scotts guten Taten hören, die Zeugnis ablegen von seinem wahren Charakter. Sie werden eine überzeugende Aussage von einem weltbekannten medizinischen Experten aus Harvard hören, der Ihnen sagen wird, dass es am Körper der Klägerin keine Spur von Gewaltanwendung gab. Sie werden Kameraaufzeichnungen sehen, die zeigen, dass sich die beiden in jener Nacht miteinander wohlgefühlt haben.

Die Staatsanwaltschaft wird Ihnen nicht die Spur eines handfesten Beweises liefern können, dass Scott die Verbrechen begangen hat, deretwegen er hier vor Gericht steht. Wieso? Weil es keine Beweise gibt. Überhaupt keine. Die Staatsanwaltschaft wird Ihnen vielleicht Unterstellungen und Spekulationen bieten, aber keine Beweise. Sie kann es nicht. Weil mein Mandant es nicht getan hat. Scott hat sein Collegestipendium verloren, sein Einkommen, seine Teilnahme an den Nationalmeisterschaften. Und jetzt ist seine Freiheit bedroht. Alles wegen unbegründeter Anschuldigungen, Gerüchte und Unterstellungen.« Quinn klang jetzt wütend.

»Es ist erschreckend, sich vorzustellen, dass das vielversprechende Leben eines jungen Manns durch aus der Luft gegriffene Beschuldigungen ruiniert werden kann. Ohne Beweise.« Er seufzte. »Ich fürchte, das ist die Welt, in der wir heute leben. Eine Welt, in der Anschuldigungen Meinungen beeinflussen. Eine Welt, in der Beweise nicht zählen. Eine Welt, in der ein Mensch ohne Beweise für schuldig erklärt werden kann. Scotts Dad, Greg Blair, musste seine eigene olympische Karriere wegen einer Schulterverletzung frühzeitig beenden, als er gerade mal zwanzig war. Er sagte mir gestern, dass seine Verzweiflung, als er damals die Olympischen Spiele aufgeben musste, nichts war im Vergleich zu dem, wie er sich fühlte, als sein Sohn von der Polizei aus einem Olympiaschwimmbecken gezerrt wurde, in dem er für die nationalen Titel trainierte. Es geschah vor laufenden Kameras, um Scott zu erniedrigen, um den falschen Eindruck zu erwecken, er sei schuldig. Scott wurden die Hände hinter dem Rücken in Handschellen gelegt. Er wurde von der Polizei gewaltsam aus dem Schwimmbad abgeführt, in tropfnasser Badehose, und in einen Streifenwagen gesetzt, vor den Kameras der Nachrichtensender. Der Mob entschied ohne Beweise, Scott sei schuldig. Ohne jeglichen Beweis. Sie, die Geschworenen, haben die Möglichkeit, dieses schreckliche Unrecht wiedergutzumachen, das Scott angetan wurde, denn Scott hat Kelly Moore weder sexuell genötigt noch vergewaltigt. Der Staatsanwalt, Mr Alkins, wird Ihnen keine Beweise vorlegen können, schon gar keine Beweise, die jeglichen Zweifel ausschließen, aus dem einfachen Grund, dass es keine gibt. Scott hier – nun, er hat diese Verbrechen nicht begangen. Er ist unschuldig.« Quinn schwieg einen Moment, um das Gesagte wirken zu lassen.

»Es gab keine Vergewaltigung, keinen sexuellen Übergriff. Es stimmt einfach nicht«, fuhr Quinn fort. »Tatsache ist, dass Scott und die Klägerin einvernehmlichen Sex hatten und die Klägerin das hinterher bereute. Zugegeben, Scott hat sich nach ihrem Rendezvous nicht gerade wie ein Gentleman verhalten, als er vor seinen Freunden damit geprahlt hat. Er war zu dem Zeitpunkt erst achtzehn. Jungen können unreif sein. Um ihre Verlegenheit nicht zeigen zu müssen, behauptete die Angeklagte, dass das Geschehen gegen ihren Willen stattfand. Das tat es nicht. Sie hat aus freien Stücken mitgemacht. Deshalb gibt es keine Beweise, die ihre Darstellung untermauern. Scott ist in allen Anklagepunkten unschuldig.«

Rachel merkte, dass Quinn zu einigen der Geschworenen durchgedrungen war. Hilfreich war auch, dass Scott Blair während der gesamten Rede seines Anwalts zerknirscht dagesessen hatte, mit hängenden Schultern und dem schockierten Blick des zu Unrecht Beschuldigten. Sein babyblauer Pullover mit dem V-Ausschnitt passte perfekt zu seinen verwirrt schauenden blauen Augen. Einige der Geschworenen nickten vor sich hin, als Quinn zum Tisch der Verteidigung zurückkehrte, wo er kurz stehen blieb, um Scott ermutigend die Schulter zu drücken, während seine letzten Worte noch im Gerichtssaal nachhallten.

Quinn hatte in den Herzen der Geschworenen leichte Zweifel geweckt. Rachel nahm an, dass er diese leichten

Zweifel während des Verfahrens nähren würde, bis sie zu dem Zeitpunkt, wenn sich die Geschworenen zur Urteilsberatung zurückzogen, groß genug waren, dass sich zumindest einige von ihnen für Scott einsetzen würden. Ein Einziger reicht, dachte Rachel, dass die Geschworenen zu keinem einstimmigen Urteil kommen können. Ein Einziger.

Als die Geschworenen den Saal zur Mittagspause verließen, wirkten einige von ihnen niedergedrückt von der Last der Verantwortung, die Wahrheit herauszufinden, als wäre es die Suche nach einer Nadel in einem Heuhaufen aus Doppelzüngigkeit und rechtlichen Winkelzügen. Rachel beneidete sie nicht im Geringsten.

24 SCHULDIG ODER NICHT SCHULDIG

Staffel drei, Episode sechs: Auf der Geschworenenbank

Etwa vor sechs Jahren wurde ich als Geschworene berufen. Es war kurz nachdem meine Ehe in die Brüche gegangen war. Die Scheidung war eingereicht, aber wir waren noch dabei, den gordischen Knoten unseres Zusammenlebens zu lösen.

Es ging nicht so sehr darum, wer was bekam. Wir waren beide völlig pleite. Aber bei wem sollte Millie, unser King-Charles-Spaniel, bleiben? Wie sollten wir die Hochzeitsgeschenke aufteilen? Wer würde den Kredit für das Auto übernehmen, wer die Wohnungsmiete? Ganz abgesehen von einem Plan, wie wir unsere Kreditkartenschulden abbezahlen sollten.

Meine Familie war stinksauer auf mich. Sie liebte meinen Ex. Liebt ihn immer noch. Meine Mutter lädt ihn jedes Jahr zu Thanksgiving ein. Ob ich komme, ist ihr nicht so wichtig. Aber Ted, der darf am Kopfende des Tisches sitzen, und bei der Menüplanung wird sorgfältig darauf geachtet, was er am liebsten isst.

Jedenfalls hatte ich damals, in den Monaten nach der Trennung, die Nachtschicht in einer Zeitungsredaktion. Ich hatte dauernd Jetlag. Schlief tagsüber. Arbeitete nachts. Wer je so gearbeitet hat, weiß, dass es einen auf Dauer zermürbt.

Dann kam der Brief. Ich wurde als potenzielle Geschworene geladen. Manche Leute tun alles, um sich dieser Verpflichtung zu entziehen. Ihr würdet nicht glauben, was für Ausflüchte sie sich einfallen lassen. An dem Tag, als ich zur Auswahl der Geschworenen ins Gericht kam, habe ich die wildesten Geschichten gehört. Ein Mann sagte, er habe Rückenprobleme, die es ihm unmöglich machten, längere Zeit zu sitzen. Eine Frau sagte, sie sei klaustrophobisch und würde in engen Räumen Panikattacken bekommen. Die wirklich Klugen behaupteten einfach, sie seien nicht in der Lage, objektiv zu urteilen.

Ich dagegen war begeistert. Ich wollte einmal selbst *Die zwölf Geschworenen* erleben. Ich wollte Möchtegerndetektiv spielen. Meine Mitgeschworenen mit meiner rechtschaffenen Empörung überzeugen. Ja, wie ihr bereits merkt, hatte ich keine Ahnung, was da auf mich zukam.

Ich saß mit den anderen potenziellen Geschworenen in einem überfüllten Raum und trank billigen Kaffee aus einem Styroporbecher. Wir starrten auf unsere Handys, während wir darauf warteten, zum *Voir Dire* gerufen zu werden, was ein schicker französischer Ausdruck für die Auswahl der Geschworenen ist.

Ein einstimmiges Stöhnen kam von den Wartenden, als man uns sagte, dass es sich um einen Wirtschafts- und nicht um einen Mordprozess handelte. »Betrug«, sagte jemand voller Abscheu. »Ich hatte letztes Mal schon Betrug«, beschwerte sich ein anderer. »Was muss man tun, damit man Mord bekommt?«

Ob Mord oder Betrug – Tatsache war, dass es für die meisten potenziellen Geschworenen eine einzige Zumutung war, zu dieser Aufgabe verpflichtet zu werden. Die meisten von ihnen waren hart arbeitende Leute, die verzweifelt versuchten, Kindererziehung und Jobs mit Mindestlohn unter einen Hut zu bekommen. Wenige von ihnen hatten einen Collegeabschluss. Die meisten kämpften, um über die Runden zu kommen. Als Geschworene verpflichtet zu werden, war das Letzte, was sie brauchen konnten.

Schließlich wurde ich hereingerufen, um mich von den Anwälten auf Herz und Nieren prüfen zu lassen. Ich hielt mich nicht lange. Als der Verteidiger hörte, dass ich zwei Collegeabschlüsse habe, machte er von seinem Recht Gebrauch, mich ohne Angabe von Gründen abzulehnen. Dasselbe machte er mit anderen potenziellen Geschworenen, die einen Collegeabschluss hatten, bis nur noch solche übrig blieben, die kaum mehr als einen Highschoolabschluss vorweisen konnten.

Ich verließ das Gericht an jenem Tag mit dem Gefühl, dass das Geschworenensystem anfällig für Betrug ist. Dass es vor allem um Manipulation und Vernebelung geht. Dass es darum geht, zu gewinnen und zu verlieren. Ein Spiel aus Kräftemessen und Ego. Dass es nichts mit dem Gesetz und auch nichts mit dessen Einhaltung zu tun hat. Mit Schuld oder Unschuld. Mit Gerechtigkeit. Oder mit der Wahrheit.

Dieses Gefühl verstärkte sich noch, als ich dem Prozess aus lauter Neugier zwei Tage lang beiwohnte, nachdem bereits einige Verhandlungstage vergangen waren. Ich saß auf der Zuschauerbank und lauschte einer verwirrenden Auflistung von Beweisen und Zeugenaussagen, der ich kaum folgen konnte. Die Geschworenen wirkten, als würden sie gerade den Tod durch Erschlagen mit tausend Einzelheiten erleiden, während sie der staubtrockenen Zeugenaussage eines auf Verbrechen spezialisierten Wirtschaftsprüfers lauschten, der die Details einer gefälschten Rechnung nach der anderen herunterleierte.

Ich verließ das Gericht mit dem Eindruck, dass gerade Wirtschaftskriminalitätsfälle so komplex sind, dass selbst mein Bruder, der Finanzbuchhalter ist, Probleme hätte, der vielschichtigen Beweiserhebung zu folgen. Ganz zu schweigen von Geschworenen, die aus einfachen Verhältnissen stammen und selten mit den Feinheiten der Finanzwelt in Berührung kommen.

Es überraschte mich nicht, als ich hörte, dass die Geschworenen den Angeklagten in Rekordzeit für schuldig erklärt hatten. Alles nur, um dort rauszukommen und in ihren Alltag zurückkehren zu können.

Die Auftritte von Mitch Alkins und Dale Quinn heute im Gerichtssaal am ersten Tag der Verhandlung haben diesen Eindruck bei mir noch verstärkt. Die beiden haben jeden denkbaren Trick angewandt, um die Sympathie der Geschworenen zu gewinnen. Und ein paar nicht denkbare.

Sie waren gut. Sie gehören zu den Besten. Sie modulierten ihre Stimmen passend zu ihren Worten. Ihre Pausen waren perfekt gesetzt. Ihre Gesten waren genau abgestimmt. Dazu diese raffinierte Art, wie sie einzelne Fakten herausgriffen, um ihre Argumente zu untermauern und alle Zweifel zu zerstreuen, sie könnten falschliegen. Sie haben jeden einzelnen Geschworenen und dessen Blick auf den Fall manipuliert. Sie wetteiferten um die Gunst jedes einzelnen Geschworenen.

Fairerweise sollte ich einräumen, dass ich die Geschworenen möglicherweise unterschätze. Vielleicht ignorieren sie diese Spielchen im Blair-Prozess auch und konzentrieren sich darauf, die Körnchen Wahrheit herauszufiltern, die im Laufe der Verhandlung auftauchen werden, bis sie ein ausreichend vollständiges Bild haben, um zu einem gerechten Urteil zu kommen. Ich hoffe, so wird es sein. Dazu sind sie schließlich da.

Es sind dreizehn Geschworene, einschließlich eines Ersatzgeschworenen, der bei der Beweisaufnahme und den Zeugenaussagen anwesend sein muss, aber höchstwahrscheinlich bei der Entscheidungsfindung nicht dabei sein wird. Außer, einer der Geschworenen fällt aus oder wird ausgeschlossen, weil er gegen eine der vom Richter aufgestellten Regeln verstößt. Etwa meinen Podcast hört oder die Berichterstattung über den Fall in anderen Medien verfolgt.

Sieben der Geschworenen sind Männer. Sechs sind Frauen. Abgesehen von dreien sind alle über vierzig. Es heißt, dass solch eine Zusammensetzung günstig für den Angeklagten ist. Ältere Frauen stehen Vergewaltigungsopfern angeblich kritischer gegenüber. Die ältesten Geschworenen sind Ende sechzig. Der jüngste ist Mitte zwanzig. Von ihm wird vermutet, dass er eher dem Angeklagten recht geben wird, sowohl, weil er ein Mann ist, als auch, weil er etwa gleichaltrig ist. Das macht sie zu verwandten Seelen, lautet die Theorie. Ob das stimmt, wer weiß?

Drei der Geschworenen merkt man an, dass sie ihre Aufgabe hassen. Sehnsüchtig wandern ihre Blicke immer wieder zur Tür des Gerichtssaals. Man müsste blind sein, um nicht zu sehen, dass sie am liebsten irgendwo anders wären.

Das ist ein Vorteil zugunsten der Staatsanwaltschaft. Untersuchungen zeigen, dass widerwillige Geschworene dazu neigen, ihren Zorn am Angeklagten auszulassen. Sie tendieren eher zu einer Verurteilung. Einer der drei ist Buchhalter. Der andere arbeitet im Verkauf. Der dritte ist Klempner und hat einen kleinen Betrieb. Er hatte den Richter angefleht, ihn von seiner Pflicht als Geschworener zu entbinden. Er hatte ihm sogar sein Buchhaltungshauptbuch gebracht, um zu beweisen, wie dringend er ganztags arbeiten muss. Der Richter kannte keine Gnade. Es war nicht leicht, unparteiische Geschworene zu finden, die keinen der Beteiligten in diesem Fall kannten. Nicht in einer Stadt wie Neapolis, wo die alteingesessenen Familien schon seit Generationen leben.

Der Obmann der Geschworenen leitet einen Baumarkt. Er ist der Einzige, der sich freiwillig als Obmann gemeldet hat. Vermutlich hat er sich gedacht, wenn er einen Laden leiten kann, dann auch die Geschworenen. Es gibt noch einen weiteren Geschworenen, den ich für einflussreich halte. Er ist Bauleiter. Stämmig, dunkelbraunes Haar und ein freundlicher Blick. Er hat etwas Charismatisches. Die anderen Geschworenen scheinen sich ihm anzuschließen. Dale Quinn gab sich besondere Mühe, zu diesem Geschworenen eine Beziehung herzustellen, als er sein Eröffnungsplädoyer hielt.

Die Geschworenen lernen sich erst noch kennen. Das Eis muss erst noch gebrochen werden. Wir beobachten sie genau. Beobachten ihre Gesten und ihre persönlichen Marotten, während sie den Zeugenaussagen lauschen.

Ich habe einer Reihe von Verhandlungen beigewohnt. Ich habe dabei so manche Geschworenenjury gesehen. Eins ist immer gleich. Zu Prozessbeginn vermeiden es die Geschworenen, den Angeklagten anzusehen. Wenn es so weit ist, dass die Schlussplädoyers gehalten werden, starren sie ihn an, als wollten sie in seine Seele hineinschauen. Ihre Aufgabe ist einfach. Sie müssen den Angeklagten verurteilen, wenn er schuldig ist. Oder ihn freisprechen, wenn er unschuldig ist. Das Problem ist: Was passiert, wenn sie zu der falschen Entscheidung gelangen?

Ich bin Rachel Krall von *Schuldig oder nicht schuldig*, dem Podcast, mit dem ihr auf der Geschworenenbank sitzt.

Bevor ihr abschaltet: Während meines kurzen Aufenthalts in Neapolis habe ich von einem anderen Mädchen gehört, das in dieser Stadt gelebt hat. Ihr Name war Jenny, und sie starb vor einem Vierteljahrhundert. Zum ersten Mal von Jenny gehört habe ich durch einen Brief, der mir auf – sagen wir mal – unorthodoxem Weg zugestellt wurde. Ich möchte, dass die Absenderin weiß: Sie haben meine Aufmerksamkeit. Sie wissen, wo Sie mich finden. Lassen Sie uns reden. Ich meine: richtig reden. Ich bin bereit, wenn Sie es sind.

RACHEL

25

Harris Wilson war ein Nervenbündel, als er quer durch den Gerichtssaal ging und in den Zeugenstand trat. Er zupfte an seiner Krawatte herum, als würde sie ihn erwürgen, und atmete hörbar auf, nachdem er den Eid abgelegt hatte.

Rachel sah zu, wie die Gerichtszeichnerin, die neben ihr saß, Harris als verkrampft im Zeugenstand sitzenden, schlaksigen jungen Mann mit übler Akne skizzierte. Die Krawatte wirkte an seinem dürren Hals fast schon komisch. Neben ihm stand in der Zeichnung Mitch Alkins. Das dunkle Haar fiel ihm in die Stirn, die Hände hatte er in die Hosentaschen gesteckt. Selbst in dieser entspannten Haltung hatte er etwas von einer Kobra. Bereit zuzubeißen.

»Sind Sie nervös, Harris?«, fragte Alkins.

»Ein bisschen.«

»Das muss nervenaufreibend sein, in so jungen Jahren schon als Zeuge aussagen zu müssen. Ich nehme an, Sie sind gerade erst achtzehn geworden?«

»Ja. Vor drei Wochen.«

»Euer Ehren«, unterbrach Dale Quinn. »Die Verteidigung stimmt zu, dass Harris Wilson jung und nervös ist. Vielleicht hilft das Mr Alkins, zur Sache zu kommen.«

»Kommen wir zum Wesentlichen, Herr Staatsanwalt«, wies der Richter Alkins an.

Während Alkins Harris durch die Ereignisse in der Nacht von Lexis Party führte, beugte sich Rachel nach unten und warf rasch einen Blick auf ihr Handy.

Sie hatte den ganzen Morgen darauf gewartet, dass sich Hannah auf den Aufruf am Ende ihres Podcasts hin meldete, entweder mit einem weiteren Brief oder mit einer E-Mail an die Mailadresse des Podcasts. Bis jetzt war nichts von Hannah gekommen, und auch Pete hatte ihr nur die Nachricht geschickt, dass er jedes Hotel in Neapolis ohne Erfolg angerufen habe.

Und damit meine ich jedes einzelne Hotel, Motel und Bed & Breakfast innerhalb von zwanzig Meilen rund um die Stadt, hatte er geschrieben. *In keinem ist jemand namens Hannah abgestiegen.*

Rachel richtete die Aufmerksamkeit wieder auf Harris, der vorn auf der Stuhlkante saß und viel zu schnell redete, während er Alkins' Fragen nach der Nacht von Lexis Party beantwortete.

»Scott sagte zu mir, ich sollte Kelly hinterhergehen und ihn an dem Spielplatz in der Nähe meines Hauses treffen«, begann Harris. »Er sagte, wenn wir dort wären, sollte ich mich verdrücken, weil er mit ihr wegfahren und Sex mit ihr haben wollte. Er hatte mir erzählt, dass er mit seinem Mitbewohner eine Wette laufen hatte und ihm ein paar Mädchen fehlten. Er sagte, er bräuchte eine, die sich leicht rumkriegen ließe, und dass ich ihm helfen sollte, sie an Land zu ziehen.«

»Was haben Sie darauf geantwortet?«, fragte Alkins.

»Ich habe Scott gefragt: ›Was ist, wenn sie nicht mit dir schlafen will?‹«, erwiderte Harris. »Scott hat geantwortet: ›Vertrau mir, sie weiß, wer ich bin. Sie wird geschmeichelt sein, dass ich Interesse an ihr habe. Übrigens habe ich nicht vor, sie zu fragen. Sie wird tun, was ich will. Das tun sie immer.‹«

Man hörte die Leute im Gerichtssaal nach Luft schnappen. Alkins schwieg einen Moment, während sich die Köpfe in Scott Blairs Richtung drehten. Er saß regungslos da, aber Rachel sah ihm an, dass es ihm nur unter Aufbietung all seiner Willenskraft gelang, keine Reaktion zu zeigen. Seine Eltern, die hinter ihm saßen, waren genauso reglos, wie Gazellen, die erstarren, um das Raubtier nicht auf sich aufmerksam zu machen. Nach und nach färbte sich Scotts Hals trotz all seiner Anstrengungen immer röter.

Alkins nickte leicht, als wolle er die Geschworenen wissen lassen, dass ihn dieses schuldbewusste Erröten nicht überraschte. Dann bat er Harris zu beschreiben, was geschah, nachdem er Kelly zu dem Spielplatz gebracht hatte und auf Scotts nächsten Schritt wartete.

»Scott schickte mir eine Nachricht, dass er in seinem Wagen in der Nähe des Spielplatzes wäre und dass ich gehen sollte, damit er mit Kelly allein sein konnte. Er benutzte ein Emoji, das Sex bedeutet. Ich zögerte. Kelly schien nett zu sein. Ich machte mir Sorgen um Scott. Er hatte in jener Nacht viel getrunken. Normalerweise trinkt er nichts, wegen seinem Schwimmtraining. In jener Nacht war er besoffen. Scott kann ziemlich unberechenbar sein, wenn er zu viel trinkt.«

»Aber Sie sind dann doch gegangen?«

»Ich bin eine Zeit lang geblieben, weil ... ich dachte, Scott überlegt es sich vielleicht anders, wenn er sieht, dass ich nicht weggehe. Dann schickte er mir eine weitere Nachricht, ich solle ›abhauen‹, mit dem Emoji eines Fingers an der Kehle. Das hat mir Angst gemacht, und ... ich bin gegangen.«

Alkins bat Harris, die Nachrichten vorzulesen, die Scott ihm in jener Nacht geschickt hatte. Nachdem Harris sie mit zitternder Stimme vorgelesen hatte, stellte Alkins ihm eine Reihe Fragen, um den Geschworenen zu beweisen, dass Scott in jener Nacht vorgehabt hatte, Kelly zu vergewaltigen. Dass es nicht aus einem momentanen Impuls heraus geschehen war oder weil er zu viel getrunken hatte. Er hatte vorsätzlich gehandelt.

»Haben Sie Scott auf Ihrem Weg nach Hause gesehen?«, fragte Alkins.

»Ich bin an Scotts Wagen vorbeigekommen. Als er mich sah, hat er die Hand zum Faustgruß aus dem Wagen gestreckt. Ich habe den Gruß erwidert. Als ich auf der gegenüberliegenden Straßenseite vor unserem Haus stand, habe ich mich umgedreht und gesehen, wie er ausstieg. Ich hätte zurückgehen und ihn aufhalten sollen«, räumte Harris ein. »Es tut mir leid, dass ich nichts unternommen habe. Wobei ich mir nicht sicher bin, dass es etwas genutzt hätte. Scott bekommt immer, was er will. In der Nacht damals wollte er Kelly.«

Als Alkins mit seinem Zeugen fertig war, sprang Harris sichtlich erleichtert auf. Er schien so schnell wie möglich aus dem Zeugenstand verschwinden zu wollen, doch der Richter beugte sich zu seinem Mikrofon vor.

»Es ist zwar nur eine vage Vermutung, Mr Wilson, aber ich gehe doch mal davon aus, dass Mr Quinn Ihnen vielleicht auch ein paar Fragen stellen möchte.«

»Was haben Kelly und Sie so lange gemacht? Sich die Sterne angeschaut?«, fragte Quinn freundlich, die rechte Hand leger in der vorderen Hosentasche. Rachel war klar, dass dies nur der Einstieg in ein brutales Kreuzverhör war. Sie hatte mit Harris telefoniert. Auch mit seinem Dad hatte sie gesprochen. Er war an sich ein anständiger Junge, aber nicht gerade eine Leuchte. Rachel tat er fast schon leid. Er würde gar nicht wissen, wie ihm geschah, wenn Quinn erst richtig loslegte.

»Wir haben geredet. Und getrunken«, antwortete Harris. »Ich hatte einen Flachmann, und den haben wir gemeinsam ausgetrunken.«

»Was war in dem Flachmann?«

»Bourbon.«

»Woher hatten Sie den Bourbon? Sie sind zu jung, um ihn legal kaufen zu können.«

»Der war von meinem Dad.«

»Als ich in Ihrem Alter war, hätte mein Dad, wenn ich ihn um Bourbon gebeten hätte, ›keine Chance‹ geantwortet. Was hat Ihr Dad gesagt, als Sie Alkohol von ihm wollten?«

»Nichts«, murmelte Harris.

»Könnte es sein, dass Sie Ihren Dad gar nicht gefragt haben?«, fuhr Quinn fort. »Haben Sie den Bourbon vielleicht ohne Einwilligung Ihres Vaters genommen? Haben Sie den Bourbon gestohlen, Mr Wilson?«

»Ich denke schon«, gab Harris zu.

»Mr Wilson, ich sehe, dass Sie rot anlaufen. Ist Ihnen heiß? Sollen wir darum bitten, die Klimaanlage höher zu stellen? Oder brauchen Sie ein Taschentuch, um sich den Schweiß von der Stirn zu wischen?« Quinn versuchte gar nicht erst, den Sarkasmus aus seiner Stimme herauszuhalten.

»Euer Ehren, Mr Quinn bedrängt den Zeugen«, donnerte Alkins' Stimme durch den Saal.

»Ich bin nur besorgt«, widersprach Quinn.

»Fahren Sie mit der Befragung fort«, wies der Richter ihn zurecht.

Was Quinn auch tat. Er fragte Harris, wieso er seine ursprüngliche Aussage von dem Tag, an dem Kelly verschwand, geändert hatte.

»Ist es zutreffend, dass Sie dem Detective, der nach Kellys Verschwinden zu Ihnen nach Hause kam, erzählt haben, Sie glaubten, Kelly sei in jener Nacht vom Spielplatz nach Hause gegangen?«

»Ja.«

»Haben Sie den Detective an jenem Morgen angelogen? Oder lügen Sie heute hier im Gerichtssaal?«, fragte Quinn.

Harris stotterte und suchte nach Worten. Quinn sprach ihn auf jede einzelne Lüge an, die er beim ersten Mal erzählt hatte, als er von Detective Cooper zu Kellys Verschwinden befragt worden war. Bis Quinn fertig war, war Harris' Glaubwürdigkeit gen null gesunken.

»Eine letzte Frage, Mr Wilson.« Quinn wirbelte dramatisch herum, als wäre ihm plötzlich noch etwas eingefallen. »Haben Sie irgendetwas für Ihre Aussage heute bekommen?«

»Äh, wie meinen Sie das?«, murmelte Harris.

»Ist es zutreffend, dass Sie zugestimmt haben, heute hier auszusagen, und sich im Gegenzug eines minderschweren Vergehens schuldig bekannt und dafür eine mildere Strafe bekommen haben?«

Harris stotterte »J...j...ja« ins Mikrofon.

»Und wie viel Zeit werden Sie wegen dieses minderschweren Vergehens im Gefängnis verbringen?«

»Ähm«, erwiderte Harris. »Ich glaube nicht, dass ich ins Gefängnis muss.«

»Um das noch einmal zu verdeutlichen: Im Gegenzug für Ihre heutige Aussage haben Sie eine Gehe-nicht-ins-Gefängnis-Karte bekommen. Ist das richtig?«

Alkins sprang auf.

»Einspruch!«

»Stattgegeben«, sagte der Richter und erlaubte Harris endlich, den Zeugenstand zu verlassen.

Während Harris mit rotem Gesicht und schlotternd sowohl vor Angst als auch vor purer Erleichterung davonstolperte, konnte Rachel sehen, dass die Geschworenen seine Aussage unterschiedlich aufgenommen hatten. Mehrere Geschworene saßen mit vor der Brust verschränkten Armen da. Sie sahen ihm nicht hinterher. Für Rachel war klar, dass sie ihm nicht glaubten. Ein paar andere, überwiegend die älteren Frauen, beobachteten ihn mit einem gewissen Mitgefühl. Es war eindeutig, dass sein Leben infolge jener Nacht in Scherben lag.

Rachel hatte am Morgen, bevor die Verhandlung begann, kurz mit Bill, Harris' Dad, gesprochen. Er hatte ihr erzählt, dass sie ihr Haus verloren hatten, weil er die Kreditraten und die Honorare der Anwälte seines Sohns nicht mehr zahlen konnte, nachdem ihm gekündigt worden war. Sein Chef, ein Cousin von Dan Moore, hatte, nachdem Harris angeklagt worden war, behauptet, er müsse wegen Umstrukturierungsmaßnahmen Personal einsparen. Die Familie lebte jetzt bei Bills Eltern, eine Autostunde entfernt von Neapolis, und Bill suchte eine neue Arbeit.

Als die Verhandlung für die Mittagspause unterbrochen wurde, beobachtete Rachel durch das Fenster im Flur, wie Harris' Dad über den Rasen südlich des Gerichtsgebäudes zu seinem Wagen ging, die Hand auf der linken Schulter seines Sohns, um ihn zu trösten. Außer ein paar matschigen Spuren von den Reifen der Übertragungswagen wies nichts mehr darauf hin, dass von hier aus Livesendungen ins gesamte Land ausgestrahlt worden waren.

Nachdem Harris und sein Dad außer Sichtweite waren, blieb Rachel noch einen Moment stehen und sah zu, wie sich die Leute zur Mittagspause in alle Richtungen zerstreuten. Vor einem Essenswagen auf der anderen Straßenseite bildete sich eine Schlange. Andere verschwanden in den Cafés der Seitenstraßen oder setzten sich auf Bänke, um ihr mitgebrachtes Essen zu verzehren.

Rachel verbrachte die Mittagspause damit, auf einer Bank vor dem Gerichtssaal zu arbeiten. Sie hatte sich ein Sandwich gemacht, kam aber nicht zum Essen, weil sie die Notizen von der morgendlichen Zeugenaussage abtippte. Als sie fertig war, stellte sie sie auf die Webseite und klappte ihren Laptop zu. Allmählich strömten die Leute für die weitere Verhandlung ins Gericht zurück.

Rachel nutzte die verbleibende Zeit, um auf die Toilette zu gehen. Als sie aus der Kabine kam und ans Waschbecken trat, sah sie an einem der Seifenspender einen Briefumschlag lehnen, auf dem ihr Name stand. Die Tür zur Toilette schwang vor und zurück, als wäre gerade jemand gegangen.

HANNAH

26

Ich habe Ihre Nachricht an mich am Ende des Podcasts gehört, Rachel. Sie möchten mich kennenlernen. Das verstehe ich. Ich möchte Sie auch kennenlernen. Ich bin schon lange ein Fan von Ihnen. Aber glauben Sie mir, es ist gerade nicht der beste Zeitpunkt. Eines Tages werden Sie das verstehen. Es ist wirklich vor allem in Ihrem Interesse. Wie nennt man das noch? »Glaubhafte Abstreitbarkeit«?

Das bedeutet nicht, dass wir uns noch nicht begegnet sind. So man es eine Begegnung nennen kann, wenn zwei Fremde auf dem überfüllten Platz vor einem Gerichtsgebäude aneinander vorbeihasten. Mal abgesehen von anderen Orten, wo wir fast schon ineinandergelaufen sind.

Tatsächlich haben Sie mich direkt angeschaut, als ich heute Morgen im Gerichtssaal war. Ich kam herein, kurz bevor der Wärter die Tür für die vormittägliche Verhandlung schloss. Nur in der letzten Reihe war noch ein Platz frei. Ich saß dort, starrte auf die beginnende Glatze des Manns in der Reihe vor mir und hörte zu, wie Harris Wilson seine Rolle bei Kelly Moores Vergewaltigung schilderte. Harris versuchte, sich als ahnungslos darzustellen. Das habe ich ihm nicht abgenommen. Er wusste, was er tat, als er Kelly in jener Nacht von der Party folgte.

Dennoch fand ich, dass Harris' Zeugenaussage eher

Schaden angerichtet hat. Ich wette, Scott Blair hätte nie damit gerechnet, dass sich sein treuer Kuppelhelfer gegen ihn wenden würde, sobald ihm die Staatsanwaltschaft einen Vergleich anbot.

Ich bin nicht lange geblieben. Die Zeugenaussage hat mich zu sehr aufgewühlt. Nichts hat sich verändert. Alle arbeiten noch immer mit den gleichen Tricks. Es hat mich so angeekelt, dass ich rausgegangen bin und Ihnen lieber diesen Brief schreibe.

Gestern wollte ich mir unser Haus anschauen. Natürlich existiert es nicht mehr. Wie konnte ich so dumm sein zu glauben, es stünde noch so da, wie ich es in Erinnerung hatte? Die Einheimischen waren sicher glücklich, als es verschwand. Die letzte Spur der Familie Stills ausgemerzt.

Wir sind nach Neapolis gezogen, als Jenny acht war. Ich war ein Kleinkind. Zu jung, um mich an unsere folgenschwere Ankunft in dem braunen Kombi zu erinnern, in dem wir wochenlang schlafen mussten, bis das Haus bewohnbar war. Moms Großvater hatte es in den vierzehn Jahren nach dem Tod seiner Frau nicht mehr geputzt. Ihr Name war ebenfalls Hannah. Mom sprach nie über ihren Großvater, aber auf ihrer Kommode stand immer ein Foto ihrer Großmutter.

Jenny hat mir mal erzählt, dass Mom als Teenager davongelaufen und erst zurückgekehrt ist, nachdem ihr Großvater gestorben war und ihr sein Haus und das Land drum herum vererbt hatte. Jenny sagte, es sei ihr erstes dauerhaftes Zuhause gewesen. Das war alles, was sie jemals von ihrem Leben vor unserem Umzug nach Neapolis erzählt hat.

Ich habe mir immer wieder die Geschichte anhören müssen, wie Mom und Jenny wochenlang das Haus gesäubert haben, während ich in Windeln im verwilderten Garten gespielt habe. Nachdem sie alles entsorgt hatten, was mein Großvater gehortet hatte, kratzten Mom und Jenny mit Spachteln und Fettlöser den Dreck von den Böden.

Als das Haus sauber war, strichen sie die Wände und die Fensterrahmen in einem leuchtenden Weiß. Sie schliffen die hölzernen Küchenschränke ab und wachsten sie und überklebten die schmierigen Fliesen im Badezimmer und in der Küche mit Restposten hellgelber und blauer Fliesen, die Mom bei der Geschäftsaufgabe eines Baumarkts erstanden hatte.

Unsere Möbel waren gebraucht. Mom kaufte sie auf privaten oder öffentlichen Flohmärkten. Sie pflegte immer zu sagen, dass man nur eine Schicht Farbe und ein bisschen Fantasie brauchte.

Unsere durchgesessenen Sofas versteckte sie unter Malerabdeckvlies, das sie in einer Zinkwanne leuchtend rot färbte. Die Fensterbretter dekorierte sie mit bemalten Marmeladengläsern, in die sie gelbe Gänseblümchen stellte, die wir auf den Feldern rund um unser Haus pflückten.

Als sie krank wurde, sorgte ich immer dafür, dass eine Vase mit gelben Gänseblümchen in ihrem Zimmer stand, damit sie an den Tagen, an denen sie nicht aufstehen konnte, etwas zum Anschauen hatte. In jenem Sommer verbrachte sie schrecklich viel Zeit im Bett.

Jenny wurde, nachdem die Jungen sie mitgenommen hatten, von Tag zu Tag dünner. Sie war immer dünn gewesen, also wollte das schon was heißen. Ihr Gesicht wurde blass und das glänzende Haar spröde und leblos. Ihre Nägel waren eine Katastrophe. Sie biss sie fast bis aufs Fleisch hinunter.

Mom war so krank, dass sie gar nicht mitbekam, wie

schlecht es Jenny ging. Vielleicht hätte ich es ihr sagen sollen. Gott helfe mir, ich konnte mich nicht dazu durchringen.

Ich hielt das Haus in Ordnung, so gut ich konnte. Ich wischte den Boden und stellte mich auf die Zehenspitzen, um die Wäsche auf die Leine zu hängen. Es war ein Glück, dass niemand Appetit hatte. Kochen war nicht nötig. Ich lebte von Sandwiches mit Erdnussbutter und Marmelade und von Milch. Tagsüber malte ich Bilder auf der Veranda oder fuhr mit dem Fahrrad umher.

Eines Nachmittags hörte ich, als ich auf dem Sofa lag und fernsah, wie gegen die Fliegengittertür geklopft wurde. Wir bekamen selten Besuch. Durch das Fenster sah ich eine Frau. Sie schaute sich neugierig um, während sie wartete, dass jemand die Tür öffnete.

»Ist deine Mom zu Hause?« Die Frau trug ein damenhaftes, gemustertes Kleid und hatte Lippenstift aufgelegt, der viel zu orange für ihre Hautfarbe war. Ihr geföhntes Haar fiel in der Feuchtigkeit in sich zusammen.

»Sie empfängt niemanden«, sagte ich.

»Sie erwartet mich«, blieb die Frau hartnäckig. »Wir haben dieses Treffen schon vor Wochen vereinbart. Sag ihr, Mrs Mason ist da.«

Ich ging zurück ins Haus und ließ sie draußen in der feuchten Hitze stehen. Mom lag in ihrem lockeren Kaftan, den sie auf der antiken Nähmaschine ihrer Großmutter genäht hatte, im Bett.

»Da draußen steht eine Dame«, sagte ich zu ihr. »Sie hat einen hässlichen Lippenstift, und sie trägt ein vornehmes Kleid. Sie behauptet, sie wäre mit dir verabredet. Sie heißt Mason oder so.«

Mom nickte, als wüsste sie Bescheid. Sie stand auf und

schleppte sich ins Wohnzimmer. Erst nachdem sie es sich im Sessel bequem gemacht hatte, bat ich die Frau herein.

Die Frau machte ein fürchterliches Getöse, als sie mit ihren Absätzen die Treppe hinaufklapperte. Sie wirkte enttäuscht, dass die Klimaanlage nicht eingeschaltet war, und wedelte sich immer wieder mit der Hand wie mit einem Fächer vor dem Gesicht herum.

Mom stand nicht auf und reichte der Frau auch nicht die Hand. Das geschah nicht aus Unhöflichkeit. Es kostete sie ihre gesamte Energie, aufrecht im Sessel zu sitzen und so zu tun, als wäre alles in Ordnung.

»Hannah, spiel ein bisschen draußen«, befahl Mom, nachdem ich ihnen einen Krug mit Wasser gebracht hatte.

Ich ließ die Tür absichtlich offen, während ich auf der hinteren Veranda mit einem Teeservice spielte. Verzweifelt versuchte ich zu hören, was sie sagten. Es war schwierig. Sie sprachen sehr leise.

Ich blieb draußen, bis die Frau vom Sofa aufstand. Ich dachte, sie würde gehen. Stattdessen wanderte sie mit Klemmbrett und einem Kugelschreiber durch das Haus und blieb gelegentlich stehen, um etwas aufzuschreiben. Mom saß im Sessel und sah hilflos zu, wie die Frau die Kühlschranktür öffnete und den Inhalt inspizierte.

»Nicht viel Essbares in Ihrem Kühlschrank«, sagte sie.

»Wir gehen nachher noch einkaufen«, fuhr ich sie an, schockiert von ihrer Unhöflichkeit. Es war eine Lüge. Wir hatten kein Geld für Lebensmittel und konnten erst wieder welche kaufen, wenn Moms Sozialhilfescheck später in der Woche kam.

Mit gespitztem Mund inspizierte diese grässliche Mrs Mason den Rest des Hauses. Als sie die Tür zu Moms Schlafzimmer öffnete, war ich froh, dass gelüftet und das

Bett frisch bezogen war. Sie ging weiter den Flur entlang. Ohne zu fragen, öffnete sie die Tür zu Jennys und meinem Zimmer. Es war dunkel, die Vorhänge waren zugezogen. Sie schaltete das Licht ein. Jenny, die im Bett lag und geschlafen hatte, setzte sich verwirrt auf.

»Meine Schwester ist erkältet«, sagte ich. »Sie ist sehr ansteckend.«

Rasch schaltete die Frau das Licht wieder aus und schloss die Tür. Als sie mit ihrem wichtigtuerischen Herumlaufen in unserem Haus fertig war, unterhielten Mom und sie sich leise. Ich wurde erneut in den Garten verbannt. Mom bat mich, Zitronen von unserem Baum zu pflücken. Ich glaube, sie wollte sie dieser Frau geben. Als ich zurückkam, war die Frau bereits gegangen. Ich stellte mich ans Fenster und sah zu, wie ihr kleines Auto die unbefestigte Straße entlangholperte. »Gott sei Dank«, murmelte ich leise.

Mom schloss erleichtert die Augen, als das Motorengeräusch von Mrs Masons Wagen endlich erstarb.

»Wer war das?«, fragte ich.

»Sie arbeitet für die Stadt. Sie wollte nachschauen, ob wir zurechtkommen«, antwortete Mom.

Und dann, als ob es ihr plötzlich wieder einfiel, fragte sie: »Wo ist Jenny?«

»Sie ist krank.«

»Im Sommer?«

»Sie ist erkältet«, antwortete ich ausweichend. »Sie wollte nicht, dass du dich ansteckst.«

»Sie hat nicht genügend Obst gegessen«, erwiderte Mom. Sie ging in die Küche und schnitt die Zitronen auf, die ich gepflückt hatte. Schweiß bildete sich auf ihrer Stirn, als sie die Zitronen mit der Hand ausdrückte und den Saft in einen Glaskrug füllte. Sie fügte Eiswürfel, Wasser und

Zucker hinzu, dann rührte sie alles mit einem langen Metalllöffel um und schenkte drei Gläser Limonade ein.

»Gib dies Jenny. Sag ihr, sie soll alles austrinken. Da sind ganz viele Vitamine drin.«

Jenny setzte sich auf und trank das ganze Glas in einem Zug aus.

»Das schmeckt wie Moms Limonade.«

»Das ist Moms Limonade. Sie fühlt sich heute besser.«

»Kann ich noch mehr haben?«, fragte Jenny, als ihr Glas leer war.

Ich holte ihr mein Glas aus der Küche. Sie trank es ebenfalls aus. Am nächsten Morgen stand sie zum ersten Mal seit Tagen auf. Sie verbrachte den Tag auf einer Picknickdecke im Garten, wo die Wäsche vor einem wolkenlosen Himmel an der Leine hing. Ich lag zufrieden in ihrer Nähe und versuchte, mit den Farben aus meinem Malkasten vom Eindollarladen den genauen Blauton des Himmels zu treffen.

RACHEL

27

Scott Blairs früherer Mitbewohner Dwaine Richards war ein gedrungener Neunzehnjähriger mit kräftigem Nacken, breiten Schultern und einem Stoppelhaarschnitt. Er war Wrestler, und genauso sah er auch aus. Er trug einen gerade geschnittenen hellgrauen Anzug, der ihm zwei Nummern zu groß war. Rachel nahm an, dass er seinem Vater gehörte, der missmutig von der ersten Reihe der Zuschauerränge aus zuschaute.

»Wir kamen nach einer Party mit ein paar Mädchen zurück in unsere Wohnung«, sagte Dwaine Richards, der auf der Stuhlkante saß, als halte er nach einem Fluchtweg Ausschau, während Alkins seine Fragen auf ihn abfeuerte. »Als sie am Morgen gegangen waren, haben Scott und ich Witze darüber gemacht, wie oft wir in der vergangenen Nacht zum Zug gekommen waren. Eins führte zum anderen, und Scott wettete tausend Dollar, dass er innerhalb eines Monats mit mehr Mädchen schlafen könnte als ich. Ich hielt das erst für einen Witz, aber dann hat Scott eine Liste an unseren Kühlschrank gehängt. Er war fuchsteufelswild, als er vom Trainingswochenende mit dem Schwimmteam zurückkam und sah, dass ich vorn lag.«

Als Nächstes stellte Alkins Fragen zu der Nacht von Lexis Party. »Der Angeklagte hat Sie von einer Party aus angerufen. Können Sie erzählen, was er gesagt hat?«

»Scott sagte, er wäre gerade uneingeladen bei einer Highschoolparty in seiner Heimatstadt eingefallen und erwarte, mindestens ein Mädchen klarzumachen«, sagte Dwaine. »Er warnte mich, dass er mich einholen würde und dass er vorhätte zu gewinnen.«

»Haben Sie in jener Nacht noch mal von dem Angeklagten gehört?«, fragte Alkins.

»Ja«, erwiderte Dwaine. »Scott hat mich mitten in der Nacht aufgeweckt. Er sagte, er hätte ein Highschoolmädchen flachgelegt, genau wie er es angekündigt hatte. Er sagte, ich solle sie der Liste hinzufügen.«

»Was meinte Scott mit ›der Liste hinzufügen‹?«

»Er meinte, dass ich sie der Liste mit Mädchen hinzufügen sollte, mit denen wir in dem Monat geschlafen hatten. Die Liste hing an der Magnettafel an unserem Kühlschrank. Wir hatten zwei Spalten, eine für mich und eine für ihn. Ich lag drei Mädchen vor ihm. Nachdem ich sie Scotts Liste hinzugefügt hatte, war ich noch immer mit zwei Mädchen Vorsprung am Gewinnen.«

Alkins fragte Dwaine, ob er sich erinnern könne, ein Foto von Scott Blair mit einem halb nackten Mädchen gesehen zu haben, das Scott in jener Nacht auf seinem Social-Media-Account gepostet hatte, bevor er es kurz darauf wieder löschte. Dwaine antwortete, er habe das Foto gesehen. »Scott hat in der Bildunterschrift einen klugscheißerischen Kommentar abgegeben. Was genau, weiß ich nicht mehr. Und dann hat er das Mädchen bewertet – ich glaube, es war eine Drei oder eine Drei plus.«

»Können Sie dem Gericht erzählen, wie das System aussah, nach dem der Angeklagte und Sie die Mädchen beurteilten, mit denen Sie schliefen?«, verlangte Alkins mehr über ihr zweifelhaftes Bewertungssystem zu wissen. Er stellte entsprechende Fragen, bis sämtliche Geschworenen denselben angeekelten Gesichtsausdruck hatten.

Als er dies erreicht hatte, sagte er dem Richter, er habe keine weiteren Fragen, und setzte sich abrupt hin. Scott Blair hatte während der Aussage seines früheren Mitbewohners keine Miene verzogen. Von Zeit zu Zeit hatte er seinem Anwalt etwas zugeflüstert, als wolle er andeuten, dass Dwaine Richards etwas Unwahres gesagt habe. Rachel fiel auf, dass Scott Blairs Ohrläppchen am Ende von Alkins' Verhör ganz rot waren.

Als der Richter eine Zeit lang mit seinen Mitarbeitern wegen einer verfahrenstechnischen Frage konferierte, holte Rachel Hannahs Brief aus ihrer Handtasche. Sie glättete die Seiten und las ihn noch einmal, ohne auf das Quietschen der Stühle und die leisen Stimmen zu hören. Sie hatte ihn gerade zu Ende gelesen, als Dale Quinn mit seinem Kreuzverhör begann.

Quinn fing gemächlich mit ein paar freundlichen Fragen an. Innerhalb von Minuten begann Dwaine sichtbar zu schwitzen. Quinn fragte ihn, ob er sich habe rächen wollen, weil Scott ihn ein paar Wochen nach dem Vorfall mit Kelly Moore wegen »nicht bezahlter Miete und abstoßendem Lebensstil« aus der Wohnung geworfen hatte. »Stimmt es, dass Sie meinen Mandanten, Scott, nach Ihrem Rauswurf bedroht haben? Sie sagten, Sie würden ihn fertigmachen.«

»Ich war wütend, als er mich rausgeschmissen hat, obwohl ich mit der Miete nur ein paar Tage zu spät dran war. Das hatte nichts weiter zu bedeuten.« Dwaine hielt den Blick beim Sprechen auf seine Schuhe gerichtet.

»Ich habe hier Kopien Ihrer Nachrichten an Scott. Sie haben eine sehr, wie soll ich sagen, bildreiche Sprache benutzt und einige sehr konkrete Drohungen ausgesprochen«, sagte Quinn. »Lesen Sie die Nachrichten doch mal vor, und dann lassen wir die Geschworenen entscheiden, ob Sie die Drohungen ernst gemeint haben oder nicht.« Quinn reichte Dwaine einen Stapel zusammengehefteter Blätter.

Rachel verließ den Gerichtssaal, während Dwaine seine wütenden Nachrichten vorlas. Sie hatte Wichtigeres zu tun. In Hannahs Brief hatte sie eine mögliche Spur entdeckt, und sie konnte es kaum erwarten, ihr nachzugehen. Ihr war egal, wenn sie deswegen Dwaine Richards' Aussage verpasste. Ehrlich gesagt konnte sie sowieso kein weiteres Wort aus seinem Mund ertragen.

Rachel rannte den kompletten Weg zum Rathaus, das ganz oben am Boulevard lag. Ihr Arm schmerzte vom Gewicht der Laptoptasche, die ihr in die Schulter schnitt.

Das Sozialamt befand sich im dritten Stock. Auf einem Tisch im Wartebereich lag ein Stapel alter Zeitschriften. Der Empfang war verwaist. Hinter einer Gipswand, die den Empfang von den Büros trennte, hörte man Leute am Telefon reden und auf Tastaturen eintippen.

Rachel drückte auf einen Knopf am Empfangstresen, um jemanden herbeizurufen. Aus den Büroräumen kam eine junge Frau, die einen langen gemusterten Rock und ein Button-down-Hemd trug. In der Hand hielt sie einen Kaffeebecher, während sie einen letzten Bissen ihres Essens hinunterschlang. Rachel hatte sie offensichtlich beim Mittagessen gestört.

»Ich würde gern mit Mrs Mason sprechen. Sie war Anfang der Neunziger Sozialarbeiterin und hat sich um Sozialhilfeempfänger gekümmert.«

»Den Namen habe ich noch nie gehört«, erwiderte die

Frau. »Ich frage meine Kollegen. Vielleicht kennt sie jemand. Ich bin noch ziemlich neu hier.«

Sie verschwand wieder in den Büros, und Rachel lief in der Wartezone auf und ab und schaute auf ihr Handy. Pete hatte ihr eine Nachricht geschickt, dass sein Freund, ein White-Hat-Hacker, nicht in der Lage gewesen war, die ursprünglichen Mails wiederherzustellen, die Hannah vor Monaten geschickt und die die Praktikantin gelöscht hatte. Rachel war enttäuscht. Obwohl bereits so viel Zeit vergangen war, hatte sie wirklich gehofft, die damaligen E-Mails noch zu lesen zu bekommen. Es war eine weitere Sackgasse.

»Ich habe gehört, Sie sind auf der Suche nach Barb Mason?«

Rachel wirbelte herum. Vor ihr stand eine Frau mit schmalem Kinn und zarten Gesichtszügen. Ihr kurzes schwarzes Haar war von grauen Strähnen durchzogen.

»Ja, das bin ich.«

»Barb ist schon vor Jahren in Rente gegangen. Das Letzte, was ich von ihr gehört habe, war, dass sie in Kanada bei der Familie ihrer Tochter lebt. Kann ich Ihnen irgendwie weiterhelfen? Ich habe lange mit Barb zusammengearbeitet.«

»Ich hoffe«, erwiderte Rachel seufzend. »Ich bin auf der Suche nach einem Mädchen, das Anfang der Neunziger hier in Obhut genommen wurde. Ihr Name ist Hannah Stills. Ich glaube, dass sie so mit neun oder zehn Jahren zu Pflegeeltern kam, nachdem ihre Mutter und ihre Schwester gestorben waren.«

»Die Akte ist nicht zugänglich«, sagte die Frau, die es offenbar vermeiden wollte, irgendwelche Informationen preiszugeben. Aber ihrem Gesichtsausdruck entnahm Rachel, dass sie sich an den Fall erinnerte.

»Verstehe«, erwiderte Rachel. Sie war enttäuscht, aber nicht wirklich überrascht, dass sich die Frau strikt an die Regeln hielt. Sie schrieb ihren Vornamen und ihre Telefonnummer auf ein Blatt Papier, außerdem alles, was sie über Hannah wusste. »Bitte sagen Sie ihrer Pflegemutter, Kitty, sie möchte sich bei mir melden. Es ist dringend«, fügte sie hinzu und reichte der Frau den Zettel.

»Ich gebe es weiter. Ich kann Ihnen nicht versprechen, dass sie sich meldet. Das bleibt völlig ihr überlassen.« Die Frau nahm den Zettel und verschwand wieder in ihrem Büro.

Rachel kehrte während der Zeugenaussage einer Krankenschwester vom Neapolis General in den Gerichtssaal zurück, die Kelly Moore auf Spuren einer Vergewaltigung hin untersucht hatte. Rachel setzte sich rasch auf einen Stuhl in der Nähe der letzten Reihe. Der Name der Krankenschwester war Tracey Rice. Sie war außergewöhnlich groß, schlank und hatte schulterlanges hellbraunes Haar. Sie sprach selbstsicher, eindeutig geübt in Aussagen vor Gericht. Kurz nachdem Rachel sich gesetzt hatte, vibrierte ihr Handy. Der Anruf kam von einer Nummer, die sie nicht kannte. Sie schlich sich aus dem Saal, um ihn anzunehmen.

»Das Sozialamt von Neapolis hat mir Ihre Nummer gegeben«, kam die Stimme einer eindeutig älteren Dame durchs Telefon. »Mein Name ist Kitty McLean. Die Frau vom Sozialamt sagte, dass Sie dringend mit mir über Hannah sprechen wollen. Was wollen Sie von Hannah? Sie steckt doch nicht etwa wieder in Schwierigkeiten?«

»Nicht dass ich wüsste«, erwiderte Rachel leise. Auf dem Flur hallte es stark. Sie wollte nicht, dass jeder in Hörweite das Gespräch mitbekam. »Ich versuche, Hannah zu erreichen. Ich bin Journalistin. Ich mache einen Podcast, und Hannah …«

»Was machen Sie, meine Liebe?«, unterbrach Kitty sie. »Reden Sie ein bisschen lauter. Ich höre nicht sehr gut.«

»Das ist wie ein Radioprogramm über Verbrechen.« Rachel sprach ein wenig lauter. »Hannah hat mir geschrieben und mich gebeten, den Mord an ihrer Schwester zu untersuchen. Ich versuche, sie zu erreichen, weil ich ein paar Fragen habe.«

»Hannahs Schwester wurde nicht ermordet, meine Liebe. Sie starb bei einem Unfall.«

»Was für ein Unfall?«, hakte Rachel vorsichtig nach.

»Ihre Schwester ist nachts schwimmen gegangen. Sie ist ertrunken. Eine schreckliche Tragödie, zweifellos, aber definitiv kein Mord. Ich weiß nicht, wieso Hannah so etwas behauptet.«

Rachel fragte Kitty nach Hannahs Kontaktdaten. Kitty bat sie, in der Leitung zu bleiben, während sie nach ihrem Adressbuch suchte. Es dauerte ein paar Minuten, bis Kittys brüchige Stimme wieder zu hören war. Langsam las sie Hannahs Telefonnummer vor.

»Ich bezweifle, dass sie ans Telefon geht«, sagte Kitty. »Sie hat auf keine meiner Nachrichten reagiert. Ich habe sie schon seit Wochen nicht mehr erreicht.«

»Sie machen sich bestimmt Sorgen.«

»Ganz und gar nicht. Hannah ist erwachsen. Sie taucht häufig mal für eine Weile ab. Manchmal wochenlang. Manchmal monatelang. Als sie das letzte Mal verschwand, war sie in Indien. Hat drei Monate in einem Yoga-Resort verbracht. Durfte die ganze Zeit mit niemandem reden. Totales Schweigegelübde. Als sie zurückkam, war sie Vegetarierin. Das hielt nicht an. Vielleicht ist sie wieder dort. Sie hat immer gesagt, sie würde wieder hingehen, wenn sich ihr die Gelegenheit bieten würde.«

»Ich glaube nicht, dass sie dort ist«, erwiderte Rachel. »Ich glaube, sie ist in Neapolis.«

»Neapolis?« Selbst durch die Telefonleitung konnte man hören, dass Kitty schockiert war. »Wieso, um Himmels willen, sollte Hannah dorthin fahren? Ich habe nie auch nur ein gutes Wort über diesen Ort von ihr gehört.«

»Ich glaube, es hängt mit dem Tod ihrer Schwester zusammen.«

»Nun, jetzt wo Sie es erwähnen – der Todestag jährt sich demnächst. Fünfundzwanzig Jahre. Hannah wird jedes Jahr zu dieser Zeit etwas seltsam«, überlegte Kitty laut. »Aber sie hat immer geschworen, dass sie nie wieder einen Fuß in diese Stadt setzen wird. Ich bin mir sicher, sie ist in Indien oder an einem ähnlichen Ort. Ein Asch-irgendwas. Wie nennt man die noch mal?«

»Ein Aschram?«, riet Rachel.

»Genau. In so einem. Ich habe Ihre Kontaktdaten, meine Liebe. Sollte sich Hannah melden, werde ich sie bitten, Sie anzurufen. Aber vergessen Sie nicht, das könnte Monate dauern. So ist Hannah nun mal.«

Rachel beendete das Telefonat, aber der Wärter vor dem Gerichtssaal wollte sie nicht wieder hineinlassen. Er sagte, sie müsse auf eine Pause warten. Rachel war enttäuscht. Sie hatte die Aussage der Krankenschwester zum Thema *Medizinische Untersuchung nach einer Vergewaltigung* für ihre nächste Folge verwenden wollen. Sie schrieb Pete eine Nachricht und bat ihn, sich mit dem Krankenhaus in Verbindung zu setzen, um ein Interview mit der Krankenschwester auszumachen.

Rachel ließ sich vor dem Gerichtssaal auf einer Bank nieder und wählte die Nummer, die Kitty ihr gegeben hatte. Sie landete sofort auf einem Anrufbeantworter. Rachel versuchte es mehrmals, immer mit demselben Ergebnis. Schließlich hinterließ sie eine Nachricht. »Hannah, hier spricht Rachel Krall. Ich würde wirklich gern mit Ihnen reden. Bitte rufen Sie mich an.« Sie nannte ihre Telefonnummer und legte dann auf.

Lärm vom Gerichtssaal her ließ sie hochschauen. Die Tür war aufgegangen, und die Leute strömten laut redend heraus, um die kurze Pause zu nutzen. Rachel nahm ihre Tasche und ging auf den Saal zu. Während sie an der Tür wartete, bis alle draußen waren, tippte ihr jemand auf die Schulter. Rachel drehte sich um. Hinter ihr stand der Wärter und hielt ihr einen großen braunen Umschlag hin.

»Ma'am, der ist Ihnen runtergefallen«, sagte er und drückte ihn ihr in die Hand.

HANNAH

28

Vorgestern habe ich vor dem Gerichtssaal gewartet. Das war der Tag, als die Kids von Lexis Party ausgesagt haben, Lexi habe Scott Blair erzählt, Kelly sei »leicht zu haben«, nachdem sie sie von ihrer Party ausgeschlossen hatte. An der Wand über meinem Kopf war eine Klimaanlage angebracht. Sie ratterte laut vor sich hin. Ein Tropfen fiel direkt neben mir auf die alte Gerichtssaalbank, dann ein weiterer. Es erinnerte mich an etwas anderes.

Es war der heißeste Sommer seit Jahren. Die Hitze war so schlimm, dass wir unsere alte Klimaanlage einschalten mussten, obwohl sie tropfte. Sie ratterte laut, wenn sie an war, und Wasser tropfte in eine metallene Suppenschüssel, die wir auf dem Boden stehen hatten. Eines Nachmittags fing der Motor an zu stottern und kam dann knirschend zum Stehen.

Danach war an Schlaf in unserem winzigen Zimmer nicht mehr zu denken. Jenny und ich trugen unsere Matratzen auf die Veranda und schliefen draußen. Nachts ging dort immer eine leichte Brise. Mom hatte einen altersschwachen Ventilator in ihrem Zimmer, den wir mithilfe eines nassen Handtuchs über dem Drahtgestell in eine improvisierte Klimaanlage verwandelten.

Eines Nachmittags, ein paar Tage nach Beginn der Hitzewelle, lagen Jenny und ich gerade im Wohnzimmer, schauten eine Fernsehserie und lutschten Eiswürfel, als wir Mom im Garten nach uns rufen hörten.

Panisch rannten wir nach draußen auf die Veranda, weil wir dachten, es sei etwas Schreckliches passiert. Mom stand in einem Sommerkleid aus Baumwolle auf dem Rasen. Die Sonnenstrahlen, die von hinten auf sie fielen, ließen sie wie durchsichtig aussehen. Sie hatte die Arme ausgebreitet und das Gesicht zum Himmel erhoben. Regen lief ihre eingefallenen Wangen und den Hals hinab und tropfte auf ihre nackten Füße hinunter.

»Das ist ein Sonnenschauer«, rief Mom lachend.

Wir liefen zu ihr, ohne uns darum zu kümmern, dass unsere Tanktops und Shorts klitschnass wurden. Der Regen hörte so plötzlich auf, wie er begonnen hatte. Statt nach drinnen zu gehen und uns umzuziehen, blieben wir auf umgedrehten Plastikkisten sitzen und sahen zu, wie die Pfützen um uns herum allmählich trockneten, genau wie unsere Kleidung.

»Wieso seid ihr beide nicht am Strand?«, fragte Mom, als wäre ihr auf einmal aufgefallen, dass wir seit Tagen bei ihr zu Hause waren.

»Wir bleiben lieber bei dir«, erwiderte Jenny und betrachtete ihre schlammverkrusteten Zehen.

»Hier gibt es nichts zu tun. Außerdem fühle ich mich schon viel besser«, sagte Mom. »Morgen geht ihr wieder an den Strand. Das ist bei diesem Wetter der beste Ort.«

Mom spritzte mit dem Gartenschlauch unsere Füße ab und scheuchte uns zurück ins Haus. An jenem Abend sagte Jenny, sie sei noch immer erkältet und müsse am nächsten Tag im Bett bleiben. Ich wusste, es war ein Vorwand, um nicht an den Strand zu müssen.

»Was du brauchst, Jenny, mein Schatz, ist Sonne«, erwiderte Mom. »Die Sonne heilt alles.« Mir lag auf der Zunge zu fragen, warum die Sonne sie nicht geheilt hatte.

»Ich bleibe lieber zu Hause«, murmelte Jenny. Mom sah sie überrascht an. Jenny liebte das Meer. Sie war am Strand, sobald das Wetter warm genug war, um ins Wasser zu gehen, und sie schwamm noch lange nachdem der Sommer vorbei war. Jennys Weigerung, an einem perfekten Sommertag an den Strand zu gehen, ließ Mom an jenem Abend beim Essen in tiefes Schweigen versinken. Schließlich gab Jenny nach. Sie wollte unserer Mom keine Sorgen machen.

Am nächsten Morgen rannte ich voraus, das Handtuch um die Schultern geschlungen. Jenny zockelte mir hinterher. Sie trug ein übergroßes T-Shirt und eine weite Hose statt ihres Lieblingssommerkleids mit den am Rücken gekreuzten Trägern.

Als wir am Strand ankamen, blieb Jenny nicht an unserer üblichen Stelle stehen. Sie ging auf einen anderen Strand jenseits des Anglerstegs zu. Dort gab es eine starke Strömung, und Schwimmen war gefährlich. Niemand ging dorthin, nicht einmal die Surfer.

»Hallo, Jenny.«

Es war ein Junge aus Jennys Highschool. Er war athletisch, hatte dunkle Haare und eine gebräunte Brust. Um den Hals trug er eine Lederkette. Im vergangenen Sommer waren Jenny und er oft zusammen am Strand gewesen, aber in diesem Sommer hatte ich ihn noch nicht gesehen. Jenny hatte mal erwähnt, dass er einen Job in einem Plattenladen in der Stadt hatte. Sie hatte es nie ausgesprochen, aber irgendwie wusste ich, dass sie ihn mochte.

»Wo gehst du hin?«, fragte er.

»Zu dem Strand dahinten.« Sie errötete ein wenig, als sie auf den verlassenen Strand jenseits des Anglerstegs deutete. »Meine Schwester möchte Muscheln sammeln.«

Ich öffnete den Mund, um zu sagen, dass ich das gar nicht vorhatte, aber Jenny drehte sich zu mir und bedeutete mir mit einem Blick zu schweigen.

»Da verschwendet ihr nur eure Zeit. Der ist voller Seetang, und da sind Sandmücken«, erwiderte er. »Legt eure Sachen ab und kommt schwimmen.«

Jenny ging mit ihm ins Wasser, während ich unsere Handtücher neben den Strandtaschen des Jungen und seiner Freunde ausbreitete. Später am Nachmittag – ich lag auf dem Bauch und las ein Buch, während Jenny auf ihrem Handtuch neben dem dunkelhaarigen Jungen lag – sah ich wieder jene Jungen. Die, die mich in ihrem Pick-up nach Hause gebracht und Jenny mitgenommen hatten, wovon sie erst tief in der Nacht zurückkehrte. Sie saßen auf der Düne, redeten und rauchten. Auch Bobby war dort, mit seinem ungeschnittenen Haar und den grauen Augen. Aus dem Mundwinkel hing ihm eine Zigarette. Er saß ein Stück entfernt von der eigentlichen Gruppe und schien peinlich berührt, mich zu sehen. Zuletzt hatte ich ihn gesehen, als er an dem Tag, als sie uns mitgenommen hatten, an der Brücke vom Pick-up gesprungen war, nachdem er sich mit dem Fahrer gestritten hatte.

Einer der Jungen bekam mit, dass ich ihn anstarrte. Ich erinnerte mich, dass er auf der Beifahrerseite direkt an der Tür gesessen hatte. Er winkte mir irgendwie seltsam zu, und ich wandte den Blick ab. Jenny schaute hoch, um zu sehen, auf was ich gestarrt hatte. Als sie die Jungen sah, wurde sie leichenblass und wandte sofort den Blick ab. Sie zitterte. Ich merkte, wie sie vor Angst schauderte.

Aus dem Augenwinkel sah ich den Jungen, der an jenem Tag den Wagen gefahren hatte, zu einer Gruppe von Teenagern aus Jennys Schuljahrgang schlendern, die sich gerade in der Nähe der Dünen mit ihren Strandtüchern abtrockneten. Mit amüsiertem Gesichtsausdruck erzählte er ihnen etwas. Ich weiß nicht, was er sagte, aber ich sah sie laut lachen, als er fertig war, und sich dann zu uns umdrehen. Jenny tat, als mache es ihr nichts aus, aber ich konnte ihre Angst riechen. Sie fiel in sich zusammen.

»Lass uns nach Hause gehen, Hannah«, sagte sie mit heiserer Stimme. Sie stopfte meinen Eimer und meine Förmchen sowie die Reste unseres Mittagessens in die Tasche, ohne erst den Sand abzuwischen.

»Es ist zu heiß, um jetzt nach Hause zu gehen. Es gibt überhaupt keinen Schatten.«

Ihr Blick schoss auf der Suche nach einem Fluchtweg hin und her. Als sie sah, dass es keinen gab, ließ sie resigniert die Schultern hängen. Einer der Jungen aus Jennys Jahrgang stand auf und ging zu einer anderen Gruppe von Teenagern in der Nähe. Er flüsterte einigen Jungen etwas zu. Wieder geschah das Gleiche: lautes Lachen. Köpfe, die sich in unsere Richtung drehten. Blicke, die sich in unsere Rücken bohrten. Jenny erstarrte.

Das Muster wiederholte sich, bis sich das Gerücht am ganzen Strand verbreitet hatte. Es lief jedes Mal gleich ab. Das Gelächter war das Schlimmste. Es war wie ein Schlag in den Magen.

Je mehr Leute den Kopf in Jennys Richtung drehten, desto blasser wurde sie. Sie klammerte sich an ihr Handtuch, dass ihre Knöchel weiß hervortraten. Das Gerücht kam näher und näher wie eine hereindrängende Flutwelle. Jenny wirkte verzweifelt. Sie sagte etwas zu dem Jungen mit dem dunklen Haar. Er nickte. Gemeinsam gingen sie zu dem Steg und sprangen ins Wasser, gerade als das Gerücht dort ankam, wo ich lag.

»Sie hat *was* gemacht?«

»Ich wusste gar nicht, dass sie der Typ für so was ist.«

»Natürlich ist sie das. Sie ist schließlich eine Stills.«

Ich war neun Jahre alt. Ich hatte keine Ahnung, wovon sie redeten. Ich wusste, es ging um meine Schwester, und ich wusste, es war nicht nett. Darüber hinaus wusste ich nichts. Jenny blieb noch im Wasser, als der dunkelhaarige Junge zum Strand zurückkehrte, wo er sein Handtuch aufhob und mit seinen Freunden davonging.

Ich sah sie die Sanddüne hinaufklettern, und ich sah, dass sie ihm etwas erzählten. Als sie oben auf der Düne angekommen waren, blieb er stehen, drehte sich um und blickte in Jennys Richtung. Irgendetwas an der Art, wie er sie betrachtete, war anders.

Als Jenny, lange nachdem er gegangen war, zu unseren Strandtüchern zurückkam, war sie rosa von der Sonne, und ihre Hände waren verschrumpelt, weil sie zu lange im Wasser geblieben war. Schweigend gingen wir nach Hause. Direkt hinter der Tankstelle nahm Jenny eine Abkürzung durch das Unterholz, obwohl sie mir gesagt hatte, ich solle dort nie gehen, wegen der Mokassinschlangen.

RACHEL

29

Im Warteraum der Notaufnahme saßen in sich zusammengesunken auf etwa der Hälfte der Schalensitze Menschen, die verschwitzt und krank aussahen. Rachel, die in der hintersten Reihe ihre Notizen vom Gericht abgetippt hatte, verließ den Wartebereich, um einen Anruf von Pete entgegenzunehmen.

»Störe ich gerade, Rach?«

»Nein. Ich bin immer noch im Neapolis General und warte darauf, Tracey Rice zu Kellys Untersuchung auf Vergewaltigung zu befragen.« Ein Kleinkind fing an zu schreien, und Rachel presste das Handy fester ans Ohr.

Nachdem sie ein paar mit dem Podcast zusammenhängende Details besprochen hatten, fragte sie Pete, ob es ihm gelungen sei, eine Kopie von Jenny Stills' Autopsiebericht zu bekommen. Rachel wollte sehen, ob als Todesursache tatsächlich Ertrinken angegeben war, wie Kitty zutiefst überzeugt gesagt hatte.

»Im Büro des staatlichen Leichenbeschauers sagte man mir, im Computer sei keine Autopsie zu finden. Das heißt nicht, dass keine gemacht wurde. Nur dass sie lange zurückliegt und sie in ihren alten Akten nachschauen müssen, um die Unterlagen zu finden. So es welche gibt«, fügte Pete hinzu.

»Wie lange wird das dauern?« Rachel stöhnte.

»Das ist das Problem. Sie sind zur Zeit unterbesetzt. Sie können den Bericht erst in ein paar Tagen suchen. Aber selbst wenn sie ihn finden, geben sie dir nur eine Kopie, wenn du die Genehmigung eines nahen Angehörigen hast.«

»Das wäre dann Hannah«, erwiderte Rachel. »Echt klasse. Ein Grund mehr, sie zu finden.«

»Ist das wirklich so wichtig, Rach?«, fragte Pete. »Du hast doch gar keine Zeit, das weiterzuverfolgen, jetzt wo der Blair-Prozess in vollem Gang ist. Bis das Urteil fällt, wird das Büro des Leichenbeschauers den Autopsiebericht gefunden und du hoffentlich Hannah getroffen und ihre Einwilligung bekommen haben, dass man dir eine Kopie aushändigt.«

Das klang alles sehr vernünftig, aber Rachel wurde von ihrer Neugier schier aufgefressen. Sie wollte nicht so lange warten. Als sie zu ihrem Platz zurückkehrte, war es still im Warteraum. Das schreiende Kind war durch die Tür zur Notaufnahme verschwunden, wo sein eventuell gebrochener Finger geröntgt wurde. Die meisten anderen Leute, die gewartet hatten, waren entweder nach Hause gegangen oder wurden gerade behandelt. Schwester Rice kam vorbei, um Rachel zu versichern, dass sie in Kürze Zeit für das Interview haben würde.

»Ist hier immer so viel los?«, fragte Rachel.

»Manchmal. Uns fehlen gerade ein Arzt und zwei Krankenschwestern. Sommergrippe. Deshalb habe ich die Nachtschicht übernommen.« Sie seufzte. »Es dauert nicht mehr lange. Zur Abendessenszeit ist es immer ruhig.«

Innerhalb einer halben Stunde hatte sich der Warteraum, wie sie vorausgesagt hatte, geleert. Rachel wurde von einem Hilfspfleger in einen Behandlungsraum geführt, in dem Schwester Rice gerade die Reste einer selbst gemachten Lasagne aß, die sie in einem Tupperwarebehälter mitgebracht hatte. Rachel erklärte ihr, sie wolle herausfinden, welche Prozedur Kelly Moore über sich hatte ergehen lassen müssen, als sie nach der Vergewaltigung zur Untersuchung in das Krankenhaus gebracht worden war.

»Über den spezifischen Fall kann ich nicht reden«, sagte Schwester Rice. »Aber ich kann Ihnen unsere generelle Vorgehensweise erläutern. Ich bin an diesem Krankenhaus eine von drei Krankenschwestern, die hierfür eine Ausbildung erhalten haben.«

Sie holte ein Spurensicherungsset für Sexualdelikte und nahm seinen Inhalt heraus: Spurensicherungsbeutel, Abstrichsets und Berge von Formularen. Alle hatten denselben Strichcode. Alles an Spuren, was gesichert wurde, musste sorgfältig vermerkt und protokolliert werden, falls es vor Gericht als Beweismittel vorgelegt wurde, so wie auch Kelly Moores Spurensicherungsset von Mitch Alkins als Teil der Anklage vorgelegt worden war.

»Der Körper des Opfers eines sexuellen Übergriffs ist ein Tatort«, sagte Schwester Rice. »Meine Aufgabe besteht darin, das Opfer zu trösten und die Verletzungen zu behandeln, während ich gleichzeitig methodisch Beweise sammle, und zwar so, dass deren lückenloser Nachweis gewährleistet ist. Mögliche Verunreinigungen muss man, so gut es geht, vermeiden. Man ist zur Hälfte Ermittlerin und zur Hälfte Krankenschwester. Sie können sich sicher vorstellen, wie schizophren das ist – die beiden Aufgaben sind einander diametral entgegengesetzt.«

Sie erzählte Rachel, dass sie oft die erste Person war, die das Opfer zu der Vergewaltigung befragte, und dass ihre Aufgabe darin bestand, jedes Detail akribisch festzuhalten.

Wenn ihr beim Sammeln der Beweise oder bei der Dokumentation ein Fehler unterlief, konnte das einer möglichen Anklage schaden. Ein Verteidiger suchte immer nach Lücken in der Anklage des Staatsanwalts, um das Opfer als Lügnerin hinzustellen, und dazu gehörten auch eventuelle Ungereimtheiten in der Aussage eines Vergewaltigungsopfers gegenüber der Krankenschwester und gegenüber der Polizei.

»Es reicht nicht, dass das Opfer sagt, wo und wie der Täter es vergewaltigt hat. Wir brauchen sehr viele plastische Details, die wir mithilfe dieser Formulare so genau wie möglich dokumentieren. Danach kommen wir zur körperlichen Untersuchung.«

Schwester Rice erklärte, wie die Kleidung des Opfers in Beweismittelbeutel verpackt wurde, genau wie es mit Kelly Moores Kleidung geschehen war, die Alkins am Nachmittag im Gericht präsentiert hatte. Danach wurde dem Opfer eine sterile Papierabdeckung untergelegt, um Beweise wie Haare, Fasern und Körperflüssigkeiten zu sammeln.

»Wenn alles eingetütet und notiert ist, wird das Opfer von Kopf bis Fuß zentimeterweise untersucht. Wir dokumentieren jeden blauen Fleck, jeden Kratzer, jede Abschürfung. Wir sammeln jedes fremde Schamhaar, Samen, Fasern. Alles, was wir finden. Und zu Vergleichszwecken machen wir auch Abstriche und nehmen Proben vom Schamhaar des Opfers.«

»Fotografieren Sie das Opfer auch?«, fragte Rachel.

»Wenn das Opfer zustimmt, fotografieren wir alle Kratzer, Schrammen, blaue Flecken. Wir haben eine Kamera, die Kolposkop genannt wird. Mit ihr können wir innere Wunden fotografieren. Risswunden in den Genitalien. Alles, was als Beweis für einen sexuellen Übergriff dienen könnte.«

Sie erklärte, dass die medizinische Behandlung erfolgte, sobald die Beweissammlung abgeschlossen war. Falls das Risiko einer Schwangerschaft bestand, wurde dem Opfer die Pille danach angeboten, außerdem Medikamente gegen HIV, Syphilis und andere sexuell übertragbare Krankheiten, so sich dies als notwendig erwies. Nachdem Schwester Rice noch ein paar Fragen beantwortet hatte, schaute sie auf die Uhr.

»Ich muss los. Ich hoffe, Sie haben, was Sie brauchen.« Sie packte das Spurensicherungsset wieder zusammen und legte es zurück auf das oberste Regal des Schranks im Untersuchungszimmer.

Dann führte sie Rachel durch die Schwingtüren des Hintereingangs der Notaufnahme, von wo aus man zur Auffahrt für die Krankenwagen und dann auf den Parkplatz gelangte. Zwei Krankenwagen parkten vor der Tür. Daneben wusch ein Sanitäter gerade eine Trage ab. Er begrüßte Schwester Rice, und die beiden unterhielten sich einen Moment.

Beim Anblick der Krankenwagen fiel Rachel der Zeitungsbericht über Jenny Stills' Tod wieder ein. Darin hatte es geheißen, dass Jenny ins Krankenhaus gebracht und bei ihrer Ankunft für tot erklärt worden war. Sie fragte sich, ob die Sanitäter von damals noch dabei waren. Vielleicht konnten sie ihr etwas genauer erzählen, was in jener Nacht geschehen war.

»Kennen Sie die Sanitäter gut?«, fragte Rachel Schwester Rice. »Ich würde gern mit jemandem reden, der in den frühen Neunzigern als Notfallsanitäter gearbeitet hat. Es geht um einen anderen Fall, den ich recherchiere.«

»Ich glaube nicht, dass einer von den Sanitätern schon so lange dabei ist«, erwiderte Schwester Rice. »Sie sind alle jung. So zwischen zwanzig und dreißig. Die Burn-out-Rate ist hoch in dem Job, deshalb hören die meisten nach ein paar Jahren auf und machen was anderes. Wonach wollten Sie denn fragen?«

»Nach einem jungen Mädchen, das im Alter von sechzehn ertrunken ist«, sagte Rachel. »1992. Sie wurde mit dem Krankenwagen in dieses Krankenhaus gebracht. Bereits tot, nach allem, was ich weiß. Ich hatte gehofft, jemand würde sich erinnern, sie hierhergefahren zu haben.«

»Tote kommen in die Leichenhalle des Krankenhauses. Sie könnten runtergehen und mit Stuart sprechen. Ich bin mir ziemlich sicher, dass er diese Woche Nachtschicht hat. Stuart arbeitet schon seit Jahrzehnten hier. Vielleicht erinnert er sich. Wie hieß das Mädchen?«

»Jenny Stills«, antwortete Rachel. Dass der Name Schwester Rice auf Anhieb etwas sagte, entnahm Rachel ihrem geschockten Gesichtsausdruck. »Sie haben von ihr gehört?«, fragte Rachel.

»Natürlich habe ich von ihr gehört. Jeder, der auf der Neapolis High war, kennt den Namen«, erwiderte die Krankenschwester mit belegter Stimme.

»Wie kommt das?«, fragte Rachel überrascht.

Schwester Rice stieß einen tiefen Seufzer aus, während sie nach Worten für ihre Antwort suchte. »Der Name ›Jenny Stills‹ war wie ein großes Warnschild, was passiert, wenn ein Mädchen mit jedem ins Bett geht. Es gab Lieder und Witze über sie. Graffiti in den Toiletten. In der Schule wurde ihr Name zum Synonym für ›Nutte‹. Mir hat das Mädchen immer schrecklich leidgetan, weil ihr Name derart durch den Dreck gezogen wurde.«

Schwester Rice' Pager piepste. »Das Wartezimmer füllt sich wieder«, sagte sie, nachdem sie draufgeschaut hatte. Rasch erklärte sie Rachel noch, wie sie zur Leichenhalle gelangte, dann verschwand sie eilig durch die Schwingtüren in die Notaufnahme.

Rachel folgte dem Hinweisschild zur Leichenhalle und fuhr mit dem Aufzug ins Untergeschoss. Die Leichenhalle lag am Ende eines langen weißen Flurs, der von grellen Neonleuchten erhellt war. Rachel gelangte zu der geschlossenen Tür und drückte den Griff hinunter. Die Tür war verschlossen. Neben der Tür befand sich eine Gegensprechanlage. Rachel drückte auf die Klingel. Keine Reaktion.

Sie wollte gerade wieder gehen, als sie Schritte auf der Treppe hörte. Sie wartete, bis ein Mann mit breitem Brustkorb, dicken Armen, rötlicher Gesichtsfarbe und einem rotgrauen Bart auf den unteren Stufen auftauchte. An seinem blauen Krankenhauskittel hing ein Namensschild, das ihn als »Stuart« auswies.

»Tracey Rice aus der Notaufnahme sagte mir, Sie könnten mir vielleicht bei Fragen zu einer Toten, die hier eingeliefert wurde, weiterhelfen«, sagte Rachel.

»Kommen Sie rein«, erwiderte Stuart.

Er scannte seine Krankenhaus-Schlüsselkarte ein und stieß die Tür zur Leichenhalle auf. Rachel folgte ihm in ein Büro mit zwei gepolsterten Stühlen und einem verblassten Blumendruck an der Wand. Im hinteren Teil standen eine Reihe Aktenschränke und ein Schreibtisch mit einem riesigen Computerbildschirm.

»Wenn Sie wegen dem Toten von heute Nachmittag hier sind, der wurde bereits weggebracht«, sagte Stuart. »Der Leichenbeschauer hat beschlossen, dass keine Autopsie vorgenommen wird. Offenbar hatte der Tote schon lange Herzprobleme.«

»Eigentlich wollte ich wissen, ob Sie sich an einen Fall aus dem Jahr '92 erinnern«, erwiderte Rachel. »Ein junges Mädchen ist damals ertrunken. Ich habe gehört, dass sie hierhergebracht und bei ihrer Ankunft für tot erklärt wurde. Ihr Name war Jenny Stills.«

Stuart starrte sie ausdruckslos an. Als er sah, dass es ihr ernst war, zog er eine zerknautschte Zigarettenpackung aus seinem Kittel.

»Können wir nach draußen gehen?«, fragte er. »Ich darf hier nicht rauchen.«

Er ging ihr voran durch die Leichenhalle, einen weiß gefliesten Raum, der nach antiseptischen Mitteln roch. An der einen Wand standen stählerne Kühlbehälter für Leichen. Eine leere Metallbahre blockierte den Zugang zu einer Tür nach draußen. Er rollte sie aus dem Weg und öffnete die Tür. Sie gelangten auf die Ladefläche vor dem Untergeschoss. Er zündete sich eine Zigarette an und lehnte sich an die raue Betonmauer.

»Das ist lange her. Wieso fragen Sie jetzt nach Jenny Stills?«

»Ihre Schwester hat mich gebeten, Jennys Tod auf den Grund zu gehen. Ich bin Ermittlerin«, antwortete Rachel. Sie hielt es für besser, den Podcast nicht zu erwähnen. »Ihre Schwester war damals sehr jung, aber sie glaubt, dass sie ermordet wurde. Dass sie nicht ertrunken ist, wie es offiziell als Todesursache angegeben wurde.«

Stuart nickte und stieß den Rauch aus. »Sie ist tatsächlich ertrunken«, sagte er. »Die Lunge war voller Wasser.«

»Aber?«, hakte Rachel nach. Sie war schockiert und begeistert zugleich, dass er sich noch an den Fall erinnerte.

»Sie hatte blaue Flecke«, erwiderte er. »Überall am Körper. Nicht vom Aufschlagen auf die Felsen, wie hinterher behauptet wurde. Sie war verprügelt und getreten worden. Ein blauer Fleck hatte das Muster einer Schuhsohle. Daran erinnere ich mich noch. Für mich sah das so aus, als wäre sie schwer misshandelt worden, bevor sie ertrank.«

»Haben Sie irgendjemanden darüber informiert?«, fragte Rachel.

»Ob ich irgendjemanden darüber informiert habe?«, wiederholte er. »Natürlich. Ich habe es dem staatlichen Leichenbeschauer mitgeteilt. Normalerweise hätte er einen Fall wie diesen mit mir diskutiert. Als ich hinterher fragte, was bei der Autopsie herausgekommen sei und ob die Polizei die Ermittlungen aufgenommen habe, machte er Ausflüchte. Ich erkundigte mich bei einem Freund, der bei der Polizei arbeitete, und der bestätigte mir, dass es keine laufenden Ermittlungen gab. Also tat ich das Einzige, was ich tun konnte.«

»Nämlich?«

»Ich ging zur Mutter des Mädchens. Sie lag im Bett und konnte sich kaum aufsetzen. Ich sagte ihr, dass ich glaubte, hier handle es sich nicht nur um Ertrinken. Dass es am Körper ihrer Tochter blaue Flecke und Schnitte gegeben hatte, die verdächtig wirkten. Ich sagte ihr, wenn sie einen Brief schreiben und eine Untersuchung fordern würde, müssten die zuständigen Stellen gründlich ermitteln. Ich empfahl ihr, darauf zu bestehen, dass Jennys Tod als möglicher Mord untersucht wurde. Ich habe gewartet, bis sie den Brief geschrieben hatte, und ihn für sie zur Post gebracht.«

»Wieso glauben Sie, dass es Mord war?«, fragte Rachel.

»Ich weiß nicht, ob es Mord war, aber es war auf alle Fälle

verdächtig. Diese frischen Verletzungen an ihrem Körper hätten für eine Mordermittlung ausreichen sollen. Das habe ich damals auch dem Leichenbeschauer gesagt. Er wollte nichts davon hören.«

»In der Zeitung stand, dass es keine Ermittlungen gab. Wieso?«

»Die Stadt begrub gerade diese beiden Jungen. Sie sind in derselben Nacht gestorben. Sind gegen einen Baum gerast. Bis alle mit Trauern fertig waren, war die Mutter des Mädchens tot, und es gab niemanden mehr, der auf einer Untersuchung hätte bestehen können. Ich hatte alles getan, was ich konnte. Mehr konnte ich nicht tun, ohne meinen Arbeitsplatz aufs Spiel zu setzen. Ich hatte gerade eine Familie gegründet. Ich brauchte das Einkommen.«

»Ist der Leichenbeschauer noch in der Stadt?«, fragte Rachel.

»Gewissermaßen ja.« Stuart warf seine Zigarette auf den Boden und trat sie mit der Schuhspitze aus. »Er ist noch in der Stadt, aber tief in der Erde. Ist vor gut fünfzehn Jahren an einem Herzinfarkt gestorben. Vielleicht ist es sogar noch länger her. Seitdem haben wir schon drei weitere Leichenbeschauer verschlissen.«

Er ging wieder nach drinnen, gefolgt von Rachel. »Kommen Sie mit«, flüsterte er mit der Dringlichkeit eines Menschen, der kurz davor steht, ein Geheimnis zu verraten.

Er durchquerte die Leichenhalle, betrat sein Büro und schloss den untersten Eckaktenschrank auf. Von ganz hinten holte er eine rechteckige Keksdose heraus. Er nahm den Deckel ab und reichte sie Rachel. In der umfunktionierten Dose befanden sich verblasste Fotos von einem jungen Mädchen auf einer Bahre. Sein Haar war nass, die Augen waren geschlossen. Die Haut hatte die bläuliche Farbschattierung des Tods.

Rachel sah die Fotos von Jenny Stills' Leiche durch. Einige waren Nahaufnahmen von hässlichen blauen Flecken an Beinen, Schultern und Bauch. Rachel konnte sich nicht vorstellen, dass solche Verletzungen beim Aufschlagen auf Felsen entstanden. Noch überraschender war, dass auf den Fotos von Jennys Kopf weder Schnitte noch Abschürfungen zu sehen waren. Wäre Jenny gegen Felsen geschlagen, hätte sie eigentlich auch Verletzungen am Kopf haben müssen. Es ergab keinen Sinn.

»Wer hat die Fotos gemacht?«, fragte Rachel.

»Die hat der Leichenbeschauer gleich nach ihrer Einlieferung mit der Kamera des Leichenschauhauses gemacht, bevor sie in die Bezirksleichenhalle überführt wurde«, erwiderte Stuart. »Eine Woche später kam er vorbei und fragte mich nach den Negativen. Er war panisch. Ich roch, dass da was nicht stimmte.«

»Inwiefern?«, fragte Rachel.

»Kann ich nicht genau sagen. Er war ein Taktierer. Immer am Katzbuckeln. Die Art, wie er fragte, machte mich misstrauisch.«

»Was haben Sie dann gemacht?«

»Ich habe behauptet, ich hätte den Film unentwickelt weggeworfen, weil es nicht sinnvoll war, Geld für die Entwicklung von Fotos einer Ertrunkenen auszugeben. Es gab damals größere Budgetkürzungen, insofern war das keine ungewöhnliche Vorgehensweise. Er hat nie wieder danach gefragt.«

»Wieso haben Sie die Fotos all die Jahre aufbewahrt?«, fragte Rachel.

»Vermutlich für den Fall, dass irgendwann jemand wie

Sie danach fragt. Hätte nie gedacht, dass es so lange dauern würde.« Er schaute die Fotos durch und reichte Rachel eine Handvoll.

»Wieso, denken Sie, hat sich nie mehr jemand dafür interessiert?«, fragte sie.

»Weil es den Leuten besser in den Kram passte, wenn der Tod dieses Mädchens als Unfall zu den Akten gelegt wurde.«

30 SCHULDIG ODER NICHT SCHULDIG

Staffel drei, Episode sieben: Opfer

Ich bin nie vergewaltigt worden. Bis vor Kurzem hätte ich, wenn man mich gefragt hätte, geantwortet, dass ich nie Opfer sexueller Übergriffe war. In meiner Vorstellung gehörte dazu, dass man in eine Seitenstraße verschleppt und von einem Fremden unter Anwendung von Gewalt zum Geschlechtsverkehr gezwungen wird.

Die Dinge sind dabei, sich zu ändern. Wir fangen an, uns einzugestehen, dass Vergewaltigung und sexuelle Übergriffe auf vielerlei Weise vonstattengehen. Wir beginnen uns einzugestehen, dass sie in unserem Leben als Frau ständig präsent sind. Man kann wohl sagen, dass die Gesellschaft dies leugnet – im Grunde immer schon geleugnet hat.

Wenn man mich heute fragen würde: »Rachel, warst du jemals Opfer eines sexuellen Übergriffs?«, dann müsste ich mit Ja antworten.

Ja, ich war Opfer eines sexuellen Übergriffs. Vermutlich waren es eher mehrere Übergriffe. Seltsam, wie wir konditioniert wurden, solche Vorkommnisse als unangenehm statt als unerhört abzuspeichern.

Die meisten dieser Übergriffe gehörten zu der Sorte, die viele Frauen erleben. Wir empfanden sie als Belästigung, Teil und Last des Frauseins in einer frauenfeindlichen Welt.

Ich rede von Dingen wie, bei einem College-Footballspiel von Männern am Hintern betatscht zu werden. Oder in einem Nachtclub. Einmal, ich war noch in der Highschool, saß ich in einem überfüllten Zug, und ein Mann mit Bart rieb mit seinem Unterleib an meinem Arm entlang. Wie aus Versehen. Ich wusste nicht, ob es Versehen oder Absicht war, bis ich ihn weitergehen und dasselbe mit einem Mädchen weiter vorn machen sah.

Ein anderes Mal, bei einer Party im College, schob sich ein Mann an mir vorbei. Streifte dabei meine Brüste. Es wirkte ganz unschuldig, bis seine Freunde in Gelächter ausbrachen. Wahnsinnig komisch.

Ich bin mir sicher, dass jede Einzelne meiner Hörerinnen genau weiß, wovon ich rede. Diese Vorfälle haben keine Narben hinterlassen, außer dass ich seitdem sehr sorgfältig auf Abstand bedacht bin. Ich hasse es, inmitten einer Menschenmenge zu sein.

Also, ja. Ich bin betatscht worden. Aber das ist nicht das Schlimmste, was mir passiert ist. Als ich siebzehn war, ließen sich meine Eltern scheiden, und ich zog mit meiner Mom in eine andere Stadt. Es war ziemlich traumatisch. Ihr wisst schon, neue Stadt, neue Highschool, neue Freunde.

Ich wurde für die Leichtathletikmannschaft ausgewählt. Damals war ich auf lange Distanzen eine ziemlich gute Läuferin. Ein paar Tage, nachdem ich in die Leichtathletikmannschaft aufgenommen worden war, bat mich der beste Sprinter der Mannschaft um ein Date. Er war ein Wahrheit gewordener Traum. Der Typ sah wie ein Filmstar aus. Alle Mädchen schwärmten für ihn. Ich fühlte mich geschmeichelt und war außer mir vor Seligkeit.

Natürlich sagte ich Ja. In meinem Tagebuch zählte ich

die Tage bis zu dem Date. Ich machte sogar diesen Schulmädchenblödsinn, unsere ineinander verschlungenen Initialen in mein Notizbuch zu malen.

Bei diesem Date, auf das ich so hingefiebert hatte, gingen wir ins Kino. Wir sahen eine nicht erinnerungswürdige romantische Komödie, die Sorte Film, bei der man hinterher auf Wolken schweben soll. Zynisch betrachtet, war es im Grunde die Sorte Film, die ein Typ auswählt, wenn er ein Mädchen so einlullen will, dass er später bei ihr aufs Ganze gehen kann. Innerhalb einer Stunde.

Nach dem Film gingen wir Eis essen, und dann fuhr er mich nach Hause. Ich musste zu einer bestimmten Uhrzeit wieder zurück sein. Statt in meine Straße einzubiegen, fuhr er »aus Versehen« daran vorbei.

Er fuhr mit mir zu diesem Parkplatz bei einem Park mit schönem Blick auf die Skyline. Der klassische Ort zum Rumknutschen. Was soll ich sagen, dieser Typ war nicht sonderlich fantasiebegabt. Er küsste mich. Es war ein großartiger Kuss. Alles, was sich ein Mädchen hätte wünschen können.

Aber anstatt es bei dem einen Kuss zu belassen, küsste er mich erneut. Diesmal intensiver. Aggressiver. Er schob mir gewaltsam die Zunge in den Mund. Legte die Hände auf meine Brüste. So etwas hatte ich noch nie gemacht. Ich versuchte, seine Hände wegzuschieben, damit er begriff, dass das alles viel zu schnell ging, als er plötzlich mit seinem ganzen Gewicht auf mir war. Er zerquetschte mich und befummelte mich.

Ich musste ihn von mir runterbekommen. Während ich mich unter ihm hervorzuwinden versuchte, stieß ich aus Versehen an den Schalter für die Scheibenwischer. Die Scheibenwischer lenkten ihn lange genug ab, dass es mir gelang, aus dem Auto zu flüchten. Er entschuldigte sich vielmals durch das offene Fenster. Ich war in Tränen aufgelöst. Er machte einen panischen Eindruck. Er versprach, mich nach Hause zu bringen. Ich weigerte mich, wieder einzusteigen. So ging es eine Zeit lang hin und her. Ich weinte. Er versprach, mich nicht anzurühren. Flehte mich an, wieder einzusteigen. Inzwischen machte ich mir Sorgen, dass meine Mom herausfinden könnte, was er abzuziehen versucht hatte.

Schließlich ließ ich mich darauf ein, mich auf die Rückbank zu setzen. So kam ich von dem großen Date mit dem begehrenswertesten Jungen der Schule nach Hause – auf der Rückbank seines Wagens. Er vorn, als wäre er mein Chauffeur.

Bis vor Kurzem hätte ich das nie als sexuellen Übergriff bezeichnet. Ich legte es unter »schiefgelaufenes Teenager-Date« ab. Heute weiß ich, wäre die Sache mit dem Jungen noch weiter aus dem Ruder gelaufen, wäre ich vielleicht ein Vergewaltigungsopfer geworden. Vielleicht wäre ich eine K geworden, und je mehr ich darüber erfahre, was ein Vergewaltigungsopfer durchmacht, wenn der Täter angeklagt wird, desto mehr bewundere ich den Mut der Überlebenden. Denn glaubt mir, sie werden durch die Mangel gedreht.

Ich habe K nicht persönlich kennengelernt. Sie war im Gericht, um das Eröffnungsplädoyer des Staatsanwalts zu hören. Ihre Eltern und eine Sozialarbeiterin haben sie unterstützt. Sie wirkte zerbrechlich. Gebrochen.

Wie ihr bereits wisst, kann ich euch ihren Namen nicht sagen. In diesem Podcast gebe ich keine Namen von Opfern sexueller Gewalt preis. Aber ich kann euch erzählen, dass sie ein glückliches, gut integriertes sechzehnjähriges

Mädchen ist – oder besser gesagt bis letzten Oktober war. Sie hatte Freunde, arbeitete hart für die Schule, und natürlich feierte sie auch. Wieso muss sich ein Mädchen dafür entschuldigen, dass es Spaß hat?

Je mehr ich mitbekomme, was es bedeutet, Opfer einer Vergewaltigung zu sein, desto klarer wird mir, wie viel Mut K bewiesen hat, als sie sich entschied, diesen qualvollen Weg zu beschreiten.

Als Erstes musste sie eine Vergewaltigungsuntersuchung über sich ergehen lassen. Ich war im hiesigen Krankenhaus, um mich schlauzumachen, wie solch eine Untersuchung abläuft. Es ist ein Prozess, der Stunden dauern kann. Das Opfer wird behandelt wie ein lebender Tatort. Nur dass sich die Beweise, die gesammelt werden müssen, an oder in dem Opfer befinden. Es ist peinlich, übergriffig und erniedrigend. Manche Experten gehen davon aus, dass es das Trauma verstärkt, die Hilflosigkeit, die das Vergewaltigungsopfer empfindet. Einige Opfer sagen, dass die Vergewaltigungsuntersuchung genauso traumatisch war wie die Vergewaltigung selbst.

Eine Krankenschwester oder ein Arzt untersucht jeden Quadratzentimeter Haut und fotografiert jede Abschürfung und jeden blauen Fleck. Dazu gehört auch, dass das Schamhaar ausgekämmt und zu Vergleichszwecken eine Probe genommen wird. Dazu gehört ebenfalls, dass man fotografiert wird, äußerlich und innerlich, und diese Fotos werden zu Beweismitteln, die eine Menge Fremde genau studieren werden.

Die Sache ist die: Mit den Spurensicherungssets, die bei Vergewaltigungsopfern zum Einsatz kommen, um Beweise für einen vermutlichen sexuellen Übergriff zu dokumentieren – Samen des Täters, Schamhaare –, kann selten zweifelsfrei die Nichtzustimmung des Opfers belegt werden. Im Fall der Vergewaltigung durch einen Fremden stellt das während der Verhandlung kein Problem dar. Dass ein Opfer Sex mit einem gewalttätigen Fremden nicht zustimmt, wird vorausgesetzt.

In einem Fall wie dem in Neapolis, wo das mutmaßliche Opfer den mutmaßlichen Täter kannte – wahrscheinlich könnte man es in Ermanglung eines besseren Begriffs als Vergewaltigung beim ersten Date bezeichnen –, hilft diese Beweisdokumentation in der Regel nicht, um die Schwelle »begründeter Zweifel« zu überschreiten und zu belegen, dass kein einvernehmlicher Geschlechtsverkehr stattfand. Die Staatsanwaltschaft muss nachweisen, dass das Oper nicht eingewilligt hat. Das ist nicht einfach, wenn ihr Wort gegen seins steht.

In den letzten Tagen im Gericht haben sich zwei charismatische Juristen zu einer Art Gerichtssaalduell in Stellung gebracht. Für die Staatsanwaltschaft: Mitchell Alkins. Einschüchternd, voller Zorn. Für die Strafverteidigung: Dale Quinn. Jungenhaft, gut aussehend. Charmant. Äußerst eloquent.

Scott Blair, der Angeklagte, war ebenfalls dort und hat die Anklage der Staatsanwaltschaft gehört. Er ist angespannt. Nervös. Was in den nächsten Tagen in diesem Gerichtssaal geschieht, wird über sein weiteres Leben und über seine Freiheit entscheiden.

Die Geschworenen betreten jeden Tag feierlich den Saal. Diese zwölf einfachen Leute werden darüber befinden, ob Scott Blair freikommt oder ins Gefängnis muss. So funktioniert unser Justizsystem. Schuldig oder nicht schuldig. Sein Wort gegen ihres. Ihr entscheidet zu Hause. Aber was zählt, ist die Entscheidung der Geschworenen.

Ich bin Rachel Krall, und dies ist *Schuldig oder nicht schuldig,* der Podcast, mit dem ihr auf der Geschworenenbank sitzt.

RACHEL

31

Mitch Alkins wirkte regelrecht verärgert, als die Geschworenen nach der Mittagspause gähnend hereingestolpert kamen. Mit müdem Blick sanken sie auf ihre Plätze, als würden sie sich zu einem Mittagsschläfchen niederlassen. Alkins würde als Nächstes seine forensische Expertin in den Zeugenstand holen. Er brauchte wache Geschworene und keine, die nach einer schweren Mahlzeit vor sich hin dämmerten.

»Ich hoffe, Sie haben alle gut gespeist?«, scherzte Richter Shaw mit den Geschworenen.

»Wir haben gegrilltes Hähnchen, Maisbrot, Krautsalat und lauter solche guten Sachen bekommen«, erwiderte der Obmann und machte ein schmatzendes Geräusch. Alles lachte.

»Schön zu hören, dass sich meine Mitarbeiter so ins Zeug legen«, erwiderte der Richter, dessen blaue Augen ausnahmsweise mal amüsiert funkelten. Mitch Alkins war der Einzige im Gerichtssaal, der nicht lächelte.

Dr. Wendy North war eine zierliche Frau Anfang fünfzig. Rachel erkannte sie wieder – sie hatte sie am Morgen im Hotelcafé an einem Tisch am Fenster frühstücken sehen.

Dr. North hatte eine natürliche Ausstrahlung und eine melodische Stimme, und Rachel nahm an, dass sie bei den

Geschworenen gut ankommen würde. Jedenfalls wenn sie es schafften, bei ihrer Zeugenaussage wach zu bleiben.

Leider leistete das gegrillte Hähnchen ganze Arbeit, bemerkte Rachel, während Alkins seine Anfangsfragen zu Dr. Norths Erfahrung und Qualifikation stellte. Einer der Geschworenen gähnte. Ein weiterer folgte. Bald erfasste das Gähnen wie ein Virus die gesamte Geschworenenbank. Die Sitze quietschten. Die Geschworenen seufzten unruhig. Sie gähnten noch ein bisschen mehr.

»Euer Ehren«, sagte Dale Quinn, als Dr. North kurz innehielt, um einen Schluck zu trinken. »Um Zeit zu sparen und die Geschworenen zu entlasten, ist die Verteidigung bereit anzuerkennen, dass Dr. North eine hoch qualifizierte forensische Expertin und Zeugin ist. Wir sind zudem bereit anzuerkennen, dass der Angeklagte mit der Klägerin Geschlechtsverkehr hatte. Das haben wir bereits eingeräumt.«

»Das ist sehr aufmerksam von Ihnen, Mr Quinn«, erwiderte der Richter sarkastisch. »Das hätten Sie auch schon vor einer halben Stunde sagen können. Ich vermute, Mr Alkins dürfte noch weitere Fragen an seine Zeugin haben, nachdem sie sich die Mühe gemacht hat, quer durchs Land zu reisen, um heute hier zu sein.«

»Dem ist tatsächlich so«, erwiderte Alkins und wandte sich wieder seiner Zeugin zu. »Dr. North, können Sie bestätigen, dass Miss Moore sexuellen Kontakt mit dem Angeklagten, Mr Blair, hatte?«

»Ja«, antwortete sie. »Die Samenspuren, die während Kelly Moores Untersuchung gesammelt wurden, stimmen mit Scott Blairs DNS überein, die mittels eines Abstrichs innen an seiner Wange bestimmt wurde. Es war ein Eins-zu-hundert-Millionen-Treffer. Außerdem wurden Schamhaare sichergestellt, die dem Angeklagten zugeordnet werden konnten, sowie Speichelspuren auf Miss Moores Körper. Sie alle stimmen mit der DNS des Angeklagten überein.«

»Dann wissen wir also, dass der Angeklagte Geschlechtsverkehr mit Kelly Moore hatte«, stellte Alkins fest. »Zeigen die Beweismittel Ihrer Meinung als Expertin nach, ob Kelly Moore dem Geschlechtsverkehr zugestimmt hatte?«

Dr. North beugte sich zum Mikrofon vor, um zu antworten. »Nach ausgiebigem Studium der forensischen Beweise lautet meine Meinung, dass sie nicht zugestimmt hat«, antwortete sie. »Sie wurde missbraucht. Vergewaltigt.«

Sie stand auf und ging zu einem Flipchart, das Alkins' Mitarbeiter hereingebracht hatten. Die Geschworenen lebten auf, als sie das visuelle Beweisstück sahen. Hauptsache, die Monotonie wurde unterbrochen. An dem Flipchart hing ein Blatt mit dem schwarz gezeichneten Umriss eines weiblichen Körpers. Dr. North hatte an verschiedenen Stellen des Umrisses rote Kreise gemalt.

»Hier, hier und hier haben wir blaue Flecke gefunden«, sagte sie und deutete auf die einzelnen Kreise auf der Zeichnung, um die jeweiligen Stellen anzuzeigen. »Außerdem fanden wir Vaginalverletzungen an den äußeren Genitalien und intravaginale Abschürfungen. Sie alle deuten auf nicht einvernehmlichen Geschlechtsverkehr hin.«

»Nur um das noch einmal klarzustellen: Sie sagen, dass all diese blauen Flecke und Abschürfungen, die bei Kelly Moores Untersuchung dokumentiert wurden, beweisen, dass Scott Blair Kelly Moore vergewaltigt hat?«, fragte Alkins.

»Miss Moores Verletzungen entsprechen den Verletzungen, die man üblicherweise bei Vergewaltigungsopfern findet. Lassen Sie mich Ihnen ein weiteres Beispiel zeigen.« Dr. North entfernte die Seite mit der Zeichnung. Zum Vorschein kam ein vergrößertes Foto von einem hässlichen blauen Fleck an Kelly Moores Oberschenkel.

»Dieser blaue Fleck entstand höchstwahrscheinlich, als der Angeklagte die Beine des Opfers so heftig auseinanderdrückte, dass es ihr wehgetan haben muss. Er deutet darauf hin, dass sie sich ihm widersetzt hat. Meiner Meinung nach ist dies allein schon ein Hinweis darauf, dass sie nicht zugestimmt hat und keine willige Teilnehmerin war.«

Dr. North reichte den Geschworenen und dem Richter Fotos, die blaue Flecke an Kelly Moores Genitalien und innere Verletzungen zeigten. Die Fotos waren mithilfe eines blauen Färbemittels gemacht worden, das blaue Flecke, die mit dem bloßen Auge nicht erkennbar waren, auf zellulärer Ebene darstellte. Die Geschworenen zuckten zusammen, als sie auf die Fotos schauten.

»Die blauen Flecke am hinteren Scheidenvorhof und an den kleinen Schamlippen sind typische Verletzungen nach einer Vergewaltigung«, sagte Dr. North. »Diese Verletzungen, zusammen mit den blauen Flecken an Schultern und Oberschenkeln, deuten zudem darauf hin, dass Miss Moore versuchte, sich dem Geschlechtsverkehr zu widersetzen. Aus der Tatsache, das sie sich widersetzte, lässt sich schlussfolgern, dass sie nicht eingewilligt hatte«, fügte sie hinzu.

Als Alkins fertig war, erhob sich Dale Quinn zum Kreuzverhör. Sein Experte, Professor Carl Braun, saß hinter ihm und hatte sich während Dr. Norths Aussage Notizen gemacht. Quinn gelang es, Dr. North das Zugeständnis zu entlocken, dass sie nicht hundertprozentig sicher sein könne, dass Kelly nicht eingewilligt hatte.

»Es handelt sich um eine Einschätzung«, räumte sie

schließlich ein. »Basierend auf jahrelanger Erfahrung auf diesem Gebiet.«

Nachdem die Gerichtsverhandlung für diesen Tag beendet war, versuchte Rachel, Dr. North einzuholen, aber sie steckte hinten in der Menge fest, die aus dem Gerichtssaal herausströmte. Bis sie auf die Treppe zum Vorplatz gelangte, war Dr. North verschwunden.

An jenem Abend setzte sich Rachel mit ihrem Laptop im Café in der Lobby an einen Tisch in der Nähe des Vogelkäfigs. Sie fühlte sich in ihrem Hotelzimmer klaustrophobisch, außerdem hoffte sie, Dr. North zu begegnen, bevor diese die Stadt verließ. Während Rachel wartete, tippte sie ihre Aufzeichnungen der Zeugenaussagen des Tages für die Webseite ab und aß einen Hamburger mit Pommes frites.

»Hast du nicht gesagt, dieser Vogel singt?« Die laute Stimme eines Manns riss Rachel aus ihrer Konzentration. Sie sah hoch. Der Mann hatte weißes Haar und trug ein grünes Polohemd und war mit seiner Frau, die sich extra schick gemacht hatte, auf dem Weg zum Essen. Er war bei dem Käfig stehen geblieben und schlug jetzt mit der Handfläche gegen die Stäbe. »Seit wir hier sind, habe ich von diesem Vogel noch nicht einen Pieps gehört. Nicht einen«, wiederholte er. »Ich glaube, der ist ausgestopft. Was soll das für ein Singvogel sein, wenn er nicht singt?«

»Ich glaube, der arme Vogel möchte nicht singen, Schatz«, erwiderte seine Frau.

»Blödsinn. Nachtigallen haben gefälligst zu singen«, sagte der Mann und schnippte mit den Fingern, um die Aufmerksamkeit des Vogels zu erringen.

»Vielleicht gibt es Nachtigallen, die keine Lust haben, auf Befehl zu singen, Keith«, murmelte die Frau mehr zu sich selbst.

Rachel entdeckte Dr. North, die an einem Tisch in der Nähe des Fensters saß und ein Glas Weißwein trank. Rachel ging zu ihrem Tisch hinüber und stellte sich vor.

»Dürfte ich Ihnen vielleicht eine Frage stellen?«, sagte sie.

»Solange sie nicht im Zusammenhang mit der Gerichtsverhandlung steht«, erwiderte Dr. North. »Es ist nicht auszuschließen, dass ich noch mal in den Zeugenstand gerufen werde.«

»Ich verspreche es.« Rachel öffnete ihre Ledermappe und holte die Fotos heraus, die Stuart ihr überlassen hatte. »Diese wurden von einem Mädchen gemacht, das vor längerer Zeit ertrunken ist. Ich wollte fragen, ob Sie sich die mal anschauen würden. Mich interessiert, ob Sie glauben, dass diese Verletzungen dazu passen, dass sie ertrunken ist.«

Dr. North nahm die Fotos und sah sie sich eins nach dem anderen an. Manche betrachtete sie nur kurz. Andere studierte sie genau. Einige legte sie zur Seite.

Als sie durch war, legte sie die Fotos vor Rachel auf den Tisch.

»Das Mädchen mag durchaus ertrunken sein«, sagte sie. »Aber in den Stunden vor ihrem Tod ist ihr etwas Schreckliches zugestoßen.«

»Woher wissen Sie das?«, fragte Rachel.

»Die blauen Flecke, die man auf den Fotos sieht, muss sie sich wenige Stunden vor ihrem Tod zugezogen haben. Nicht kurz vor ihrem Tod und mit Sicherheit nicht zum Zeitpunkt des Tods. Die blauen Flecke oben an den Oberschenkeln ähneln denen, die wir heute im Gericht an Kelly Moores Oberschenkeln gesehen haben. Dieser blaue Fleck hier hat die Ausmaße einer großen Hand. Vermutlich einer männlichen. Er zieht sich um die Schulter der Verstorbenen herum, was darauf hindeutet, dass sie vielleicht festgehalten wurde. Vielleicht zu Boden gedrückt.« Sie deutete auf eine Nahaufnahme von Jennys nackter Schulter.

»Können Sie eine Vermutung wagen, was diesem Mädchen möglicherweise zugestoßen ist, bevor es ertrank?«

»Ich denke, dass sie in den Stunden vor ihrem Tod körperlich misshandelt wurde«, erwiderte Dr. North. »Wieso fragen Sie mich das? Das kam doch sicher alles bei der Autopsie und den nachfolgenden polizeilichen Ermittlungen zutage?«

»Es gab keine polizeilichen Ermittlungen, soweit ich weiß, und ich bin mir nicht sicher, ob eine Autopsie vorgenommen wurde.«

Dr. North wirkte schockiert. »Diesem Mädchen ist vor ihrem Tod extreme Gewalt widerfahren. Wieso, um Himmels willen, sollte die Polizei einen derart verdächtigen Tod nicht untersuchen? So etwas habe ich in all den Jahren, in denen ich in der forensischen Medizin arbeite, noch nicht gehört.«

RACHEL

32

Kelly Moores Mutter schlug sich außerordentlich wacker im Zeugenstand bei der Beantwortung von Mitch Alkins' Fragen, was geschehen war, als ihre Tochter an jenem Tag schließlich mit dem Bus vom Strand nach Hause gekommen war.

Sie erzählte dem Gericht, dass bei Kellys Heimkehr ein Streifenwagen in der Auffahrt stand und Detectives im Wohnzimmer saßen und eine Taskforce für die Suche nach ihr zusammenstellten. Niemand bemerkte Kelly, als sie das Haus durch die hintere Schiebetür betrat und in ihr Zimmer hinaufschlich.

Erst als ihre Mutter nach oben auf die Toilette ging, fiel ihr die geschlossene Tür auf, und sie wusste, Kelly war zu Hause.

Christine versuchte, die Tür zu öffnen, aber sie war abgeschlossen. Kelly wollte sie nicht hereinlassen. Sie saß auf dem Teppich, den Rücken an die Tür gelehnt, und verbarrikadierte sich stundenlang.

Mit zitternder Stimme fuhr ihre Mutter fort, dem Gericht zu beschreiben, wie Kelly, als es dunkel wurde, leise die Tür geöffnet und ihre Mutter hereingelassen hatte. Sie saßen auf Kellys Bett, und sie erzählte ihrer Mutter, was mit Scott Blair unten am Strand passiert war. Christine Moore überredete sie, mit ihr ins Krankenhaus zu fahren. Auf der

Fahrt schluckte sie die Tränen hinunter, weil sie für ihre Tochter stark sein wollte. Früh am nächsten Morgen kehrten sie zurück. Kelly musste das Krankenhaus in einem geborgten Trainingsanzug aus der Kleiderkammer verlassen, weil ihre Kleidung als Beweismittel aufbewahrt wurde. Die Untersuchung hatte fünf Stunden gedauert.

Die Geschworenen waren zutiefst beeindruckt von Christine Moores Aussage. Dale Quinn versetzte ihr im Kreuzverhör den ein oder anderen Hieb, aber es waren milde Hiebe, wie von einem unwilligen Boxer, der kein Blut vergießen will.

Quinn kam mit seinen Fragen immer wieder auf das gleiche Thema zu sprechen. Er stellte klar, dass Kellys Mom in jener Nacht nicht am Strand gewesen und, wie alle anderen, auf Kellys Version der Geschichte angewiesen war. Außerdem brachte er sie dazu zuzugeben, dass Kelly in der Vergangenheit nicht immer die Wahrheit gesagt und auch gelogen hatte, als sie auf dem Zettel, den sie in der Küche hinterlassen hatte, behauptete, Lexis Eltern seien am Abend der Party zu Hause.

Nach der vormittäglichen Verhandlung flitzte Rachel rasch nach draußen, um ihren Wagen umzuparken. Die Sitzung hatte länger gedauert als erwartet, und sie hatte die Parkzeit um zwanzig Minuten überschritten. Als sie um die Ecke in die Straße einbog, in der der Wagen stand, sah sie einen weißen Zettel unter dem Scheibenwischer und dachte panisch, sie hätte bereits ein Strafmandat bekommen.

Bei näherem Hinsehen stellte sich allerdings heraus, dass es kein Strafmandat war. Es war ein weiterer Brief von Hannah. Rachel lehnte sich an die Autotür und las ihn. Als sie fertig war, stieg sie ein und fuhr davon, statt mehr

Geld in die Parkuhr zu werfen und ins Gericht zurückzukehren.

Unterwegs rief sie Pete an, um sich wie üblich mit ihm auszutauschen. Er klang angespannt, als er an den Apparat kam. Er war einen Tag früher aus dem Krankenhaus entlassen worden und musste sich erst noch an die geringere Dosis Schmerzmittel gewöhnen.

»Was ist los, Pete?«, fragte Rachel. »Du klingst gestresst. Geht es dir nicht gut?«

»Ich schaue mir gerade die Kommentare auf Social Media an. Das ist nicht gerade spaßig«, erwiderte er.

»Wie meinst du das?«

»Ich habe noch nie so zwiespältige Meinungen erlebt. Einige Zuhörer flippen völlig aus. Sie finden, du gibst dem Opfer die Schuld und lässt Scott Blair zu leicht davonkommen. Andere beschuldigen dich, für Kelly Partei zu ergreifen. Sie behaupten, du gibst Scott zum Abschuss frei.«

»Das ist ja lächerlich«, erwiderte Rachel. »Ich muss doch beide Seiten der Geschichte zeigen. Das ist es schließlich, worum es geht, oder? Objektiv zu sein?«

»Objektiv ist so aus der Mode. Ist das noch nicht bei dir angekommen?«, scherzte Pete. »Heutzutage haben alle eine Meinung. Ob sie wissen, wovon sie reden, oder nicht. Meistens Letzteres. Im Moment bist eben du Ziel ihrer Beschimpfungen, Rach.«

»Das klingt ein bisschen extrem.«

»Du hast ja heute auch nicht zwei Stunden damit verbracht, dich durch Kommentare zu arbeiten«, erwiderte Pete. »Grässliches Zeug. Online werden sämtliche Umgangsformen in die Tonne getreten. Die Leute geben Dinge von sich, die sie nie im Leben jemandem ins Gesicht sagen würden.«

»Lies mir mal ein paar von den Kommentaren vor. Ich bin ein großes Mädchen. Ich halte das aus«, sagte Rachel, die gerade auf die Küstenstraße einbog.

»Auf keinen Fall«, widersprach Pete. »Einige der Kommentare sind mit so vielen Kraftausdrücken gespickt, dass ich mir den Mund ausspülen müsste, wenn ich sie vorlesen würde. Es ist besser, wenn du das nicht hörst, Rachel. Glaub mir, wirklich.«

»Und was mache ich jetzt damit?«, fragte Rachel.

»Nichts«, erwiderte Pete. »Es läuft doch prima. Du bewegst die Gemüter. Wie du das wolltest. Du bringst die Leute dazu, über Vergewaltigung nachzudenken und zu reden. Mach so weiter. Die Reaktionen sind genau das, was wir uns gewünscht hatten. Außerdem sind Kontroversen gute Werbung.«

Rachel wand sich innerlich. Ihr missfiel die Vorstellung, jemand könne denken, sie habe bewusst eine Kontroverse auslösen wollen, als sie für ihre neue Staffel einen Vergewaltigungsprozess gewählt hatte. Sie beendete das Gespräch mit Pete, gerade als sie an der einspurigen Old-Mill-Road-Brücke ankam, wo sie erst einen Lastwagen vorbeilassen musste, bevor sie auf die andere Seite fahren konnte. Nach einer Haarnadelkurve ging es bergauf, bis sie durch die Lücken zwischen den Bäumen die blaugrauen Reihenhäuser sehen konnte, die sich an den Hügelkamm schmiegten. Rachel war sich sicher, dass das Haus der Stills an jenem Kamm gestanden hatte. Er entsprach weitgehend den Beschreibungen in Hannahs Briefen.

Rachel winkte dem Wärter, der in einem Wärterhäuschen mit der seitlichen Aufschrift »Sea Breeze Seniorenvillen« saß, wie selbstverständlich zu, als käme sie regelmäßig hierher, und er ließ prompt die Schranke hochgehen.

Sie stellte ihren Wagen auf einem Besucherparkplatz ab und ging auf den Schwimmbeckenbereich zu, von dem her Planschen und Musik ertönten. Als sie durch das Tor trat, sah sie eine Handvoll Frauen, die im Wasser leichte Aerobic-Übungen ausführten, die ihnen ein Lehrer am Beckenrand vormachte. Auf den Seitenbahnen waren mehrere Brustschwimmer unterwegs.

Weiter hinten saßen zwei Männer über ein Schachbrett gebeugt. »Ich kann nicht glauben, dass ich das nicht habe kommen sehen«, sagte der eine und schlug sich auf den Schenkel, als der andere seinen Läufer kassierte.

»Entschuldigung«, sprach Rachel die beiden an. »Können Sie mir vielleicht sagen, was sich hier vor dieser Anlage befand?«

»Das sollten Sie Estelle fragen.« Der Mann deutete auf eine Frau Mitte siebzig mit blond gefärbtem Haar, die auf einer Sonnenliege lag. »Sie weiß alles, was es über diese Stadt zu wissen gibt.«

»Das sagst du nur, weil sie deine Frau ist, Hal«, sagte sein Freund.

Als ihr Name fiel, legte Estelle den Roman zur Seite, den sie gerade gelesen hatte. »Setzen Sie sich, meine Liebe«, sagte sie zu Rachel und klopfte mit ihren roten Fingernägeln, die farblich auf ihren Badeanzug abgestimmt waren, auf den Stuhl neben sich. »Was hätten Sie gern gewusst?«

»Ich versuche, etwas über die Familie Stills herauszufinden. Ich glaube, sie hat früher irgendwo hier gewohnt.«

»Die hat sogar genau hier gewohnt«, erwiderte Estelle. »Die Eigentumswohnungen wurden dort errichtet, wo früher Edward Stills' Haus stand. Sein Land reichte bis drüben zum Fluss. Heute wäre es ein Vermögen wert. Damals wollte niemand hier leben. Als seine Enkelin Hope starb, wurde das Land billig an einen Bauunternehmer verkauft, damit ihr Begräbnis bezahlt und ihre Schulden getilgt werden konnten.«

»Wer war der Bauunternehmer?«

»Hal«, rief sie. »Wer war der Bauunternehmer der Sea-Breeze-Villas?«

»Das war der Cousin meines alten Tenniskumpels Trent«, rief er zurück. »Simon Blair.«

»Stimmt«, sagte sie. »Sein Sohn war ein berühmter Schwimmer. Der Enkel auch. Die Familie ist gerade etwas in den Schlagzeilen, falls Sie das nicht bereits gehört haben. Der Scott-Blair-Prozess?« Sie sah Rachel fragend an. Rachel nickte.

»Nun, Anfang der Neunziger haben Simon und sein Sohn Greg ihre erste Seniorenanlage gebaut. Haben eine Menge Geld damit verdient. Genug, um noch mehr davon zu bauen. Und dann noch mehr. Ich bin mit Simon in die Schule gegangen. Seine Familie war bettelarm. Er kam mit zerlöcherten Schuhen, die schon getragen waren, in die Schule. Sein Dad war ein zweitklassiger Handwerker. Heute hat die Familie überall an der Küste Besitz.«

»Was können Sie mir über die Familie Stills erzählen?«, fragte Rachel.

»Ich weiß nicht allzu viel über sie«, erwiderte Estelle. »Hope kam zurück, nachdem Ed Stills gestorben war. Sie hatte zwei Kinder, beide unehelich. In der damaligen Zeit zerrissen sich die Leute das Maul. Hope zog in das Haus ihres Großvaters und lebte dort mit ihren Töchtern. Alle hielten das Haus für ein Gesundheitsrisiko. Ed lebte wie ein Eremit. Aber ich habe gehört, dass Hope das Haus wirklich schön hergerichtet hatte.«

»Hal«, sagte sie und reichte ihrem Mann ein paar Münzen. »Ich bin ausgedörrt. Holst du uns was zu trinken aus dem Automaten? Wie heißen Sie, meine Liebe?«

»Ich heiße Rachel.«

»Was für ein hübscher Name«, erwiderte Estelle. »Sehr biblisch. Wo war ich stehen geblieben?«

»Sie haben von Hope Stills erzählt.«

»Jammerschade, dass sie Krebs bekam. Eine Form von Leukämie. Sie hat in dem Supermarkt bei uns um die Ecke gearbeitet. So ein fröhliches und temperamentvolles Mädchen. Sie war ein bisschen, Sie wissen schon, überkandidelt. Einmal hat sie sich die Haare rosa gefärbt. Am Knöchel hatte sie Schmetterlingstätowierungen. Ich habe nach ihr gefragt, nachdem ich sie eine Zeit lang nicht mehr gesehen hatte. Die Kassiererin sagte mir, sie sei krank. Sie gaben ihr einen Job im Büro, aber sie hielt die Arbeitsstunden nicht durch. Ein paar Wochen später erzählte man mir, sie sei gestorben. Ich habe gehört, die Tochter, Jenny, starb ebenfalls. Sie war die Ältere.«

»Wissen Sie etwas über ihre Töchter?«

»Jenny hatte einen schlechten Ruf. Genau wie ihre Mutter. Hope war gerade erst siebzehn, als Jenny zur Welt kam. Angeblich wusste Hope nicht einmal, welcher der Jungen der Vater war.«

»Was wissen Sie über Jennys Tod?«

Estelle zuckte mit den Schultern. »Wir waren in jenem Sommer unten in Florida, zur Hochzeit meines Bruders. Ich erinnere mich trotzdem noch gut. Das war derselbe Sommer, in dem wir die beiden Jungen bei diesem fürchterlichen Autounfall verloren. Ich habe mit der Mutter eines der toten Jungen Bridge gespielt. Ihr Herz war gebrochen. Ihr einziges Kind. Ich erinnere mich noch vage, dass es hieß, das ältere Stills-Mädchen wäre eines Nachts schwimmen gegangen und ertrunken. Angeblich war sie Nacktbaden mit einem Jungen«, fügte sie vielsagend hinzu. »Offenbar machte sie das öfter.« Als ihr Mann mit den Mineralwasserdosen zurückkam, schwieg sie einen Moment, reichte Rachel eine der Dosen und trank einen Schluck aus ihrer.

»Den Namen des Jungen, mit dem Jenny in jener Nacht schwimmen gegangen ist, wissen Sie nicht zufällig?«, fragte Rachel.

»Ich glaube nicht, dass ich seinen Namen je gewusst habe«, erwiderte Estelle. »Das ist lange her. Ich war damals ein anderer Mensch. Jünger. Hübscher. Und mein Gedächtnis war besser. Nicht wahr, Hal?«

»Du siehst noch genauso hübsch aus wie damals«, widersprach er.

»Er ist der geborene Lügner. Hat Lebensversicherungen verkauft«, flüsterte sie Rachel verschwörerisch zu. »Meine Liebe, Sie fragen mich nach Dingen, die ewig zurückliegen. Im Grunde sprechen Sie mit den falschen Leuten. Sie sollten mit Jennys Schulfreunden reden.«

»Können Sie mir ein paar Namen nennen?«

»Warten Sie mal.« Estelle schloss die Augen und dachte nach. »Die Kinder hingen damals alle zusammen. Im Sommer waren sie immer am Morrison's Point. Meine Tochter weiß vielleicht ein paar Namen. Ich kann sie heute Abend fragen, wenn sie von der Arbeit zurück ist. Wie lange sind Sie noch in der Gegend?«

»Zwei, drei Wochen«, erwiderte Rachel. »Ich bin wegen dem Scott-Blair-Prozess hier. Also so lange, bis er zu Ende geht, wann immer das sein wird.«

»Na sehen Sie, meine Liebe.« Estelle klatschte begeistert in die Hände. »Wissen Sie, mit wem Sie reden sollten?«

»Mit wem?«

»Mit diesem Rechtsanwalt. Wie heißt er doch noch mal? Hal!«, wandte sie sich an ihren Mann. »Wer ist noch mal dieser gut aussehende junge Anwalt, der heute in der Zeitung war?«

»Mitchell Alkins«, erwiderte er.

»Genau. Mitchell Alkins kannte Jenny Stills. Sie waren zusammen in der Schule. Angeblich war er sogar in sie verschossen. Ihn sollten Sie fragen.«

HANNAH

33

Vorhin war ich bei unserem alten Haus. Natürlich existiert es nicht mehr. Auf dem Grundstück ist eine Seniorenwohnanlage errichtet worden. Was hätte Mom gelacht, hätte sie erfahren, dass jetzt dort, wo unser Wohnzimmer war, Leute schwimmen. Dass man den Zitronenbaum herausgerissen und ihren Gemüsegarten asphaltiert hat, hätte sie allerdings weniger lustig gefunden. Das Einzige, was unverändert ist, sind die Gänseblümchen. Das Feld unterhalb unseres ehemaligen Hauses ist voll von ihnen.

Als ich dort war, fiel mir etwas ein, das ich lange vergessen hatte. Ich saß auf der Veranda vor dem Haus und las ein Buch, als ich einen Wagen näher kommen hörte. Es war ein heller Wagen, hellgrün, glaube ich, mit einer Beule hinten. Am Lenkrad saß der Junge mit dem dunklen Haar und der athletischen Figur, mit dem Jenny am Strand geschwommen war. Er trug Jeans und ein Button-down-Hemd und um den Hals eine Lederkette. Auf dem Weg zum Haus strich er sich nervös das Haar aus dem Gesicht und ließ die Autoschlüssel um seinen Finger kreisen. In der anderen Hand hielt er einen Strauß aus weißen und gelben Gänseblümchen, die er vom Feld gepflückt haben musste. Als er die Treppe zur Veranda heraufkam, warf er die Blumen auf den Boden. Ich vermute, er war verlegen.

»Hallo«, sagte ich, als er an der Haustür angekommen war, und warf mein Buch zur Seite.

»Ist Jenny da?« Er wandte den Blick von mir ab und spähte durch die Maschen der Fliegengittertür nach Jenny.

»Sie ist hinten im Garten«, sagte ich. »Komm mit.« Ich führte ihn ins Haus und hinten wieder hinaus auf die Veranda.

Jenny nahm gerade Wäsche von der Leine. Sie trug Shorts und ein bunt gestreiftes T-Shirt. Als sie ihn sah, errötete sie, und ihre Augen funkelten.

»Hallo, Jenny«, sagte der Junge und streckte die rechte Hand in die hintere Hosentasche seiner Jeans. Er ging von der Veranda auf den Rasen hinunter und blieb verlegen neben ihr stehen, während sie die Kleidungsstücke abhängte und in einen Weidenkorb warf.

»Ich habe versucht anzurufen«, sagte er. »Es kam eine Ansage, dass das Telefon abgemeldet wurde. Deshalb bin ich vorbeigekommen.«

»Es gibt Probleme mit der Telefonleitung«, log Jenny. Sie verschwieg ihm, dass unser Telefon tot war, weil wir vergessen hatten, eine Rechnung zu bezahlen, und es zu teuer war, es wieder anschließen zu lassen.

»Weswegen wolltest du mich anrufen?« Jenny warf ein Betttuch in den Wäschekorb.

»Ich dachte, du hättest vielleicht Lust auf Pizza.«

»Wann?«

»Jetzt?«

»Klar.« Jenny nahm die restliche Wäsche ab und trug den Korb unter dem Arm nach drinnen. »In zehn Minuten bin ich fertig.«

Er ging nach draußen, lehnte sich an die Kühlerhaube und klopfte mit den Fingern gegen das Metall, bis Jenny in einer Wolke aus Jelängerjelieber auftauchte. Es war das Parfüm, das wir ihr zu ihrem sechzehnten Geburtstag geschenkt hatten. Sie trug Jeans und eine apricotfarbene ärmellose Button-down-Bluse.

Sie sah hübscher aus, als ich sie seit Wochen gesehen hatte. Sie strahlte vor Glück. Das lange Haar hing ihr offen auf den Rücken hinab. Sie hatte rosa Lippenstift aufgetragen und winzige blaue Kristallohrringe angelegt. Er öffnete ihr die Beifahrertür, dann ging er auf die Fahrerseite. Ich dachte mir, dass es Mom, die in ihrem Zimmer schlief, gefallen hätte, wie der Junge Jenny behandelte.

Ich schlief vor dem Fernseher ein und wachte mit trockenem Mund und wirrem Kopf davon auf, dass ich hörte, wie sich ein Auto näherte. Ich ließ mich zurück aufs Sofa sinken und tat so, als schliefe ich. Die Fliegengittertür quietschte, als Jenny hereinkam. Kurz darauf hörte ich einen Wagen wegfahren.

Ich lag mucksmäuschenstill und beobachtete Jenny aus halb geschlossenen Augen. Ihr Haar war zerrauft und voller Kiefernnadeln. Ihre Begeisterung von vorher war verschwunden. Sie wirkte benommen und traurig. Sie warf ihren Schlüssel auf den Tisch im Flur, ließ sich in einen Sessel fallen und vergrub das Gesicht in den Händen. Ich dachte, sie sei müde, bis ich sah, dass ihre Schultern von unterdrückten Schluchzern bebten.

Jenny hat mir gegenüber nie ein Wort darüber verloren, was bei jenem Date passiert ist und sie zum Weinen brachte. Was den Jungen betrifft, so kam er nie wieder vorbei.

Am nächsten Tag ging Jenny in die Stadt, und als sie zurückkam, erzählte sie uns, sie würde ab jetzt in dem Supermarkt, in dem Mom gearbeitet hatte, Regale auffüllen.

Danach war sie kaum mehr zu Hause. Sie ging früh in die Arbeit und kam an den meisten Tagen erst in der Dämmerung heim. Jetzt, wo Jenny weg war, saß ich zu Hause fest. Frustriert und gelangweilt.

Mom fand ein altes Kinderplanschbecken, das sie aufblies und mit Wasser füllte. Ich lag tagelang in diesem Becken und sah den Wolkenfetzen zu, die über den ansonsten klaren blauen Himmel glitten wie Treibgut. Mom lag auf einer Sonnenliege und fädelte Perlen auf Nylonschnüre. Sie hatte die Idee gehabt, Perlenketten zu basteln und sie unten beim Sonntagsmarkt zu verkaufen. Sie meinte, dadurch könnten wir etwas dazuverdienen. Perlen würde sie auch noch aufziehen können, wenn sie sich krank fühlte und im Bett bleiben musste. Sie sagte, Jenny und ich könnten den Verkauf übernehmen.

Manchmal saß ich auf der Treppe der vorderen Veranda und starrte sehnsüchtig auf das Meer. Eines Nachmittags sah mich Mom. Sie sagte, sie fühle sich gut genug, um mich hinzufahren.

Es war später Nachmittag, als wir ankamen. Das Licht war nicht mehr so grell, und außer den Surfern draußen bei der Landspitze war niemand dort. Ich planschte im Schaum am Rand des Wassers herum, während sich Mom mit einem Strohhut auf dem Kopf auf dem Rücken treiben ließ. Als mir langweilig wurde, lief ich zurück, ließ mich auf mein Handtuch fallen und malte mit einer zerbrochenen Muschel Bilder in den Sand.

»Wie geht es deiner Schwester?«

Ich sah hoch. Vor mir standen der Fahrer des Pick-ups und sein Freund Bobby, dessen Augen grauer wirkten als sonst. Der Fahrer warf seine Zigarette in den Sand, ohne sich die Mühe zu machen, sie auszutreten. Bobby schaufelte mit dem Fuß Sand darüber, als wäre es seine Aufgabe, hinter dem anderen herzuräumen.

»Ich habe gefragt, wie es deiner Schwester geht«, wiederholte der Fahrer.

»Ihr geht es gut«, antwortete ich.

»Ich habe sie schon länger nicht gesehen«, fuhr er fort.

»Sie kommt nicht mehr an den Strand.«

»Wieso nicht?«

»Sie hat einen Job«, antwortete ich.

»Wo arbeitet sie?« Ich spürte, dass diese Frage nichts Beiläufiges hatte.

»Das weiß ich nicht«, log ich. Ich hätte mich in den Hintern treten können, dass ich den Job erwähnt hatte. Mom, die noch im Wasser war, hatte aufgehört zu schwimmen, um mich im Auge zu behalten.

Der Fahrer starrte erst mich, dann Mom an, dann wandte er sich zum Gehen. Bobby warf mir einen Kaugummi zu, bevor er seinem Freund hinterhereilte. Später sah ich sie mit ein paar anderen Jungen bei der Landspitze. Sie saßen auf den Felsen und tranken Alkohol aus Flaschen, die sie in Papiertüten verbargen.

Nachdem wir vom Strand weggefahren waren, hielt Mom an der Tankstelle an der Old Mill Road an, um mir ein Eis zu spendieren. Rick stand hinter dem Tresen. Diesmal war er richtig nett. Er erzählte mir, er kenne meine Mutter schon, seit sie ganz klein war. Erst als wir an der alten Brücke warten mussten, bis wir passieren konnten, fragte Mom, was die Jungen gewollt hatten.

»Nichts«, erwiderte ich und leckte die letzten Eisreste vom Stil.

»Es sah aber aus, als hätten sie dir was zu sagen gehabt.«

Ich zuckte mit den Schultern.

»Ich kenne diese Jungen«, sagte Mom. »Ich kenne auch einige ihrer Dads. Die machen nur Ärger. Der, der dir das Kaugummi gegeben hat, läuft seinen Freunden hinterher wie ein kleiner Hund. Ich vermute, er würde alles tun, was sie von ihm verlangen, Hauptsache, er darf weiter dabei sein. Er ist der Einzige, dessen Daddy in dieser Stadt ein Niemand ist. Der Einzige, der etwas zu beweisen hat. Das macht ihn zum Gefährlichsten von allen.«

RACHEL

34

Dr. Katrina Lawrence gab eine schreckliche Zeugin ab, dachte Rachel, als sie sah, wie die Geschworenen bei dem dünnen Falsettstimmchen von Kellys Therapeutin das Gesicht verzogen. Über die Lautsprecheranlage klang sie so schrill, dass die Gerichtszeichnerin, die neben Rachel saß, zusammenzuckte. In ihrem Zeichenbuch war die Skizze einer großen Frau mit langen glatten Haaren und einer bis oben hin zugeknöpften burgunderroten Jacke zu sehen.

Dr. Lawrence gab die für Atheisten übliche eidesstattliche Erklärung ab, statt einen Eid auf die Bibel zu leisten. Es war eine schlechte Entscheidung. Hätte die Verhandlung in einer Großstadt stattgefunden, wäre es egal gewesen, aber Neapolis war eine konservative Südstaatenstadt mit einem bedeutenden evangelikalen Bevölkerungsanteil. Es nahm die Geschworenen von Anfang an gegen sie ein. Rachel vermutete, dass Mitch Alkins sein Bestes gegeben hatte, Dr. Lawrence diese Tatsache zu verdeutlichen. Für jemanden, der seinen Lebensunterhalt mit dem Studium der menschlichen Psyche verdiente, schien sie erstaunlich begriffsstutzig zu sein.

Alkins merkte, dass seine Zeugin den Geschworenen schon von dem Moment an auf die Nerven ging, als er sie nach ihren Referenzen fragte. Aber er brauchte ihre Zeugenaussage. Schließlich war sie Kelly Moores Therapeutin. Gleichzeitig konnte er es sich nicht leisten, dass ihm die Geschworenen währenddessen entglitten. Er überging ganze Seiten voller Fragen und versuchte, ihr die wichtigsten Aussagen zu entlocken, um sie so schnell wie möglich aus dem Zeugenstand herauszubekommen.

Rachel hatte ihre eigenen egoistischen Gründe, sich ein rasches Ende von Dr. Lawrence' Aussage zu wünschen. Sie wollte Alkins in der Mittagspause ansprechen und ihn fragen, wie weit er sich noch an Jenny Stills erinnerte. Als sie nach ihrem Gespräch mit Estelle am Nachmittag zuvor ins Hotel zurückgekehrt war, hatte sie sofort versucht, Alkins zu kontaktieren. Über seine persönliche Assistentin hatte sie ihm mehrere Nachrichten hinterlassen, hatte aber weder von ihm noch von seinen Mitarbeitern einen Rückruf erhalten.

Rachel unterdrückte ein Gähnen. Alkins arbeitete seine Fragen ab und wirkte zunehmend frustrierter, weil die Psychotherapeutin lange, trockene Antworten gab, wo kurze sowohl gereicht hätten als auch besser bei den Geschworenen angekommen wären.

Rachel machte sich Notizen, während die Psychotherapeutin aussagte, dass Kelly vor der Nacht mit Scott Blair ein gut integrierter Teenager gewesen sei. Danach habe Kelly alle Symptome eines posttraumatischen Stresssyndroms gezeigt, was laut Dr. Lawrence typisch war für Opfer sexueller Übergriffe. Die Symptome reichten von Angstzuständen und Depression bis zu Panikattacken und Albträumen.

»Dr. Lawrence, welches ist die typische Reaktion eines Opfers im Nachgang eines sexuellen Übergriffs?«, fragte Alkins.

»Das kommt darauf an«, sagte sie ins Mikrofon.

»Worauf?«

»Auf das Opfer«, antwortete sie. »Es gibt keine typische Reaktion. Manche Opfer werden hysterisch, weinen und so weiter. Andere wirken ruhig und normal, als wäre nichts geschehen, und zeigen erst später Reaktionen. Andere verfallen in Schockstarre. Sie sind wie betäubt. Sie weinen nicht, aber sie können nicht damit fertigwerden.«

»Dr. Lawrence, ist es normal, wenn das Opfer eines sexuellen Übergriffs beispielsweise einen Bus besteigt, eine Fahrkarte kauft und neben anderen Fahrgästen sitzt, ohne dass irgendetwas darauf hinweist, dass es wenige Stunden zuvor Opfer eines sexuellen Übergriffs war?«

Das war eine zentrale Frage. Es wurde erwartet, dass Dale Quinn den Busfahrer und mehrere Fahrgäste des Busses in den Zeugenstand rufen würde, mit dem Kelly nach Hause gefahren war. Einige hatten bereits öffentlich verkündet, dass sich Kelly an jenem Tag ganz normal benommen und den Busfahrer beim Aussteigen sogar angelächelt habe und dass sie nicht glaubten, sie sei vergewaltigt worden.

»Es ist normal, dass sich die emotionalen und psychologischen Folgen nach einem sexuellen Übergriff erst Stunden, manchmal sogar Tage später zeigen«, antwortete Dr. Lawrence. »Ich glaube, dass Kelly versucht hat, emotional stabil zu bleiben, bis sie an einem sicheren Ort war. Kaum zu Hause, ist sie dann tatsächlich zusammengebrochen.«

»In Ihren Sitzungen mit Kelly haben Sie sie da als ehrlich und glaubwürdig erlebt?«, fragte Alkins.

»In jeder Hinsicht, ja«, erwiderte sie.

»Besteht die Möglichkeit, dass sie das, was sie erlebt hat,

falsch interpretiert hat? Oder dass sie es übertrieben darstellt, bezüglich einzelner Details gelogen oder sogar alles erfunden hat?«

»Kelly ist seit mehr als zehn Monaten meine Patientin. Ihre Schilderungen des Geschehens und ihre emotionalen Reaktionen waren die ganze Zeit stimmig. Ich habe absolut keinen Grund, auch nur ein Wort dessen zu bezweifeln, was laut ihrer Aussage in jener Nacht passiert ist. Nicht den geringsten.«

Dale Quinn federte aus seinem Sitz hoch, um Dr. Lawrence ins Kreuzverhör zu nehmen. Genüsslich zog er seine Befragung so weit wie möglich in die Länge. Er wusste, je länger sie aussagte, desto weniger mochten die Geschworenen sie, und das bedeutete auch, desto weniger glaubten sie ihr. Er reichte ihr erfolgreich genügend Seil, um sich daran aufzuhängen, dachte Rachel. Als Quinn sie so weit hatte, versetzte er ihr mit sanfter Stimme nonchalant den Todesstoß.

»Dr. Lawrence, haben Sie nach dem College für eine Organisation namens Vergewaltigungs-Netzwerk für Frauen gearbeitet?«

»Ja, das habe ich.«

»Man sagte mir, die Philosophie dieses Netzwerks laute, dass man Frauen, die behaupten, sie seien Opfer eines sexuellen Übergriffs geworden, uneingeschränkt glauben sollte. Ist das richtig?«

»Ja«, antwortete sie.

»Ist es richtig, dass Ihre heutige Zeugenaussage auf demselben Prinzip beruht, Ihre Rolle also darin besteht, Kelly zu unterstützen und nicht zu hinterfragen, ob sie die Wahrheit sagt?«

»Ich habe keinen Grund, Kelly zu misstrauen.«

»Sie waren in jener Nacht nicht dort, nicht wahr?«, fragte Dale Quinn.

»Nein, das war ich nicht.«

»Und Sie haben nichts von alldem miterlebt, oder?«

»Nein.«

Als Dr. Lawrence den Zeugenstand verließ, verkündete der Richter die Mittagspause. Es war bereits so spät, dass Rachel der Magen knurrte.

Sie blieb zurück, bis fast alle den Gerichtssaal verlassen hatten, abgesehen von den Anwälten. Mitch Alkins und eine junge Anwältin seines Teams unterhielten sich und packten Akten in ihre Aktentaschen.

»Mr Alkins«, rief Rachel. Er schaute hoch und warf ihr einen finsteren Blick zu, der sie zum Schweigen bringen sollte. »Mr Alkins, ich bin Journalistin. Mein Name ist Rachel Krall. Ich habe versucht, Sie zu erreichen.«

»Das ist die von dem Podcast, von dem ich dir erzählt habe«, flüsterte die andere Anwältin Alkins laut genug zu, dass Rachel es hören konnte.

»Ah, die Journalistin, die an Crowdsourcing glaubt. Wieso schaffen wir das Geschworenensystem nicht gleich ganz ab und stimmen online über Schuld oder Unschuld ab?«, murmelte er.

»Mr Alkins, ich muss Sie etwas fragen. Unter vier Augen.« Rachel ignorierte seinen Kommentar einfach. Sie hatte Wichtigeres zu besprechen als das Ethos von Podcasts über Verbrechen.

»Wir dürfen mit Journalisten erst nach Ende des Prozesses reden. Anweisung des Richters«, sagte er.

»Es geht nicht um den Prozess«, erwiderte Rachel. »Es geht um etwas anderes. Mr Alkins, kannten sie früher ein Mädchen namens Jenny Stills?«

Alkins erstarrte für den Bruchteil einer Sekunde. Es war so kurz, dass Rachel sich fragte, ob sie es sich nur eingebildet hatte. Er packte einen weiteren Aktenordner in seine Aktentasche, zog die Riemen zu und ließ die Schnallen zuklicken. Dann ging er, ohne ein Wort zu sagen, an ihr vorbei und verließ den Gerichtssaal.

RACHEL

35

Rachel schirmte die Augen mit der Hand ab, als sie aus dem Gerichtsgebäude in die helle Mittagssonne trat. Der Lärm des vorbeirauschenden Verkehrs war nach der gedämpften Atmosphäre im Gerichtssaal ohrenbetäubend.

Dan Moore ging vor ihr die Stufen hinunter. Er sah aus, als wäre er seit Beginn der Verhandlung um zehn Jahre gealtert. Jeden Tag im Gericht zu sitzen und die zutiefst verstörenden Zeugenaussagen zu dem sexuellen Übergriff auf seine Tochter zu hören, forderte einen hohen Tribut.

»Wie geht es Kelly?«, fragte Rachel, als sie ihn auf dem Vorplatz einholte.

»Sie ist verständlicherweise nervös wegen ihrer Zeugenaussage, aber sie beharrt hartnäckig darauf, dass sie aussagen will«, erwiderte er. »Ihre Therapeutin meint, es wird ihr helfen, alles zu verarbeiten und ein neues Leben anzufangen.«

Sobald sich ihre Wege trennten, begab sich Rachel in eine nette Straße mit Cafés und Spezialitätenläden ein paar Straßenzüge vom Gericht entfernt. In Rachels Computertasche lag das verblasste Blumenstraußband, das sie auf Jenny Stills' Grab gefunden hatte. Rachel hatte das Band zwei Floristinnen in Blumenläden im Stadtzentrum gezeigt. Beide sagten, solch ein Band würden sie nie benutzen. Es war ein hochwertiges zweifarbiges Band aus echten Fasern. Eine der Floristinnen hatte ihr geraten, bei einem Geschäft namens *Antique Flowers* nachzufragen, einem Blumenladen der gehobenen Klasse, der sich auf teure, klassische Arrangements spezialisiert hatte.

Das Geschäft war jedes Mal geschlossen gewesen, wenn Rachel daran vorbeigefahren war, aber an diesem Morgen hatte sie auf der Fahrt zum Gericht gesehen, dass das »Geschlossen«-Schild nicht mehr an der Tür hing. Sie war spät dran gewesen und hatte keine Zeit gehabt anzuhalten. Aber die Mittagspause reichte, um rasch zu dem Blumenladen zu eilen.

Antique Flowers war ein Eckladen in einem Gebäude der Altstadt mit großen Erkerfenstern. Die Mauern waren in einem frischen Weiß gestrichen. Auf den Fenstern prangte mit passender weißer Farbe in verschnörkelten Buchstaben der Name. Als Rachel die Tür öffnete, schlug eine Messingglocke an. Sofort stieg ihr eine ungewöhnliche Geruchsmischung aus Möbelpolitur und dem angenehmen Duft frischer Blumen in die Nase.

»Kann ich Ihnen helfen?« Eine zierliche Frau kam mit einem Armvoll blasser Rosen aus einem hinteren Raum und legte sie auf einem antiken Tisch auf Seidenpapier ab. »Sind Sie auf der Suche nach Möbeln oder nach Blumen? Oder beides?« Die Frau trug eine Leinenschürze mit dem Geschäftslogo und ein entsprechendes Namensschild, auf dem »Renata« stand.

»Ich mache nur einen kleinen Schaufensterbummel, wie alle Touristen«, antwortete Rachel. »Ich habe noch nie einen Laden gesehen, der gleichzeitig Blumen und Antiquitäten verkauft, und noch dazu so schöne!«

»Die Antiquitäten sind das Geschäft meines Vaters. Meine Mom ist Floristin. Vor ein paar Jahren haben sie ihre Läden zusammengelegt. So kann sich meine Mom um den Laden kümmern, wenn mein Dad wegfährt, um Antiquitäten zu kaufen«, sagte die Frau und begann, die Stängel der Rosen zu kürzen.

Rachel wollte sich gerade vorstellen, als das Ladentelefon klingelte. Mit einem entschuldigenden Lächeln nahm Renata das Gespräch entgegen. Rachel nutzte die Zeit, um sich im Laden umzusehen. Die Antiquitäten waren teils kunstvoll, teils einfach. Rachel bewunderte einen alten Bauerntisch mit Messerspuren im Holz und einen Vorratsschrank aus Eiche mit deutlichen Abnutzungsspuren, auf dessen Regalbrettern blaue Keramikkrüge standen.

»Gefällt es Ihnen hier?«, fragte Renata im Plauderton, nachdem sie den Anruf beendet hatte, und begann, vom Floristentisch cremefarbene und hellrosa Rosen auszuwählen.

»O ja. Es ist eine entzückende Stadt«, erwiderte Rachel. »Sie haben Glück, dass Sie hier wohnen.«

»Oh, ich wohne nicht mehr hier. Ich komme nur zurück, wenn ich meine Eltern besuche oder sie im Laden vertrete, wenn sie in Urlaub fahren. Ehrlich gesagt bleibe ich nur so kurz wie möglich, und ich bin immer ziemlich erleichtert, wenn ich wieder nach Hause kann. Aber das liegt nur an mir. Die meisten Leute wohnen gern hier.«

»Wieso gefällt es Ihnen hier nicht?«, fragte Rachel.

»In meiner Kindheit war es eine Provinzstadt. Man bekam einen Stempel aufgedrückt. Es war nicht ganz einfach, sich diesen Vorurteilen zu entziehen.« Renata stellte die Blumen zusammen und wickelte sie in Seidenpapier. Dann holte sie eine Rolle heraus und schnitt ein langes Stück

Band ab, das sie gekonnt um den Blumenstrauß wickelte. Enttäuscht stellte Rachel fest, dass das Band ganz anders aussah als das, das sie auf Jennys Grab gefunden hatte. Sie seufzte innerlich. Eine weitere Sackgasse.

Rachel wollte schon gehen, doch dann beschloss sie, Renata das Band dennoch zu zeigen. Vielleicht kannte sie andere Läden, in denen Rachel nachfragen konnte. Sie wollte das Band gerade aus der Handtasche ziehen, als die Türglocke anschlug. Ein Mann trat herein und holte den Strauß ab, den Renata soeben fertig gebunden hatte. Rachel wartete, bis Renata ihn in eine Papiertüte mit dem Geschäftslogo verpackt und die Kreditkartendaten des Manns eingelesen hatte.

»Seine Frau kann sich glücklich schätzen. Das ist ein wunderschöner Strauß«, sagte Rachel, nachdem die Tür hinter dem Mann, der mit dem Geburtstagsgeschenk für seine Frau davonging, ins Schloss gefallen war.

»Ich hatte schon befürchtet, ich wäre aus der Übung. Die Dame, die eigentlich die Vertretung übernehmen sollte, solange meine Eltern auf einer Kreuzfahrt sind, hat sich das Bein gebrochen«, sagte Renata. »Ich konnte erst gestern Abend kommen, deshalb war der Laden letzte Woche geschlossen. Ich arbeite noch immer die Bestellungen ab.«

»Dann überlasse ich Sie jetzt Ihrer Arbeit. Nur rasch noch eine Frage, bevor ich gehe.« Rachel hielt den Plastikbeutel mit dem Band vom Friedhof hoch. »Wissen Sie, welcher Florist dieses Band hier benutzt?«

Ein flüchtiger Blick, und schon zog Renata eine Schublade unter dem Floristentisch auf und holte eine riesige Rolle mit einem teuren zweifarbigen Band heraus, das fast genauso aussah wie das, das Rachel in der Hand hielt.

»Dad bringt es aus Europa mit, wenn er rüberfliegt, um Antiquitäten zu kaufen. Das Band ist sehr teuer, deshalb nimmt Mom es nur für die ganz edlen Sträuße«, erklärte Renata und beugte sich vor, um das Band in Rachels Hand genauer in Augenschein zu nehmen. »Das ist schon sehr verblasst. Woher haben Sie das?«

»Von einem Grab auf dem Friedhof«, erwiderte Rachel. »Ich versuche herauszufinden, von wem es stammen könnte. Wenn es Ihr Band ist, müsste der Strauß von hier sein. Führen Sie eine Liste mit all Ihren Bestellungen?«

»Nur bei Lieferaufträgen«, antwortete Renata. Sie klickte auf ihrem Laptop, der neben der Kasse stand, die Bestelldatei an. »Ich kann einen Blick in unsere alten Bestellungen werfen. Wissen Sie noch, wo auf dem Friedhof Sie das Band gefunden haben?«

»Auf einem Grab. Der Name auf dem Grabstein lautete Jenny Stills. Ein junges Mädchen, das Anfang der Neunziger gestorben ist.«

»Jenny Stills.« Renatas Hand schwebte reglos über der Tastatur. Es war eindeutig, dass ihr der Name etwas sagte, zumal in ihrer Stimme eine gewisse Traurigkeit mitschwang. »Den Namen habe ich schon seit Jahren nicht mehr gehört.«

»Sie kannten Jenny?« Rachel konnte ihre Begeisterung kaum verbergen. »Waren Sie befreundet?«

»Ich kannte sie aus der Schule. Befreundet waren wir nicht direkt.«

»Wissen Sie, wie Jenny gestorben ist?«, fragte Rachel.

»Ich war in jenem Sommer mit meinen Eltern in Europa. Es war so etwas wie ein Geschenk zum sechzehnten Geburtstag. Dad kaufte Antiquitäten, und wir machten Urlaub. Wir waren fast drei Monate unterwegs. Ich habe die ersten Schulwochen versäumt. Als ich zurückkam, war Jenny schon einige Zeit tot. Ich hörte, es sei ein Unfall gewesen. In dem Sommer sind zwei Jungen bei einem Autounfall ums Leben gekommen, und so nahm ich an, dass Jenny auch so gestorben war.«

»Sie haben nicht nachgefragt?«

»Es gab niemanden, den ich hätte fragen können. Ihre Mutter war tot. Ihre Schwester fort. Die Stadt litt unter einem kollektiven Trauma. Niemand wollte über das reden, was im Sommer geschehen war. Ein paar Monate später gab es eine Zeremonie, bei der ein Gedenkstein für die Opfer des Autounfalls enthüllt wurde. Ich war überrascht, dass Jennys Name nicht darauf stand. Ich fragte meinen Lehrer. Er sagte, Jenny sei nicht bei dem Autounfall gestorben. Sie sei ertrunken. Ich war schockiert.«

»Wieso waren Sie schockiert?«

»Jeder wusste, dass Jenny eine sehr gute Schwimmerin war. Ich konnte nicht glauben, dass ausgerechnet sie ertrunken war. Ungefähr zu der Zeit tauchten auch die Graffiti auf.«

»Was für Graffiti?«

»Unanständige sexualisierte Zeichnungen mit dummen Witzen über Jenny. Ich habe nicht verstanden, wie sich die Leute so gemein über ein totes Mädchen äußern konnten.« Renata lief auf einmal rot an, als wäre ihr die Erinnerung peinlich.

»Auf ihren Grabstein hatte jemand das Wort ›Hure‹ gesprayt. Können Sie sich vorstellen, warum jemand so etwas tut?«

»Ich kann nicht glauben, dass das nach all den Jahren immer noch weitergeht.« Renata seufzte. »Nach Jennys Tod wurde ihr Name ein Synonym für ›Schlampe‹. Quasi austauschbar. Die Jungen beurteilten Mädchen nach einem von ihnen so getauften ›Jenny-Stills-Index‹. Ein Mädchen, das sich mit Jungen einließ, bekam eine Neun oder Zehn auf dem ›J.-S.-Index‹. So nannten sie das. Es gab auch noch andere Sachen, die sie sagten, aber die kann ich nicht wiederholen, die sind zu krass. Sie können es sich bestimmt vorstellen. Ich habe ein schlechtes Gewissen. Ich habe weggeschaut wie alle anderen auch. Ich lernte, dass es besser war, den Mund zu halten.«

»Wieso war es besser, den Mund zu halten?«

»Es gab da ein Mädchen in der Schule, die war Jennys Freundin gewesen. Die Jungen haben sie fürchterlich bedrängt und behauptet, sie sei ein leichtes Mädchen. Ich habe mich nie für sie eingesetzt. Heute habe ich deswegen ein schlechtes Gewissen. Damals hatte ich Angst, alle würden sich gegen mich wenden und ich würde die nächste Jenny Stills werden. Das Mädchen hat die Stadt verlassen, um aufs College zu gehen, und ist nie mehr zurückgekehrt.« Sie schwieg einen Moment. »Wenn ich es mir recht überlege, habe ich im Grunde das Gleiche gemacht.«

»Wurde Jenny damals gehänselt? Von den Jungen geärgert oder belästigt?«

»Jenny war sehr hübsch und nett, aber sie war nicht beliebt. Ich glaube, sie kam einfach nicht gegen den Namen Stills an. Jenny und ihre Schwester sahen sich überhaupt nicht ähnlich. Jeder wusste, dass die beiden nicht von demselben Vater waren. Damals war so etwas ein Skandal.«

»Sie sind die Erste, mit der ich spreche, die Jenny wirklich gekannt zu haben scheint«, sagte Rachel. »Es erstaunt mich, dass Sie sich so gut an sie erinnern.«

»Ich habe sie nie vergessen«, erwiderte Renata. »Mom

hat Jenny und ihre kleine Schwester mal nach Hause gefahren. Sie hatten sich während eines Gewitters bei der Tankstelle an der Old-Mill-Road-Kreuzung untergestellt. Der Tankstellenbesitzer weigerte sich, sie in den Laden zu lassen. Er sagte etwas in der Richtung, dass er die Familie Stills schon seit Jahren kenne und dass sie durchaus in der Lage seien, bei jedem Wetter nach Hause zu gehen.« Renata griff nach einem weiteren Bündel Rosen, um die Stängel zu beschneiden. »Meine Mom war stinksauer. Nach dem Vorfall hat sie nie wieder dort getankt, nicht mal, wenn ihr das Benzin knapp wurde. Sie sagte, dieser schreckliche Mann würde an ihr nichts mehr verdienen.«

»Hieß er vielleicht Rick?«, fragte Rachel.

»Ja, so hieß er. Übrigens hat Mom vor ein paar Monaten Blumen für ein Seniorenheim gespendet, und dort hat sie ihn gesehen. Er war einer der Bewohner. Sie hat es mir am Telefon erzählt. Jedenfalls hat Mom nach dieser Geschichte mit dem Gewitter versucht, den Stills zu helfen. Manchmal hat sie ihnen spätabends eine Tasche mit Kleidung oder einen Korb mit Essen auf die Veranda gestellt. Sie bat mich, nichts zu sagen, wenn ich Jenny in meinen abgelegten Sachen sah. Sie sagte, es sei besser, Leuten etwas zukommen zu lassen, ohne dass sie wussten, woher es stammte.«

Sie sah auf ihren Laptop. »Ich habe etwas gefunden. Mom hat in der Vergangenheit mehrere Aufträge erhalten, einen hochpreisigen Strauß an Jenny Stills' Grab zu liefern. Es waren per PayPal bezahlte Online-Bestellungen. Informationen über den Besteller gibt es nicht. Aber es gibt eine Karte. Schauen wir mal, was draufsteht.«

Rachel wartete, während Renata die Datei aufrief.

»Das ist seltsam«, sagte Renata. »Bei allen Bestellungen wurde derselbe Text gewünscht.«

»Wie lautet er?«, fragte Rachel.

»Vergib mir«, las Renata vor. »Das ist der Text. Nur ›Vergib mir‹.«

RACHEL

36

Das Golden-Vista-Seniorenheim lag am Stadtrand, gegenüber einer Wiese mit hohen Gräsern, in der rostende Autowracks und weggeworfene Reifen lagen. Die Anlage bestand aus einstöckigen Ziegelgebäuden, eingebettet in einen Garten. Zerrupfte Kiefern verdeckten den Blick auf die wilde Müllhalde. Man sah den Müll zwar nicht, aber Rachel roch ihn, als sie zum Empfangsgebäude ging.

Eine Frau an der Rezeption gab Rachel einen Besucherausweis und zeigte ihr den Weg zum Aufenthaltsraum am Ende des Flurs, wo sich die Bewohner nach ihrem frühen Abendessen entspannten. Die meisten saßen in Schalensesseln aus Plastik oder in Rollstühlen rund um ein schon etwas in Mitleidenschaft gezogenes Klavier, wo eine Frau mit grellem Lippenstift ein altes Lied von den Beatles sang und dazu die Schultern bewegte.

Rachel ging schnurstracks auf einen Mann in dunkler Hose und einem blassen, zerknitterten Hemd zu, der in einer Ecke saß. Seine Haut lag so dicht an seinen Knochen an, dass Rachel die Umrisse seines Schädels erkennen konnte. Er verzog das Gesicht, als sie näher kam, und ließ dabei nikotinfleckige Zähne sehen, fast wie eine Warnung. Wie eine fauchende Katze, dachte Rachel, als sie sich einen Stuhl heranzog.

»Sind Sie Rick?«, fragte Rachel. »Hat Ihnen die Tankstelle an der Old Mill Road gehört?«

»Was wollen Sie?«, knurrte Rick sie an.

»Erinnern Sie sich an Jenny und Hannah Stills?«

Er zuckte mit den Schultern. »In meinen Laden kamen Hunderte von Kindern, haben gestohlen, wenn ich nicht aufgepasst habe, und Dreck reingeschleppt und Sand. Die Namen kannte ich nicht. Wollte ich auch gar nicht kennen.« Er schloss die Augen und tat so, als würde er einschlafen. Rachel merkte an seiner angespannten Körperhaltung, dass er wach war.

»Ich habe Ihnen die Namen genannt«, erwiderte sie vorsichtig. »Ich habe nicht gesagt, dass es Kinder waren.« Ertappt öffnete er die Augen.

»Ich weiß, dass Sie die beiden kennen. Was muss ich tun, damit Sie mir erzählen, an was Sie sich erinnern?«

»Fischburger und Pommes«, antwortete er und setzte sich auf. »Von *Admiral's Burgers.* In der Innenstadt. Ich habe mal versucht, mir was liefern zu lassen. Sie behaupteten, ich wäre außerhalb ihres Lieferbereichs. Die Angestellten hier wollen mir nichts mitbringen. Sie sagen, die Burger haben zu viel Natrium und Cholesterin. Zu ungesund.« Er lachte ungläubig auf. »Schauen Sie mich an. Ich bin ein Todeskandidat, und die machen sich Sorgen um meine Natriumwerte.«

»Wenn Sie mir erzählen, was Sie noch über die Stills wissen, sorge ich dafür, dass Sie einen Burger mit Pommes bekommen«, versprach Rachel.

»Die Mom kannte ich schon, seit sie ein kleines Kind war. Ihr Großvater schickte sie, um Alkohol zu kaufen. Nie Essen. Nur Alkohol. Eine Flasche pro Tag. Er ließ das Kind lieber hungern, als auch nur auf ein Glas zu verzichten.

Manchmal hatte die kleine Hope ein geschwollenes Gesicht, wenn sie kam. Blaues Auge. Aufgeplatzte Lippe. Wenn Ed Stills nüchtern war, liebte er dieses Mädchen über alles. Wenn er betrunken war, war er so bösartig, wie ein Trinker nur sein kann.«

»Was ist mit Hopes Töchtern passiert, Jenny und Hannah?«

»Ich habe der Polizei alles gesagt, was ich über die beiden Mädchen wusste«, erwiderte er.

»Und das wäre?«

»Dass ich nichts gesehen habe. Nichts. Ich weiß nichts. Nicht das Geringste. Und, ehrlich gesagt, selbst wenn ich etwas wüsste, würde ich es nicht sagen.«

»Es gab da ein paar Jungen, die immer in einem Pick-up rumfuhren. Sie haben bei Ihnen getankt. Manchmal auch Sachen geklaut. Erinnern Sie sich noch an sie?«

»Damals haben viele Jungen Pick-ups gefahren«, sagte er verächtlich. »Heutzutage fahren sie Jeeps. Damals waren es Pick-ups.«

»Dieser Pick-up fuhr regelmäßig bei Ihrer Tankstelle vor. Versuchen Sie, sich zu erinnern«, drängte Rachel. »Es ist wichtig. Es könnte sein, dass sie etwas mit Jennys Stills' Tod zu tun hatten.«

»Ich kann Ihnen nur sagen, dass ich in jener Nacht den Krankenwagen gerufen habe, weil das kleine Mädchen mir mit dem ganzen Blut den Boden verschmiert hat. Ich habe sie in meinem alten Pick-up zum Strand runtergefahren. Ich wollte den Laden sowieso gerade zumachen, deshalb habe ich sie gefahren. War noch vor den Bullen und dem Krankenwagen da.«

»Was haben Sie gesehen?«

»Es war dunkel. Nachts war da keine Beleuchtung. Man

konnte kaum irgendetwas sehen. Die kleine Schwester ist rausgesprungen. Ich wollte ihr gerade hinterhergehen, als ich Sirenen näher kommen hörte. Ich dachte mir, sie braucht mich wohl nicht mehr. Habe gewendet und bin heimgefahren. Hätte beinahe diesen Jungen überfahren.«

»Welchen Jungen?«, fragte Rachel.

»Ich kann mich nicht erinnern«, wich Rick sofort aus, als ihm klar wurde, dass er zu viel gesagt hatte. »Ich bin einundachtzig. Mein Gedächtnis ist nicht mehr das beste.«

»Sie erinnern sich an alles, Rick«, widersprach Rachel. »Wer war der Junge, den Sie beinahe überfahren hätten? Wie hieß er?«

»Ich habe ihn hier gesehen. Vor zwei oder drei Sommern.« Allmählich begann er, sich für das Thema zu erwärmen und Rachels Aufmerksamkeit zu genießen. »Eines Nachmittags sah ich ihn im Garten. Sie bringen uns nach draußen in die Sonne, als wären wir Tomaten, die reifen müssen. Ich bin zu ihm gegangen und habe ihm gesagt, ich wüsste, was er in dem Sommer damals gemacht hat. Er wirkte erschüttert. Kurz darauf war er fort. Habe ihn nie wieder gesehen.« Er lachte trocken. »Wundert mich nicht. Der rannte immer. Wie eine Ratte.«

»Wie hieß er, Rick?«

»Ratte«, erwiderte Rick heiser. Sein Lachen ging in Husten über. »So hätten sie ihn nennen sollen. Sah aus wie eine Ratte. Rannte wie eine Ratte.«

»Rick«, sagte Rachel. »Wie hieß er?«

»Manches vergisst man besser. Es gibt Leute auf dieser Welt, denen kommt man lieber nicht in die Quere«, brachte er mühsam heraus, während er weiterhustete. »Ich bin senil, aber so senil auch wieder nicht. All die Jahre habe ich den Mund gehalten. Wieso sollte ich ihn jetzt aufmachen?«

Der Hustenanfall des alten Manns wurde so schlimm, dass Rachel die letzten Sätze kaum verstehen konnte. Sie eilte zu einem Behälter mit kaltem Wasser und füllte rasch eine Tasse. Als sie zurückkam, saß er vornübergebeugt da und hustete und spuckte in seine Hände. Schließlich hob er den Kopf. Seine Lippen waren voller Blut.

»Was ist los mit ihm?«, fragte Rachel die mit Maske und Handschuhen ausstaffierte Krankenschwester, die herbeigeeilt kam.

»Lungenkrebs«, flüsterte sie grimmig.

Mit lauter Stimme, als wäre er taub, sagte sie zu Rick: »Wir müssen Sie ins Krankenhaus bringen. Sie müssen aufstehen, damit wir Sie in den Rollstuhl bekommen.« Sie packte Rick am Arm und half ihm hoch, während ein Hilfspfleger einen Rollstuhl in Position brachte.

Rachel sah zu, wie Rick zur Behandlung davongerollt wurde. Er hustete weiter unkontrollierbar in ein Papiertaschentuch, das ihm die Krankenschwester gegeben hatte. Rachel wünschte, es gäbe eine Möglichkeit, ihn zur Mithilfe zu bewegen. An das Gute in ihm zu appellieren. Allerdings bezweifelte sie, dass es dieses Gute in ihm gab.

Auf dem Weg nach draußen nahm sie eine Broschüre vom Drehständer im Empfangsbereich mit. Sie enthielt dieselben retuschierten Fotos von blühenden Gärten und atemberaubenden Ausblicken auf Koppeln, die sie auch auf der Webseite gesehen hatte. Auf der Rückseite der Broschüre befanden sich Informationen über die Besitzer. Das Seniorenheim gehörte Blair Developments. Das hätte Rachel nicht überraschen sollen. Die Blairs besaßen ein weitverzweigtes Imperium.

Rachel war auf dem Rückweg zum Hotel, als sie merkte,

dass ihr Handy vibrierte. Sie blinkte nach links und nahm den Anruf über die Freisprechanlage entgegen.

»Ist dort Rachel?«

»Ja«, antwortete Rachel laut genug, dass man es über das Klacken des Blinkers hinweg hören konnte.

»Hier ist Renata. Vom Blumenladen. Ich war so darauf konzentriert, nach alten Bestellungen zu suchen, dass ich auf die aktuellen gar nicht geachtet habe. Ich habe einen Auftrag für einen teuren Strauß, der morgen früh Punkt acht Uhr an Jenny Stills' Grab geliefert werden soll. Mein Bote ist nicht gerade begeistert, so früh arbeiten zu müssen.«

37 SCHULDIG ODER NICHT SCHULDIG

Staffel drei, Episode acht: Einwilligung

Wenn ihr diesen Podcast verfolgt habt, dann wisst ihr, dass es in diesem Gerichtsverfahren ausschließlich um Einwilligung geht.

Lässt sich beweisen, dass K in jener Nacht einwilligte, mit Scott Blair Sex zu haben, verlässt er das Gericht als freier Mann. Lässt sich beweisen, dass sie nicht einwilligte, geht er ins Gefängnis. Es ist tatsächlich so einfach. Und so kompliziert. Denn genau da liegt der Hase im Pfeffer.

Da K und Scott Blair in jener Nacht die Einzigen am Strand waren, wissen nur zwei Menschen, was wirklich passiert ist. Scott Blair, der Angeklagte, und K, die Klägerin. Der Ausgang des Prozesses wird im Wesentlichen davon abhängen, wem die Geschworenen mehr glauben.

Wird es Scott Blair sein? Ein Meisterschwimmer, geboren und aufgewachsen in Neapolis. Ein Junge von hier, von dem man sich erwartet, dass er seine Heimatstadt bei den nächsten Olympischen Spielen mit seinen Siegen berühmt macht. Viele Leute in dieser Stadt drücken Scott die Daumen, und sie machen keinen Hehl aus ihrer Überzeugung, dass er zu Unrecht beschuldigt wird. Andere betrachten ihn als Sexualstraftäter.

Oder werden die Geschworenen K glauben, dem jungen Mädchen, das behauptet, er habe sie vergewaltigt? Das

Mädchen mit dem fröhlichen Lächeln, das davon träumte, Physiotherapeutin zu werden, bevor durch die Ereignisse letzten Oktober ihre Welt zerbrach. K musste die Schule wechseln. Zwei Mal. Inzwischen wird sie zu Hause unterrichtet. Sie ist von allen Seiten angegriffen worden. Man hat ihre Moral hinterfragt. Man hat ihr Motiv hinterfragt, Scott Blair anzuzeigen. Sie hat Freunde verloren. Manche Leute in der Stadt reden nicht mehr mit ihrer Familie. Sie kann nicht einmal mehr das Haus verlassen, weil in einer Stadt wie dieser jeder Bescheid weiß und jeder starrt.

K kann sich nicht öffentlich verteidigen. Sie ist Hauptzeugin im Prozess und darf sich erst äußern, wenn sie ausgesagt hat, da sonst das Risiko besteht, dass die Anklage der Staatsanwaltschaft Schaden erleidet. Ihre Familie und sie mussten die ganzen Beschimpfungen über sich ergehen lassen, mit denen K überzogen wurde, ohne auch nur ein einziges Wort zu ihrer Verteidigung sagen zu können.

Morgen bekommt K endlich Gelegenheit zu reden. Sie wird im Zeugenstand sitzen und die wichtigste Aussage dieser Verhandlung machen. Und die grauenvollste.

Ich möchte euch daran erinnern, dass K erst sechzehn ist. Dennoch wird sie jedes einzelne Detail jener Nacht noch einmal durchleben müssen. Sie wird das in aller Öffentlichkeit tun müssen. In einem Raum voller Fremder. In allen qualvollen Einzelheiten. Ihr werden die intimsten Fragen gestellt werden, die man sich nur vorstellen kann. Wie viele Male hat er sie penetriert? Wo? Wie? Und so weiter. Denkt mal eine Sekunde darüber nach. Sie ist noch ein Teenager ...

Als wäre das nicht schon schrecklich genug, wird sie beim Kreuzverhör alles noch einmal wiederholen müssen. Dale Quinn, der Verteidiger, wird versuchen, ihr ein Bein zu stellen. Wird ihr das Wort im Mund umdrehen. Wird alles tun, um ihre Glaubwürdigkeit zu erschüttern, sie als Lügnerin hinzustellen. Oder als Fantastin. Oder beides. Er wird sich von seiner höflichsten Seite zeigen. Mit sanftester Stimme reden. Rücksichtsvoll sein. Besorgnis vorspielen.

Dennoch wird es zweifellos hässlich werden. Dale Quinns Aufgabe lautet, seinen Mandanten zu verteidigen. Traurige Realität ist allerdings, dass er das nur kann, wenn es ihm gelingt, Ks Aussage in Stücke zu reißen.

So läuft das bei Gerichtsverfahren. Es ist abartig. Es geht nicht darum, die Wahrheit herauszufinden. Es geht darum, wer die bessere Show abzieht, und Mitch Alkins und Dale Quinn gehören zu den besten Showmastern ihres Fachs.

Scott Blair darf sich übrigens aussuchen, ob er aussagen will. Er könnte den gesamten Prozess hinter sich bringen, ohne auch nur einmal den Mund aufzumachen. Seine Rechtsanwälte sind diejenigen, die entscheiden, ob er als Zeuge aussagt oder nie auch nur ein Wort zu seiner Verteidigung vorbringt. Diese Entscheidung wird vermutlich davon abhängen, wie sehr ihm Kellys Aussage schadet.

Die meisten Verteidiger ziehen es vor, dass ihr Mandant nicht aussagt. Sie stehen auf dem Standpunkt, dass es Sache der Staatsanwaltschaft ist, ihre Klage überzeugend zu vertreten. Die Verteidigung muss niemanden anklagen. Wozu also den Mandanten in den Zeugenstand rufen und riskieren, dass er sich beim Kreuzverhör um Kopf und Kragen redet? So jedenfalls lautet die Logik.

Wir haben bei Vergewaltigungsprozessen also dieses unfaire Ungleichgewicht, dass dem Opfer – da gibt es nichts zu beschönigen – Gewalt angetan wird. Zwei Mal. Das erste Mal bei dem Übergriff. Das zweite Mal im Gerichtssaal.

Der Angeklagte hingegen – der Mann, der beschuldigt

wird, die brutalen Verbrechen an K begangen zu haben – muss nicht einen Ton von sich geben. Er muss lediglich jeden Tag im Gericht erscheinen, mit ernstem Gesicht und dem schockierten Blick des fälschlich Beschuldigten.

K wird es im Zeugenstand nicht leicht haben. Vermutlich wird sie stundenlang für die Staatsanwaltschaft aussagen. Noch länger wird sie vielleicht von der Verteidigung in die Mangel genommen. Ihre Aussage wird unter dem Mikroskop seziert werden. Scott Blairs großartiges Verteidigerteam wird auf der Suche nach Widersprüchen und Lügen darin herumbohren und -stochern. Auf der Suche nach allem, was Ks Glaubwürdigkeit unterminiert. Nach allem, was ihrem Mandanten zu einem Freispruch verhilft.

Der Prozess ist so grauenvoll, dass ich mich frage, wieso sich ein junges Mädchen diesen Albtraum antun sollte, wenn seine Anschuldigungen falsch sind. Wenn alles nur erfunden ist.

Ich bin Rachel Krall, und dies ist *Schuldig oder nicht schuldig*, der Podcast, mit dem ihr auf der Geschworenenbank sitzt.

RACHEL 38

Vor dem rosa verfärbten Himmel zeichneten sich die Umrisse langsam dahingleitender Fischerboote ab. Rachel hatte bei einer Bank mit Blick auf das Meer haltgemacht und dehnte ihre Oberschenkelmuskulatur. In Neapolis dämmerte der Morgen des wichtigsten Tags der Verhandlung herauf.

Rachel hätte eigentlich in ihrem Hotelbett liegen und tief und fest schlafen müssen, schließlich war sie erst um Mitternacht eingeschlafen, nachdem sie bis spät am Abend im Aufnahmestudio gearbeitet hatte. Stattdessen war sie vor Morgengrauen aufgewacht und hatte Shorts und ein ärmelloses Lycra-Top angezogen, um kurz über die Strandpromenade zu joggen und vor den vielen Stunden im Gericht den Kopf frei zu bekommen. Heute war Kelly Moore als Zeugin geladen, und das bedeutete aller Wahrscheinlichkeit nach einen Tag mit einer intensiven und aufwühlenden Aussage.

Rachel beendete ihre Dehnübungen und setzte sich wieder in Bewegung, wurde nach und nach schneller, bis sie die Promenade mit langen, geschmeidigen Schritten entlangrannte. Unterwegs bog sie von der geplanten Strecke ab und überquerte die Straße Richtung Innenstadt, die ein paar Straßenzüge entfernt lag. Sie kam an einer Reihe von Geschäften mit heruntergelassenen Rollläden vorbei, verfolgt vom Krach eines Müllwagens, der hinter ihr Müllcontainer ausleerte.

Sie lief an dem Café neben der Bücherei vorbei, wo ein Kellner gerade gelbe Sonnenschirme an den Tischen draußen öffnete, während ein Barista mit schwarzer Stoffschürze eine Kiste mit Milchkartons hochhob, die vor der Tür zum Café abgestellt worden war. Rachel überquerte die Straße zum Stadtpark. Die zischenden Wassersprinkler verjagten sie vom Rasen und ließen sie auf einen Radweg ausweichen, der zur Altstadt von Neapolis führte. Rachel lief an dem dunklen, stillen Gerichtsgebäude vorbei und weiter durch ein Gewirr von Seitenstraßen, bis sie am düsteren Eingang des Friedhofs angekommen war.

Erst als sie beim schmiedeeisernen Tor auf die Uhr sah, gestand sie sich ein, dass sie im Grunde schon die ganze Zeit vorgehabt hatte, an diesem Morgen auf dem Friedhof zu sein. Ein Bote würde Renatas Blumenstrauß um Punkt acht Uhr an Jenny Stills' Grab liefern. Der Lieferzeitpunkt war genau festgelegt. Das ließ Rachel vermuten, dass jemand auf dem Friedhof auftauchen würde, um die Blumen auf Jennys Grab zu legen. Rachel hoffte, bei dieser Person würde es sich um die schwer fassbare Hannah handeln, die sich seit Tagen nicht mehr gemeldet hatte.

Eigentlich hätte Rachel sich anziehen, ihre Notizen durchschauen und ausgiebig frühstücken sollen, um den vor ihr liegenden langen Tag gut zu überstehen. Es war wirklich unsinnig, sich am Morgen des wichtigsten Tags in diesem Prozess auf einem Friedhof herumzutreiben, um zu beobachten, wie Blumen an das Grab eines Mädchens geliefert wurden, das vor langer Zeit gestorben war – in der vagen Hoffnung, dass vielleicht Jennys trauernde Schwester auftauchen würde.

Das Friedhofstor quietschte laut, als Rachel es aufdrückte und den Weg entlang einiger von Efeu überwachsener Grabsteine einschlug. Es war kühl und still. Sie durchquerte das Labyrinth aus bröckelnden Grabsteinen und ging dann durch die Platanenallee, die den alten Teil des Friedhofs mit dem neuen verband.

Als Jennys Grab in Sichtweite kam, trat Rachel vom Weg herunter, versteckte sich zwischen den Bäumen und wartete. Allmählich normalisierte sich ihr schneller Herzschlag.

Genau um acht Uhr tauchte ein junger Mann mit einem schwarzen Motorradhelm unter dem Arm und einem kunstvollen Blumenstrauß in der Hand auf. Er schlenderte zu Jennys Grab, wo er die Blumen achtlos ablegte, und ging dann wieder. Bevor er durch einen Hintereingang des Friedhofs verschwand, setzte er noch den Helm auf.

Rachel hörte, wie er davonfuhr. Sie wartete zehn Minuten. Dann noch einmal fünfzehn. Es war 8:25 Uhr, und niemand war erschienen. Sie konnte nicht länger warten. Sie musste zurück ins Hotel und sich für die Verhandlung fertig machen, sonst würde sie es nicht mehr rechtzeitig schaffen.

Plötzlich hörte Rachel Schritte, die sich vom alten Friedhof her näherten. Jemand kam in ihre Richtung. Als das Knirschen des Kieses lauter wurde, zog sie sich noch weiter zwischen die Bäume zurück. Inzwischen stand sie so tief im Unterholz, dass ihr der Blick durch Äste und Blätter verstellt war. Einen besseren Aussichtspunkt konnte sie nicht suchen, ohne dass die Blätter unter ihren Füßen geraschelt und Äste geknackt hätten, deshalb blieb sie stocksteif stehen. Entsetzt hielt sie den Atem an, als die Schritte einen Moment innehielten.

Nach kurzem Zögern ging die Person an ihrem Versteck vorbei. Rachel rührte sich erst, als die Schritte leiser wurden und sie sich sicher war, dass die Person auf dem Weg zum neuen Teil des Friedhofs war. Zu Jennys Grab. Rachel schlich näher an den Weg heran, um die Person sehen zu können. Überrascht stellte sie fest, dass es gar nicht Hannah war. Es war ein dunkelhaariger Mann in einem marineblauen Anzug.

Auch ohne sein Gesicht sehen zu können, wusste Rachel, dass es Mitch Alkins war. Seine kraftvolle Gestalt und seine Größe verrieten es ihr auf Anhieb. Als er am Grab angekommen war, bückte er sich und hob den Blumenstrauß auf, den der Bote dort abgelegt hatte. Behutsam platzierte er ihn auf dem Grab und blieb eine Zeit lang mit gesenktem Kopf wie ein Trauernder stehen. Dann trat er einen Schritt zurück und drehte sich rasch um.

Rachel schlüpfte zurück in den Schutz der Bäume, als er – schneller diesmal – erneut in ihre Richtung ging. Einen Moment lang fürchtete sie, er habe sie gesehen und würde sie zur Rede stellen, was sie dort tat. Auf dem Friedhof war es so still, dass sie zudem glaubte, er müsse ihr Herz schlagen hören, wenn er an ihr vorbeiging.

Als er näher kam, sah sie, dass seine Augen blutunterlaufen waren. Sie nahm an, dass er bis spät in die Nacht den nächsten Verhandlungstag vorbereitet hatte. Sie war erleichtert, als er rasch in die Richtung verschwand, aus der er gekommen war. Das alte Friedhofstor fiel mit lautem Scheppern ins Schloss, was ihr bestätigte, dass er gegangen war. Sie rannte los und beobachtete durch den Zaun, wie Mitch Alkins davonfuhr.

Als Rachel beim Gerichtsgebäude eintraf, reichte die Schlange, die sich vor den Metalldetektoren gebildet hatte, die halbe Treppe hinunter. Sie war erschöpft von dem wahnsinnigen Tempo, mit dem sie sich für die Verhandlung fertig gemacht hatte.

Ihr war keine Zeit geblieben, sich die Haare zu föhnen oder Make-up aufzulegen. Sie hatte sich rasch angezogen, und ihr enger grauer Rock und das weiße T-Shirt fühlten sich auf der feuchten Haut zerknittert und unangenehm an. Um keine Zeit mit Parkplatzsuche zu vergeuden, hatte sie ein Taxi genommen und die kurze Fahrt dazu genutzt, auf der Rückbank ihr Haar zu richten und Lipgloss aufzutragen. Der Taxifahrer nahm eine Abkürzung zum Gerichtsgebäude, fuhr mit halsbrecherischer Geschwindigkeit und ließ sie am Vorplatz aussteigen. Der Gerichtssaal war fast voll, als Rachel eintrat und sich auf ihren Sitzplatz in der ersten Reihe der Pressetribüne setzte.

Mitch Alkins saß am Tisch der Staatsanwaltschaft und blätterte die eng mit schwarzem Stift beschriebenen Seiten eines Notizbuchs durch. Er trug denselben Anzug, den er auch auf dem Friedhof getragen hatte. Sein Gesichtsausdruck war unergründlich, sein Blick konzentriert auf die Seiten gerichtet. Das ungeduldige Gemurmel überall im Gerichtssaal und das Quietschen der Stühle, als sich die Gerichtsdiener setzten, schien er gar nicht wahrzunehmen. Innerhalb von nur einer Stunde hatte er die geistige Wende vom Trauernden zum Staatsanwalt geschafft.

Wieso ging er an einem derart wichtigen Tag auf den Friedhof? Die Frage beschäftigte Rachel, bis ihr wieder einfiel, was ihr Kitty, Hannahs Stiefmutter, erzählt hatte. Heute musste Jennys Todestag sein. Deshalb hatte Mitch Alkins die Blumen bestellt und vor der Verhandlung das Grab besucht. Auf der Karte, die er zu den Blumen bestellt hatte, hatte nur *Vergib mir* gestanden. Rachel fragte sich, was er Jenny Stills angetan haben mochte, dass er sein Leben lang um Vergebung bitten musste.

Sie wurde aus ihren Überlegungen gerissen, als Sophia, die Gerichtszeichnerin, hereinkam. Sie hatte auf der Pressetribüne den Eckplatz direkt neben Rachel, von dem aus man den besten Blick auf den Gerichtssaal und genügend Ellbogenfreiheit zum Zeichnen hatte. Sophia legte eine Reihe pastellfarbener Stifte vor sich auf die hölzerne Schreibplatte. Sie stellte sich auf einen langen Tag ein.

Sophia war eine erfahrene Zeichnerin, die bereits mehr als sechzig Gerichtsverfahren begleitet hatte. Da bei dem Blair-Prozess keine Kameras zugelassen waren, bekam die Außenwelt nur Sophias Zeichnungen von der Verhandlung zu sehen. Seit Beginn des Prozesses waren sie jeden Abend in den Nachrichten eingeblendet worden. Rachel hatte Sophia zudem an Pete weitervermittelt, der eine Reihe mit schwarzer Tusche gefertigter Zeichnungen der Verhandlung für die Webseite des Podcasts in Auftrag gegeben hatte. Jeden Tag veröffentlichte er eine, die zur Zeugenaussage des Tages passte.

»Sie haben doch schon mehr als ein paar Prozesse miterlebt, Sophia«, sagte Rachel, nachdem Sophia ihre Zeichenutensilien hergerichtet hatte. »Was glauben Sie – reichen die Beweise, die die Staatsanwaltschaft bisher vorgelegt hat, für eine Verurteilung?«

»Unwahrscheinlich«, erwiderte Sophia. »Dale Quinn hat es prima verstanden, die Zeugen der Staatsanwaltschaft aus der Fassung zu bringen und jeden noch so kleinen Widerspruch hervorzuheben, damit man den Eindruck bekommt, sie lügen. Außerdem konnte er zeigen, dass mehrere Zeugen noch ein Hühnchen mit Scott Blair zu rupfen hatten. Ich kann mir nicht vorstellen, dass die Geschworenen auf der Basis der bisher präsentierten Beweise zu einer Verurteilung kommen.«

»Was ist mit den forensischen Beweisen?«, fragte Rachel. »Ich fand, Dr. North war sehr überzeugend, als sie die Ergebnisse von Kellys Untersuchung analysiert hat und zu dem Schluss kam, dass Kellys Verletzungen deutlich darauf hinweisen, dass sie nicht eingewilligt hat.«

»Vielleicht.« Sophia seufzte. »Das Problem ist der Zeuge, den Dale Quinn als Experten geladen hat. Ich habe ihn bereits erlebt. Er ist der beste, den man für Geld bekommen kann. Er wird Dr. Norths Aussage zerfetzen.« Rachel wollte noch mehr fragen, aber in dem Moment forderte der Gerichtsdiener die Anwesenden auf, sich für die Ankunft von Richter Shaw zu erheben. »Es tut mir leid, das sagen zu müssen, aber das Ergebnis dieser Verhandlung steht und fällt mit Kelly Moores Aussage«, flüsterte Sophia Rachel verstohlen zu, als der Richter den Gerichtssaal betrat.

RACHEL

39

Kelly Moores Mutter schlug entsetzt die Hand vor den Mund, als ihre Tochter beim Schwur auf die Bibel zu schwanken begann. Statt ohnmächtig zu werden, krallte sich Kelly am polierten Holz des Zeugenstands fest, sodass ihre Fingerknöchel weiß hervortraten, und ließ sich auf den Stuhl sinken.

Die zerbrechliche junge Frau im Zeugenstand hatte so gut wie keine Ähnlichkeit mit dem lebhaften, kontaktfreudigen Mädchen auf den Fotos, die Rachel in Dan Moores Büro gesehen hatte. Ihr Gesicht hob sich grau gegen ihre dunkle Bluse ab. Mit weit aufgerissenen Augen wartete sie auf Mitch Alkins' erste Frage.

Voller Mitgefühl führte er Kelly langsam an eine Reihe von Fragen zu jener Nacht heran. Von ihrem Fußmarsch zurück von der Party mit Harris Wilson über den Schreck, als bei der Schaukel im Park plötzlich ein Mann vor ihr auftauchte, bis zu ihrer riesigen Erleichterung, als sie sah, dass der Fremde der berühmte Scott Blair war.

»Ich wusste, wer er war«, sagte sie leise. »Ich war ihm noch nicht begegnet, aber wir alle kannten Scott Blair. Er war auf unsere Schule gegangen. Ich wusste, dass er ein berühmter Schwimmer war. Er war in Anzeigen und Zeitschriften und all so was. Alle auf Kellys Party sprachen darüber, dass er einfach so dort aufgetaucht war.«

»Hatten Sie weniger Angst, als Sie gesehen haben, dass der Fremde Scott Blair war?«

»Ja. Viel weniger. Er war wirklich nett. Er entschuldigte sich, dass er mir Angst eingejagt hatte. Er sagte, Harris hätte ihm eine Nachricht geschickt, er solle mich nach Hause bringen. Harris' Eltern hätten ihn erwischt, als er sich ins Haus geschlichen hatte, und würden ihn nicht mehr nach draußen lassen.«

Kelly beschrieb, wie sie mit Scott zu seinem Auto gegangen war. Es war ein silberner Sportwagen mit weichen Ledersitzen und dem typischen Geruch neuer Autos. Er öffnete ihr die Tür und vergewisserte sich, bevor er losfuhr, dass sie sich angeschnallt hatte. Kelly nannte ihm ihre Adresse. Er sagte, er kenne die Straße, weshalb es sie überraschte, dass er einfach daran vorbeifuhr.

»Ich sagte ihm, er hätte die Abzweigung verpasst. Er meinte, ich sollte mir keine Sorgen machen, er würde umdrehen.«

»Und, hat er das getan?«, fragte Alkins.

»Er bot mir an, erst eine kleine Spritztour mit mir zu machen«, antwortete Kelly. »Ich war noch nie in einem Auto mit offenem Verdeck gefahren. Ich sagte: ›Gern.‹ Wir sind die Küste entlanggefahren. Wir waren auf dem Rückweg, als er vorschlug, wir sollten uns etwas zu essen holen. Er fragte, was ich gern esse. Ich sagte, Pizza. Er erwiderte, er würde auch gern Pizza essen.«

Alkins zeigte Kelly die Aufnahmen vom Pizzaservice. Er fragte sie, warum sie nicht die Mitarbeiter dort alarmiert oder gebeten hätte, von ihrem Telefon aus ihre Eltern anrufen zu dürfen. »Wieso sind Sie mit Scott zu seinem Auto zurückgegangen?«, fragte Alkins.

Sie antwortete, dass ihr Scotts Verhalten zu dem Zeitpunkt keinen Anlass zur Sorge gegeben habe. Er sei freundlich und aufmerksam gewesen. Sie habe geglaubt, er würde sie heimfahren, sobald sie gegessen hatten, so wie er das versprochen hatte. Im Wagen habe er vorgeschlagen, sie könnten die Pizza am Strand essen. Sie sei nicht begeistert gewesen von der Idee, aber sie habe nicht zickig wirken wollen, deshalb habe sie zugestimmt. Er sei zu einem Strand gefahren. Da es schon sehr spät und völlig dunkel gewesen sei, habe sie rasch die Orientierung verloren. Sie habe nicht gewusst, wo sie war, sie habe nur gewusst, dass sie nicht mehr in der Stadt waren, denn von dem Strand aus, an dem sie saßen, seien die hellen Lichter der Marina nicht zu sehen gewesen.

»Wir aßen Pizza und lauschten den Wellen«, sagte Kelly. »Scott holte Bier aus dem Auto. Ich habe eine Flasche getrunken. Er trank zwei. Er sagte, er könnte sich das leisten, weil er nicht schon im Morgengrauen beim Training sein müsste.«

»Was geschah, nachdem Sie die Pizza gegessen und das Bier getrunken hatten?«

»Scott sagte, dass ich wirklich hübsch sei und er mich sehr mögen würde. Und dann hat er mich geküsst.«

»Haben Sie ihn ebenfalls geküsst?«

»Ja, das habe ich. Wir haben ein bisschen geschmust. Nichts Ernsthaftes. Nur geküsst.«

»Und was ist dann passiert?«

»Er hat die Hände unter mein Oberteil geschoben. Ich habe sie weggeschoben und gesagt, dass ich nur küssen will.«

»Was hat er dazu gesagt?«

»Er hat gesagt, er hätte mich nicht hierhergebracht und mir Pizza spendiert und alles nur für ein bisschen Küssen.

Und dann hat er mich nach hinten in den Sand gedrückt und die Hände in meine Kleidung geschoben. Ich habe versucht, mich unter ihm hervorzuwinden, aber er hat sich mit dem ganzen Gewicht auf mich gelegt. Er war kräftig. Er hat mich geküsst und berührt und sich auf mich gelehnt; ich konnte mich nicht bewegen.« Kelly schwieg einen Moment, um die Tränen wegzuwischen, die ihr in die Augen getreten waren.

»Haben Sie irgendetwas zu ihm gesagt?«

»Ich war schockiert, wie schnell er von nett auf aggressiv umgeschaltet hatte. Ich habe ihm gesagt, dass ich so etwas nicht will. Ich habe mit aller Kraft versucht, mich unter ihm hervorzuwinden.«

»Was ist dann passiert?«

»Er hat versucht, den Reißverschluss meiner Jeans aufzuziehen.« Kelly schluchzte. »Ich habe seine Hand weggeschoben. Er saß auf mir und hat meine Hände festgehalten. Er hat gesagt, ich sollte aufhören, mich zu wehren. Er klang bösartig. Seine Stimme war wie ein Knurren. Ich hatte Angst vor ihm.«

»Was haben Sie getan, als er das machte, Kelly?«

Kelly versuchte zu sprechen, aber jedes Mal musste sie so sehr schluchzen, dass sie kaum zu verstehen war.

»Lassen Sie sich Zeit, Kelly«, sagte Alkins freundlich. Sie schluckte aufgewühlt, unfähig, auch nur einen Satz herauszubringen.

»Ich habe ihm gesagt, dass ich nach Hause wollte, dass er mich bitte gehen lassen sollte«, brachte sie schließlich mühsam heraus. »Ich habe geweint. Etwa so wie jetzt auch. Ich habe ihn angefleht, mich nach Hause zu bringen.«

»Was hat der Angeklagte geantwortet?«

»Er hat mir gesagt, ich könnte nach Hause, wenn er bereit wäre, mich nach Hause gehen zu lassen, und dann hat er mich wieder geküsst, mit Zunge diesmal, und den Reißverschluss meiner Jeans runtergezogen. Er war kräftig. Ich konnte nicht weg. Selbst wenn ich es geschafft hätte, wohin hätte ich gehen sollen? Es war dunkel. Ich hatte keine Ahnung, wo ich war. Ich hatte kein Handy.« Wieder bebten ihre Schultern. Tränen strömten ihr über die Wangen.

»Hätten Sie sich losreißen können, Kelly?«

»Nein, er hat mich runtergedrückt, als er mir die Hose ausgezogen hat. Dann hat er die Beine zwischen meine geschoben.«

»Was geschah dann, Kelly?«

»Er hat mich vergewaltigt.«

Alkins wartete, bis Kelly aufhörte zu weinen. Abgesehen von ihren quälenden Schluchzern war es totenstill im Gerichtssaal. Schließlich reichte ihr der Gerichtsdiener ein Glas Wasser. Kelly trank einen Schluck, trocknete sich die Augen und nickte. Alkins stellte ihr weitere Fragen zu einzelnen Details der Vergewaltigung.

»Haben Sie ihm an irgendeinem Punkt gesagt, dass er aufhören soll? Oder ihn wissen lassen, dass Sie es nicht wollen?«

»Ich habe die ganze Zeit geweint. Er hat gesagt, ich soll ›den Mund halten‹. Er wusste, dass ich weinte. Als er fertig war, hat er sich aufgesetzt und mir eine Bierflasche rübergeschoben. Mir gesagt, ich soll sie austrinken, dann würde ich mich besser fühlen.«

Kelly fuhr fort, dass sie das Bier ausgetrunken und er eine weitere Flasche geöffnet und getrunken habe. Danach habe er gesagt, er wolle schwimmen gehen. »Nichts ist besser nach Sex als nackt schwimmen«, habe er gesagt und sie aus dem Sand hochgezogen. Sie sei mit ihm in dem kalten, aufgepeitschten Wasser geschwommen, voller Angst, dass er sie ertränken würde, um seine Tat zu verschleiern.

»Als wir zurück am Strand waren, hat er mich wieder vergewaltigt.«

Rachel betrachtete Sophias Zeichnung von Scott Blairs hübschem Gesicht, wie er mit gespitzten Lippen Kellys Aussage lauschte. Sein Gesicht war ausdruckslos, seine Kiefermuskulatur angespannt.

»Ich habe ihm gesagt, dass ich blute. Ich habe ihn angefleht, mich nach Hause zu bringen.«

»Was hat er daraufhin gesagt, Kelly?«, fragte Alkins.

»Er hat so etwas gesagt wie: ›Noch nicht. Ich bin noch nicht fertig.‹«

»Besteht irgendeine Möglichkeit, dass der Angeklagte nicht begriff, dass Sie in den Geschlechtsverkehr, der in jener Nacht stattfand, nicht eingewilligt haben?«

»Ich habe ihm gesagt, dass ich das nicht will. Wieder und wieder habe ich ihm das gesagt. Ich habe versucht, von ihm wegzukommen. Ich habe geweint. Ich habe ihn angefleht, mich gehen zu lassen. Er musste wissen, dass ich das nicht wollte.«

»Wie lange hat es gedauert?«, fragte Alkins.

»Ich hatte das Zeitgefühl verloren. Nachdem es vorbei war, musste ich für ein Foto mit ihm posieren. Ein Selfie. Er hat den Arm um mich gelegt und gesagt: ›Lächle.‹ Er hat mir das Foto gezeigt. Ich war von der Taille aufwärts nackt. Er hatte den Arm so um mich gelegt, dass meine Brüste bedeckt waren. Er hat das Foto an jemanden geschickt und es auf Instagram gepostet.«

»Was haben Sie getan?«

»Es war mir schrecklich peinlich«, antwortete Kelly. »Ich habe ihn angefleht, es wieder zu entfernen. Er hat so etwas gesagt wie: ›Du hast recht. Das war eine dumme Idee.‹ Er hat es entfernt, aber ein paar Freunde hatten ihm bereits mit Emojis geantwortet, zum Beispiel solche mit einer aus dem Mund hängenden Zunge. Einer von ihnen fragte, ob ich gut gewesen wäre. Er hat mir die Nachricht gezeigt. Er hat zurückgeschrieben: Drei minus. Das hat er mir ebenfalls gezeigt.«

»Waren Sie beleidigt, dass er Ihnen diese Bewertung gegeben hat?«, fragte Alkins.

»Er hatte mich vergewaltigt. Seine blöde Beurteilung hat mich nicht interessiert. Ich hatte Angst, er würde es noch mal tun.«

Kelly beschrieb, wie sie am Strand eingeschlafen war. Sie vermutete, dass Scott etwas in ihr Bier getan hatte, denn sie war auf einmal sehr müde. Sie sagte, sie sei kurz aufgewacht und habe festgestellt, dass ein muffeliges altes Hemd wie eine Decke über sie ausgebreitet war. Sie wusste nicht, wo es herkam, denn Scott hatte kein derartiges Hemd angehabt. Sie war dankbar für das Hemd. Es war kalt am Strand. Sein Schutz half ihr, wieder einzuschlafen.

»Es fühlte sich an, als würde jemand zuschauen, wie ich schlief. Ich muss geträumt haben, denn Scott war nicht dort. Ich wurde davon wach, dass er die Tür seines Autos öffnete und dann zuschlug. Als ich hochschaute, sah ich, dass er mit einer Sporttasche zurückkam. Er öffnete sie und packte ein Stück Seife, Haarwaschmittel und ein Handtuch aus. Er befahl mir, mich unter der Außendusche am Strand zu waschen. Und dann sagte er, ich solle mich anziehen.«

»Was hat er gemacht, nachdem Sie angezogen waren?«

»Er hat mir gedroht. Er hat gesagt, nächstes Mal würde er Freunde mitbringen. Außerdem hat er gesagt, er würde allen erzählen, was für eine Schlampe ich wäre, falls ich irgendjemandem etwas verriet. Die einzige Chance, meinen Ruf als ›braves Mädchen‹ zu behalten, bestünde darin, den Mund zu halten.«

Als der Richter die späte Mittagspause verkündete, waren vier Stunden vergangen. Rachel hatte keinen Appetit. Sie bezweifelte, dass es irgendjemanden gab, dem nicht der Appetit vergangen war. Sie sah, wie Kelly Moore von einer Sozialarbeiterin über den Flur zu einem privaten Zimmer geführt wurde. Kelly blieb nur die Mittagspause, um sich für das Kreuzverhör zu sammeln.

40 SCHULDIG ODER NICHT SCHULDIG

Staffel drei, Episode neun: Die Zeugenaussage

Sobald die Verhandlung für den Tag beendet war, eilte ich aus dem Gerichtssaal zur Damentoilette, wo ich – nun, die ekligen Details erspare ich euch lieber. Ich will nur sagen, dass ich mich noch nie so elend gefühlt habe wie an diesem Nachmittag, nachdem ich mitansehen musste, wie ein sechzehnjähriges Mädchen im Zeugenstand gefoltert wurde. Alles im Namen des Gesetzes.

Vergewaltigungsfälle, die vor Gericht kommen, können sehr viel traumatischer sein als Mordfälle, weil das Opfer beschreiben kann, was ihm geschehen ist. Mehr noch. Das Opfer lebt mit dem Albtraum jeden ... einzelnen ... Tag ... seines Lebens.

Heute war K als Zeugin aufgerufen. Sie musste Fragen zu jedem kleinsten Detail über sich ergehen lassen, und ich rede von wirklich jedem einzelnen Detail. Hat er ejakuliert? Sexuelle Stellungen. Alles. Könnt ihr euch vorstellen, im Alter von sechzehn Jahren – verdammt, in jedem Alter – in einem Raum voller Fremder so ins Detail gehen zu müssen? Es war grauenhaft.

Ihre Eltern hielten sich fest an den Händen, während sie zuhörten, wie sich ihre Tochter an die schlimmste Nacht ihres Lebens erinnerte. Ihre Mutter verbrauchte ein ganzes Päckchen Taschentücher. Ihr Vater – nun, er ist ein ehemaliger Marineoffizier. Er war bis jetzt im Gerichtssaal ziemlich stoisch. Aber als seine Tochter erzählte, was ihr im letzten Oktober an jenem einsamen Strand angetan wurde, liefen ihm Tränen über die Wangen.

Abgesehen vom Rascheln des Papiers, wenn Mitch Alkins die mit Fragen vollgeschriebenen Seiten seines Schreibblocks umblätterte, war es mucksmäuschenstill im Gerichtssaal.

K wich nicht ein einziges Mal von ihrer Aussage ab. Wieder und wieder bestätigte sie, dass sie Scott Blair bat aufzuhören. Dass sie seine Hände wegschob. Dass sie ihm sagte, sie wolle nach Hause. Dass sie ihm sagte, sie wolle keinen Sex mit ihm. Er hörte nicht auf sie. Er vergewaltigte sie. Und als er fertig war, vergewaltigte er sie erneut. Und noch einmal.

Nach Ks Aussage war mir übel. Ich bin sicher, dass es den Geschworenen nicht anders ging. Seit Beginn der Verhandlung machte sich der Richter jeden Tag einen Spaß daraus, mit den Geschworenen zu scherzen, was sie an dem Tag wohl zu essen bekommen werden. Als die Verhandlung heute für die Mittagspause unterbrochen wurde, war offensichtlich, dass die Geschworenen kein Interesse an Essen hatten. Wer hätte nach einer derart grauenvollen Aussage schon Hunger haben sollen?

Der Angeklagte stierte während Ks Aussage die meiste Zeit in die Luft. Dale Quinn und sein Verteidigerteam kritzelten wild auf ihren Notizblöcken herum und schoben sich Zettel zu. Sie bereiteten das Kreuzverhör bereits vor, noch bevor K den Zeugenstand verlassen hatte.

Der Richter, der während des gesamten Prozesses aufbrausend und scharfzüngig gewesen war, wirkte ungewöhnlich ernst. Vermutlich hatte er schon bei so manchem Vergewaltigungsprozess die Verhandlung geführt, aber am Ende von Ks Befragung schien er völlig erledigt.

Ks Antwort lautete durchgehend »Nein«. K bestand darauf, dass niemand ihre Reaktion – Weinen, Befreiungsversuche, Betteln, heimgebracht zu werden, Versuche, sich ihm zu entwinden, die Beine zusammenpressen und die Genitalien bedecken – hätte falsch verstehen und so auslegen können, als sei sie freiwillig mit von der Partie.

Also, ja, mir war nach ihrer Aussage übel. Aber noch viel übler war mir, als K nach der Mittagspause zum Kreuzverhör in den Zeugenstand trat.

Dale Quinn ist charmant. Er wirkt wie ein umgänglicher Typ. Gern erwähnt er seine Frau und seine beiden Babys. Wir kennen ihre Namen. Wir wissen, dass seine Frau und er den Töchtern Bänder um die Handgelenke binden, um sie auseinanderhalten zu können. Er gibt sich zerstreut. Lässt Sachen fallen. Verschüttet etwas. Und dann tut er so, als wäre er aus dem Konzept geraten, nur um im nächsten Moment zum Frontalangriff überzugehen.

Er stellt sich dumm. Er wirkt nett und rücksichtsvoll und sehr freundlich. Es ist schwer, ihn nicht zu mögen. Würde man eine Befragung durchführen, würden Dale Quinns Sympathiewerte ungeahnte Höhen erreichen – darauf würde ich wetten.

Aber als es darum ging, Ks Aussage im Kreuzverhör in Stücke zu reißen, war Quinn brutal. Nicht auf aggressive Art. Er sprach mit leiser Stimme, er spielte weiter den Bescheidenen. Aber er haute K eine Frage nach der anderen um die Ohren. Es fühlte sich an, als würde er sie sehr langsam und sorgfältig zerstören.

Er fragte sie, ob sie freiwillig ins Auto gestiegen sei. Sie sagte: »Ja.«

Er fragte sie, ob Scott nett zu ihr gewesen sei. Sie sagte: »Ja.«

Er fragte sie, ob sie vor Angst geschrien habe.

»Ich wollte schreien, aber ich brachte keinen Ton heraus. Ich hatte so viel Angst, dass ich wie gelähmt war«, antwortete K.

»Wie sollte Scott wissen, dass Sie vor Angst gelähmt waren, wenn Sie nichts gesagt haben?«, fragte er.

»Ich habe geweint und ihn angefleht, mich loszulassen. Und ich habe immer wieder gesagt: ›Bitte, nein, bitte.‹«

»Wie konnten Sie vor Angst gelähmt sein und gleichzeitig schreien und ihn anflehen, Sie in Ruhe zu lassen? Was von beiden war es denn nun? Waren Sie vor Angst wie gelähmt? Oder haben Sie geschrien und ihn angefleht, Sie in Ruhe zu lassen?«, bedrängte Quinn sie. »Es kann ja nicht alles auf einmal sein. Ist es nicht eher richtig, dass Sie mit Scott Blair schlafen wollten? Er ist berühmt. Sieht gut aus. Sie wollten Sex mit ihm haben. Nicht wahr?«, bohrte Quinn weiter.

Nach zehn Minuten Kreuzverhör brach K zusammen. Quinn fragte sie nach einem intimen Detail der Vergewaltigung. An seine genaue Frage erinnere ich mich nicht mehr, aber sie lautete in etwa, ob sie vor Lust gestöhnt habe. K wurde leichenblass. Ihre Hände zitterten, und sie schnappte ein paarmal laut nach Luft. Sie hyperventilierte im Zeugenstand. Dann gab sie einen Urlaut von sich, wie ich ihn bisher nur einmal in einem Schlachthof gehört habe. Es war ein tiefes, herausgewürgtes Schmerzheulen, das mir einen Schauder über den Rücken jagte.

Wir alle dachten, dass K zusammenbrechen würde. Sie hatte eine heftige Panikattacke. Sie verbarg das Gesicht in den Händen. Es klang, als würde sie ersticken. Ihr Vater hielt ihre Mutter zurück, während sich eine Sozialarbeiterin um Kelly kümmerte.

»Euer Ehren«, sagte Alkins. »Die Zeugin ist seit mehr als vier Stunden im Zeugenstand. Es wird zu viel. Sie ist noch ein Kind. Können wir die Verhandlung für den heutigen Tag beenden?«

Dale Quinn versuchte, sich bei den Geschworenen beliebt zu machen, indem er so tat, als sei er genauso besorgt um Ks Wohlergehen. Er eilte mit einem Glas Wasser zu ihr und stimmte großzügig zu, dass sie den Zeugenstand verlassen könne, bis sie sich gut genug fühle, um auszusagen. Gleichzeitig machte er deutlich, dass er noch nicht mit ihr fertig sei. Noch lange nicht.

Während eines Gesprächs, zu dem der Richter die Anwälte zu sich nach vorn bat, konnte ich hören, dass Quinn mit seiner Befragung nicht mal ansatzweise durch war. »Elf Minuten, Euer Ehren«, sagte er. »Die Klägerin hat vier Stunden lang ausgesagt. Ich hatte nur elf Minuten mit ihr. Ich kann meinen Mandanten nicht in elf Minuten verteidigen.«

K hat es noch nicht hinter sich. Sie wird ins Gericht zurückkommen und sich dem Kreuzverhör bis zum Ende stellen müssen. Heute hat sie gerade einmal elf Minuten durchgehalten. Nächstes Mal könnte es Stunden dauern. Vielleicht sogar Tage.

Mitch Alkins wirkte sehr besorgt, als er heute das Gericht verließ. Und das bei einem Mann, der für sein Pokerface bekannt ist. Ohne ihre Aussage hat seine Anklage wenig Aussichten. Er braucht K noch einmal im Zeugenstand. Aber zu welchem Preis?

Immer wieder stelle ich mir die Frage, ob es das alles wert ist. Wenn jemand ein fürchterliches Trauma erleidet, ist das Gedächtnis so konditioniert, dass es das Geschehene vergisst. Gedächtnisverlust nach einem Trauma ist ein Schutzmechanismus. Er hilft uns, seelisch gesund zu bleiben.

In diesem Fall wird ein sechzehnjähriges Mädchen aufgefordert, in der Öffentlichkeit, vor einer großen Menge Fremder, jeden einzelnen traumatischen, grauenhaften Moment jener Nacht am Strand zu rekapitulieren, damit der vermeintliche Täter vielleicht, nur vielleicht, für das, was er ihr angetan hat, bestraft wird.

Tut sie das für sich selbst oder zum Wohl der Allgemeinheit? Wird sie damit abschließen können, wenn er ins Gefängnis kommt? Wird es sie entlasten? Oder wird es sie zerstören? Der Schmerz und das Trauma, die K erleiden muss, um seine Verurteilung zu erreichen, haben heute einen hohen Preis von ihr gefordert. Sie hat unkontrollierbar gezittert. Ihre Augen waren glasig, das Gesicht schmerzverzerrt.

Das Trauma, in einer öffentlichen Verhandlung aussagen zu müssen, ist einer der Hauptgründe, weshalb sich so viele Vergewaltigungsopfer gegen eine Aussage entscheiden und weshalb so viele Vergewaltigungen niemals zur Anklage kommen.

Wir haben gesehen, dass K manchmal kaum in der Lage war, einen Satz zu formulieren. Wir haben ihren Kummer gesehen und ihre Verzweiflung. Wir haben gesehen, wie sie, als sie in den Zeugenstand trat, von einer Sozialarbeiterin gestützt werden musste, damit ihre Beine nicht nachgaben. Und wie dieselbe Sozialarbeiterin sie fast schon tragen musste, weil K beim Verlassen des Zeugenstands nach dem kurzen Kreuzverhör kaum noch gehen konnte.

Wir haben gehört, wie sie »Es tut mir leid« sagte, als sie

am Tisch der Staatsanwaltschaft vorbeikam, weil sie sich nicht hatte überwinden können, die entsetzlich detaillierten anklagenden Fragen der Verteidigung zu beantworten.

Bleibt die Frage, ob K in den Zeugenstand zurückkehren wird, um das Kreuzverhör zu beenden. Wenn nicht, könnte Scott Blair durchaus freigesprochen werden. Ich bin Rachel Krall von *Schuldig oder nicht schuldig,* dem Podcast, mit dem ihr auf der Geschworenenbank sitzt.

RACHEL

41

Rachel sah Dale Quinn beschwingten Schritts und voller Zuversicht im Gericht ankommen. An diesem Tag würde er die ersten Zeugen der Verteidigung präsentieren: Leumundszeugen, um Scott Blairs Referenzen als anerkannter Heiliger zu untermauern.

Die Verhandlung hatte eine unerwartete Wendung genommen. Dass Kelly Moore so überraschend den Zeugenstand verlassen und sich nicht in der Lage gesehen hatte, zur Beendigung ihrer Aussage zurückzukehren, hatte Richter Shaw in eine verzwickte Lage gebracht. Er konnte den Prozess nicht ewig vertagen, um auf Kelly zu warten. Zum Schluss entschied er, dass die Verteidigung ihre Zeugen befragen und Kelly später während des Prozesses in den Zeugenstand zurückkehren würde. Das war unorthodox, aber bei Fällen, in denen es um sexuelle Gewalt ging, hatten Richter ein wenig Spielraum.

Alkins blickte grimmig, als er den Gerichtssaal betrat. Rachel dachte, dass er durchaus Grund hatte, besorgt zu sein, jedenfalls wenn die Gerüchte stimmten, dass Kelly einen Zusammenbruch erlitten hatte und vielleicht gar nicht mehr in den Zeugenstand zurückkehren würde. Das würde der Anklage der Staatsanwaltschaft den Todesstoß versetzen. Ohne Kellys Aussage war kaum ein Szenario denkbar, bei dem Scott Blair nicht freigesprochen wurde.

Während Rachel auf den Beginn der Verhandlung wartete, ging sie rasch ihre Nachrichten durch. Eine war von Dave, einem früheren Freund, der ihr mitteilte, er sei in der kommenden Woche aus beruflichen Gründen in Philadelphia. Er fragte, ob sie Zeit habe, mit ihm essen zu gehen. Rachel fand es goldig, dass Dave ihren Podcast nicht hörte und keine Ahnung hatte, dass sie wegen des Scott-Blair-Prozesses fort war. Sie antwortete und bat, das Essen zu verschieben. Eine Reihe weiterer Nachrichten stammte von engen Freunden, die ihr mitteilten, wie gut ihnen die neue Staffel gefiel.

Schließlich kam Rachel zu einer Nachricht von Pete, der ihr schrieb, er habe das überfüllte E-Mail-Postfach des Podcasts durchgeschaut und eine vor zwei Tagen gesandte E-Mail von Hannah entdeckt, die er ihr gleich weitergeleitet habe. Rachel wollte sie gerade öffnen, als der Gerichtsdiener dazu aufrief, sich für die Ankunft des Richters zu erheben. Rachel blieb nichts anderes übrig, als das Handy auszuschalten, es in ihre Handtasche gleiten zu lassen und aufzustehen.

Dale Quinns erster Zeuge war Pastor Mark Fleming von der First Southern Baptist Church, deren Mitglieder die Blairs waren. Quinn hielt sich mit seinen Fragen an die vom Richter vorgegebenen Richtlinien. Sie lauteten, Leumundszeugen durften lediglich eine Aussage zu Scott Blairs Ehrlichkeit, seiner Moral im Allgemeinen und seinem früheren Umgang mit Frauen machen. Quinn durfte die Leumundszeugen nicht fragen, ob sie glaubten, Scott Blair habe Kelly Moore vergewaltigt, oder ob sie ihn einer solchen Tat für fähig hielten.

Pastor Fleming erzählte dem Gericht, dass er Scott seit seiner Kindheit kenne. Er lobte Scott in höchsten Tönen und bestand darauf, es hätte nie auch nur den geringsten Hinweis gegeben, dass Scott sich Mädchen gegenüber unangemessen verhalte, auch nicht, als er in der Highschool Trainer des Wasserpoloteams der Mädchen war. »Die Mädchen haben nur Gutes über diesen Jungen zu sagen«, versicherte der Pastor.

Der zweite Leumundszeuge, Tom Tarant, war seit gut neunzehn Jahren Trainer an der Neapolis High. In der Stadt war er allgemein bekannt. Er hatte die korpulente Figur eines ehemaligen Athleten, der in mittleren Jahren in die Breite gegangen war, und einen Kopf, der derart kahl war, dass sich das Licht oberhalb des Zeugenstands darauf spiegelte. »Ich wünschte, alle Kinder, die ich trainiert habe, wären wie Scott. Es war ein Vergnügen, ihn zu unterweisen. Glauben Sie mir, ich hätte noch sehr viel mehr Haare auf dem Kopf, wenn sie alle wie er gewesen wären«, fügte er hinzu, was den Geschworenen ein Kichern entlockte.

»Mr Tarant«, begann Alkins, als er mit dem Kreuzverhör an der Reihe war. »Ihrer Zeugenaussage nach zu urteilen war der Angeklagte ein Musterschüler. Wenn ich so sagen darf: Es klingt fast zu gut, um wahr zu sein. Der Angeklagte hat sich doch bestimmt nicht die ganze Zeit so perfekt benommen? Mindestens einmal muss er doch in der Zeit, in der Sie ihn kannten, irgendetwas Unrechtes getan haben?«

»Wüsste nicht, was«, erwiderte der Trainer.

»Wie sah es mit Mobbing aus?«

»Ich bin mir nicht sicher, was Sie meinen«, entgegnete der Trainer zögerlich.

»Wurde der Angeklagte jemals von der Schule suspendiert, weil er einen anderen Schüler gemobbt hatte?«

»Es gab da mal einen Streich, der ein bisschen außer

Kontrolle geriet«, gab der Trainer zu. »Ich glaube, von Mobbing kann man da nicht sprechen.«

»Können Sie dem Gericht erzählen, um was es bei diesem Streich ging?« Alkins setzte sich auf die Kante seines Tisches und verschränkte die Arme vor der Brust.

»Das liegt schon einige Z-Z-Zeit zurück«, stammelte der Trainer. »Ich weiß nicht, ob ich mich noch so genau daran erinnern kann.«

»Lassen Sie mich Ihrem Gedächtnis auf die Sprünge helfen«, sagte Alkins. »Ist es richtig, dass der Angeklagte eine Schere mit ins Schwimmbecken brachte und einem Schüler aus der ersten Klasse, während ihm zwei weitere Schwimmer die Arme hinter dem Rücken festhielten, die Badehose zerschnitten hat? Seine Freunde und er haben den Jungen dann splitterfasernackt aus dem Schwimmbecken gehoben und ein paar Mädchen herbeigerufen, damit sie sich die Genitalien des Jungen ansahen.«

»Kinder machen Blödsinn«, erwiderte der Trainer. »Schauen Sie, alle haben sich entschuldigt, und niemand kam zu Schaden.«

»Erinnern Sie sich noch, was mit besagtem Jungen geschah?«, bohrte Alkins hartnäckig nach.

»Er hat die Schule verlassen«, antwortete der Trainer steif.

»Genau«, sagte Alkins. »Er hat die Schule verlassen. Nachdem er sich ein Gewicht um die Füße gebunden und versucht hatte, sich im Schulschwimmbecken zu ertränken. Ich glaube, Sie waren derjenige, der ihn an die Oberfläche gezogen und Mund-zu-Mund-Beatmung gemacht hat. Sie haben ihm das Leben gerettet. Es überrascht mich, dass Sie sich nicht daran erinnern.« Die Leute im Gerichtssaal schnappten nach Luft und drehten den Kopf in Scott Blairs Richtung.

Während der Mittagspause kaufte sich Rachel bei einem der Essenswagen auf der Straßenseite gegenüber dem Gericht ein Sandwich und einen Kaffee. Sie aß es auf einer Bank im Schatten einer riesigen Eiche, die auf dem Rasen beim Gericht stand, und las Hannah Stills' E-Mail, die Pete ihr am Morgen weitergeleitet hatte.

Als Rachel fertig war, ging sie über den Vorplatz zurück. Sie grübelte vor sich hin, wie sie es schaffen könnte, ein paar Minuten allein mit Mitch Alkins zu haben, um ihn noch einmal nach Jenny Stills zu fragen. Es dauerte einen Moment, bis sie registrierte, dass jemand ihren Namen rief. Sie wirbelte herum. Mitten auf dem Vorplatz stand Detective Cooper, die Hände in den Taschen, und sah sie amüsiert an, weil sie an ihm vorbeigegangen war, ohne ihn zu bemerken. »Sie haben mich gerufen, oder?«, fragte Rachel verlegen.

»Sie sind buchstäblich direkt an mir vorbeimarschiert«, witzelte er.

»Das tut mir leid. Ich habe über den Prozess nachgedacht. Es sieht gerade nicht sehr gut aus für Mitch Alkins.«

»Wirklich, so schlecht steht es? Ich habe den Prozess nicht so genau verfolgt. Ich höre mir heute Abend Ihren Podcast an. Nath Shaw ist angeblich ziemlich verärgert darüber. Wenn der Podcast ihn so aufbringt, muss er wohl gut sein.«

»Nath?«, hakte Rachel nach. »Ich wusste gar nicht, dass Sie mit dem Richter auf so vertrautem Fuß stehen.«

»Ich kenne Nath schon seit meiner Kindheit«, erwiderte Detective Cooper. »Wir haben Tür an Tür gewohnt.«

»Ich dachte, Sie wären aus Rhode Island.«

»Ich habe lange dort gelebt, aber aufgewachsen bin ich hier.«

»Wenn dem so ist, müssten Sie damals doch auch Mitch Alkins gekannt haben.« Rachel witterte eine Gelegenheit, an Informationen zu kommen. Seit dem Morgen, als Alkins Blumen auf Jennys Grab gelegt hatte, hatte sie in seinen Dunstkreis vordringen und ihn auffordern wollen, ihr von seiner Verbindung zu Jenny zu erzählen.

»Mitch ist ein paar Jahre jünger als ich, aber klar, Mitch und ich kennen uns schon lange.« Detective Cooper klang, als wäre er auf der Hut. »Wieso interessiert Sie das?«

Rachel zögerte. Sie war sich nicht sicher, wie weit sie gehen sollte, dachte sich dann jedoch, dass sie nichts zu verlieren hatte. »Ich habe gehört, dass Mitch Alkins in seiner Jugend einem Mädchen nahestand, das ermordet wurde.«

Detective Cooper schaute sie seltsam an. »Wo haben Sie das gehört?«

»Die Schwester des ermordeten Mädchens hat mir einen Brief geschrieben«, antwortete Rachel.

»Und in dem Brief hat sie Mitch erwähnt?«, fragte Cooper misstrauisch.

»Nein, das nicht«, gab Rachel zu. »Aber ich habe von einer alteingesessenen Bewohnerin gehört, dass Alkins das Mädchen kannte.«

Detective Cooper wollte gerade etwas sagen, doch in dem Moment klingelte sein Handy. Er nahm den Anruf an und ging ein paar Schritte weg, machte ihr jedoch mit der Hand ein Zeichen, sie solle warten. Offenbar wollte er das Thema weiter vertiefen. Das Telefonat zog sich in die Länge, und so ging Rachel schließlich widerstrebend die Treppe zum Gericht hinauf.

Die Verhandlung hatte bereits begonnen, als sie sich hineinschlich und zu dem ihr zugeteilten Platz begab. Bis sie dort angekommen war, schenkte sie dem Zeugen, der gerade vereidigt wurde, keine Aufmerksamkeit. Als sie es schließlich tat, schnappte sie überrascht nach Luft.

Es war der Mann, der sie am Anglersteg Morrison's Point Mole eingeschüchtert hatte. Im kalten Licht des Gerichtssaals konnte Rachel ihn zum ersten Mal deutlich sehen. Wange und Stirn waren mit schlecht verheilten Narben überzogen und verunstalteten das für einen Mann seines Alters – Rachel schätzte ihn auf Mitte bis Ende vierzig – an sich recht angenehme Gesicht. Die muskulösen Arme und die Tätowierungen am Hals, die unter dem Kragen hervorspitzten, schienen so gar nicht zu seiner formellen, dem Auftritt im Gericht angepassten Kleidung zu passen. Er trug einen frisch gebügelten Anzug, ein weißes Hemd und eine gestreifte Krawatte, die ein bisschen zu kurz wirkte, wie sie da über seinem hervorstehenden Bauch hing, der eng in das Polyesterhemd eingezwängt war.

»Mr Knox, können Sie mir sagen, wie Sie Scott kennengelernt haben?«, fragte Quinn.

»Das war etwa vor drei Jahren, ungefähr zu dem Zeitpunkt, als ich nach Neapolis gezogen bin. Ich war an dem Surferstrand südlich der Stadt, als eine Familie in Schwierigkeiten geriet. Touristen«, fügte er hinzu, als würde das alles erklären. »Sie wurden von einer Gegenströmung ins Meer rausgezogen. Ich bin hingeschwommen. Eins der Kinder konnte ich an Land bringen. Ich versuchte, der Mutter zu helfen. Sie wehrte sich. Kratzte und trat mich. Wollte, dass ich sie losließ und das andere Kind holte, das immer weiter hinaustrieb und panisch um sich schlug. Das Schlimmste, was man tun kann. Hätte ich die Mutter losgelassen, wäre sie garantiert ertrunken. Ich wusste nicht, was ich tun sollte. Plötzlich sehe ich, wie ein Junge zu dem Kind rausschwimmt, das im Wasser um sich schlägt. Er hat sich das Kind geschnappt und es an Land gebracht, während ich der Mutter geholfen habe.«

»Ist der Junge, der das ertrinkende Kind gerettet hat, hier im Gerichtssaal?«, fragte Quinn.

»Ja«, antwortete der Zeuge.

»Könnten Sie bitte auf ihn deuten, Mr Knox?«, hakte Quinn nach und versuchte, seine Enttäuschung über seinen eigenen Leumundszeugen zu verbergen, dem man alles aus der Nase ziehen musste.

»Er sitzt da drüben.« Der Zeuge, der – wie Rachel bei seiner Vereidigung mitbekommen hatte – mit vollem Namen Vince Knox hieß, nickte Richtung Verteidigertisch und richtete den Blick auf Scott Blair.

»Bezeugen Sie, dass Scott ein Held war? Dass er tapfer sein Leben aufs Spiel gesetzt hat, um das Leben eines ertrinkenden Kinds zu retten?«, bohrte Quinn noch einmal nach.

»Er hat eine Tapferkeitsauszeichnung bekommen, das dürfte ihn dann wohl zum Helden machen«, antwortete Knox nach längerem Zögern. »Nicht viele Leute haben den Mut, ihr Leben für einen Fremden aufs Spiel zu setzen. Ehre, wem Ehre gebührt«, fügte er mit tonloser Stimme hinzu, die alles andere als Begeisterung ausdrückte. Sein zögerliches Lob für Scotts mutige Tat kam Rachel seltsam vor, aber vermutlich war das seinem unwirschen Wesen geschuldet.

Quinn war sichtlich verärgert über die knappen Antworten seines eigenen Zeugen. Offenbar hatte er mit einer deutlich enthusiastischeren Schilderung von Scott Blairs mutiger Heldentat gerechnet. Quinn beendete seine Befragung bald danach. Er hatte dem Zeugen genug entlockt, um Scott Blair als Helden zu zeichnen, als Pfadfinder alter

Schule, der großen Mut bewiesen hatte, als er ein fremdes Kind vor dem Ertrinken rettete.

Alkins zog es vor, Vince Knox nicht ins Kreuzverhör zu nehmen, behielt sich aber das Recht vor, ihn später noch einmal in den Zeugenstand zu rufen. Rachel nahm an, dass Alkins es nicht für hilfreich hielt, wenn der Zeuge der Verteidigung sich ein weiteres Mal über Scott Blairs mutige Tat ausließ.

Als Vince Knox den Gerichtssaal verließ, stand auch Rachel auf und folgte ihm aus dem Gebäude, obwohl das bedeutete, dass sie Quinns nächsten Zeugen verpasste. Knox ging die Treppe hinunter und dann quer über den Rasen. Rachel tat dasselbe, blieb jedoch ein ganzes Stück hinter ihm, damit niemandem auffiel, dass sie ihm folgte. Irgendetwas an Knox' Zeugenaussage ließ ihr keine Ruhe, und sie wollte ihm, sobald sie sich nicht mehr in unmittelbarer Nähe des Gerichtsgebäudes befanden, ein paar Fragen stellen.

Knox bog um die Ecke und verschwand aus Rachels Sichtfeld. Sie beschleunigte ihren Schritt, um ihn nicht zu verlieren. Als sie in die Straße einbog, in der er verschwunden war, sah sie ihn am Straßenrand stehen und mit einem Mann reden, der in einem schwarzen Lincoln mit laufendem Motor und heruntergelassenem Fenster saß.

Die beiden Männer sprachen etwas lauter, als würden sie streiten. Der Mann im Wagen steckte Vince Knox etwas zu, was Letzterer einen Moment lang anstarrte und dann fast schon widerwillig in seine Hosentasche stopfte. Das Fenster glitt nach oben, und der Wagen fuhr los. Als er vor dem Abbiegen an einer Ampel in Rachels Nähe langsamer wurde, konnte sie den Fahrer durch die Windschutzscheibe deutlich erkennen.

Er hatte dichtes hellgraues Haar und einen sorgfältig gestutzten Bart. Rachel hatte ihn schon einmal gesehen, wusste aber nicht mehr, wo. Erst als sie wieder beim Gericht ankam, fiel ihr ein, dass sie ihn am ersten Tag des Prozesses mit den Blairs von deren Wagen aus über den Vorplatz zur Treppe des Gerichts hatte gehen sehen. Er war einer von mehreren Personenschützern gewesen, die die Familie vor den Demonstranten abgeschirmt hatten. Rachel war sich sicher, dass der Mann im Lincoln auf der Gehaltsliste der Blairs stand.

Als Rachel am Gerichtssaal ankam, war die riesige polierte Tür fest geschlossen. Sie wollte den Richter nur ungern verärgern, indem sie zum zweiten Mal an diesem Tag mitten während einer Zeugenaussage hereinplatzte. Also setzte sie sich auf eine Bank am Fenster, von der aus sie einen Blick auf den Vorplatz hatte, und schickte Pete eine Nachricht mit der Bitte, Informationen über Vince Knox einzuholen. Dann las sie erneut Hannahs E-Mail.

HANNAH

42

Ich sitze hier auf dem Anglersteg beim Morrison's Point. Meine Füße baumeln über den Rand. Das Meer ist aufgewühlt. Der Wind bläst heftig. Das Tageslicht schwindet. Ich kann es nicht glauben, dass seit Jennys Tod fünfundzwanzig Jahre vergangen sind. Ich habe Gänseblümchen, die ich auf dem Feld in der Nähe unseres ehemaligen Hauses gepflückt habe, zum Andenken an ihren Todestag in die Wellen geworfen. Das hätte ihr gefallen.

Während ich die vertraute Küstenlandschaft meiner Kindheit betrachte, fällt es mir schwer zu glauben, dass ich hier auf dem knarzenden Holz des alten Stegs sitze, eine erwachsene Frau, während meine große Schwester für alle Zeiten ein Teenager bleiben wird. Ich habe versucht, mein Leben für uns beide zu leben. Nicht immer ist mir das gelungen. Ein Haufen zerbrochener Beziehungen. Probleme mit verschreibungspflichtigen Medikamenten und mit Alkohol. Ich habe nie das Potenzial ausgeschöpft, das man mir attestiert hat, als ich den ersten Platz in einem nationalen Wettbewerb für vielversprechende junge Künstler belegt und ein Stipendium für eine Kunstschule in Paris gewonnen habe. Die Erwartungen waren so hoch.

Ich neige dazu, vor Erfolg davonzulaufen. Vermutlich stecken Schuldgefühle dahinter, wenn ich mir selbst eine

Diagnose stellen sollte. Mein Leben wird bestimmt von Schuldgefühlen. Jenny hatte nie die Chancen, die ich im Leben hatte. Sie hatte nie die Möglichkeit, zu lieben oder geliebt zu werden, ihren Weg in dieser Welt zu finden. Ihre Talente und Leidenschaften zu entdecken. Zu reisen. Sie ist nie aus Neapolis herausgekommen. Ich kann nicht anders, als mir an dem, was passiert ist, die Schuld zu geben.

Ich habe Glück gehabt. Durch meine Adoptivfamilie hatte ich ein gutes Leben. Kitty sitzt jetzt im Rollstuhl. Ihre Gesundheit lässt nach. Obwohl ich nicht die beste oder aufmerksamste Tochter war, hat sie mich immer bedingungslos geliebt. Als Kitty mich damals zu sich genommen hat, habe ich ihr zunächst gegrollt. Sie hat alles in ihrer Macht Stehende getan, um mich umzustimmen.

Einmal ist sie mit mir ins Kino gegangen. Als der Vorspann begann, habe ich mich an ihr vorbeigezwängt und bin rausgestürmt. Kitty fand mich tränenüberströmt im Vorraum. Weder mit Süßigkeiten noch mit Popcorn war ich wieder nach drinnen zu locken.

Kitty nahm an, ich hätte Panik bekommen, als das Licht ausging. Am nächsten Tag kaufte sie mir ein Nachtlicht. Sie sagte mir, viele Kinder hätten Angst im Dunklen. Ich tat so, als wäre ich dankbar. Ich verschwieg ihr, dass meine Angst nichts mit der Dunkelheit zu tun hatte. Ich verschwieg ihr, was geschehen war, als ich das letzte Mal im Kino gewesen war.

Mom hatte Jenny gebeten, mit mir an ihrem nächsten freien Tag ins Kino zu gehen. Sie wollte mich für die langen, langweiligen Tage entschädigen, die ich allein verbrachte, während sie ruhte und Jenny im Supermarkt arbeitete. Wir fuhren mit dem Mittagsbus in die Stadt. Erst lösten wir in der Apotheke Moms Rezept ein, dann gingen wir die zwei Straßen zum Kino, um uns Karten zu kaufen.

Das Kino in Neapolis hatte altmodische gepolsterte Sessel und einen burgunderroten Teppich, der so mit Limonadenflecken übersät war, dass sie schon Teil des Musters waren. Im Vorraum gab es ein altertümliches Kassenhäuschen und einen gläsernen Kiosk. Im Saal selbst hing ein mit Goldfäden durchwirkter Samtbrokatvorhang, der sich am Anfang der Vorstellung öffnete und die Leinwand freigab.

Jenny gab mir unsere Karten und sagte mir, ich solle mich in der Schlange am Einlass anstellen, während sie uns Popcorn kaufte. Ich trat von einem Fuß auf den anderen und wartete ungeduldig auf ihre Rückkehr, als hinter mir ein Streit ausbrach. Alle drehten sich um. Ein Mädchen mit langen Haaren aus Jennys Schule, das neben Jenny am Tresen des Kiosks stand, belegte sie mit übelsten Schimpfwörtern.

»Nimm das zurück!«, rief Jenny. Das Mädchen schüttelte den Kopf. »Nimm das zurück, habe ich gesagt!«

»Sag du mir nicht, was ich zu tun habe, du Schlampe.« Das Mädchen gab Jenny einen Schubs, dass ihr Popcorn wie Konfetti auf den Boden regnete. Jenny kam mit der nur noch halb vollen Popcornschachtel in der Hand zu mir zurück. Ihr Gesicht war dunkelrot. Ihre Lippen zitterten. Alle starrten sie an. Flüsterten. Jenny hielt den Kopf hoch und den Blick stur geradeaus gerichtet, bis uns ein Platzanweiser zu unseren Plätzen führte.

Als das Licht ausging, fuhr sich Jenny mit dem Handrücken über die Augen. Während des Vorspanns flog mir etwas Weiches ins Gesicht. Es war Popcorn. Kurze Zeit später wurden wir sowohl mit Popcorn als auch mit Eiswürfeln aus Limobechern beworfen. Andere stiegen mit ein, und bald fühlte es sich an, als würden wir von allen Seiten angegriffen.

»Aufhören!«, rief ich. Jenny versuchte, mich zum Schweigen zu bringen. »Sei still. Sonst wird es nur noch schlimmer.« Ich war wütend – auf die Kinder, die uns ärgerten, aber vor allem auf Jenny, weil sie sich derart passiv verhielt und zuließ, dass man uns so behandelte.

»Komm, wir gehen«, sagte Jenny schließlich, als jemand »Schlampe, Schlampe« zu singen begann. Sie nahm mich am Arm und schleifte mich quasi aus dem Kino und auf die Straße.

Erst im Bus nach Hause fiel uns auf, dass wir die Tasche mit Moms Medikamenten aus der Apotheke auf dem Boden bei unseren Kinositzen hatten stehen lassen. Jenny musste sie am nächsten Tag noch einmal kaufen.

Kaum waren wir zu Hause, verschwand Jenny im Badezimmer. Als sie wieder herauskam, hatte sie ihr schönes, langes, goldenes Haar ungleichmäßig bis auf Schulterlänge abgeschnitten. Später fand ich die Haare im Badmülleimer, verklebt mit rosa Kaugummi. Ein Junge, der im Kino hinter ihr saß, hatte es ihr in die Haare geschmiert.

Nach diesem Kinoausflug zog sich Jenny in sich selbst zurück, Mom fiel es auf. Sie fragte mich, ob ich wüsste, was mit Jenny los war. Ich antwortete, dass sie vermutlich genauso gelangweilt sei wie ich und gern wieder in die Schule wollte.

Vermutlich hätte ich Mom erzählen können, wie wir aus dem Kino geflohen waren, weil uns die Kinder beworfen hatten, und von den schrecklichen Schimpfwörtern, die sie benutzt hatten. Ich brachte es nicht über mich. Jenny und ich haben nie über diesen Nachmittag gesprochen. Es war, als hätten wir einen geheimen Pakt geschlossen, niemals darüber zu reden.

Jenny nahm ihre alte Routine wieder auf, ging zur Arbeit, kam heim, machte Abendessen, wusch ihre Uniform und hängte sie auf die Veranda, damit sie über Nacht trocknen konnte. Noch im Hellen ging sie ins Bett, unter dem Vorwand, dass sie früh aufstehen müsse, um pünktlich in der Arbeit zu sein. Ich fing wieder an, mit dem Fahrrad die gekieste Straße vor unserem Haus entlangzufahren. Hin und her. In der Ferne lockte verschwommen das Meer.

Die Frau mit den geföhnten Haaren und dem Sonntagskleid kam erneut zu uns. Diesmal wurde sie von einer weiteren Frau begleitet, die rundlich war und einen Arztkoffer dabeihatte.

Mom erwartete sie. Sie hatte mir gesagt, dass wir nach dem Mittagessen Besuch bekommen würden und dass ich nach draußen gehen und spielen sollte, sobald die Besucher da waren. Als es an der Fliegengittertür klopfte, ließ ich sie ins Wohnzimmer, wo Mom in einem farbenfrohen Sommerkleid im Sessel saß und auf sie wartete. Sie hatte sich sogar die Fingernägel lackiert. Trotz all ihrer Versuche, einen gesunden Eindruck zu machen, betonte das hell gemusterte Kleid nur ihre mageren Arme und die eingesunkene Brust und ließ sie kränker denn je wirken.

Durch ein Fenster im Wohnzimmer beobachtete ich, wie die Krankenschwester Moms Blutdruck maß, ihre Brust mit einem Stethoskop abhörte und ihr anschließend Blut abnahm. Als sie damit fertig war, schob die andere Frau Mom ein paar Dokumente hin. Mom beugte sich vor und unterschrieb mit Tränen in den Augen.

Nachdem sie fort waren, war Mom so erschöpft, dass sie sich aufs Bett legte und einschlief. Ich deckte sie mit einer bunt karierten Decke zu, ging zur Bushaltestelle an der Hauptstraße, die auf der anderen Seite vom Hügel verlief, und wartete auf Jennys Bus.

Ich war immer gespannt, was Jenny von der Arbeit mit nach Hause brachte. Der Geschäftsführer gab ihr oft Fleisch aus der Feinkostabteilung mit, dessen Verfallsdatum in Kürze ablief, und Obst und Gemüse, die nicht mehr ganz frisch waren. Er wusste, wie krank Mom war, und fühlte sich vermutlich verpflichtet, uns zu helfen.

Um mich zu beschäftigen, während ich auf Jennys Bus wartete, ging ich entlang der weißen Linie am Straßenrand und tat so, als wäre ich eine Turnerin auf einem Schwebebalken. Schließlich sah ich den Bus hügelaufwärts auf mich zukommen. Bei der Haltestelle hielt er an. Zischend öffneten sich die hydraulischen Türen. Jenny, die noch ihre braune Supermarktuniform trug, stieg aus, in den Händen zwei große Lebensmitteltüten.

Schweigend marschierten wir los. Nur das Rascheln des Grases und gelegentlich das Geräusch eines vorbeifahrenden Wagens waren zu hören. Ich ging vorneweg, Jenny ein paar Meter hinter mir. Wir redeten nicht. Innerhalb weniger Wochen war Jenny introvertiert und grüblerisch geworden.

Ich hob einen langen Ast auf und zog ihn beim Gehen auf dem staubigen Pfad neben der Straße hinter mir her. Als sich der Pfad von der Straße entfernte, weil er einen Bogen um eine Baumgruppe machte, blieb ich auf dem Pfad. Meine Füße wirbelten Staub auf, den Blick hatte ich nach unten gerichtet, um mit dem Ast eine ununterbrochene Linie zu ziehen. Die Bäume versperrten die Sicht auf die Straße und dämpften die Geräusche der vorbeifahrenden Wagen.

Hinter den Bäumen führte der Pfad wieder auf die Straße zurück. Auf einmal fiel mir auf, dass ich hinter mir schon länger weder Jennys Schritte noch das Rascheln der Einkaufstüten gehört hatte. Ich nahm an, dass ich zu schnell gegangen und Jenny nicht hinterhergekommen war. Ich blieb stehen und wartete. Als Jenny nicht auftauchte, rief ich nach ihr.

»Jenny?«

Keine Antwort.

»Jenny? Wo bist du?«, rief ich. Sie war nirgendwo auf dem Pfad zu sehen.

»Beeil dich, Jenny.« Es nervte mich, dass sie so lange brauchte.

»Jenny?«

Ich seufzte frustriert, weil alles still blieb, und lief den Pfad zurück. Als ich keine Spur von meiner Schwester entdecken konnte, ging ich zurück auf die Straße und hielt dort nach ihr Ausschau. Sie war auf keiner der beiden Straßenseiten zu sehen. Alles, was ich sah, war ein roter Apfel, der auf die Fahrbahn gerollt war.

Ich hob ihn auf. In dem Moment sah ich, dass Jennys Einkaufstüten im hohen Gras neben der Straße lagen. Eine der Tüten war umgekippt, das unverpackte Obst herausgefallen. Die andere Tüte stand aufrecht. Von Jenny keine Spur. Sie war fort. Ich lief den Hügel hinauf, kämpfte mich durch das hohe Gras, bis ich oben war.

Laut schnaufend von meinem Sprint und mit brennender Lunge blieb ich am höchsten Punkt stehen und ließ den Blick über die Landschaft unter mir gleiten. Jenny sah ich nicht. Aber ich sah einen vertrauten Pick-up, der langsam eine unbefestigte Straße entlang Richtung Wald fuhr. Ich lief den Hügel auf der anderen Seite Richtung Pick-up hinunter, überquerte die Straße und folgte ihm in den Wald.

Ich verließ die unbefestigte Straße und hielt mich unter den Bäumen mit ihrem dichten Laub. Ich machte einen Bogen um Baumstümpfe und bückte mich unter herabhängenden Ästen hindurch, die mir die Arme zerkratzten. Tief im Wald sah ich den Pick-up. Er war nachlässig am Wegrand abgestellt. Hinten auf der Ladefläche lag neben einer halb leeren Bierkiste eine achtlos hingeworfene Leinenplane. Von einer Lichtung her waren Stimmen und Gelächter zu hören. Grausames Gelächter. Als ich näher kam, sah ich einen Jungen auf Jenny liegen. Zwei weitere standen daneben und sahen zu. Sie johlten.

Mich packte die Wut. Instinktiv hob ich einen Stein auf, um ihn auf den Jungen zu werfen, der Jenny wehtat. Ich rannte auf ihn zu, den Stein in der erhobenen rechten Hand. Bevor ich die Lichtung erreichte, legte sich eine Hand wie eine Saugglocke vor mein Gesicht. Ich konnte weder schreien noch irgend ein Geräusch von mir geben. Kräftige Arme hoben mich vom Boden hoch und hielten mich gepackt, während ich mit herabbaumelnden Beinen durch den Wald getragen wurde. Die Sandalen glitten mir von den Füßen. Ich trat um mich und versuchte, mich freizustrampeln. Es war unmöglich. Jemand hielt mich mit eisernem Griff.

RACHEL

43

Rachel joggte unter einem marineblauen Himmel mit orangefarbenen Einsprengseln, der Ähnlichkeit mit einer Lavalampe hatte. Als sie an dem Anglersteg ankam, wurde es bereits hell. Nach Atem ringend, beugte sie sich über das Geländer und schaute in das dunkle, undurchdringliche Wasser.

Längst waren die Blumen verschwunden, die Hannah vor ein paar Tagen zum Andenken an den Tod ihrer Schwester ins Wasser geworfen hatte. Das war die letzte Nachricht, die Rachel von ihr erhalten hatte. Pete sah mehrmals täglich im Posteingang des Podcasts nach, falls sich Hannah erneut meldete. Es kamen Unmengen an Mails, sowohl von Fans als auch von Kritikern. Nichts von Hannah. Rachel hatte immer wieder die Nummer angewählt, die Kitty ihr gegeben hatte, aber jedes Mal war sie nur an den Anrufbeantworter geraten. Sie hatte Hannah mehrere Nachrichten hinterlassen, aber keine Antwort bekommen.

Kann sein, dass es eine Zeit lang dauern wird, bis ich Ihnen den letzten Brief zukommen lasse, hatte Hannah am Ende der E-Mail geschrieben. *Ich fange an zu schreiben, höre aber immer wieder auf. Es wird mich all meine Kraft kosten, in Worte zu fassen, was Jenny an jenem Abend zugestoßen ist. Vielleicht sollte ich es Ihnen nicht erzählen. Vielleicht sollte ich die Vergangenheit ruhen lassen. Sie mit mir sterben lassen.*

Hannahs letzter Satz bereitete Rachel große Sorgen. Hannah hatte in ihren Schreiben an Rachel ein paarmal angedeutet, dass sie mit dem Gedanken ans Sterben spielte. Rachel wünschte, es gäbe eine Möglichkeit, wie sie auf Hannah zugehen könnte. Ihr Mut machen könnte. Ihr Hilfe besorgen könnte, so sie welche brauchte. Aber Rachel konnte Hannah nicht helfen, solange diese derart entschlossen war, Rachel nicht an sich heranzulassen. Es war fast, als wäre sie das Pfand in einem Spiel, dessen Regeln nur Hannah kannte, dachte Rachel, während sie zusah, wie die Morgenröte allmählich verblasste.

Spät am Abend zuvor hatte Pete angerufen, um ihr die Ergebnisse seiner Recherchen zu Vince Knox mitzuteilen. »Vor vier Jahren starb ein Mann namens Vince Knox im Gefängnis an einem Herzinfarkt«, sagte Pete. Rachel war kurz vor dem Einschlafen gewesen, als er anrief. Die Dringlichkeit in seiner Stimme ließ sie sofort hellwach werden. »Der Leumundszeuge, der ausgesagt hat, dass Scott Blair ein Kind vor dem Ertrinken gerettet hat, kann unmöglich Vince Knox sein, Rach. Alle Aufzeichnungen über seine Existenz – um nur eine Sache zu nennen – reichen nur bis genau eine Woche vor dem Tod jenes Vince Knox, der, wie ich schon sagte, im Gefängnis starb. Ich glaube, der Leumundszeuge hat den Namen Vince Knox angenommen, nachdem der richtige Vince Knox gestorben war, jedenfalls wurde er nicht mit diesem Namen geboren. Er ist jemand anders. Fragt sich nur, wer.«

»Vielleicht sollte ich ihn fragen«, sagte Rachel. »Hast du eine Adresse?«

»Keine feste Adresse. Er ist obdachlos. Offenbar schläft er im Sommer manchmal an einem der Strände südlich der Stadt.«

»Das ist ein großer Bereich.« Rachel gähnte. »Südlich der Stadt gibt es mehrere Strände.«

»Falls es was hilft: Ich habe eben mit einer ehrenamtlichen Sozialhelferin gesprochen, die sich um die Armen in Neapolis kümmert. Sie sagte, er schläft manchmal in einem Bootsschuppen in der Nähe des Meeresreservats.«

Rachel kannte den Strand, von dem Pete sprach. Gleich beim Nationalpark war ein geschützter Abschnitt mit einer Reihe Bootshäuser und einer Rampe. Auf der Karte hieß er Anderson's Beach. Rachel kannte ihn allerdings aus einem anderen Zusammenhang. Es war der Strand, zu dem Scott Blair Kelly Moore zum Pizzaessen gebracht und an dem er sie laut Anklage vergewaltigt hatte.

Nachdem Rachel das Telefonat mit Pete beendet hatte, stellte sie den Wecker auf eine Uhrzeit kurz vor Morgengrauen. Sie wollte am Strand südlich vom Morrison's Point entlangjoggen, in der Hoffnung, Vince Knox an einem seiner Stammschlafplätze anzutreffen.

Sobald sich ihr Atem auf dem Anglersteg wieder normalisiert hatte, lief Rachel weiter in Richtung des südlich gelegenen Meeresreservats und sprang dabei über Haufen aus feuchtem Seetang, die in der Nacht angeschwemmt worden waren. Als sie um die letzte Landzunge bog, sah sie in der Ferne eine Reihe Bootshäuser in verblassten Pastellfarben. Vom Strand klang wiederholt ein krachendes Geräusch herüber. Es kam von einer Bootshaustür, die im Wind auf- und zuschlug.

Als sie näher kam, flog die Tür gerade wieder krachend auf und gab den Blick ins Innere des Bootshauses frei. Dort stand ein altes Glasfaserboot mit einem Außenbordmotor. An Nägeln in der Holzwand hing Männerarbeitskleidung. Auf dem Betonboden hatte jemand ein provisorisches Bett errichtet, auf dem ein Stapel Decken lag. An den Wänden flatterten Zeitungsausschnitte in der frühmorgendlichen Brise.

Angezogen von der Wand mit den Zeitungsausschnitten trat Rachel in den Bootsschuppen. Schockiert stellte sie fest, dass sie alle den Prozess gegen Scott Blair zum Inhalt hatten. Irgendjemand hatte die Ausschnitte sorgfältig herausgerissen und mit rostigen Nägeln an die Wand gepinnt. Es waren Schwarz-Weiß-Aufnahmen von Scott Blair auf dem Weg zum Gericht und Fotos von Mitch Alkins und Dale Quinn, wie sie mit ausdruckslosem Gesicht die Treppe vom Gericht hinuntergingen.

An einer zentralen Stelle der Wand hing ein Artikel über Kelly Moores Aussage. Teile des Texts waren mit Kugelschreiber umrandet. Als Rachel näher trat, um in dem trüben Licht besser sehen zu können, knallte hinter ihr die Tür zu. Es wurde pechschwarz im Raum, und Rachel konnte nichts mehr erkennen.

Instinktiv bewegte sie sich auf die Tür zu und stieß kräftig mit der Schulter dagegen. Die Tür schwang weit auf. Rachel stolperte in das helle Morgenlicht hinaus und gegen die nackte Brust eines Manns.

Die rechte Seite seines Oberkörpers war von grauenhaften Verbrennungen entstellt. Einige Narben waren durch Hauttransplantate ersetzt worden. Der nicht entstellte Teil seiner Brust war voller Tätowierungen. Eine davon erkannte Rachel als das laienhaft gefertigte Gefängnistattoo einer Gang.

Sie hob den Kopf. Vor ihr stand Vince Knox und starrte sie zornig aus zusammengekniffenen Augen an.

»Was schnüffeln Sie hier rum?«, fuhr er sie an. Überrascht wich Rachel einen Schritt zurück.

Er beugte sich drohend über sie. Instinktiv wollte sie weiter zurückweichen, aber sie widerstand dem Impuls. Wenn sie einen Schritt nach hinten machte, würde es ein Leichtes für ihn sein, sie in den Bootsschuppen zu drängen und dort einzusperren. Sie sprang zur Seite, was ihr zumindest die Möglichkeit eröffnete, ihm über die Sanddünen davonzulaufen.

Nur dass sie es nicht tat. Es war nicht nötig. Er beachtete sie nicht mehr, sondern beugte sich mit Sorgenfalten auf der Stirn hinunter, um eine zitternde Möwe zu streicheln, die neben seinen Füßen in einem zusammengeknoteten karierten Hemd saß. Sein fürsorgliches Verhalten stand in krassem Gegensatz zu der Wut auf Rachel, die sie vor wenigen Sekunden noch zu spüren bekommen hatte.

»Ich wusste nicht, dass hier jemand wohnt«, sagte Rachel entschuldigend. Um die Situation zu entschärfen, schien es ihr das Beste, sich ganz normal zu verhalten. »Ich dachte, das Schloss des Bootsschuppens wäre kaputt.«

»Ich habe die Tür offen gelassen, als ich schwimmen gegangen bin.« Er richtete sich wieder zu seiner vollen Größe auf und beugte sich erneut drohend über sie. Sie ließ sich nicht einschüchtern. »Was machen Sie hier?«, zischte er. »Sie sind doch kein Bulle, oder? Ich hasse Bullen.«

»Ich bin Journalistin und berichte über den Prozess. Ich war bei Ihrer Zeugenaussage für Scott Blair dabei. Sie wirkten nicht so, als würden Sie das gern machen. Nachdem Sie das Gericht verlassen hatten, habe ich Sie mit einem Mann reden sehen, der für Greg Blair arbeitet. Hat Greg Blair sich Ihre Zeugenaussage erkauft, Mr Knox?«

»Nein«, erwiderte er. »Alles, was ich im Gericht gesagt habe, stimmt. Scott Blair hat dem Kind damals das Leben gerettet. Ist rausgeschwommen und hat es zum Strand zurückgebracht. Das ist bei Gott die Wahrheit.«

»Worin besteht dann die Verbindung zwischen Greg Blair und Ihnen?«, hakte Rachel nach.

»Das geht Sie einen feuchten Kehricht an«, brüllte er los. Als er merkte, dass sich der Vogel erschrocken hatte, beugte er sich erneut hinab, um das verängstigte Tier mit sanfter Stimme zu beruhigen.

»Mich mag es ja nichts angehen«, erwiderte Rachel. »Aber den Staatsanwalt, Mitch Alkins, geht es durchaus was an. Ihn wird das vermutlich sehr interessieren, vor allem wenn Greg Blair für Ihre Aussage bezahlt hat.«

»Jedes Wort, das ich gesagt habe, entspricht der Wahrheit. Dieser Prozess hat nichts mit mir zu tun. Ich habe keine Zeit für Ihre dummen Fragen. Ich muss den Flügel dieses Vogels schienen, bevor er das Bewusstsein verliert.« Er betrat den Bootsschuppen und kam kurz darauf mit einer Schachtel Bandagen zurück. Er ging in die Hocke, schiente den verletzten Flügel des Vogels gekonnt mit einem einfachen Holzspan und legte ihm einen Verband an.

»Wie lange leben Sie schon hier?«, fragte Rachel ein paar Minuten später, während er Fisch klein schnitt und den bandagierten Vogel fütterte.

»Ich bleibe hier manchmal im Sommer. Bekomme ein bisschen Geld dafür, dass ich die Boote im Auge behalte. Es gibt hier eine Dusche und Toiletten und einen Münzgrill, auf dem ich kochen kann. Mehr brauche ich nicht.«

»Wo leben Sie im Winter?«

»Ich komme zurecht«, erwiderte er. »Wenn ich im Sommer genügend Geld verdiene, miete ich mir ein Zimmer. Die meiste Zeit kümmere ich mich um meine eigenen Angelegenheiten. Das sollten Sie auch mal versuchen.«

Rachel wurde rot. Er hatte recht. Es stand ihr nicht zu, sich in das Leben dieses Manns einzumischen.

»Sagen Sie mir, woher Sie Greg Blair kennen, und schon sind Sie mich los«, sagte sie.

»Ich kenne Greg von früher«, erwiderte er. »Er erinnerte sich an mich. Bat mich, für seinen Sohn auszusagen, weil ich gesehen hatte, wie er ein Kind vor dem Ertrinken rettete. Er sagte, wenn ich es nicht täte, würde er die Leute an etwas erinnern, das ich vor langer Zeit getan habe. Ich will nur meine Ruhe haben, deshalb habe ich zugestimmt. Ich habe im Gericht nichts Unwahres gesagt. Darauf habe ich geachtet.«

»Ich hatte das Gefühl, dass Sie mehr wissen, als Sie im Gericht gesagt haben. Dass Sie irgendetwas zurückhalten.«

»Wie kommen Sie darauf?« Er starrte sie mit einem Blick an, den sie nicht deuten konnte.

»Instinkt«, erwiderte sie.

»Ihr Instinkt täuscht sich«, fuhr er sie an.

»Wie haben Sie sich Ihre Verletzungen zugezogen?«, fragte Rachel, als er sein Karohemd anzog und zuknöpfte, bis die Brandnarben an seiner Brust nicht mehr zu sehen waren.

»Messerkampf.« Er deutete auf die Narben in seinem Gesicht.

»Und die Brandnarben? Die sehen ziemlich schlimm aus.«

»Die stammen von einem Unfall in der Kindheit. Ist Ihre Neugier jetzt endlich befriedigt? Ich mache vielleicht nicht viel her. Und ich besitze vielleicht nicht viel. Aber in dieser Stadt gibt es sehr viel gefährlichere Leute als mich. Sie tragen Anzug und machen einen ehrbaren Eindruck, aber an dem, was sie bereit sind zu tun, um zu bekommen, was sie wollen, ist nichts Ehrbares. Gar nichts.«

Rachel dachte über diese Bemerkung nach, während sie über den Strand zurück Richtung Stadt joggte. Schleierwolken glitten hier und da über den ansonsten perfekten Himmel. In der Ferne tauchte ihr Hotel auf. Es war Freitag, der letzte Verhandlungstag vor dem Wochenende. Rachels Bauchgefühl sagte ihr, dass es ein dramatischer Tag werden würde.

Die gesamte Woche hatte die Verhandlung immer gleich begonnen. Der Richter fragte Mitch Alkins, ob Kelly Moore in den Zeugenstand zurückkehren würde. Alkins antwortete, Kellys Psychiaterin sei der Auffassung, sie sei noch nicht so weit. Sie brauche noch ein bisschen mehr Zeit. Mit dieser Antwort hatte sich Alkins die ganze Woche Zeit erkauft. Viel länger würde er damit nicht durchkommen. Dale Quinn gingen die Zeugen aus, und der Richter verlor allmählich die Geduld.

44 SCHULDIG ODER NICHT SCHULDIG

Staffel drei, Episode zehn: Kreuzverhör

Jetzt, wo wir uns dem Ende des Prozesses nähern, wird die Stimmung gereizter. Es wird nicht mehr rumgeflachst, was die Geschworenen zu Mittag gegessen haben. Die Anspannung ist zu groß. Der Richter ist nervös. Seine Zunge ist pures Gift. Manche sagen, dass er nicht mehr so bissig war, seit eins seiner Urteile vor sieben Jahren von einem Berufungsgericht verworfen wurde.

Die Geschworenen zeigen Anzeichen von Erschöpfung. Zu viele lange Tage mit komplexen und oft auch grauenvollen Zeugenaussagen. Mit der Zeit geht es einem an die Substanz, immer überlegen zu müssen, wem man glauben kann.

Heute hatte der forensische Experte der Verteidigung seinen Auftritt. Professor Carl Braun hat schätzungsweise 30 000 Dollar erhalten, um mit chirurgischer Präzision die forensischen Beweise der Staatsanwaltschaft zu zerpflücken. Er behauptete, es gäbe keinerlei Beweise, dass K einem sexuellen Übergriff ausgesetzt war. Keinen einzigen. Das läuft auf berechtigte Zweifel hinaus. Jedenfalls wenn ihm die Geschworenen glauben.

Erinnert euch an Dr. Wendy North. Sie war die Expertin der Staatsanwaltschaft. Sie gilt landesweit als eine der führenden Forensikexperten für Sexualdelikte.

Professor Braun widersprach all ihren Schlussfolgerungen mit einer Absolutheit, die ich erschütternd fand. Der Akademiker aus Harvard, der seit Jahrzehnten keine klinische Erfahrung mehr hat, wiederholte mehrfach im Zeugenstand, dass es keine Hinweise auf ein Sexualdelikt gäbe. Nur Anzeichen für härteren Sex. Zwei unbeholfene Teenager, die es wild miteinander trieben. So versuchte er, es klingen zu lassen.

Professor Braun ist groß. Fast 1,90, würde ich schätzen. Er hat borstiges stahlfarbenes Haar. Er trägt eine randlose Lesebrille, und aus der oberen Jackentasche lugt ein Taschentuch. Er ist der Typ alte Schule. Er spricht in einem tiefen Bariton, der ihm eine gottähnliche Autorität verleiht. Dies ist ein Mann, der keine Zweifel kennt. Jedenfalls nicht, wenn es um seine Meinungen geht. Klar, die Geschworenen mochten Dr. North. Aber was Selbstvertrauen angeht, spielt Professor Braun in einer ganz anderen Liga.

Die forensischen Beweise der Staatsanwaltschaft waren überzeugend, bis Braun sie in Fetzen riss. Ich kann nicht beurteilen, ob seine Behauptungen wirklich eine Grundlage hatten. Ehrlich gesagt klang das Ganze für mich teilweise doch sehr doppelzüngig. Aber diese Doppelzüngigkeit ging mit einer arroganten Selbstsicherheit einher, die die Geschworenen nicht unbeeindruckt ließ. Vielleicht haben wir Professor Braun nicht zum letzten Mal gesehen. Vielleicht wird er nach Ks Aussage noch einmal in den Zeugenstand gerufen, voraussichtlich, um aus forensischer Sicht alles zu zerpflücken, was K im Kreuzverhör sagen mag.

Davon unabhängig hat Brauns Zeugenaussage bereits jetzt die Gewichtung verschoben. Die Verteidigung hat zu jedem von der Staatsanwaltschaft vorgetragenen Aspekt

Zweifel säen können. Brauns Zeugenaussage hat den forensischen Beweisen der Staatsanwaltschaft schweren Schaden zugefügt. K muss dringender denn je in den Zeugenstand zurückkehren.

Heute hat Dale Quinn im Gerichtssaal den Richter gebeten, einen Stichtag festzusetzen. Er sagte, so könne es nicht mehr lange weitergehen. Hier der genaue Wortlaut: »Jeder Tag, der vergeht, ohne dass es mir möglich ist, die Aussage der Klägerin im Kreuzverhör zu überprüfen, mindert die Chancen meines Mandanten auf ein faires Urteil. Ihre unhinterfragte Aussage setzt sich mehr und mehr in den Köpfen der Geschworenen fest. Ich finde, die Verteidigung hat viel Geduld gezeigt, aber jetzt brauchen wir einen Termin. Wann wird sie aussagen?«

Der Richter spielte mit seiner Lesebrille. Die Verzögerung machte ihm offenbar ebenfalls zu schaffen. »Wir haben es hier mit einem Sexualdelikt zu tun, deshalb habe ich die Möglichkeit, der Klägerin etwas Zeit einzuräumen. Dennoch«, fuhr er an Alkins gewandt fort, »kann das Gericht nicht endlos warten.«

»Sie ist ein junges Mädchen und macht gerade eine sehr schwere Zeit durch«, entgegnete Alkins. »Ich bitte das Gericht um Mitgefühl und Geduld. Wir sind fast so weit.«

Quinn schob seinen Stuhl zurück und stand auf. »Ich habe durchaus Mitgefühl mit den emotionalen Problemen der Klägerin«, sagte er. »Aber das darf nicht zu rechtlichen Nachteilen für meinen Mandanten führen. Dass wir sie nicht ins Kreuzverhör nehmen können, fügt dem verfassungsmäßigen Recht meines Mandanten auf einen fairen Prozess schweren Schaden zu. Ich könnte Dutzende solcher Fälle aufzählen.«

Der Richter beugte sich vor und sagte ungehalten ins

Mikrofon: »Ich kenne die Verfassung, Herr Rechtsanwalt, und die relevanten Gesetze.«

Die Augen des Richters funkelten vor Wut darüber, dass er sich in einer derartigen Zwickmühle befand. Er wandte sich zu Alkins und ließ ihn mit deutlichen Worten wissen, dass er K am Montag im Gerichtssaal erwarte, und zwar aussagebereit. Das bevorstehende Wochenende sollte Ks Eltern und Ärzten ausreichen, um sie für den Zeugenstand fit zu machen.

Der Richter ließ offen, was passieren würde, wenn K am Montag nicht in den Zeugenstand trat, aber man muss kein Genie sein, um es sich auch so zusammenzureimen. Wenn K am Montagmorgen nicht als Zeugin zur Verfügung steht, wird Scott Blair höchstwahrscheinlich freigesprochen. Ob er seinen guten Ruf zurückerlangen und seine vielversprechende Schwimmkarriere wieder aufnehmen kann, steht auf einem anderen Blatt. Aber seine Freiheit wird er behalten.

Ich habe Mitch Alkins während des gesamten Verfahrens genau beobachtet. Er bleibt gelassen. Er zeigt nie Gefühle. Aber heute im Gericht machte er den Eindruck, als sei ihm klar, dass sein Fall an einem seidenen Faden hängt.

In seinem einzigen Kommentar den Medien gegenüber, als Scott Blair damals gerade angeklagt worden war, sagte Mitch Alkins, dieser Fall werde Frauen zeigen, dass ihr Recht, Nein zu sagen, unantastbar ist.

Welche Botschaft würde es senden, wenn Scott Blair freigesprochen würde? Nach der gestrigen Verhandlung habe ich versucht, Mitch Alkins auf dem Flur vor dem Gerichtssaal diese Frage zu stellen. Ich habe keine Antwort bekommen. Er schob sich an mir vorbei und eilte in Richtung seines Büros, wo sein Team, wie ich hörte, im Krisenmodus ist. Der Fall scheint ihm zu entgleiten.

Ich bin heute an Ks Haus vorbeigefahren. Die Jalousien waren heruntergelassen. Auf dem Rasen steht ein großes Schild, das die Leute darauf hinweist, dass es sich um Privatgrund handelt, und sie bittet, sich fernzuhalten. Es ist herzzerreißend, sich vorzustellen, was K und ihre Familie gerade durchmachen, während K die Entscheidung zu treffen versucht, ob ihre Kraft für ein grauenvolles Kreuzverhör durch Dale Quinn ausreicht. Ihre Eltern dürften sich der schrecklichen Folgen ihrer Entscheidung durchaus bewusst sein. Kurz gesagt: Wenn K nicht in den Zeugenstand tritt, ist der Prozess vorbei, und Scott Blair gewinnt.

Ich bin Rachel Krall von *Schuldig oder nicht schuldig*, dem Podcast, mit dem ihr auf der Geschworenenbank sitzt.

RACHEL

45

Rachel gab ihre Bestellung bei der Bedienung auf, ohne in die Speisekarte geschaut zu haben. Sie hielt sich schon lange genug im Hotel auf, um das Angebot auswendig zu kennen. Sie trank einen Becher Kaffee und vertiefte sich in die Samstagsausgabe der *Neapolis Gazette*, die sie aus dem Zeitungsständer im Eingangsbereich genommen hatte.

Auf der Titelseite prangte ein riesiges Foto von Scott Blair, wie er am Tag seiner Verhaftung aus dem Schwimmbecken gezerrt wurde. Seine muskulösen Arme waren hinter dem Rücken mit Handschellen gefesselt. Er trug seine Stars-and-Stripes-Badehose und eine passende Bademütze. Wasser tropfte von seiner Haut.

Die Überschrift lautete: »Blair-Prozess endet vielleicht Montag«. Rachel brauchte den Artikel nicht zu lesen, um zu wissen, worum es ging. Ohne Kellys Aussage würde Scott freigesprochen werden.

»Guten Morgen, Rachel.«

Im dämmrigen Licht des Hotelcafés wirkte Detective Coopers blonder Dreitagebart viel dunkler. Er trug Jeans und ein T-Shirt, darüber eine leichte Jacke. Ohne zu fragen, setzte er sich Rachel gegenüber, gerade als die Bedienung mit Rachels Orangensaft und einer Schale mit Açaíbeeren kam.

»Es überrascht mich, Sie hier zu sehen«, sagte Rachel. »Scott Blair steht kurz davor, freigesprochen zu werden. Da ist doch bestimmt das ganze Polizeirevier auf den Beinen, um Beweise zu sammeln, damit es nicht so weit kommt.«

»So läuft das nur im Fernsehen. Die Abteilung für Sexualdelikte hat den Fall monatelang untersucht und alles an Beweismitteln weitergeleitet, was sie finden konnte. Jetzt hängt alles von Kelly Moore ab.«

»Es sollte nicht davon abhängen, dass ein junges Mädchen zulässt, im Zeugenstand erneut traumatisiert und gedemütigt zu werden«, widersprach Rachel.

»Leider funktioniert das System so«, erwiderte Detective Cooper leise. Er winkte der Bedienung und bestellte beidseitig gebratene Spiegeleier auf Vollkorntoast sowie Kaffee. »Mitch Alkins würde sich gern mit Ihnen treffen«, sagte er, nachdem die Bedienung gegangen war.

»Hat er sie deshalb geschickt, damit Sie mich zu ihm bringen?«

»Er weiß, dass ich samstagmorgens immer schon früh nach meinem Boot sehe, das in der Marina gleich gegenüber von Ihrem Hotel liegt. Er hat mich gestern Abend gebeten, bei Ihnen vorbeizugehen und zu fragen, ob Sie noch immer mit ihm reden wollen.«

»Woher weiß Mitch Alkins so viel über Ihre Wochenend-Segelgewohnheiten?« Rachel trank einen Schluck Kaffee, ohne Detective Cooper aus den Augen zu lassen.

»Bevor diese Stadt ein besseres Seniorendorf wurde, war sie so klein, dass quasi jeder jeden kannte. Außerdem ist Mitch zufällig mein Cousin«, fügte er hinzu. »Und er ist Spätaufsteher. Ich schaue mal, ob er schon so weit ist. Jedenfalls wenn Sie einverstanden sind?«

Rachel nickte. Sie hatte schon seit Tagen mit Mitch Alkins reden wollen. Diese Gelegenheit würde sie sich ganz bestimmt nicht entgehen lassen.

Während Detective Cooper sein Frühstück verspeiste, sah Rachel nach, ob sich Pete gerührt hatte. Er hatte ihr gemailt, dass seit der letzten Folge mehr als achthundert Nachrichten bei der Mailadresse des Podcasts eingegangen seien. Sollte eine von Hannah dabei sein, würde er es sie sofort wissen lassen. Allerdings warnte er sie vor, dass es eine Zeit lang dauern würde, bis er alles durchgesehen hatte.

Als die Bedienung die Teller abräumte, piepste Coopers Handy. Er las den Text und warf Rachel dann einen Blick zu, den sie nicht zu deuten wusste.

»Mitch ist doch schon früh auf«, sagte er. »Er schreibt, wir sollen jetzt kommen. Mein Wagen steht drüben bei der Marina. Ich fahre Sie hin.«

Auf der Straße herrschte nur wenig Verkehr. Cooper legte den Ellbogen lässig auf das heruntergelassene Fenster. Sein goldenes Haar wurde vom Wind zerzaust. Unter seiner offen stehenden Jacke war undeutlich ein Schulterholster mit einer Waffe zu erkennen.

»Ich dachte, Alkins ist in seinem Büro«, sagte Rachel überrascht, als sie merkte, dass sie aus der Stadt hinaus und in eine ländliche Gegend nördlich von Neapolis fuhren.

»Habe ich vergessen zu erwähnen, dass er von zu Hause aus arbeitet?«, fragte Detective Cooper. Seine Stimme klang seltsam grüblerisch. »Es ist nicht mehr weit.«

Sie kamen an einer Reihe luxuriöser Villen auf einem bewachten Gelände vorbei, auf dem auch die Blairs ihre Villa mit eigenem Grundstück hatten. Am Eingang waren mehrere Sicherheitskräfte postiert. Rachel nahm an, dass sie die Demonstranten fernhalten sollten, die Scott Blair jedes Mal ausbuhten, wenn er zum Gericht aufbrach.

Fünf Meilen später bog Cooper von der Hauptstraße auf eine schmale Straße voller Schlaglöcher ab, die um eine Halbinsel herumführte. An einer Stelle verlief sie so nah an den Klippen, dass Rachel sehen konnte, wie die Wellen gegen die Felsen schlugen. Es war eine unwegsame und unbewohnte Gegend. Schwer vorstellbar, dass *irgendjemand* hier leben sollte – schon gar nicht Mitch Alkins. Rachel rutschte nervös auf ihrem Sitz hin und her. Sie musterte die Tür. Sie war verriegelt. Das Fenster war ebenfalls geschlossen. Alles wurde vom zentralen Schließsystem am Bedienpult des Fahrers aus gesteuert.

Rachel wurde noch unwohler, als Detective Cooper ein paar Meilen weiter bei einer Gabelung die rechte Kiesstraße nahm, die durch einen dichten Wald führte. Die unebene Straße war so eng, dass Büsche am Wagen entlangkratzten. Schließlich öffnete sich die Straße auf eine kleine Lichtung, auf der ein Jeep geparkt war.

»Wo sind wir?«, fragte Rachel zögerlich, nachdem sie ausgestiegen war und in der stillen Abgeschiedenheit des abgelegenen Buschlands stand.

»Kommen Sie mit.« Cooper führte sie einen grob aus dem hohen Bewuchs herausgeschlagenen Pfad entlang. Rachel musste kräftig schlucken, um ihn nicht merken zu lassen, wie verletzlich sie sich in einer so unerwartet einsamen Gegend fühlte. So stelle ich mir einen Ort vor, dachte sie, an den die Mafia jemanden verschleppt, um ihn umzubringen und die Leiche in einem flachen Grab zu verscharren. Als eine Lücke zwischen den Bäumen die Aussicht freigab, blieb sie wie angewurzelt stehen.

Unter ihnen lag eine Bucht mit einem atemberaubenden Strand. Darüber thronte ein Haus aus Holz und Glas, in dem sich der Ozean und der Wald spiegelten.

»Das ist Mitchs Haus«, sagte Cooper. Er ging den Weg zu dem Haus auf der Klippe hinunter. Rachel folgte ihm.

Mitch Alkins stand am Stahlgeländer des Balkons und schaute auf das Meer hinaus. Er trug Jeans und ein marineblaues Button-down-Hemd, das sich im Wind blähte.

»Ich darf nicht mit Journalisten über den Prozess reden«, sagte Alkins, als Rachel zu ihm trat. »Dass man mir vorwirft, mit einer einflussreichen Podcasterin unter einer Decke zu stecken, ist das Letzte, was ich brauchen kann. Deshalb rede ich nicht mit Ihnen. Dieses Gespräch findet nicht statt. Ist das klar?«

»Absolut.« Rachel drehte sich nach Detective Cooper um. Im Spiegel der riesigen Glasfenster des Hauses sah sie ihn durch das minimalistische Wohnzimmer eine frei schwebende Treppe hinuntergehen, bis er aus ihrem Blickfeld verschwunden war.

»Sie versuchen seit Tagen, mit mir zu reden. Worum geht es Ihnen?« Alkins starrte weiter auf das blaue Meer hinaus.

»Jenny Stills. Erinnern Sie sich an sie?«

»Natürlich erinnere ich mich an sie«, erwiderte er. »Jenny war das erste Mädchen, in das ich verliebt war.«

»Wie alt waren Sie damals?«, fragte Rachel.

»Ich muss etwa vierzehn, fünfzehn gewesen sein. Jenny war in der Schule zwei Klassen unter mir. Ich habe gefühlt mehrere Jahre gebraucht, bis ich den Mut hatte, sie anzusprechen. Schließlich habe ich es geschafft. Wir haben uns angefreundet. Manchmal waren wir zusammen am Strand. Aber ich traute mich noch immer nicht, sie um eine Verabredung zu bitten.«

»Was ist Jenny in jenem Sommer, als sie starb, zugestoßen?«

Alkins drehte den Kopf in Rachels Richtung, sodass sie auf einmal ihr Spiegelbild in seinen Brillengläsern sah. Ihre Dreistigkeit schien ihn zu ärgern, aber daneben zeichnete sich auch noch ein anderes Gefühl auf seinem Gesicht ab. Als Rachel begriff, dass es Schuld war, schnürte sich ihr vor Angst die Kehle zu.

»Ich weiß, dass Sie ihr jedes Jahr Blumen bringen. Dass Sie sie bitten, Ihnen zu verzeihen. Was haben Sie vor all den Jahren Schreckliches getan, das Jenny Ihnen vergeben soll?«

»Fragen Sie mich, ob ich Jenny umgebracht habe?«

Rachel schluckte kräftig und nickte. Mitch Alkins war in jeder Situation ein beeindruckender Mann. Ein Mann, der nie um Worte verlegen war. Sein grimmiger Gesichtsausdruck machte ihr klar, dass sie echt Nerven hatte, ihn zu verhören. Ohne etwas zu sagen, richtete er den Blick wieder auf das Meer.

»Haben Sie Jenny Stills wehgetan?«, bohrte Rachel weiter.

»Die Antwort lautet Ja«, sagte er schließlich. »Ich habe Jenny wehgetan.«

Als Rachel klar wurde, auf was für einem gefährlichen Terrain sie sich bewegte, fing ihr Herz an zu rasen. Sie sah hinunter in die Bucht. Mehr denn je wurde ihr bewusst, wie steil das Kliff unterhalb des Balkons, auf dem sie standen, abfiel.

»Was wir hatten, war der Anfang von etwas Wundervollem, und ich habe es durch meine Dummheit kaputt gemacht. Ich hatte Gerüchte gehört, sie wäre leicht zu haben. Sie würde mit jedem Jungen ins Bett gehen, der sie fragte. Also dachte ich, ich versuche mein Glück. Es war keine Vergewaltigung. So weit ging es nicht. Aber ich glaube, dass ich nur das eine im Kopf hatte, hat sie dennoch verzweifeln lassen. Ist Ihre Frage damit beantwortet?«

Rachel nickte. Ihr Mund war wie ausgetrocknet. »Sie sind der Junge, den sie in jenem Sommer am Strand getroffen hat. Sie haben sie zu einem Date abgeholt. Pizza, glaube ich.«

»Ja«, erwiderte er. »Woher wissen Sie das?«

»Hannah, ihre Schwester, schrieb davon in einem Brief an mich. Ihren Namen kannte sie nicht, aber sie erinnerte sich noch gut an den Abend, als Sie Jenny abgeholt haben. Sie schrieb, Sie hätten einen Strauß Wildblumen für Jenny mitgebracht, es wäre Ihnen dann aber peinlich gewesen und Sie hätten die Blumen auf den Boden geworfen, bevor Sie reingingen.«

»Ich war dumm und egoistisch und stand so unter dem Einfluss von Gerüchten und von meinen Hormonen, dass ich nicht begriffen habe, dass ich etwas Kostbares zerstöre. Vielleicht habe ich Jenny in jener Nacht das Herz gebrochen. Aber ich habe ihr nie körperlich wehgetan.«

»Wer war es dann?«, fragte Rachel. »Wer hat Jenny Stills umgebracht?«

»Es hieß, sie wäre ertrunken«, sagte Alkins.

»Glauben Sie das wirklich?«

»Es gab keinen Grund, daran zu zweifeln. Übrigens war ich nicht hier, als sie starb. Ich war so angeekelt von mir und davon, wie ich Jenny behandelt hatte, dass ich die Zeit, bis das College anfing, oben im Norden bei meinem Opa verbracht habe. Wieso sind Sie so interessiert an Jenny Stills? Das liegt doch schon ewig zurück.«

»Ich glaube, dass Jenny ermordet wurde«, erwiderte Rachel. »Vielleicht habe ich sogar Beweise. Ich brauche Ihre Hilfe. Ich brauche eine Kopie von Jennys Autopsiebericht, und ich würde gern mit den Polizisten sprechen, die den Fall damals bearbeitet haben. An diese Informationen komme ich nicht ran. Sie schon.«

»Ich werde ein paar Anrufe machen und Ihnen alles an Informationen besorgen, was Sie brauchen«, versprach er. »Sollte Jenny Stills tatsächlich ermordet worden sein, dann rolle ich den Fall noch mal auf. Ich habe sie damals enttäuscht. Noch einmal tue ich das nicht.«

Unten am Strand kletterte Detective Cooper über die Felsen zu einem kurzen Steg, an dem ein Motorboot festgemacht war. Er sprang ins Boot, löste die Seile und ließ den Motor an. Schweigend schauten sie zu, wie er das Boot aufs Meer hinaus lenkte. Es tanzte so hoch oben auf den hereinbrechenden Wellen, dass es aussah, als würde es gleich abheben.

»Die Küste hier ist trügerisch«, murmelte Alkins, während er dem Motorboot zuschaute, wie es durch das Wasser pflügte. »Im einen Moment wirkt es friedlich. Im nächsten kommt ein Sturm auf. In der Gegend hier sterben laufend Menschen im Wasser. Die Küste ist ein Friedhof aus gesunkenen Schiffen und Gedenktafeln für die Toten. Wir Einheimischen lernen die Launen des Meeres schon als Kinder kennen, aber selbst wir irren uns manchmal.«

»Ich vergesse immer, dass Sie hier aufgewachsen sind«, sagte Rachel. »Genießen Sie es, wieder hier zu sein?«

»Ich weiß nicht, ob ›genießen‹ das richtige Wort ist. Ich gehöre hierher. Ich hatte immer vor, irgendwann zurückzukehren, und dann ergab es sich schneller, als ich geplant hatte.«

»Das ist eine merkwürdige berufliche Umorientierung, wenn ich das so sagen darf«, legte Rachel nach. »Sie waren ein außerordentlich begehrter Strafverteidiger. Haben ein

Vermögen verdient. Wieso haben Sie auf die Seite der Staatsanwaltschaft gewechselt und sind in diese tiefste Provinz zurückgezogen?«

»Weil ich nachts besser schlafe.« Alkins beobachtete seinen Cousin, der das Boot angehalten hatte und sich jetzt über die Reling beugte, um eine Schnur im Wasser zu überprüfen. »Nick kontrolliert ein paar Netze. In ein paar Minuten kommt er zurück und bringt Sie wieder in Ihr Hotel. Ich muss mich weiter auf die Verhandlung nächste Woche vorbereiten.«

»Die Verhandlung könnte Montag zu Ende sein«, wandte Rachel ein.

»Ich hoffe, dass Kelly sich durchringen kann. Sonst ...« Er seufzte. »Könnten Sie durchaus recht haben.«

»Dann glauben Sie also auch, dass Scott freigesprochen werden könnte.« Es war nicht schwer, zwischen den Zeilen seines Kommentars zu lesen. »Wenn Scott Blair ohne Strafe davonkommt, wird das verheerend für Kelly sein.«

»Für Kelly und für viele weitere Vergewaltigungsopfer«, erwiderte Alkins. »Ich kann nicht viel tun. Wir brauchen ihre Aussage. Ohne die haben wir im Grunde keinen Fall.«

Er klang erschöpft, gleichzeitig war aber auch die eiserne Entschlossenheit eines Menschen zu spüren, der nicht so leicht aufgibt. Er richtete den Blick auf Rachel. »Ich habe Nick gebeten, Sie hierherzubringen, weil ich Sie um einen Gefallen bitten muss. Ich war gestern fast den ganzen Abend bei den Moores und habe versucht, Kellys Eltern begreiflich zu machen, dass der Fall ohne die Aussage ihrer Tochter verloren ist. Leider konnte ich nicht zu ihnen durchdringen. Sie machen sich ein völlig unrealistisches Bild von unseren Chancen, ohne Kellys Aussage zu gewinnen. Sie sagten mir, sie seien zuversichtlich, dass die Geschworenen Scott Blair auch ohne Kellys Aussage schuldig sprechen werden.«

»Ich wüsste nicht, wie die Geschworenen ihn verurteilen sollten, wenn Kellys Aussage für ungültig erklärt wird.«

»Genau«, erwiderte Alkins. »Deshalb wollte ich mit Ihnen reden. Vielleicht hat es mehr Gewicht, wenn sie es von jemandem hören, der kein Eigeninteresse an alldem hat. Von einer Außenseiterin. Sie sind einflussreich. Soviel ich weiß, ist Dan Moore ein Fan Ihres Podcasts. Vielleicht hören die beiden auf Sie.«

Rachel sah Alkins durchdringend an, um herauszufinden, ob er das ernst meinte. Aber sie sah nur ihr eigenes Gesicht in den dunklen Gläsern seiner Pilotenbrille. Als würde er merken, dass sie Bestätigung brauchte, nahm er die Sonnenbrille ab und lehnte sich an das Stahlgeländer, um sie direkt anschauen zu können. »Wenn Sie glauben, dass Scott Blair schuldig ist und bestraft gehört, dann reden Sie mit Kellys Eltern, Rachel. Überzeugen Sie sie, dass ihre Tochter in den Zeugenstand zurückkehren muss.«

»Ich sollte mich da nicht einmischen«, erwiderte Rachel zögernd. »Ich sollte eine neutrale Zuschauerin bleiben.«

»Ich kann Sie nur bitten«, sagte er. »Die Entscheidung treffen natürlich Sie. Wenn ich eins gelernt habe im Leben, dann dass das Gewissen eines Menschen ihn normalerweise zur richtigen Entscheidung führt.«

»Ich kann nichts versprechen«, erwiderte Rachel zurückhaltend. »Aber ich werde darüber nachdenken.«

»Ich erwarte keine Versprechen«, sagte er. Das Jaulen des Bootsmotors kam näher. Cooper steuerte das Boot über die aufgewühlten Wellen zurück zur Küste.

»Eins möchte ich noch klarstellen«, sagte Alkins, als sein Cousin das Boot an den morschen Steg heranfuhr und vertäute. »Anders als Dan Moore bin ich kein Fan Ihres Podcasts. Ich verstehe nicht, was Menschen so an den Tragödien anderer Menschen fasziniert. Das ist die moderne Form der Schaulust. Makaber. Podcasts wie Ihrer geben dieser Obsession Nahrung. Wäre es nach mir gegangen, hätte Richter Shaw niemals zugelassen, dass Sie von dieser Verhandlung berichten. Ich will, dass Sie das wissen. Denn selbst wenn Sie es schaffen sollten, dass Dan und Christine Moore auf Sie hören, werde ich nicht anders über Ihren Podcast denken. Bei mir gibt es keine Gegenleistung.«

Rachel wusste Mitch Alkins' Aufrichtigkeit zu schätzen. Zumindest wusste sie, woran sie war. Unten am Strand sah Cooper zu ihnen hoch, als warte er auf Alkins' Erlaubnis, wieder nach oben zu kommen. Alkins nickte leicht, und Cooper machte sich auf den Weg über den Strand zu dem steilen Pfad, der zum Haus hinaufführte.

Detective Cooper fuhr Rachel auf demselben Weg in die Stadt zurück, auf dem sie gekommen waren, über die Panoramaküstenstraße. Diesmal fuhr er in gemächlichem Tempo und bremste manchmal herunter, um ihr besonders schöne Aussichten und interessante Stellen zu zeigen. Als sie die Vororte der Stadt erreichten, piepste Rachels Handy. Es war eine Nachricht von Pete, in der er sie informierte, dass Hannah eine weitere E-Mail geschickt hatte.

HANNAH

46

Liebe Rachel,

es ist nicht leicht, in Worte zu fassen, was in jener Nacht geschah. Ich habe es nie aufgeschrieben und nie jemandem erzählt. Mein ganzes erwachsenes Leben lang habe ich versucht, es zu vergessen. Die Erinnerung kehrt unausweichlich zurück, immer zum ungünstigsten Zeitpunkt, wenn in meinem Leben etwas Gutes geschieht. Manchmal ist es so schmerzhaft, sich zu erinnern, dass ich mich mit dem Gedanken trage aufzugeben. Mich davongleiten zu lassen.

Ich erinnere mich noch, wie der Waldboden unter meinen nackten Füßen hin und her schwankte, als ich von der Lichtung und von Jenny im stählernen Griff eines Fremden davongetragen wurde. Ich konnte weder schreien noch um Hilfe rufen.

Es war niemand da, der meine Schreie hätte hören können. Niemand, der Jenny hätte retten können. Oder mich.

Ich hörte betrunkenes Gelächter. Es klang gemein und grausam. Jemand warf eine Bierflasche gegen einen Baumstamm. Sie zerbrach. Lautes Lachen ertönte. Weitere Flaschen zersplitterten, als sie ein Spiel daraus machten. Und dann herzerweichende Schreie. Das war Jenny. Sie taten ihr weh. Es gab nichts, was ich hätte tun können, damit es aufhörte. Ich wurde wie eine Stoffpuppe mit hilflos in der Luft zappelnden Füßen durch den Wald getragen.

»Bitte«, versuchte ich zu sagen. Meine Worte wurden von der Hand über meinem Mund erstickt. Ich hörte Jenny wimmern wie ein junges Kätzchen, das zu schwach ist, um mehr als leise Jammerlaute von sich zu geben. Ich versuchte, mich aus seinem eisernen Griff zu befreien. Ich wollte zu Jenny. Wollte sie berühren. Wollte ihr versichern, dass alles irgendwie wieder gut werden würde.

Aber ihre Schreie erklangen aus immer größerer Entfernung. Wir bewegten uns von ihr weg. Dann schlug mein Entführer eine andere Richtung ein, hielt mich aber weiter so fest, dass es kein Entrinnen gab. Es ging tiefer in den Wald hinein. Weg von Jenny. Ich versuchte, ihn zu treten, aber gegen seine Kraft hatte ich keine Chance, und meine Beine baumelten nutzlos in der Luft.

Kurz darauf blieb er abrupt stehen. Ich spürte, wie ich hochgehoben und dann auf etwas Hartes, Metallisches gelegt wurde. Metallstreben bohrten sich in meine Haut. Ich lag auf der Ladefläche eines Pick-ups.

Er presste mir die Hand auf den Mund. Ich konnte nicht schreien. Aber ich war nicht länger in diesen kräftigen Armen gefangen. Ich lag mit dem Gesicht nach oben und schaute in die Augen meines Entführers. Graue Augen, die ich wiedererkannte, selbst im trüben Licht des Walds.

Ich zuckte erschrocken zusammen, als sich Bobby zu mir herunterbeugte.

Er legte mir einen Finger auf die Lippen.

»Psst«, sagte er.

Er drückte mich nach unten, bis ich ganz flach dalag. Dann zog er die Leinenplane über mich. In dem Moment begriff ich, dass er mich versteckte. Mich beschützte. Kurz darauf spürte ich, wie das Fahrzeug tiefer sackte, weil Leute einstiegen. Bobby kletterte auf die Ladefläche, lehnte sich neben mir an die Fahrerkabine und streckte die Beine aus. Es gab einen leichten Aufprall, als jemand neben ihm auf die Ladefläche gelegt wurde. Ein leises Wimmern ertönte. Es war Jenny.

Türen wurden zugeschlagen. Jemand warf eine ungeöffnete Bierdose nach hinten. Sie prallte vom Metall ab und schlug auf mein Bein. Es tat schrecklich weh.

Schlingernd fuhren wir los. Jenny zitterte so sehr, dass ihr die Zähne klapperten. Ich spähte unter der Leinenplane hervor. Bobby knöpfte sein Hemd auf. Es machte mir Angst, dass er sich auszog. Nachdem er sich das Hemd vom Körper gestreift hatte, breitete er es über Jenny aus und stopfte es wie eine Decke um sie herum fest. Er nahm meine Hand und drückte sie beschwichtigend, während der Pick-up über den Waldweg bretterte und bei jedem Schlagloch heftig schwankte.

»Bobby, pass auf, dass sie nicht rausfällt. Wir sind noch nicht fertig mit ihr«, rief jemand durch das offene Fenster. Betrunkenes Gelächter tönte aus dem Wagen.

Mit quietschenden Reifen bog der Wagen auf eine glatte Asphaltstraße ab. Wir befanden uns auf der Hauptstraße. Der Wagen beschleunigte. Wir wurden nicht mehr so viel hin und her geworfen. Der Wind rauschte in meinen Ohren.

Bobbys Hand ruhte auf Jennys Rücken. Sie lag neben ihm. Er schien sie zu trösten. Ich versuchte, mich zu ihr hinüberzubeugen, um sie ebenfalls zu trösten. Als der Wagen immer schneller wurde, drückte mich Bobby wieder nach unten. Schließlich blieb der Pick-up stehen, und ich hörte das Tosen des Ozeans, hatte den unverwechselbaren Geruch nach Meer und Salz in der Nase.

»Wo ist sie?« Es war eine männliche Stimme. Belegt und lallend. Er beugte sich über die Seite der Ladefläche. Betrunken. Ich zuckte zusammen, als er mich beinahe berührte.

»Sie ist da drüben.« Eine weitere lallende Stimme.

»Vielleicht sollten wir sie jetzt gehen lassen.« Eine tiefere Stimme. Diese klang verängstigt.

»Wieso sollten wir das tun?«

»Ja, Mann. Wir wollen alle noch mal drankommen. Vielleicht ändert Bobby seine Meinung und will auch mal? Was meinst du, Bobby?«

Mein Herz hämmerte. Ich lag stocksteif da, voller Angst, sie könnten mich unter der Plane entdecken. Bobby neben mir rührte sich nicht. Es fühlte sich an, als würde er mich vor ihnen abschirmen.

»Nein. Nicht schon wieder. Bitte. Ich kann nicht.« Das war Jenny. »Lasst mich gehen. Ich will nach Hause.«

»Hör auf zu heulen, du Schlampe«, rief jemand. »Steh auf.«

Jenny kam mühsam auf die Beine. Wieder schaukelte der Pick-up, als sie hinuntersprang. Sie schleppten Jenny durch den Sand zum Strand.

Bobby, der ebenfalls von der Ladefläche geklettert war, hob die Plane an. »Lauf«, flüsterte er. »Ich versuche, sie dazu zu bringen, dass sie ihr nichts tun, aber du musst von hier verschwinden.« Ich starrte ihn an. Er hob eine Kiste mit Bierdosen und Flaschen hoch. »Lauf«, drängte er, dann drehte er sich um und gesellte sich zu seinen Freunden am Strand.

Ich hörte nicht auf ihn. Ich versteckte mich im Gebüsch. Ich konnte mich nicht dazu durchringen, meine Schwester alleinzulassen. Nachdem sich meine Augen an die Dunkelheit gewöhnt hatten, erkannte ich den vertrauten Umriss des Anglerstegs Morrison's Point. Seltsamerweise war es beruhigend zu wissen, wo wir uns befanden.

Am Strand flackerte ein Licht, und der giftige Geruch nach Benzin drang mir in die Nase. Sie machten ein Lagerfeuer am Strand. Um die Flammen herum waren ihre Silhouetten zu erkennen. Sie tranken Bier und ließen die Flaschen aneinanderklirren.

Auf der anderen Seite des Parkplatzes war eine Telefonzelle, in der Nähe der Toiletten. Ich hatte kein Geld, aber ich dachte, ich könnte die Vermittlung anrufen und sie bitten, die Polizei zu verständigen. Leise schlich ich mich in gebückter Haltung, damit man mich nicht sehen konnte, über den Parkplatz. Meine Schuhe hatte ich im Wald verloren. Ich war barfuß. Der nicht asphaltierte Parkplatz war voller spitzer Steine, die sich mir in die nackten Fußsohlen bohrten. Trotz des Schmerzes schrie ich nicht auf und gab auch sonst keinen Laut von mir.

Um zu der Telefonzelle zu gelangen, musste ich über den gut einsehbaren Parkplatz laufen. Rasch rannte ich los, bekam die Tür aber im Dunkeln nicht so schnell auf. Schließlich stand ich drinnen. Ich nahm den Hörer ab und rief die Vermittlung an. Meine Hände zitterten so heftig, dass es eine Zeit lang dauerte, bis ich die richtigen Tasten gedrückt hatte.

»Wie kann ich Ihnen helfen?«, meldete sich die Vermittlung.

»Bitte«, murmelte ich. Meine Kehle war so trocken, dass ich kaum einen Ton zustande brachte. Ich räusperte mich und sagte dann lauter: »Ich muss dringend mit ...«

Plötzlich drückte jemand die Tür der Telefonzelle auf, die mir schmerzhaft gegen die Schulter schlug. Eine Hand langte nach innen und drückte die Gabel hinunter, um den Anruf zu unterbrechen. Langsam drehte ich mich um. Es war Bobbys Freund, einer der Jungen, die bei Rick Süßigkeiten geklaut hatten, bevor sie uns damals nach Hause fuhren. Er roch nach Alkohol. Der Gestank war so überwältigend, dass ich mich so weit wie möglich nach hinten lehnte, bis ich im Rücken schmerzhaft den Telefonapparat spürte.

»Na, wenn das nicht die kleine Schwester ist«, knurrte er. Er packte mich an den Haaren und zog mich nah an sein heißes Gesicht heran.

RACHEL

47

Sie trafen sich in der Dämmerung an der Promenade. Dan und Christine Moore kamen Arm in Arm auf Rachel zu, beide trugen sie eine tief in die Stirn gezogene Baseballkappe. Sie waren gekleidet wie Zwillinge: ähnliche Jeans und T-Shirts unter nicht zugeknöpften Hemden, seins aus Jeansstoff, ihres aus weißem Leinen. Ihre Hemden blähten sich im Wind wie Fallschirme.

Zu dritt gingen sie von der Promenade zum Strand hinunter, wo ein paar Nachzügler noch den Sand aus ihren Handtüchern schüttelten, sie sich dann über die Schulter warfen und sich auf den Weg nach Hause machten. Am Ende des Strands verließen Surfer das Wasser, aus dem das schwindende Licht sie gegen ihren Willen vertrieb.

Dan hatte Rachel am Telefon gesagt, dass Christine und er gern mit ihr reden würden, aber nicht im Haus. Mitch Alkins war am Abend zuvor da gewesen. Es verunsicherte Kelly, wenn sie wusste, dass unten über sie diskutiert wurde, während sie in ihrem Zimmer blieb, wo ihre Großmutter in regelmäßigen Abständen nach ihr sah. Sie ließen Kelly nie lange allein.

Sich in einem Restaurant zu treffen, kam nicht infrage. Das Gleiche galt für Rachels Hotel. Das öffentliche Interesse an dem Fall war so groß, sie standen so sehr unter Beobachtung, dass Kellys Eltern seit Beginn der Verhandlung nicht mehr nach draußen gegangen waren. Dan hatte Rachel erzählt, dass sie allmählich durchdrehten. Seine angespannte Stimme ließ erkennen, dass er weder Witze machte noch übertrieb.

Kellys Name war von den Medien nicht preisgegeben worden, aber nichts konnte die Gerüchteküche aufhalten. In Neapolis wusste jeder, dass Kelly Moore das Mädchen im Zentrum des Vergewaltigungsprozesses war. Sie hatte ihre Highschool verlassen müssen, und dann auch eine weitere Schule, weil dauernd hinter ihrem Rücken getuschelt wurde, wenn sie auf den Fluren unterwegs war. Ihre Mutter war schon vor Beginn der Verhandlung dazu übergegangen, Lebensmittel über das Internet zu bestellen. Sie wagte es nicht, in einem Supermarkt einzukaufen, geschweige denn im Restaurant zu essen. Kelly genoss nur offiziell Anonymität.

Rachel hatte vorgeschlagen, sie sollten sich in der Dämmerung am Strand treffen. Es würde dunkel genug sein, dass niemand sie erkannte, und verlassen genug, dass sie in Ruhe reden konnten, ohne dass jemand mithörte. Sie hatten sich darauf geeinigt, dass alles, was gesagt wurde, unter ihnen blieb.

Je weiter sie sich von der Marina entfernten, desto weniger Menschen begegneten ihnen, bis nur noch sie drei nahe am Wasser entlanggingen, während die Nacht hereinbrach und Meer und Himmel wie Tinte ineinanderflossen.

»Wie geht es Kelly?«, fragte Rachel.

»Nicht gut«, erwiderte Christine. Ihr Seufzer verriet mehr als ihre Worte. »Bei dem Gedanken, noch mal ins Gericht zu müssen, bekommt sie sofort eine Panikattacke.«

Christine erklärte, dass Kelly hoch dosiert angstlösende Medikamente bekam, damit sie ruhig blieb. Die Medikamente machten es ihr schwer, zusammenhängend zu denken. Als ihr Arzt die Dosis reduziert hatte, war Kellys Angst wieder größer geworden. »Es ist ein Teufelskreis«, sagte Christine. Die dunklen Ringe unter ihren Augen erzählten ihre eigene Geschichte.

»Christine will nicht, dass Kelly in den Zeugenstand zurückkehrt«, sagte Dan und schaute auf die Spuren, die die Sohlen seiner Schuhe im Sand hinterließen.

»Sie sehen das anders. Sie möchten, dass Kelly ihre Aussage zu Ende bringt«, mutmaßte Rachel.

»Ja.« Er sah hoch. »Mitch Alkins hat uns gesagt, dass es ohne Kelly zu keiner Verurteilung kommen wird. Ich war die ganze Nacht wach und habe über das, was er gesagt hat, nachgedacht. Kelly muss es tun. Sie muss es tun, damit dieser Dreckskerl ins Gefängnis kommt. Sie muss es tun, damit sie neu anfangen kann. Sie wird es den Rest ihres Lebens bereuen, wenn sie die Sache nicht zu Ende bringt. Wenn Scott Blair freikommt und sein Leben straffrei genießen kann.«

Christine schüttelte bei den Worten ihres Manns den Kopf. Dies war eindeutig ein größerer Streitpunkt zwischen den beiden. Die Zeit lief ihnen davon, und noch immer waren sie nicht zu einer gemeinsamen Entscheidung gekommen.

»Was raten Kellys Ärzte?«, fragte Rachel.

»Ihre Therapeutin ist dagegen«, erwiderte Christine. »Sie fürchtet, es könnte über Kellys Kräfte gehen. Sie ist gerade emotional sehr labil. Aber Dan ...« Sie sah ihren Mann an. »Dan will Blut sehen.«

Sie suchte in ihrer Tasche nach einem Taschentuch und trocknete sich die feuchten Augen. »Er begreift nicht, dass wir Kelly dabei vielleicht verlieren.«

Dan legte die Arme um seine Frau und zog sie an seine Brust, wo sie mit dem Rücken zum immer dunkleren Meer vor sich hin schluchzte. Er sah Rachel über Christines Kopf hinweg an, als bitte er sie, ihre festgefahrene Diskussion neu zu beleben. Rachel senkte den Blick, drehte sich um und ging weiter über den Strand, um den beiden ihre Privatsphäre zu lassen.

»Wie schätzen Sie das ein, Rachel?«, fragte Dan, als die beiden sie, jetzt wieder gefasst, eingeholt hatten. »Sie waren jeden Tag im Gericht. Sie haben die Beweise gesehen und die Zeugenaussagen gehört. Glauben Sie, die Geschworenen kommen zu einem Schuldspruch, wenn Kelly nicht in den Zeugenstand zurückkehrt?«

Rachel richtete den Blick in die Ferne, wo sie gerade noch die Umrisse des Anglerstegs Morrison's Point ausmachen konnte, der sich ins Meer hinaus erstreckte. Kellys Eltern warteten eng aneinandergeschmiegt gespannt auf ihre Antwort. Rachel überlegte, ob sie etwas Beschönigendes sagen sollte. Dann fiel ihr wieder ein, was Mitch Alkins ihr dargelegt hatte. Sie mussten die Wahrheit erfahren. Die nackte, ungeschminkte Wahrheit.

»Wenn Kelly nicht in den Zeugenstand zurückkehrt, wird Dale Quinn argumentieren, dass ihre Aussage für ungültig erklärt werden muss. Die gesamte Aussage. Sie ist die Hauptzeugin, und er konnte sie nicht richtig ins Kreuzverhör nehmen. Ohne Kellys Aussage liegen den Geschworenen meiner Ansicht nach nicht genügend Beweise vor, um zu einer Verurteilung zu gelangen.«

Beide zuckten sie bei dieser brutalen Aussage zusammen. Christine, der plötzlich kalt war, schlang die Arme um ihren Körper. »Kelly hat sich das nicht ausgedacht. Er hat sie vergewaltigt. Wieso muss Kelly die Last tragen, es zu beweisen? Sie ist ein Kind. Sie ist diejenige, die leidet.«

Rachel wusste keine Antwort. Es gab keine. Sie hatte unterwegs ein paar Muscheln aufgesammelt und blieb jetzt stehen, um sie eine nach der anderen ins Meer zu werfen. Das Geräusch der Wellen übertönte beinahe den Aufprall der Muscheln auf dem Wasser.

»Denken Sie, der Richter wird das tun?«, fragte Dan. »Kellys gesamte Aussage für ungültig erklären?«

»Ihm wird kaum etwas anderes übrig bleiben«, erwiderte Rachel. »Er kann ihre Aussage nicht für gültig erklären, wenn Dale Quinn nicht genügend Gelegenheit hatte, sie ins Kreuzverhör zu nehmen.«

Dan und Christine hatten sich gegenseitig den Arm um die Taille gelegt. Rachel wusste, dass Mitch Alkins am vorigen Abend, als er bei ihnen gewesen war, etwas Ähnliches gesagt hatte, wenn auch vielleicht weniger diplomatisch. Er hatte ihr erzählt, dass er Kellys Eltern reinen Wein eingeschenkt hatte, bevor er gegangen war. »Wenn Kelly nicht aussagt, ist die Chance groß, dass Scott Blair freikommt«, hatte er gesagt.

Rachel hoffte, dass Alkins recht behielt und es größeres Gewicht hatte, wenn sie von ihr dieselbe Einschätzung hörten. Immerhin hatte sie kein persönliches Interesse am Ausgang des Prozesses. Für sie stand nicht ihr Ruf als Staatsanwalt auf dem Spiel. Außerdem kannte sie die Beweislage in- und auswendig, sie war jeden Tag im Gericht, lauschte den Zeugenaussagen, machte sich Notizen und berichtete für den Podcast von der Verhandlung.

Die Moores standen vor einer schrecklichen Entscheidung. Kelly in den Zeugenstand zurückzuschicken, würde ihre Tochter vielleicht endgültig zerstören. Zuzulassen, dass

Scott Blair freikam, würde sie vielleicht noch mehr zerstören. Eine Möwe flog auf der Suche nach einem Schlafplatz für die Nacht kreischend über den Strand.

»Wir können Kelly das nicht antun«, sagte Christine zu ihrem Mann.

»Wir müssen«, widersprach Dan heftig. »Wie können wir ihn davonkommen lassen? Mit unbeflecktem Namen. Unangetastetem Ruf. Er soll leiden. Er verdient es, bestraft zu werden. Soll ihm jemand im Gefängnis antun, was er Kelly angetan hat.«

Christine schlug zaghaft auf seinen Oberkörper ein und schluchzte. »Jedes Mal, wenn Kelly darüber redet, und ich meine wirklich jedes Mal, durchlebt sie diese Nacht noch einmal. Wieder. Und wieder. Und wieder. Es zerfrisst das, was von ihrer Seele noch übrig ist. Wir können sie nicht dazu drängen. Wir sind ihre Eltern. Wir müssen an mehr als an Gerechtigkeit denken. Oder Rache. Unsere Aufgabe ist es, ihr wieder auf die Beine zu helfen.«

»Ihre Zeugenaussage ist das, was sie braucht, um wieder auf die Beine zu kommen. Erst wird es schmerzhaft sein, aber es ist den Schmerz wert. Er wird bestraft und sie rehabilitiert werden. Sie wird wieder normal leben können.« Dan trat ein paarmal gegen einen Klumpen Seetang, bis er ihn ins Wasser befördert hatte.

»Kelly braucht nicht rehabilitiert zu werden. Sie hat nichts Falsches getan. Sie ist nicht ...« Christines Stimme zitterte vor Wut.

Den Rest des Satzes hörte Rachel nicht mehr, weil sie weiterging, um den beiden Zeit zum Reden zu lassen. Ihr war klar, dass sie schon seit Tagen die immer gleiche Diskussion führten. Sie drehten sich im Kreis. Die Zeit lief ihnen davon. Es war Samstagabend. Wenn Kelly Montagmorgen aussagen sollte, würden sie den ganzen Sonntag brauchen, um sie seelisch darauf einzustimmen. Vielleicht mussten sie sogar Mitch Alkins oder jemanden von seinem Team holen, damit sie Kelly auf das Kreuzverhör vorbereiteten.

Dan stapfte nach dem wütenden Schlagabtausch mit seiner Frau an Rachel vorbei und beschleunigte seinen Schritt. Rachel blieb stehen und wartete auf Christine, die sich die Augen abtupfte. Schweigend gingen die beiden Frauen weiter und blieben bewusst ein ganzes Stück hinter Dan zurück. Zügig marschierte er weiter und verschwand hinter der nächsten Landzunge aus ihrem Gesichtsfeld.

Es wurde dunkler, und allmählich konnte man kaum noch etwas erkennen. Kurz darauf hörten sie das Ächzen des hölzernen Stegs, der sich, von Wind und Flut bewegt, hob und senkte.

Schließlich holten sie Dan ein, der auf die Umrisse des Stegs starrte, als hätte er Angst, ihm zu nahe zu kommen. »Mir war gar nicht bewusst, dass wir schon so weit gegangen sind.« Er schauderte. »Ich habe diesen Ort immer gehasst.« Abrupt drehte er sich um und ging Richtung Marina zurück.

»Er wirkt, als wäre der Teufel hinter ihm her«, sagte Rachel zu Christine, während sie beobachteten, wie er mit langen Schritten über den Strand davoneilte.

»Dan gibt sich die Schuld an dem, was Kelly zugestoßen ist«, erwiderte Christine. »Er sagt, hätte er damals, als sein Dienst in der Navy beendet war, zugestimmt, nach Portland in die Nähe meiner Familie zu ziehen, wäre das nie passiert. Stattdessen sind wir hierhergezogen. Er hat darauf bestanden. Trotz seiner schrecklichen Kindheit hatte er das Gefühl, dass er hierhergehörte.«

»Inwiefern war seine Kindheit schrecklich?«, fragte Rachel überrascht. Sein Vater war Polizeipräsident der Stadt gewesen. Rachel war davon ausgegangen, dass er eine unkomplizierte, behütete Kindheit gehabt hatte.

Christine schüttelte traurig den Kopf. Sie erzählte Rachel, dass Dans Vater ihn, als er zwölf war, so brutal verprügelt hatte, dass er mit einem Schädelbruch ins Krankenhaus eingeliefert werden musste. Sein Vater hatte dem zuständigen Arzt erzählt, Dan sei bei einem gefährlichen Sprung mit seinem Skateboard gestürzt. »Der Arzt hat es ihm abgenommen«, fuhr sie fort. »Es gab keinen Grund für ihn, Polizeipräsident Russ Moore nicht zu glauben. Dans Mom hat sich ein Jahr später umgebracht. Der Leichenbeschauer behauptete, sie hätte aus Versehen eine Überdosis genommen. Niemand nimmt aus Versehen ein Dutzend Valium. Dan sagt, sie hätte die Prügel nicht mehr ertragen. Nachdem seine Mutter tot war, ist er seinem Vater so gut wie möglich aus dem Weg gegangen. Gott sei Dank gab es die Navy. Sie hat einen Menschen aus ihm gemacht.«

»Inwiefern?«, hakte Rachel nach.

»Sie hat seine Ecken und Kanten geschliffen«, erwiderte sie. »Ihn geerdet. Ihm Werte vermittelt. Er ist ein liebevoller Vater und ein wunderbarer Ehemann. Dan leistet sehr viel ehrenamtliche Arbeit. Ihm bedeutet das Miteinander im Ort eine Menge. Er mag diese Stadt. Deshalb hat ihn die Situation besonders hart getroffen. Wie die Stadt gespalten wurde. Diese Verbissenheit. Wie sich die Leute gegen Kelly, gegen unsere Familie wenden. Er kommt nicht darüber hinweg. Es bringt ihn um.«

Als sie sah, dass ihr Mann stehen geblieben war und an der Promenade auf sie wartete, senkte sie die Stimme. Die Flut drängte kräftig herein und verschlang immer mehr vom Strand. Die beiden Frauen kletterten gemeinsam zurück auf die Promenade. In der Ferne waren die Lichter der Marina zu sehen. Als sie näher kamen, hörten sie die Musik von den Terrassen der Restaurants.

»Ich werde Neapolis vermissen«, sagte Christine wehmütig.

»Sie verlassen die Stadt?«, fragte Rachel.

»Ich ziehe mit Kelly in die Nähe meiner Eltern«, antwortete Christine. »Dan bleibt, um das Geschäft und das Haus zu verkaufen. Er kommt so bald wie möglich nach.« In ihrer Stimme schwang etwas mit, das klang, als würde Dan vielleicht nie nachkommen. Rachel hatte den Eindruck, dass sich die Familie – und die Ehe – nie wieder davon erholen würde, sollte Dan Moore darauf bestehen, dass seine Tochter in den Zeugenstand zurückkehrte.

Als sie beim Wagen angekommen waren, nahm Dan die Hände seiner Frau und sah ihr in die Augen. »Ich habe auf dem Rückweg über das nachgedacht, was du gesagt hast, Schatz. Ich habe in meinem Leben eine Menge Fehler gemacht, aber einen weiteren werde ich nicht machen. Ich werde dich, was Kelly angeht, nicht bekämpfen. Ich muss glauben, dass Scott Blair bestraft wird. Irgendwann, irgendwo wird er für das büßen müssen, was er meinem kleinen Mädchen angetan hat.« Er schüttelte den Kopf. »Aber du hast recht. Kelly muss nicht diejenige sein, die dafür sorgt.«

Rachel sah zu, wie Dan und Christine davonfuhren. Ihre Entscheidung war gefallen. Kelly Moore würde Montagmorgen nicht in den Zeugenstand zurückkehren. Der Prozess war zu Ende.

RACHEL

48

Rachel saß auf dem Bett und lauschte dem Freizeichen. Mitch Alkins hatte nicht überrascht gewirkt, als sie ihm mitteilte, dass Kelly am Montag nicht ins Gericht kommen werde. Es war fast, als hätte er sich mit diesem Ergebnis bereits abgefunden. Er musste gewusst haben, dass Christine Moores ausgeprägter Beschützerinstinkt über die Rachegelüste von Kellys Vater siegen würde.

Alkins hatte so resigniert geklungen, dass Rachel es nicht über sich gebracht hatte, ihn zu fragen, ob er Jennys Stills' Autopsiebericht aufgetrieben oder irgendetwas über die Umstände ihres Tods herausgefunden hatte. Er hatte ihr versprochen, sich darum zu kümmern, und sie glaubte ihm. Sobald der Prozess vorbei war, würde er die Sache in Angriff nehmen, da war sich Rachel sicher.

Hannahs letzte E-Mail hatte Rachel zutiefst getroffen. Sich an das zu erinnern, was in jener Nacht geschehen war, machte Hannah eindeutig massiv zu schaffen. Rachel spürte es in jedem Wort, in jeder Silbe. Kurz hatte sie überlegt, Detective Cooper die Briefe zu zeigen, sich dann aber dagegen entschieden. Hannah hatte ihr nicht die Erlaubnis erteilt, jemand anderem ihre Geschichte zu erzählen, und Rachel wollte ihr Vertrauen nicht missbrauchen.

Sie putzte sich die Zähne und machte sich fertig zum

Schlafengehen. Nach ihrem spätabendlichen Spaziergang mit Kellys Eltern war sie aufgewühlt und traurig. Scott Blair würde freigesprochen werden. Vermutlich würde sein guter Ruf wiederhergestellt werden. Er würde behaupten, das Opfer falscher Anschuldigungen geworden zu sein. Viele würden ihm glauben.

Vielleicht würde er es zu den Olympischen Spielen schaffen und Gold gewinnen, wie sein Vater stolz an dem Tag vorhergesagt hatte, als Rachel bei ihm im Haus war. Vielleicht würde sein Ruf aber doch zu sehr beschädigt sein, vielleicht würde er auch so viel an Selbstvertrauen und Fitness verloren haben, nachdem man ihn von den Schwimmwettbewerben ausgeschlossen hatte, dass er nie wieder zu seiner alten Form zurückfinden würde. Die Zeit würde es zeigen.

Während Scott niemals eine Nacht im Gefängnis verbringen würde, würde Kellys Name – da war sich Rachel sicher – für immer beschmutzt bleiben, ähnlich wie bei Jenny. Die Blair-Anhänger würden sie als rachsüchtiges Mädchen verleumden, das sich dem Kreuzverhör entzogen hatte, um nicht als Lügnerin entlarvt zu werden.

Kellys Unterstützer dagegen würden ihr nicht verzeihen, dass sie aufgegeben hatte. Tief im Innern würden sie ihr übel nehmen, dass sie die Sache nicht durchgezogen hatte, und im Stillen würden sie ihr die Schuld daran geben, dass es für andere Opfer in Zukunft schwieriger sein würde, Anzeige zu erstatten.

Kelly würde niemals frei sein. Sich niemals ganz erholen. Ihre Kindheit war durch diese Nacht am Strand frühzeitig und grausam beendet worden. Ihre Familie floh aus der Stadt wie verfolgte Flüchtlinge. Ihr Leben und ihre Existenz hatte sie geopfert, damit Kelly in einer anderen Stadt, in einer anderen Schule einen Neuanfang machen konnte. Vielleicht sogar unter einem neuen Namen. Christine hatte recht. Es sollte nicht auf den Schultern eines jungen Mädchens lasten. Aber so war es.

Rachel ließ sich auf das Bett fallen und starrte an die Decke. Sie war so sehr mit dem Podcast und den Einzelheiten des Prozesses beschäftigt gewesen, dass sie nicht dazu gekommen war, alles noch einmal mit Abstand zu betrachten. Andere Perspektiven einzunehmen. Während sie so auf ihrem Bett lag, quälte sie das Gefühl, etwas übersehen zu haben. Sie hatte dieses Gefühl auch vorher schon gehabt, hatte es aber weggeschoben. Doch diesmal nahm sie es ernst.

Sie schnappte sich die Notizbücher, die auf dem Schreibtisch lagen, und suchte nach dem, in dem sie in ihrer schwer lesbaren Steno Kelly Moores Aussage festgehalten hatte. Sie blätterte es durch, bis sie nach drei Viertel der Seiten auf etwas stieß.

Auf mir lag eine alte Decke. Es war ein großes Hemd, das um mich herum festgestopft war. Ich weiß nicht, woher es kam, denn Scott hatte kein derartiges Hemd getragen.

Rachel zog die Mappe mit Hannahs Briefen heraus. Dann legte sie sich wieder auf das Bett und las die Briefe einen nach dem anderen. Langsam wanderte der grüne Leuchtzeiger der Uhr weiter. Jedes Mal, wenn Rachel einen Brief zu Ende gelesen hatte, warf sie ihn neben sich auf das Bett und fing den nächsten an. Und den nächsten. Bis sie bei Hannahs letzten E-Mails angekommen war. Dort stieß sie auf etwas, das sie in die Höhe schnellen ließ. Sie knipste die Lampe neben dem Bett an und las den Absatz noch einmal. Sie wollte ganz sicher sein. *Jenny zitterte so sehr, dass ihr die Zähne klapperten. Ich spähte unter der Leinenplane hervor.*

Bobby knöpfte sein Hemd auf. Es machte mir Angst, dass er sich auszog. Nachdem er sich das Hemd vom Körper gestreift hatte, breitete er es über Jenny aus und stopfte es wie eine Decke um sie herum fest.

Ähnliche Beschreibungen. Zwei Vergewaltigungen. In derselben Stadt. Fünfundzwanzig Jahre, die dazwischenlagen. Als Rachel unter die Decke kroch, verteilten sich Hannahs Briefe überall im Bett. Das ist einfach nur Zufall, dachte Rachel. Erst als sie kurz vor dem Einschlafen war, fiel ihr etwas ein, und ihr wurde klar, dass es alles andere als Zufall war.

Es war noch stockdunkel draußen, als Rachel aufstand und ihre Joggingsachen anzog. Bis zum Morgengrauen war es nur noch gut eine Stunde, aber es hätte genauso gut Mitternacht sein können. Rachel trat durch die Drehtür des Hotels auf die verlassene Straße. Die Laternen brannten, und die Ampeln wechselten die Farbe, aber auf der Straße, die parallel zum Strand verlief, war nicht ein einziges Fahrzeug unterwegs.

Rachel lief die Promenade entlang und dann weiter die Strecke, die sie am Abend zuvor mit Dan und Christine Moore gegangen war. Als sie am Steg ankam, war der Himmel bereits eine Spur weniger dunkel. Bald würde es hell werden. Rachel rannte an dem Steg vorbei, ließ einen Strand nach dem anderen hinter sich, bis ihr Gesicht glühte und ihr Atem stoßweise ging.

Die Bootsschuppen am letzten Strand ächzten im Wind, als sie dort ankam. Der Strand lag so nah am Meeresreservat, dass sie das aus Holz und Stein gebaute Besucherzentrum sehen konnte. Rachel schlich an den Bootsschuppen vorbei und hielt sich, so gut es ging, in deren Schatten.

Sie lehnte sich an einen der Schuppen und wartete. Als

es hell wurde, flog eine der Türen auf, und Vince Knox – oder wie immer er heißen mochte – schob ein kleines Glasfaserboot aus dem Holzschuppen und über den Sand hinunter zum Wasser. Der Außenbordmotor war hochgeklappt, damit er nicht über den Sand schleifte.

Als das Boot unten am Strand war und sich nicht weiterschieben ließ, ging er ins Wasser, packte die Seile und zog, bis das Boot auf den Wellen tanzte.

Rachel lief zum Strand hinunter und winkte, um ihn auf sich aufmerksam zu machen. Erst bemerkte er sie nicht, weil er Krebskörbe am Boden des Boots hin und her schob, um das Gewicht gleichmäßig zu verteilen. Als er den Kopf hob und Rachel am Strand stehen sah, blickte er sie zunächst verwirrt und dann wütend an.

»Sie schon wieder! Was wollen Sie diesmal?« Seine Stimme klang heiser.

»Wie geht es dem Vogel?«, fragte Rachel.

»Er trinkt und frisst«, erwiderte Knox. »In ein paar Tagen lasse ich ihn frei.«

»Das höre ich gern«, sagte Rachel, die sich nicht von der Stelle rührte. Er wandte sich wieder seiner Arbeit zu, warf ihr aber ab und zu einen Blick zu, als wolle er fragen, wieso sie noch da war.

»Ich muss Sie was Wichtiges fragen.«

»Ich beantworte keine Fragen. Weder Ihre noch die von jemand anders. Und jetzt verschwinden Sie von meinem Strand.«

»Es geht um den Scott-Blair-Prozess«, sagte sie.

Er starrte sie genervt an. Darüber hatten sie bereits letztes Mal gesprochen, als sie uneingeladen hier aufgetaucht war. Er sprang aus seinem Boot und watete zurück an den Strand. Rachel dachte, er wolle mit ihr reden. Stattdessen ging er einfach an ihr vorbei hinauf zum Bootsschuppen. Als er zurückkam, hatte er einen großen weißen Eimer für seinen Fang und einen rostigen Spieß dabei. Rachel nahm an, dass der Spieß dazu diente, die Krabbenkörbe aus dem Wasser zu heben, allerdings hielt er ihn in der Hand wie einen Speer. Vielleicht hoffte er, sie damit einzuschüchtern.

»Sie haben im Zeugenstand gelogen, indem Sie etwas verschwiegen haben«, rief Rachel ihm hinterher, nachdem er an ihr vorbeigegangen war.

»Ich bin Ihnen keine Rechenschaft schuldig.« Er warf den Eimer ins Boot und deutete mit dem Spieß auf Rachel, als wolle er ihr Angst einjagen. Rachel stemmte die Hände in die Hüften. Sie fürchtete sich nicht im Geringsten vor Vince Knox.

»Hier ist niemand außer Ihnen und mir«, sagte er warnend. »Wenn Sie klug sind, verschwinden Sie so schnell wie möglich.«

»Hören Sie mir zwei Minuten zu.« Rachel blieb hartnäckig.

Schließlich ließ er den Spieß sinken, starrte auf seine nackten Füße und hörte sich an, was sie zu sagen hatte. Seine Shorts und sein T-Shirt waren klatschnass, seit er das Boot ins Wasser gezogen hatte. Rachel gab ihm eine Kurzfassung dessen, was sie brauchte, und wieso. Er verzog keine Miene, während sie redete.

»Ich kann Ihnen nicht helfen«, sagte er, als sie geendet hatte. »Das habe ich Ihnen bereits gesagt. Ich kümmere mich um meine eigenen Angelegenheiten. Nur so kann ich bei dem Leben, das ich führe, überleben.«

»Manchmal muss man den Mund aufmachen, oder man muss die Verantwortung für die Folgen seines Schweigens übernehmen«, erwiderte Rachel.

Er drehte sich um und stieg ins Boot, das heftig schwankte, als er sich auf den Sitz beim Außenbordmotor hangelte. Rachel zog ihre Sneakers aus und watete barfuß ins Wasser.

»Warten Sie«, rief sie ihm hinterher.

Er ignorierte sie und zog an der Schnur, mit der der Motor angelassen wurde. Der Motor stotterte, ohne anzuspringen. Er wollte gerade einen zweiten Versuch starten, als Rachel ihn erneut ansprach.

»Bobby, warten Sie«, rief sie. Er ließ die Schnur los und starrte sie an.

»Woher wissen Sie meinen richtigen Namen?«

»Ein Mädchen, das Sie früher kannten, hat mir ein paar Briefe geschickt, in denen sie einen Jungen mit grauen Augen namens Bobby erwähnt«, erwiderte Rachel. »Bobby hat ihrer verletzten Schwester geholfen, indem er sein Hemd ausgezogen und sie wie in eine Decke darin eingewickelt hat, damit sie nicht fror. Um zu verhindern, dass sie bewusstlos wurde. Genau wie Sie das mit der Möwe gemacht haben. Und genau wie Sie das letztes Jahr hier an diesem Strand gemacht haben, als Sie ...« Ihre Worte wurden vom Wind davongeweht.

»Wer ist dieses Mädchen, das die Briefe geschrieben hat?«, unterbrach er sie. »Wie heißt sie?«

»Ihr Name lautet Hannah Stills. Ihre Schwester war Jenny Stills. Erinnern Sie sich an die beiden?«

»Vage«, erwiderte er. »Meine Erinnerung an damals ist wegen des Unfalls sehr eingeschränkt.«

»Was für ein Unfall?«

»Ich bin, als ich jung war, mit einem Pick-up gegen einen Baum gefahren. Habe zwei meiner Freunde getötet. Ich habe überlebt. Wenn man das, wie ich aussehe, überleben nennen kann.« Er zog sein Hemd hoch, um ihr die

Narben der Verbrennungen dritten Grades an seiner Brust zu zeigen, die sie bereits gesehen hatte. Er lachte, wütend und bitter. »Ich war danach fast ein Jahr im Krankenhaus. Hatte eine Hauttransplantation nach der anderen. Insgesamt vierzehn Operationen. An all das kann ich mich nur noch dunkel erinnern. Eigentlich erinnere ich mich nur an das, was man mir erzählt hat. Dass ich gegen einen Baum gefahren war und meine Freunde getötet hatte. Für das, was ich getan habe, sind diese Narben vermutlich nur eine geringe Strafe.«

»Mag sein, dass Sie sich nicht an Jenny Stills erinnern«, sagte Rachel. »Aber Sie erinnern sich an ein anderes Mädchen, dem Sie hier an diesem Strand geholfen haben. Sie waren in jener Nacht hier. Nicht wahr?«

Er hörte sie nicht. Er hatte den Motor angeworfen und fuhr auf das Meer hinaus. Rachel lauschte dem Jaulen des Motors, während er das Boot über die Wellen steuerte, bis er dem Sog der Flut entkommen und draußen auf dem offenen Meer war.

Als er zwei Stunden später zurückkam, saß Rachel im Schneidersitz am Strand und wartete auf ihn. Nachdem er das Boot festgemacht hatte und an Land gekommen war, sah er sie an und nickte.

49

Als Dale Quinn Montagmorgen ins Gericht kam, konnte er beim Anblick von Mitch Alkins, der mit hängenden Schultern am Tisch der Staatsanwaltschaft saß, sein Hochgefühl kaum verbergen. Der Sieg war zum Greifen nah.

Quinn nahm seinen Platz am Tisch der Verteidigung ein und lehnte sich zurück, um unbeschwert ein wenig mit Greg Blair zu plaudern. Im Gerichtssaal herrschte bereits gespannte Erwartung, als Richter Shaw in seiner schwarzen Robe eintrat. Mit durchdringendem Blick fragte er Mitch Alkins wie an jedem Morgen der vergangenen Woche, ob die Klägerin bereit sei, sich wieder dem Kreuzverhör zu stellen.

»Euer Ehren«, sagte Alkins. »Miss Moores Eltern und ihre Therapeutin haben mir mitgeteilt, dass sie seelisch zu angeschlagen ist, um in einer öffentlichen Gerichtsverhandlung weiter befragt zu werden. Sie kann jedoch gern schriftlich antworten oder ihre Antworten auf eine Frageliste der Verteidigung per Video festhalten. Ich bitte darum, das Gesetz hier großzügig auszulegen. Sie ist sehr jung und sehr traumatisiert, und wir können das Kreuzverhör mit Sicherheit genauso gut durchführen, ohne sie noch mehr zu quälen, indem wir sie erneut in den Gerichtssaal holen.«

»Euer Ehren.« Dale Quinn war aufgesprungen. »Ich muss die Zeugin persönlich und vor den Geschworenen ins Kreuzverhör nehmen. Alles andere würde das Recht meines Mandanten ...«

»Ja, ja, ich weiß, Mr Quinn«, fiel der Richter ihm ins Wort. »Das Recht Ihres Mandanten auf einen fairen Prozess beeinträchtigen. Glauben Sie mir, Herr Anwalt, wir machen hier alle möglichen Verrenkungen, um diesen Prozess so fair wie möglich zu gestalten.«

Der Richter winkte Quinn und Alkins zu sich nach vorn. Während er leise mit den beiden sprach, gab niemand im Gerichtssaal auch nur das geringste Geräusch von sich. Alle versuchten, etwas von dem Gespräch mitzubekommen. Sophia, die Gerichtszeichnerin, die neben Rachel saß, hörte auf zu zeichnen. Als der Richter Quinn und Alkins auf ihren jeweiligen Platz zurückschickte, hätte niemand sagen können, was genau besprochen worden war.

Nachdem Mitch Alkins wieder am Tisch der Staatsanwaltschaft saß, zog er die Schultern hoch und rieb sich die Schläfe, als wäre er zutiefst unzufrieden mit dem Ergebnis. Rachel nahm an, dass der Richter sein Angebot, Kelly könne schriftlich oder per Videoaufzeichnung antworten, abgewiesen hatte.

Zurück am Tisch der Verteidigung blieb Dale stehen, knöpfte sein Jackett zu und versuchte, nicht allzu triumphierend zu klingen. »Euer Ehren«, sagte er. »Da die Klägerin, Miss Moore, heute nicht zur Verfügung steht und somit die Frist für ihre Rückkehr in den Zeugenstand abgelaufen ist, beantrage ich, dass ihre gesamte Aussage für ungültig erklärt wird.«

»Ich bin geneigt, Mr Quinn zuzustimmen«, sagte der Richter.

»Euer Ehren«, unterbrach Alkins.

»Ich habe Ihnen genügend Zeit zugestanden, Mr Alkins«, sagte der Richter. Er wies die Geschworenen an, Kelly Moores gesamte Aussage nicht zu berücksichtigen. Sie durften ihr Urteil auf nichts von dem stützen, was sie vorher im Prozess im Zeugenstand gesagt hatte. Ihre gesamte Aussage wurde gestrichen, als hätte sie nie auch nur ein Wort gesagt.

Im Gerichtssaal war es totenstill, als Quinn den Richter bat, einen weiteren Antrag stellen zu dürfen. Er war nur noch einen Schritt davon entfernt, den Prozess zu gewinnen. »Euer Ehren, in Anbetracht Ihrer Entscheidung, Miss Moores Aussage für ungültig zu erklären, beantrage ich, das Verfahren mangels Beweisen einzustellen.«

»Mr Alkins, ich denke, es spricht eine Menge für Mr Quinns Antrag. Möchten Sie sich dazu äußern?«, sagte der Richter in sein Mikrofon.

»Euer Ehren.« Alkins erhob sich. »Ich würde gern einen Zeugen noch einmal in den Zeugenstand rufen, bevor Sie eine Entscheidung über den Antrag der Verteidigung fällen.«

»Sie haben Ihre Beweisführung bereits abgeschlossen«, fuhr der Richter ihn an. »Sie können jetzt nicht noch Zeugen vorladen.«

»Der Zeuge, den ich gern befragen würde, war Zeuge der Verteidigung. Die Beweisführung der Verteidigung ist noch nicht abgeschlossen.«

»Wen möchten Sie befragen?«, schnaubte der Richter.

»Ich würde gern Mr Vince Knox in den Zeugenstand zurückrufen.«

Ein Raunen ging durch den Gerichtssaal. Alle konnten sich noch gut an Vince Knox, den griesgrämigen Leumundszeugen der Verteidigung, erinnern, dessen Gesicht und Hals von Tätowierungen und Narben von Schnittwunden verunstaltet waren. Er hatte zu Scott Blairs heroischer Tat ausgesagt, einen Jungen vor dem Ertrinken gerettet zu haben.

»Mr Alkins, wieso verschwenden Sie die Zeit des Gerichts, indem Sie einen Leumundszeugen der Verteidigung zurück in den Zeugenstand rufen?«, fragte der Richter ungehalten.

»Ich glaube, dass Mr Knox Informationen haben könnte, die von grundlegender Bedeutung für diesen Fall sind, jenseits seiner Aussage als Leumundszeuge für den Angeklagten.«

»Stattgegeben.« Der Richter sah alles andere als glücklich aus über die Richtung, die der Prozess nahm. »Sie bewegen sich hier auf sehr dünnem Eis, Mr Alkins. Ich schlage vor, Sie kommen mit dem Zeugen umgehend zum Wesentlichen. In Rekordzeit.«

Dale Quinn beugte sich zu Scott Blair und flüsterte ihm etwas ins Ohr. Scott zuckte mit den Schultern. Rachel war sich ziemlich sicher, dass Quinn seinen Mandanten gefragt hatte, ob er wisse, was Mitch Alkins ausgerechnet Vince Knox entlocken wollte.

Um Zeit zu schinden, bat Quinn den Richter um einen halben Tag Aufschub, um sich auf den Zeugen vorzubereiten. Der Richter lehnte ab. Barsch wies er darauf hin, dass der Zeuge schließlich ein Zeuge der Verteidigung sei und Quinn bereits genügend Zeit gehabt habe, sich vorzubereiten. Daraufhin bat Quinn um eine kurze Pause, um mit seinem Mandanten zu reden.

»Nein«, donnerte der Richter, als würde er mit einem Kindergartenkind reden, das dauernd auf die Toilette will.

»Sie bekommen keine Pause. Wir haben eben erst angefangen. Gerichtsdiener, holen Sie den Zeugen herein.«

Die Tür ging auf, und Vince Knox betrat den Gerichtssaal. Diesmal trug er nicht den geliehenen Anzug, den er bei seiner ersten Zeugenaussage angehabt hatte. Stattdessen trug er eine sorgfältig gebügelte Jeans und ein abgetragenes Hemd mit bis zu den Ellbogen hochgekrempelten Ärmeln.

Die Gerichtszeichnerin fertigte ein Porträt von ihm an, während der Richter ihn daran erinnerte, dass er nach wie vor unter Eid stand. Die gesunde Hälfte von Knox' Gesicht war vom Wetter gegerbt und gerötet. Die andere Hälfte war voller schlecht verheilter Messerstichnarben, die das Augenlid nach unten zogen. Diesmal versuchte er gar nicht erst, die Tattoos an seinem Hals unter einem Hemdkragen zu verbergen.

»Ihr Name ist Vince Knox, ist das richtig?«, fragte Alkins.

»Ja, Sir, das stimmt.«

»Sie waren früher auch unter einem anderen Namen bekannt. Wie lautet er?«

»Ich hieß früher Bobby. Bobby Green«, erwiderte der Zeuge. Im Gerichtssaal schnappte mancher überrascht nach Luft, aber der Zeuge schien es nicht zu merken. Er wartete auf Alkins' nächste Frage.

»Wieso haben Sie Ihren Namen geändert, Mr Knox?«, fragte Alkins.

»Ein Freund von mir hat mir mal erzählt, wenn man seinen Namen ändert, ändert man auch sein Schicksal. Ich beschloss, mit einem neuen Namen hierher zurückzukehren. Einen Neuanfang zu machen. Ich bin in Neapolis aufgewachsen. Ich fand es hier immer schön: das Meer, die Vögel. Hier möchte ich den Rest meines Lebens verbringen.«

Während der Zeuge sprach, drehte Quinn sich um und warf Greg Blair einen vernichtenden Blick zu. Dann flüsterte er einem seiner Kollegen etwas ins Ohr, woraufhin dieser sofort aus dem Gerichtssaal eilte. Rachel nahm an, dass der jüngere Anwalt Vince Knox' Vergangenheit, als er noch Bobby Green hieß, auf Unregelmäßigkeiten überprüfte, die Quinn im Kreuzverhör als Munition dienen konnten.

Alkins fragte Knox, wo er sich in der Nacht aufgehalten habe, in der Kelly Moore vergewaltigt wurde. Er antwortete, dass er in einem der Bootsschuppen gewohnt habe. »Es war bequemer, als in meinem Wagen zu schlafen. Außerdem gibt es dort eine Toilette und am Strand eine Dusche sowie einen Münzgrill. Im Winter kann man dort nicht wohnen. Es ist zu kalt. Aber in der Nacht, als dem Mädchen wehgetan wurde, war ich dort.«

»Was geschah in jener Nacht?«, fragte Alkins.

»Ich war im Bootsschuppen und versuchte zu schlafen. Der Wind heult, wenn er in den morschen Schuppen fährt, außerdem schlafe ich sehr tief, weshalb ich lange nicht mitbekam, dass dort jemand war. Später in der Nacht bin ich zum Pinkeln nach draußen gegangen und habe am Strand ein halb nacktes Mädchen gefunden. Erst dachte ich, sie wäre tot, weil sie sich nicht rührte und die Augen geschlossen hatte, aber dann gab sie ein wimmerndes Geräusch von sich. Wie ein verletztes Tier. Ich merkte, dass sie wach war, aber sie war nicht ansprechbar. Es wirkte auf mich, als stünde sie unter Drogen oder wäre im Delirium. Sie hatte offensichtlich Schmerzen, wenn auch nicht so sehr körperlich. Eher seelisch. Es ist schwer zu erklären.«

»Hat das Mädchen irgendetwas zu Ihnen gesagt?«, fragte Alkins.

»Ich glaube nicht, dass ihr meine Gegenwart bewusst war. Sie hat vor sich hin gewimmert, Dinge gesagt wie ›Lass mich los. Lass mich los‹.«

Alkins zeigte Knox mehrere Fotos von jungen Mädchen und fragte ihn, welches dieser Mädchen er in der fraglichen Nacht am Strand gesehen habe. Knox zeigte sofort auf das Foto von Kelly Moore.

»Als einzige andere Person, die in jener Nacht dort am Strand war, haben Sie da irgendetwas gehört oder gesehen, das darauf hindeutet, dass Scott Blair Kelly Moore vergewaltigt hat?«, fragte Alkins.

»Und ob er sie vergewaltigt hat«, antwortete Knox. »Nachdem ich das arme Mädchen gefunden hatte, habe ich genug gehört und gesehen, um zweifelsfrei zu wissen, dass sie das alles nicht gewollt hat.«

50 SCHULDIG ODER NICHT SCHULDIG

Staffel drei, Episode elf: Er hat gesagt/Sie hat gesagt

Die Zeugenaussage, die Scott Blair am meisten belastet, dürfte wohl die eines Vagabunden sein. Sein Name lautet Vince Knox. Das ist nicht sein richtiger Name. Nach seiner Entlassung aus dem Gefängnis hat er seinen Namen ändern lassen. Abgesehen von seinem Strafregister ist er auch bekannt für Landstreicherei. In den letzten Jahren hat er in Neapolis gelebt. Er nimmt Arbeit an, wo er welche findet. Meistens Jobs für ein paar Stunden. Er mäht Rasen, säubert Regenrinnen. Am Wochenende geht er mit einer Schubkarre am Strand entlang und sammelt weggeworfene Dosen und Flaschen auf, um das Pfandgeld zu bekommen.

Er besitzt einen verrosteten Kombi und ein kleines Motorboot. Morgens fährt er meistens aufs Meer raus, um Krabben zu fangen. Seinen Fang verkauft er an hiesige Restaurants, um seine Einnahmen aufzubessern. Er sorgt für verletzte Vögel mit gebrochenen Flügeln; er wickelt sie in sein Hemd ein, um sie warm zu halten. Er bleibt für sich. Er hat keine Freunde. Außer man zählt die Vögel und die Streuner als Freunde, die er füttert und versorgt, wenn sie sich verletzt haben.

Er schläft, wo immer sich ein Plätzchen findet. Läuft es gut, ist es ein Zimmer, wenn er ein billiges finden kann.

Läuft es schlecht, schläft er hinten im Wagen. Manchmal schläft er am Strand oder in einem Bootsschuppen. Dort befand er sich in der fraglichen Nacht. In der Nacht, in der K mutmaßlich vergewaltigt wurde.

Vince Knox war einer der Leumundszeugen, die während des Prozesses von Scott Blairs Verteidiger befragt wurden. Er schilderte dem Gericht, wie Scott Blair drei Jahre zuvor unter Lebensgefahr einen Jungen vor dem Ertrinken gerettet hatte, der von der Strömung ins Meer hinausgetragen worden war. Vince Knox sagte, Scott sei ein Held.

Heute hat er erneut ausgesagt. Diesmal hat er ihn nicht als Helden bezeichnet. Er nannte ihn einen Vergewaltiger.

Vince Knox erzählte dem Gericht, dass er letztes Jahr in einem Bootsschuppen gelebt hat. Als er früh am Morgen herauskam, sah er K halb nackt im Sand liegen. Er dachte, sie sei tot.

Als sie wimmerte, merkte er, dass sie noch lebte. Er erinnert sich, blaue Flecken an ihrem Körper gesehen zu haben. Er hatte den Eindruck, sie sei überfallen worden. Vermutlich vergewaltigt. Er zog sein Hemd aus, deckte sie damit zu und stopfte es wie eine Decke um sie herum fest. Genau wie er das mit verletzten Vögeln macht, die er rettet. Er hatte Angst, sie würde einen Schock erleiden.

Er ging in den Bootsschuppen zurück und hielt durch eine Öffnung zwischen den Holzlatten Wache. Er sagt, er habe ihr keine Angst machen wollen, wenn sie aufwachte und ihn sah. Er ist ein angsteinflößender Mann. Schaurig anzusehen. Im Gesicht hat er Narben von einem Messerangriff im Gefängnis, außerdem ist er bis zum Hals hinauf tätowiert.

In jener Nacht hat er weder die Polizei noch einen Krankenwagen gerufen. Er behauptet, der Akku seines Handys sei leer gewesen. Er gibt zu, dass er sie hinten in seinem Wagen ins Krankenhaus hätte bringen können. Er tat es nicht. Er hatte Angst, man würde ihn festhalten. Vielleicht beschuldigen, selbst das Mädchen vergewaltigt zu haben. Oder ihn wegen Landstreicherei und Betreten fremden Eigentums belangen. Dieser Mann hat so viele Jahre seines Lebens im Gefängnis verbracht, dass er bei amtlichen Stellen immer Verdacht zu erregen befürchtet.

Deshalb behielt er K vom Bootsschuppen aus im Auge, um sicherzugehen, dass ihr niemand etwas tat. Während er durch die Spalten zwischen den Holzlatten spähte, sah er Scott Blair von seinem Sportwagen zum Strand gehen. Er trug eine kleine blaue Sporttasche. Inzwischen war das Mädchen wach. Das Hemd, in das Vince Knox sie gewickelt hatte, rutschte herunter, als sie sich, offensichtlich desorientiert, aufsetzte. In seinem Versteck im Schuppen nahm Vince Knox an, dass Scott gekommen war, um dem Mädchen zu helfen. Stattdessen trat er ihr mit seinem Sneaker leicht gegen den Oberschenkel. Als würde er einen streunenden Hund aufscheuchen.

Scott befahl ihr aufzustehen und sich unter der Stranddusche mit eiskaltem Wasser zu waschen. Er gab ihr Seife und Haarshampoo, die er aus der Sporttasche genommen hatte. Er sagte ihr, wenn sie nicht alles an Beweisen abwaschen würde, würde er es selbst tun. »Pass lieber auf«, drohte er ihr grinsend, während er ihren nackten Körper betatschte. »Eins könnte zum anderen führen, und ich lasse mich vielleicht noch mal hinreißen.«

Als sie geduscht und sich angezogen hatte, drückte Scott sie gegen den Bootsschuppen, in dem sich Vince Knox verbarg. Scott warnte sie, ja niemandem zu erzählen, was er getan hatte. Vince Knox erinnert sich, dass Scott ihr noch einmal im Detail aufzählte, was er mit ihr gemacht hatte. Er hörte, wie Scott zu dem Mädchen sagte, er würde ihren Ruf ruinieren, sollte sie nicht die Klappe halten. Danach gab Scott ihr Geld und sagte ihr, sie solle den Bus nach Hause nehmen.

Da Ks Zeugenaussage für ungültig erklärt wurde, existiert nichts von dem, was sie an jenem Tag gesagt hat. Es ist nie geschehen. Die Geschworenen können sich nicht darauf beziehen. Dürfen sich nicht einmal daran erinnern. Deshalb ist Vince Knox' Aussage als Augenzeuge so wichtig. Und seine Aussage war vernichtend.

Trotz seiner schroffen Art hielten ihn die Geschworenen für aufrichtig, glaube ich. Ein einfacher Mann, der sich freimütig in einfachen Worten ausdrückte. Sie schätzten seine Offenheit. Ihnen war klar, dass er von seiner Aussage nicht profitieren würde, dass es ihm nur um die Wahrheit ging. Die Geschworenen leiden, wie wir alle, unter Prozessmüdigkeit. Man merkte ihnen an, dass sie seine Authentizität mochten.

Als Dale Quinn an der Reihe war, setzte er alles daran, Vince Knox schlechtzumachen. Er beschuldigte ihn, ein Voyeur zu sein, der zwei Teenagern hinterherspionierte, die am Strand ein romantisches Stelldichein hatten. Er behauptete, Grund für Knox' Aussage sei seine Wut auf Scott Blairs Vater, der ihn gelegentlich für Instandhaltungsarbeiten angeheuert, ihm aber nie eine Vollzeitstelle angeboten hatte. Nachdem er Vince Knox nach allen Regeln der Kunst verleumdet hatte, konzentrierte er sich darauf, Widersprüche in seiner Aussage aufzudecken. Ihn der Lüge zu überführen.

»Wollen Sie das Gericht glauben machen, dass Sie eine Vergewaltigung verschlafen haben?«, fragte Quinn.

»Der Wind rüttelt ganz fürchterlich an diesen Schuppen«, antwortete Knox.

»Wenn es so laut war im Schuppen, dass Sie nicht mitbekommen haben, wie ein Mädchen vergewaltigt wird, wie konnten Sie dann wundersamerweise hören, dass der Angeklagte mit der Klägerin über seine Verbrechen sprach, wie Sie behauptet haben? Ist es nicht eher so, dass Sie gelogen haben, als Sie behaupteten, Sie hätten besagte Unterhaltung zwischen meinem Mandanten und der Angeklagten gehört?«

»Ich lüge nicht. Ich habe jedes Wort gehört, weil er sie an die Wand des Bootsschuppens gedrückt hat, in dem ich mich versteckt hatte. Ich war genau auf der anderen Seite der dünnen Wand. Nur wenige Zentimeter von ihnen entfernt. Ich habe jedes Wort gehört. Ich bin nicht taub. Jedenfalls noch nicht.«

»Wieso haben Sie nichts davon erwähnt, als Sie letztes Mal im Zeugenstand waren?«, fragte Quinn.

»Sie haben mich nicht gefragt, ob Scott Blair es getan hat. Ob er das Mädchen vergewaltigt hat. Sie wollten nur wissen, wie er vor ein paar Jahren das Kind vorm Ertrinken gerettet hat. Hätten Sie mich gefragt, ob er es getan hat, dann hätte ich es Ihnen gesagt.«

So ging es eine Zeit lang weiter, bis Dale Quinn von dem Kollegen, den er zuvor weggeschickt hatte, eine Mappe mit Notizen gereicht bekam. Er überflog sie und bat den Richter dann um eine Pause, um mit seinem Kollegen zu reden, der das Material zusammengetragen hatte. Offenbar hatte er etwas entdeckt, womit er nicht gerechnet hatte. Wir alle sahen zu und fragten uns, was los war, als er sich zu Scott Blairs Vater umdrehte, und die beiden wütend miteinander flüsterten. Beide wurden immer aufgebrachter. Der Richter griff ein. Er sagte, Quinn habe genügend Zeit gehabt, um sich zu besprechen, und solle mit der Befragung fortfahren.

»Wieso sollten die Geschworenen einem Mann glauben, der zwei seiner Freunde umgebracht hat, als er betrunken gegen einen Baum fuhr?«, fragte Quinn. »Sie waren im Knast, weil Sie die beiden Jungen getötet haben, nicht wahr, Bobby Green? Dann kamen Sie hierher zurück und haben einen anderen Namen angenommen, damit niemand von Ihrer kriminellen Vergangenheit erfuhr.« Es folgte eine seltsame Stille. Viele erinnerten sich noch an das, was damals geschehen war.

»Wie ich schon sagte, habe ich meinen Namen geändert, weil ich einen Neuanfang machen wollte. Ich war mit Vince Knox im Gefängnis. Er hat mir das Leben gerettet. Mehr als einmal. Ich wollte die Erinnerung an ihn wachhalten. Deshalb habe ich seinen Namen angenommen. Ich wusste, dass man mich hier nicht in Ruhe gelassen hätte, wenn bekannt geworden wäre, dass ich Bobby Green war.«

Mit achtzehn fuhr Vince Knox, der damals noch Bobby Green hieß, in einer Sommernacht einen Pick-up gegen einen Baum. Sein Blutalkoholspiegel war doppelt so hoch wie erlaubt. Das Fahrzeug verwandelte sich in einen Feuerball. Seine Freunde starben. Er erlitt schwere Verbrennungen. Er wäre fast gestorben. Er war monatelang im Krankenhaus, und die Ärzte mussten ihn mehrmals operieren, um sein Leben zu retten. Die Narben davon werden ihm sein Leben lang bleiben. Nachdem er wiederhergestellt war, bekannte er sich des Totschlags schuldig und wurde zu einer Haftstrafe verurteilt. In den Jahren danach verbrachte er mehr Zeit im Gefängnis als draußen, bis er vor ein paar Jahren nach Neapolis zurückkehrte und ein neues Leben anfing.

Falls Quinn gedacht hatte, er könne Vince Knox dazu bringen, im Zeugenstand auszurasten, wenn er in den offenen Wunden seiner Vergangenheit herumstocherte, dann hatte er sich gründlich geirrt.

Vince Knox, ein stämmiger Mann mit dünnem braunem Haar und einem vorstehenden Bauch, stand auf. Sein tätowierter Hals und die Narben von den Schnittwunden, die man ihm im Gefängnis zugefügt hatte, sprachen Bände über sein schwieriges Leben.

Mit Tränen in den Augen wandte er sich an die Geschworenen. »Ich habe nie behauptet, ein guter Mensch zu sein. Ich habe vieles falsch gemacht im Leben. Vieles, für das ich mich schäme. Ich habe meine Freunde getötet. Bin mit dem Wagen frontal gegen einen Baum gekracht. Aber das hat nichts mit dem zu tun, was in jener Nacht geschehen ist. Scott dort drüben, der hat diesem Mädchen etwas Schreckliches angetan. Er hat sie vergewaltigt. Und dann hat er gedroht, es wieder zu tun, falls sie es irgendjemandem erzählt. Ich habe gehört, wie er es gesagt hat. Jedes einzelne Wort.«

Vince Knox' Aussage reichte dem Richter, um Dale Quinns Antrag auf Einstellung des Verfahrens aus Mangel an Beweisen abzulehnen. Quinn stand wie ein begossener Pudel da. Am Morgen hatte er das Gericht in der Erwartung betreten, dass der Prozess am Mittag beendet sein würde. Er verließ es wie wir anderen auch: unsicher, wie das Urteil lauten würde.

Mitch Alkins und Dale Quinn hielten beide überzeugende Schlussplädoyers. In Alkins' Version war Scott Blair ein Vergewaltiger, der vorsätzlich gehandelt hatte. Grausam, berechnend. Bewusst vorausplanend hatte er ein junges Mädchen in die Falle gelockt und vergewaltigt, um eine Wette zu gewinnen. Er hatte sich vom ersten Moment an schuldig gemacht. Er hatte versucht, sich ein Alibi zu verschaffen und die Beweise so gut wie möglich wegzuwaschen. In Dale Quinns Version war Scott Blair schlimmstenfalls ein unreifer Wettfanatiker, der nach einem von beiden Seiten gewollten sexuellen Akt zu Unrecht beschuldigt wurde. Das Mädchen hatte es im Nachhinein bereut, angestiftet von seinen wütenden, rachsüchtigen Eltern und einer Staatsanwaltschaft, die Scott wegen seines Bekanntheitsgrads zum Sündenbock machen wollte, um die Gier der Öffentlichkeit zu befriedigen, Männer wegen sexueller Delikte ins Gefängnis wandern zu sehen.

Als die Geschworenen den Saal verließen, um über das Urteil zu beraten, fühlte ich mich, als würde ich alten Freunden Lebewohl sagen. Am Anfang des Prozesses waren die Geschworenen Fremde. Untereinander. Für mich. Für alle im Gerichtssaal.

Im Laufe der Verhandlungstage habe ich sie als Individuen kennengelernt. Ihre Mimik. Ihre nervösen Angewohnheiten. Ich habe sie weinen sehen. Und lachen. Ungläubig die Augen verdrehen. Vor allem habe ich gesehen, wie sie das Gähnen unterdrückten und heimlich auf die Uhr schauten. Nach zwei Wochen voller Zeugenaussagen lautet ihre Aufgabe jetzt, zu entscheiden, ob Scott Blair über jeden berechtigten Zweifel hinaus der Vergewaltigung und sexuellen Nötigung schuldig ist.

Manche sagen, dass die Klausel »berechtigter Zweifel« einer der Gründe ist, weshalb Vergewaltigungsverfahren so selten zu einer Verurteilung führen. Im Fall von Sexualdelikten ist das eine hohe Messlatte, weil es außer den Beteiligten selbst selten Zeugen gibt.

Die Vorstellung, dass die Schuld des Angeklagten über jeden berechtigten Zweifel hinaus bewiesen sein muss, geht auf den britischen Juristen Sir William Blackstone zurück, der im 18. Jahrhundert in seinem berühmten Werk, welches unserem Rechtssystem zugrunde liegt, schrieb: »Lieber kommen zehn Schuldige davon, als dass ein Unschuldiger leidet.«

Studien belegen, dass Vergewaltiger mehr als andere Kriminelle Wiederholungstäter sind. Sie vergewaltigen erneut, im Schnitt fünfmal in ihrem Leben. Das bedeutet, um mit Sir Blackstone zu sprechen, dass zehn schuldige Vergewaltiger, die davonkommen, vielleicht vierzig weitere unschuldige Frauen vergewaltigen. Ich frage mich, was Sir William Blackstone dazu wohl zu sagen hätte.

Die Geschworenen werden sich noch einmal die Beweise anschauen und deren sachlichen Gehalt erörtern. Dann werden sie abstimmen, bis sie zu einem einstimmigen Urteil gelangen. Entweder werden sie Scott Blair für schuldig oder aber für unschuldig befinden. Das werden wir in den nächsten Stunden oder Tagen erfahren.

Ich bin Rachel Krall, und dies ist *Schuldig oder nicht schuldig,* der Podcast, mit dem ihr auf der Geschworenenbank sitzt.

HANNAH

51

Liebe Rachel,

als Erstes möchte ich mich entschuldigen. Ich hatte mir fest vorgenommen, Ihre Grenzen zu respektieren. Ich habe mich zurückgehalten. Ich habe eine Zeit lang keine Briefe an Ihrem Wagen oder sonst irgendwo in Ihrer Nähe hinterlassen. Doch hier sitze ich nun wieder, in der Lobby Ihres Hotels, und schreibe diesen Brief. Ich verspreche, ihn einfach vor Ihre Tür zu legen und dann laut zu klopfen, damit ich sicher sein kann, dass Sie aus dem Bett aufstehen und ihn finden.

Ich bin bereit, Sie zu treffen, Rachel. Heute Nacht. Anglersteg. Ich mache mich auf den Weg dorthin, sobald ich Ihnen den Brief hingelegt habe. Ich weiß, es ist spät, aber bitte kommen Sie. Ich glaube, ich schaffe das nicht allein.

Ich weiß, wer Jenny umgebracht hat. Ich würde es der Polizei melden, aber nachdem ich miterlebt habe, wie es beim Scott-Blair-Prozess gelaufen ist, habe ich wenig Hoffnung, dass es jemals zu einer Verurteilung kommen würde. Der Mangel an forensischen Beweisen und die lange Zeit, die seit damals vergangen ist, würden einer erfolgreichen Strafverfolgung im Weg stehen. Es gibt einen Zeugen aus der Nacht, in der Jenny umgebracht wurde, einen widerwilligen Zeugen. Einen Zeugen, der bald sterben wird. Sie haben mich zu ihm geführt, als ich Ihrem Wagen zum Golden-Vista-Seniorenheim gefolgt bin.

Rick hat Jennys Mörder gesehen. Er hat es mir bestätigt, als ich heute Morgen nach seiner Entlassung aus dem Krankenhaus mit ihm gesprochen habe. Zuerst tat Rick so, als wisse er von nichts, doch dann hat er eingelenkt. Er meinte, es würde keine große Rolle mehr spielen, wenn die Wahrheit ans Tageslicht käme. Offenbar hat er nur noch ein paar Wochen zu leben. »In der Hölle können sie mir nichts mehr tun«, hat er trocken gesagt und gelacht. Und dann hat er mir erzählt, was ihm aus jener Nacht noch in Erinnerung ist. Er nannte mir den Namen des Jungen, den er vom Strand davonlaufen sah.

Anhand meiner eigenen verschwommenen Erinnerungen glaube ich, dass er recht hat. Die einzige Möglichkeit, es herauszufinden, ist, den Mörder direkt zu fragen. Jennys Mörder zu fragen. Sein Geständnis ist vielleicht alles, was wir bekommen können.

Weiter hinten finden Sie den Brief, den ich Ihnen in den letzten paar Tagen geschrieben habe, über das, was in jener Nacht passiert ist, in der Jenny starb. Ich habe sporadisch daran geschrieben, mit unterschiedlichen Kugelschreibern und in einer Handschrift, die sich je nach Stimmung verändert hat. Ich hoffe, Sie können sie entziffern.

Nachdem der betrunkene Junge meinen Anruf unterbrochen hatte, hämmerte er mit dem Hörer auf den Telefonapparat ein, bis dieser nur noch ein Drahtverhau war. Als er damit fertig war, trat er gegen die Glasscheibe der Tür, bis sie zerbarst. Die ganze Zeit hielt er meinen Oberarm so fest gepackt, dass ich noch Tage später einen blauen Fleck hatte. Als er mich dann zum Strand hinunterzerrte, schnitten mir die Scherben in die nackten Füße und traten sich darin fest.

Er warf mich neben Jenny in den Sand. Sie lag am Feuer, und die Jungen standen um sie herum und tranken.

»Deine kleine Schwester ist gekommen, um dir zu sagen, dass du nach Hause gehen sollst.« Er lachte. Jenny starrte mich voller Panik an.

»Was machen wir mit der Kleinen?«, kam eine betrunkene Stimme aus der Dunkelheit.

»Schauen wir sie uns doch mal an. Vielleicht ist sie schon alt genug.«

Ich spürte, wie jemand meine Brust begrapschte. »Flach wie ein Pfannkuchen«, sagte er. »Definitiv minderjährig.«

Er schob den Rock meines Kleids hoch. Ich versuchte, ihn wieder herunterzuziehen. Das brachte ihn zum Lachen. Er zerrte ihn wieder hoch. Ich packte den Rock und presste ihn fest gegen meinen Körper.

»Was haben wir denn da?« Er schob meine Hände weg und zog den Rock wieder hoch, sodass alle meine Unterwäsche sehen konnten.

»Ein Hello-Kitty-Unterhöschen. So ein süßes Höschen.« Er zog mich an sich und flüsterte mir mit seinem nach Alkohol stinkenden Atem ins Ohr: »Weißt du, wie man ein erwachsenes Kätzchen nennt?« Ich schüttelte den Kopf.

»Bitte. Ich tue alles, was ihr wollt. Lasst sie in Ruhe. Sie ist doch noch ein Kind.« Jennys Stimme klang heiser.

»Ich mache es nicht mit kleinen Mädchen«, sagte einer von ihnen. »Das ist widerlich.«

»Was meinst du, Bobby?«, rief der Junge, der mich festhielt. »Wer ist dir lieber, große Schwester oder kleine Schwester? Offenbar hast du ja keine Lust, die große Schwester zu vögeln. Vielleicht willst du es lieber mal mit der Kleinen versuchen.«

»Lass sie in Ruhe«, brüllte Bobby.

»Stehst du auf sie, Bobby?«, zog der Junge ihn auf. »Ich hatte schon immer den Verdacht, dass du auf kleine Mädchen stehst.« Wieder hob er meinen Rock hoch und lachte, während ich versuchte, ihn nach unten zu ziehen. Bobby stürzte sich auf den Jungen und warf ihn zu Boden. Diese Jungen waren kräftig, aber das war nichts im Vergleich zu Bobby in seiner Wut. Auf einen der Jungen prügelte er ein, bis sein Gesicht nur noch blutiger Brei war. Einer der anderen trat ihn in die Rippen, damit er aufhörte. Sie stürzten sich auf ihn und rollten gemeinsam auf das Lagerfeuer zu, bis Bobby auf einmal aufschrie. Ich begriff erst, was los war, als ich brennendes menschliches Fleisch roch. Danach geschah alles wie in Zeitlupe. Panisch riefen sich die Jungen zu, sie müssten ihn ins Krankenhaus bringen. Bobby brüllte vor Schmerz. Sie trugen ihn zum Pick-up. Jemand kam zurückgelaufen und trat Sand ins Feuer, um die Flammen zu löschen. Es war derjenige, der an jenem ersten Tag den Pick-up gefahren hatte.

»Hör mir mal gut zu, du verkommene kleine Hure.« Er hatte Jenny an den Haaren gepackt und zog ihren Kopf nach oben, während er mit ihr redete. »Solltest du jemals irgendjemandem erzählen, was passiert ist, dann machen wir mit deiner kleinen Schwester dasselbe, was wir mit dir gemacht haben. Nur schlimmer. Viel schlimmer. Hast du verstanden?«

Jenny nickte.

»Du lernst schnell.«

Er lief den anderen hinterher und ließ uns einfach am Strand liegen. Wir klammerten uns aneinander und sahen zu, wie der Wagen wendete und dann vom Parkplatz raste.

»Jenny«, brachte ich mühsam heraus. »Alles in Ordnung? Lass uns nach Hause gehen. Kannst du gehen?«

»Nein«, murmelte sie. »Ich brauche einen Krankenwagen.«

»Die Telefonzelle ist kaputt, und hier ist niemand, der uns helfen könnte. Ich kann keinen Krankenwagen rufen.«

»Die Tankstelle«, flüsterte sie. »Die ist noch offen.«

»Komm mit«, bettelte ich schluchzend. »Ich will dich nicht allein lassen.«

»Ich kann nicht gehen.« Jenny stöhnte. »Sie sind jetzt weg. Ich komme schon klar. Ich warte hier auf dich.«

Widerstrebend ließ ich Jenny zusammengekrümmt am Strand liegen und stolperte durch den Sand. Scharfe Steine rissen mir die blutenden Füße noch weiter auf, während ich den Parkplatz überquerte und am Straßenrand zur Tankstelle lief. Ich blendete den Schmerz aus und konzentrierte mich darauf, zur Tankstelle zu gelangen, bevor sie zumachte.

Ich schaffte es gerade noch rechtzeitig. Glücklicherweise brannte noch das Licht bei der Kasse. Ich trat durch die Automatiktür. Mir war nicht bewusst, dass ich auf dem weiß gefliesten Boden eine Blutspur hinterließ. »Wir haben geschlossen«, sagte Rick, ohne hochzuschauen.

»Ich brauche Hilfe.« Meine Stimme zitterte. Schnodder lief mir aus der Nase und vermischte sich mit meinen Tränen. »Ich muss einen Krankenwagen rufen.«

Er schaute hoch, sah die Blutspur, die ich auf dem Boden hinterlassen hatte, und reichte mir sofort das Telefon. Während ich 9-1-1 wählte und bat, einen Krankenwagen zu schicken, hörte ich, wie er sich beschwerte, dass er jetzt

Blut und Schlamm wegputzen musste. Aber bis ich aufgelegt hatte, schien er sich für seine anfängliche Reaktion zu schämen. Er fuhr mich in seinem Pick-up zum Strand zurück, damit ich mit Jenny auf den Krankenwagen warten konnte.

Kaum war er auf den Parkplatz eingebogen, sprang ich aus dem Wagen. Ich humpelte über den Strand zu den noch glimmenden Überresten des Lagerfeuers. Jenny lag in derselben zusammengekrümmten Haltung da wie vorher. Erst als ich ganz nah war, begriff ich, dass sie gar nicht dort war. Was ich für Jenny gehalten hatte, war das Hemd, das Bobby über ihr ausgebreitet hatte, um sie warm zu halten.

»Jenny?«, rief ich. »Jenny?«

Ich rannte planlos über den Strand und suchte nach Jenny, bis Sirenen ertönten und Lichtbalken den Himmel erhellten. Uniformierte Gestalten kamen zum Strand heruntergelaufen. Ich stolperte auf sie zu und stotterte, dass meine Schwester verschwunden sei. Zitternd stand ich dabei und sah zu, wie sie das Wasser mit hellen Taschenlampen absuchten.

»Ich sehe etwas«, rief einer, der in der Nähe des Anglerstegs stand. Er watete bis zur Taille ins Wasser, während ein anderer den zitternden Lichtstrahl seiner Taschenlampe auf die Wellen richtete.

Ich rannte dorthin, wo die Wellen am Strand ausliefen. Der Polizist, der ins Wasser gewatet war, kam zurück und zog etwas durch den weißen Schaum einer Welle. Es war Jenny. Ihr blondes Haar wogte im Wasser wie das einer Meerjungfrau.

»Jenny?«, schrie ich. Ihre Augen waren offen, aber sie waren starr. »Jenny!«

Kaum hatten sie sie aus dem Meer gezogen, warf ich mich auf sie. Sie war kalt. Eiskalt. Jemand zog mich von ihr weg. »Sie ist tot«, sagte er. Das Geräusch einer Sirene kam näher. »Sie ist tot.«

Ich schrie, aber es war kein Ton zu hören.

RACHEL

52

Als Rachel in den dunklen Nebel hineinschritt, der die Küste einhüllte, hörte sie den Anglersteg unter dem Ansturm von Wind und Mitternachtsflut stöhnen.

Am Ende des Stegs angekommen, sah sie auf das Meer hinaus, konnte aber nichts erkennen. Es war, als wären Meer und Himmel zu einem schwarzen Abgrund verschmolzen. Sie legte die Hände auf das Geländer, hielt das Gesicht in den eisigen Atlantikwind und genoss es, allein mit den Elementen zu sein.

Für einen kurzen Moment zeigte sich der Mond zwischen den Wolken, und Rachel stellte fest, dass sie gar nicht allein war. In der Ecke stand jemand und beobachtete sie.

Hannah war kleiner als Rachel. Sie hatte kurz geschnittenes dunkles Haar und blitzende Augen. Sie trug einen gehäkelten schwarzen Cardigan, schwarze Jeans und schwarze Stiefel mit hohen Absätzen. Schüchtern wartete sie, dass Rachel auf sie zukam, denn sie war sich nicht sicher, was für ein Empfang sie erwartete.

Rachel ging wortlos zu ihr, legte die Arme um sie und zog sie fest an sich.

»Es tut mir so leid, was Sie alles durchmachen mussten«, sagte Rachel. Ihrer Stimme war die Traurigkeit anzuhören, die sie erfasst hatte, nachdem sie Hannahs letzten Brief gelesen hatte.

»Ich bin so dankbar, dass Sie gekommen sind«, erwiderte Hannah. »Ich hatte schon befürchtet, ich müsste das hier allein machen.«

Sie lehnten sich mit dem Rücken an das Geländer des heftig im Wind schwankenden Stegs, schauten zum Strand und warteten auf die Ankunft von Jennys Mörder.

»Vielleicht ist er es nicht«, sagte Rachel schaudernd, als nach einigen Minuten noch immer niemand aufgetaucht war. Eine sich brechende Welle überflutete den Holzboden des Stegs, durchweichte ihre Sneakers und machte ihre Jeans nass. Sie zog den Reißverschluss ihrer wasserdichten Jacke hoch und streifte sich die Kapuze über das rotbraune Haar, das ihr der Wind immer wieder ins Gesicht blies.

Hannah zuckte unsicher mit den Schultern. »Das werden wir schon bald rausfinden. Wenn er kommt, ist das die Bestätigung, dass er es getan hat. Nur jemand, der schuldig ist, würde heute Nacht hierherkommen. Warten wir noch ein bisschen.«

»Was erhoffen Sie sich von ihm? Und von mir?«

»Ich möchte, dass er es gesteht. Und ich möchte, dass Sie sein Geständnis bezeugen. Einen anderen Beweis werden wir vielleicht niemals bekommen.« Hannah zögerte. »Wenn Sie das Gefühl haben, es ist zu gefährlich, dann gehen Sie ruhig. Ich warte. Ich habe mein ganzes Leben lang gewartet. Ich kann noch ein bisschen länger warten.«

»Ich bleibe«, erwiderte Rachel. »Ich bin Ihre Zeugin. Ich lasse nicht zu, dass es Aussage gegen Aussage steht.« Zitternd verschränkte sie die Arme vor der Brust, um warm zu bleiben, und schaute wieder zum Strand. Der lang gezogene Küstenabschnitt, der ihr inzwischen so vertraut war, war in der Nacht nichts als ein Streifen undurchdringlicher Schwärze.

Ein paar Minuten später sahen sie, wie sich zwei helle Kreise die Küstenstraße entlangbewegten. Die Kreise schwenkten auf den Strandparkplatz ein. Es waren Autoscheinwerfer. Das Fernlicht ging an und beleuchtete den Steg. Der Fahrer hatte den Wagen in Richtung Meer geparkt, um nach ihnen Ausschau zu halten. Schließlich wurde das Licht ausgemacht, und alles lag wieder im Dunkeln.

Rachel und Hannah wussten beide, dass er auf sie zukam, auch wenn sie ihn in der Dunkelheit nicht sehen konnten. Sie konnten auch keine Schritte hören, dafür heulte der Wind zu laut. Rachel hatte sich in die äußerste Ecke des Stegs verzogen, damit er nicht merkte, dass Hannah nicht allein war.

Als er am Ende des Stegs angekommen und nah genug war, dass Rachel sein Gesicht sehen konnte, fühlte sich alles in ihr auf einmal eiskalt an. Er konnte es nicht sein. Es musste sich um ein schreckliches Missverständnis handeln.

»Ich habe Ihre Nachricht bekommen«, sagte er zu Hannah. »Ich bin gekommen, um Ihnen zu sagen, dass es mir leidtut. Und um Sie zu bitten, die Vergangenheit ruhen zu lassen.«

Er hatte Rachel noch nicht bemerkt, die in ihren schwarzen Sachen und der Kapuze mit dem dichten Nachtnebel verschmolz. Schweigend hörte sie den beiden zu, ließ die Hand in ihre Tasche gleiten und drückte unauffällig bei ihrem Handy auf die Taste für die Aufnahmefunktion, um das Gespräch mitzuschneiden.

»Wie haben Sie all die Jahre mit dem, was Sie getan haben, leben können?«, fragte Hannah.

»Ich war damals ein anderer Mensch«, erwiderte er. »Ein Kind. Ich stand unter Drogen und Alkohol. Ich hasste die Welt. Ich schäme mich für das, was ich getan habe. Ich hasse die Person, die ich damals war. Die bin ich nicht mehr. Aber die Erinnerung quält mich seit damals jeden Tag.« Er war so aufgewühlt, dass seine Stimme zitterte.

»Sie haben meine Schwester vergewaltigt und umgebracht«, sagte Hannah.

»Wie kommen Sie darauf, dass ich sie getötet habe?«, fragte er. Rachel fiel auf, dass er der ersten Anschuldigung nicht widersprach.

»Ich weiß, dass Sie es waren. Wieso haben Sie es getan?«

»Ich hatte nicht vor, sie zu töten«, erwiderte er nach einiger Zeit mit erstickter Stimme. »Es ist einfach passiert. Wir haben sie am Strand liegen lassen und Bobby zum Pick-up getragen, um ihn ins Krankenhaus zu fahren. Ich bekam Panik und sagte zu meinem Freund Lucas, er solle beim nächsten Strand halten. Mir war klar geworden, dass sie aussagen konnte, was wir getan hatten. Dass wir wegen ihr ins Gefängnis kommen würden. Entweder für die Vergewaltigung oder für Bobbys Tod, falls er nicht durchkam. Oder für beides. Sie war, was mein Vater eine ›fahrlässigerweise unerledigte Angelegenheit‹ nannte. Ich trug sie auf den Steg. Gleich da drüben.« Mit schmerzverzerrtem Gesicht deutete er auf das Geländer in der Mitte des Stegs. »Ich habe sie ins Wasser geworfen und bin zurück zum Pick-up und zu meinen Freunden gelaufen.«

»Sie hatten ihr doch schon so wehgetan«, sagte Hannah schluchzend. »Wieso mussten Sie sie auch noch umbringen? Wieso mussten Sie sie mir wegnehmen?«

»Es tut mir leid«, erwiderte er. »Das alles tut mir leid.«

»Wenn es Ihnen wirklich leidtut, dann sollten Sie der Polizei erzählen, was Sie getan haben«, sagte Hannah.

Er rieb sich das zerquälte Gesicht. Dann legte er langsam, als versuche er, seine niederen Instinkte zu bekämpfen, die Hand hinten an seine Jeans, zog eine Waffe heraus und richtete sie auf Hannah. Seine Hand zitterte genauso wenig wie seine Stimme.

»Ich werde kein Geständnis ablegen«, sagte er. »Wieso konnten Sie die Vergangenheit nicht ruhen lassen?«

»Weil es an der Zeit ist, dass die Wahrheit ans Licht kommt. Es ist an der Zeit, dass alle erfahren, dass Jenny nicht ertrunken ist. Dass sie hier von einer ganzen Gruppe vergewaltigt und ermordet wurde. Von Ihnen und Ihren Freunden.«

Er entsicherte die Waffe. »Es gibt keinen Beweis dafür, dass ich es getan habe. Nicht einen einzigen. Dafür hat er gesorgt.«

»Wer hat dafür gesorgt?«, fragte Rachel, die aus der Dunkelheit getreten war.

Sie zog die Kapuze herunter, damit er ihr Gesicht sehen konnte. Sie hatten oft genug miteinander gesprochen, dass er sie schon an ihrer Stimme erkannt hatte, bevor er ihr rotbraunes Haar sah.

Dan Moore wurde blass. Verwirrt richtete er den Blick auf Hannah, die er weiterhin mit der Waffe bedrohte.

»Sie hatten nur von uns beiden gesprochen«, sagte er.

»Und Sie haben eine Waffe mitgebracht«, erwiderte Hannah.

»Es würde Kelly umbringen, wenn sie erfahren würde, was damals passiert ist. Ich war damals ein Kind. Wieso können Sie beide nicht verstehen, dass ich mich geändert habe? Es ging mir damals wahnsinnig mies. Mein Vater hat mich misshandelt. Ich kannte nichts anderes als Gewalt. Erst als das mit Jenny geschah, wurde mir bewusst, dass ich im Begriff war, wie mein Vater zu werden. All die Jahre habe ich damit verbracht, dafür zu büßen.«

Rachel trat auf ihn zu. »Und Hannah hat sich ihr ganzes Leben lang gefragt, was in jener Nacht passiert ist. Erzählen Sie es ihr. Vielleicht erklärt sie sich dann bereit, nicht zur Polizei zu gehen. Sie wird in ihrem Leben ein neues Kapitel anfangen, und Sie können das ebenfalls. Das ist es doch, was Sie wollen, nicht wahr?«

Dan fuhr sich mit der Hand durch das lichte Haar und überlegte, was er tun sollte. Er seufzte, dann beschloss er, sein Herz auszuschütten, und die Worte sprudelten nur so aus ihm heraus.

»Nachdem ich Jenny ins Wasser geworfen hatte, lief ich zurück zum Pick-up. Bobby war vor Schmerz ohnmächtig geworden. Die beiden anderen hatten, während sie warteten, den Rest unserer Alkoholvorräte ausgetrunken. Sie waren nicht in der Lage zu fahren. Ich nahm den Autoschlüssel und fuhr auf Nebenstraßen in den Norden der Stadt. Wir stritten, was wir mit Bobby machen sollten. Ich wollte ihn ins Krankenhaus bringen. Die beiden anderen meinten, wir sollten ihn töten. Wir kriegten uns in die Haare, und ich verlor die Kontrolle über den Wagen und raste gegen einen Baum. Ich hatte keine Ahnung, was ich tun sollte. Meine Freunde waren tot. Oder so gut wie tot. Ich rief meinen Dad von einer Telefonzelle ein Stück die Straße hinunter an. Innerhalb weniger Minuten war er da. Er setzte Bobby auf den Fahrersitz und zündete den Pick-up an. Er sagte, nur so könne man Bobbys Verbrennungen erklären. Wir fuhren nach Hause. Noch in der Garage hat er mich windelweich geprügelt und mir den Arm gebrochen. Dann hat er mir eingeschärft, sollte irgendjemand fragen, sollte ich behaupten, er und ich hätten uns gemeinsam ein Fußballspiel angeschaut.« Er lachte bitter. »Mein Vater war mein Alibi. Ein besseres Alibi als den Polizeipräsidenten kann man sich nicht wünschen.«

»Aber nicht alles lief nach Plan«, sagte Rachel. »Irgendwie hat es Bobby aus dem Pick-up geschafft.«

»Bobby muss wieder zu Bewusstsein gekommen sein, bevor das Feuer die Fahrerkabine erreicht hat und der Pick-up explodiert ist. Er ist ein paar Schritte gegangen und in einem Graben zusammengebrochen. Irgendjemand hat die Explosion dem Rettungsdienst gemeldet, und der hat ihn dann ins Krankenhaus gebracht. Er schwebte tagelang zwischen Leben und Tod. Wir glaubten wirklich, er würde sterben. Er hat überlebt, aber er konnte sich an nichts erinnern, was in dieser Nacht geschehen war. Als er wegen rücksichtslosen Fahrens und Totschlags angeklagt wurde, hat er sich schuldig bekannt und kam ins Gefängnis.«

»Und die Jungen, die ums Leben gekommen sind?«, fragte Rachel.

»Das waren die eigentlichen Anführer. Sie hatten die ganze Sache geplant. Aaron und Lucas. Sie hatten es schon lange auf Jenny abgesehen. Bobby und ich waren jünger als die beiden. Wir hatten jeder unseren eigenen Grund, weshalb wir uns zu ihnen hingezogen fühlten. Für mich war es eine Möglichkeit, den Fäusten meines Vaters zu entkommen. Bobby – nun ja, der wollte einfach irgendwo dazugehören. Mir tut leid, was passiert ist, mehr, als ich jemals in Worte fassen könnte.« Seine Stimme brach. »Manchmal denke ich, dass das, was Kelly zugestoßen ist, die Strafe für das ist, was ich Jenny angetan habe.«

»Wenn Sie es bereuen, dann stecken Sie die Waffe weg«, sagte Rachel.

»Wenn es nur um mich ginge, wäre es mir egal. Aber ich kann nicht zulassen, dass das Ganze rauskommt.« Er kniff vor Konzentration die Augen zusammen, richtete die Waffe auf Rachels Brust, dann wieder auf Hannah, als könne er sich nicht entscheiden, wen er zuerst erschießen sollte. »Ich kann nicht zulassen, dass Kelly es herausfindet. Es würde sie umbringen, wenn sie wüsste, dass ihr Vater früher ein Monster war.«

»Sie sind noch immer ein Monster«, erwiderte Rachel. »Schauen Sie sich doch an. Sie sind bereit, Hannah und mich zu erschießen, um Ihre Verbrechen zu vertuschen. Sie sollten wissen, dass ich alles aufgezeichnet habe, was Sie gesagt haben, und es wird automatisch in meine Cloud hochgeladen. Selbst wenn ich sterbe, wird diese Aufzeichnung bei meinen Produzenten gefunden werden. Sie verschlimmern Ihre Situation nur, wenn Sie uns umbringen.«

Dan befahl Rachel, ihm ihr Handy zu geben. Sie warf es ihm zu. Er fing es mit der freien Hand auf und fummelte daran herum, um herauszufinden, ob sie die Wahrheit sagte. Als es ihm nicht gelang, warf er es schließlich ins Wasser.

»Stellt euch auf die Kante vom Steg«, befahl er.

Rachel kletterte über das Geländer, und Hannah tat es ihr gleich. Beide Frauen standen mit dem Rücken zum Geländer, vor ihnen gähnte der Abgrund des Meers. Die Wellen überspülten ihre Füße und spritzten ihre Kleidung nass. Rachels Arme schmerzten, so fest klammerte sie sich hinten an das Geländer, um nicht ins Wasser zu fallen, denn der Steg schwankte weiterhin bei jeder größeren Welle.

Sie hatte gelogen, als sie gesagt hatte, die Aufzeichnung ihres Gesprächs würde direkt in die Cloud überspielt. Es gab kein automatisches Upload, und selbst wenn es das gegeben hätte, wäre beim Tosen des Winds und des Meers wohl kaum etwas von dem Gespräch zu verstehen gewesen.

Rachel und Hannah lehnten minutenlang nebeneinander am Geländer des Stegs, vor sich das Meer. Ihre Arme krampften, und sie zitterten vor Kälte. Erst als Rachel den Kopf drehte und sah, wie sich die Scheinwerfer eines Wagens Richtung Straße bewegten, wurde ihr bewusst, dass Dan sie einfach dort hatte stehen lassen und geflohen war.

»Er ist weg«, flüsterte Rachel Hannah zu. Hannah antwortete nicht. Rachel drehte den Kopf und sah, dass Hannah nicht mehr da war. Sie war ins Wasser gefallen und versank in den Wellen.

Rachel sprang hinterher, kämpfte sich zu Hannah durch, packte sie am Arm und versuchte, Hannahs und ihren Kopf über Wasser zu halten. Sie waren so weit von dem Steg abgetrieben worden, dass sie nicht wieder hinaufklettern konnten. Sie mussten an Land schwimmen.

Rachel spürte, wie das Gewicht ihrer und Hannahs Kleidung sie in das aufgewühlte Meer hinunterzog. Mit letzter Kraft versuchte sie, Hannah in Rückenlage zu bringen, aber es gelang ihr nicht. Hannahs langer Cardigan zog sie unter Wasser. Rachel riss ihn ihr von den Schultern und zerrte an dem schwarzen Gewebe, bis es davontrieb. Sie packte Hannah und zog sie mit sich Richtung Strand.

»Halt durch, Hannah«, sagte sie beruhigend. »Das wird wieder. Ich verspreche es dir.«

Rachels Augen brannten vom Salzwasser, und ihr Körper schmerzte von der Anstrengung, sich über Wasser zu halten und Hannah in den hohen Wellen sicher an Land zu bringen. Als ihr die Kraft ausging, entspannte sie sich und ließ sich von der Brandung tragen, bis sie Sand unter den

Füßen spürte. Langsam schleppte sie sich aus dem Wasser und zog Hannah mit sich auf den Strand.

Rachel atmete schwer, ihr Puls raste. Hannahs Augen waren offen, aber sie zitterte heftig vor Kälte.

In der Ferne waren Sirenen zu hören. Ihr Klang steigerte sich zu einem Crescendo, um dann abrupt abzubrechen. Kurz darauf sah Rachel dunkle Gestalten mit Taschenlampen über den Strand laufen. »Wir sind hier«, rief Rachel und winkte ihnen.

Rachel saß zusammengesunken in einem Sessel neben dem Krankenhausbett, in dem Hannah tief und fest schlief. Sie selbst hatte in dieser Nacht wenig geschlafen und war immer wieder wach geworden, wenn Ärzte und Schwestern hereinkamen, um nach Hannah zu sehen.

Detective Cooper hatte den Krankenwagen beim Krankenhaus erwartet. Hannah war sofort in die Notaufnahme gebracht und wegen Unterkühlung und verschluckten Wassers behandelt worden. Rachel hatte darauf beharrt, dass sie keine medizinische Behandlung brauchte. Sie wollte nur eine heiße Dusche und frische Kleidung. Cooper hatte sie zum Hotel zurückgefahren, damit sie beides bekam. Auf der Fahrt hatte sie ihm erzählt, was passiert war und wie sie Pete unauffällig eine Nachricht geschickt hatte, als Dan Moore die Waffe zog. Grimmig erwiderte er, sie könne von Glück sagen, dass Pete wach gewesen war und den Notruf verständigt hatte.

Nachdem Rachel geduscht und angezogen war, bestand sie darauf, ins Krankenhaus zurückzufahren, um nach Hannah zu sehen. Cooper hatte sie am Krankenhaus abgesetzt; den Rest der Nacht hatte sie mit einer Decke im Sessel neben Hannahs Bett zu schlafen versucht.

Rachel öffnete die Augen. Vor ihr stand Detective Cooper und hielt ihr einen großen Becher mit Kaffee und eine weiße Papiertüte hin. »Ich habe Ihnen Frühstück mitgebracht«, sagte er. Rachel schob die Decke weg und setzte sich auf. Sie rieb sich die Augen und griff, ein Gähnen unterdrückend, nach dem Kaffeebecher.

»Ist Dan Moore schon verhaftet worden?«, fragte sie.

Hannah bewegte sich leicht im Schlaf, wachte aber nicht auf. Das Beruhigungsmittel, das der Arzt ihr gegeben hatte, wirkte noch immer.

»Sein Wagen wurde verlassen aufgefunden«, erwiderte Cooper. »Wir waren bei ihm zu Hause, aber dort ist niemand. Ein Nachbar hat uns erzählt, dass Kelly und ihre Mutter die Stadt an dem Tag verlassen haben, als Kelly noch einmal hätte aussagen sollen. Sie sind an die Westküste gezogen. Dan ist flüchtig.«

Seine blutunterlaufenen Augen zeugten davon, dass er nicht mehr geschlafen hatte, seit Rachel ihn hinten aus dem Krankenwagen angerufen und gebeten hatte, sich mit ihr im Krankenhaus zu treffen.

Er zog die Vorhänge ein wenig zurück, um das helle morgendliche Sonnenlicht hereinzulassen. Dann warf er einen Blick auf Hannah. Ihre Haut war fast so weiß wie die Krankenhausbettwäsche, und ihr Gesicht hatte im Schlaf etwas kindlich Unschuldiges.

»Die erste Todesnachricht, die man überbringen muss, vergisst man nie«, sagte er. »Meine erste war Jenny Stills. Ich wäre nie auf die Idee gekommen, dass man mich mit der schrecklichen Nachricht zu der Mutter geschickt hat, weil mich der Polizeipräsident aus dem Weg haben wollte, damit mein Partner die Vergewaltigung und den Mord an Jenny vertuschen konnte.«

»Haben Sie hinterher keine Fragen gestellt?«, wollte Rachel wissen. »Sie waren doch mitbeteiligt an dem Fall, haben Hannah geholfen und ihrer Mutter die Nachricht von Jennys Tod überbracht.«

Er schüttelte den Kopf. »Vom Haus der Stills' wurde ich direkt zu einer Straßensperre in der Nähe des Autounfalls abkommandiert. Danach bin ich nach Hause gegangen und habe geschlafen. Als ich wieder zur Arbeit kam, sagte mein Partner, er hätte gute Neuigkeiten für mich. In dem Fortbildungskurs in Charlotte, für den ich mich beworben hatte, sei ein Platz frei geworden, weil jemand aufgehört hatte. Ich müsste allerdings sofort dorthin. Als der Kurs vorbei war, wurde mir gleich eine Arbeit als Detective-Anwärter auf Rhode Island angeboten.«

»Hatte Russ Moore da ebenfalls seine Finger im Spiel?«

»Vermutlich. Der Polizeipräsident auf Rhode Island war ein alter Freund von Russ. Russ hat ihn vermutlich um einen Gefallen gebeten.« Er schaute wieder aus dem Fenster. »Mitch bat mich, Jenny Stills' Autopsiebericht herauszusuchen. Ich habe mit einem Freund gesprochen. Er hat die Akte gefunden, aber sie enthielt nichts. Russ hat alles gründlich vernichtet, was darauf hindeutete, dass sie ermordet wurde.«

Rachel gab etwas braunen Zucker in ihren Kaffee und rührte um. Beide schwiegen sie. Russ Moore hatte diese Stadt in seiner Zeit als Polizeipräsident fest im Griff gehabt. Er hatte so viel Macht gehabt, dass er tun konnte, was er wollte. Er hatte seine Frau und seinen Sohn terrorisiert und seine Frau in den Selbstmord getrieben. Er hatte Bobby Green die Schuld an dem Unfall mit zwei Toten, der in Neapolis so viel Entsetzen ausgelöst hatte, in die Schuhe geschoben, dabei hatte sein eigener Sohn am Steuer gesessen. Außerdem – und das war vielleicht am beängstigendsten – hatte er seine loyalsten Untergebenen dazu angestiftet, die Verbrechen an Jenny Stills zu vertuschen. Detective Coopers Telefon piepste. Er zog es aus der Tasche und las die Meldung.

»Von Mitch«, sagte er. »Die Geschworenen sind zu einem Urteil gekommen.«

53 SCHULDIG ODER NICHT SCHULDIG

Staffel drei, Episode zwölf: Das Urteil

Heute Morgen wurde Scott Blair in seinem Bett wach. Vielleicht für lange Zeit zum letzten Mal. Er zog eine blaue Hose und einen blauen Pullover an. Er putzte sich die Zähne. Er rasierte sich. Vermutlich hat er gefrühstückt, auch wenn er – da bin ich mir sicher – einen nervösen Magen hatte.

Bevor er zum Gericht gefahren ist, hat er vielleicht noch einen letzten Blick in sein Zimmer geworfen. Ich wette, er hat sich gefragt, ob er am Abend in seinem Bett schlafen oder in einem Gefängnisoverall die erste Nacht einer langen Haftstrafe verbüßen würde.

Als Scott Blair im Gericht ankam, umgeben von seinen Rechtsanwälten, die Eltern nervös hinter ihm her trippelnd, sah er aus wie ein Hirsch, der geblendet ins Licht der Autoscheinwerfer starrt. Sein Leben lag in den Händen von zwölf gewöhnlichen Menschen aus unterschiedlichen Lebensumständen, die über ihn zu Gericht saßen. Zwölf Fremde würden über sein Schicksal entscheiden.

Als die Geschworenen mit angespannten, aber ausdruckslosen Gesichtern hereinkamen, war ihm bewusst, welche Macht sie über ihn hatten. Man konnte regelrecht sehen, wie er sich die Frage stellte: »Wie konnte ich so einen kolossalen Mist bauen, dass ich jetzt hier sitze?«

Die Geschworenen haben knapp zwei Tage gebraucht, um zu einem Urteil zu kommen. Sie haben die Beweise systematisch und geduldig geprüft. Bei rechtlichen Fragen baten sie den Richter um Klärung. Sie sind lange Transkripte von Zeugenaussagen durchgegangen. Ks Zeugenaussage durften sie nicht berücksichtigen. Die wurde für ungültig erklärt. Scott Blairs Zeugenaussage stand ihnen ebenfalls nicht zur Verfügung. Er hat nie ausgesagt. Dennoch kamen sie zu einem einstimmigen Urteil. Am frühen Nachmittag warteten wir alle im vollen Gerichtssaal auf ihre Entscheidung.

Der Richter forderte den Angeklagten auf, sich zu erheben. Scott stand auf und blies die Backen auf, als würde er noch einmal ganz viel Luft einsaugen, während er auf das Urteil wartete.

Der Vorsitzende der Geschworenen gab dem Gerichtsdiener einen Zettel. Scott Blairs Eltern fassten sich noch fester an den Händen, und als der Gerichtsdiener den Zettel an den Richter weiterreichte, zuckte seine Mutter zusammen. Der Richter faltete den Zettel auseinander. Gebannt starrten ihn alle an, während er das Urteil der Geschworenen las. Sein Gesichtsausdruck verriet nichts.

Dann legte er den Zettel hin und räusperte sich. Cynthia Blair presste die Hand vor den Mund und schloss die Augen. Gleich würde das Schicksal ihres Sohns besiegelt werden, auf die eine oder andere Weise, und es gab nichts, was sie dagegen tun konnte.

Scott Blair atmete kurz erleichtert auf, als er die Wörter »nicht schuldig« hörte. Doch rasch folgte »schuldig« und »schuldig«. Beide Male zuckte er zusammen. Es war, als wäre im Gerichtssaal auf einmal nicht mehr genug Sauerstoff vorhanden.

Die Geschworenen hatten Scott Blair für nicht schuldig befunden, K vergewaltigt zu haben. Schuldig sprachen sie ihn in einem Fall sexueller Nötigung und zwei Fällen sexueller Gewalt.

Viele von euch werden mit dem Urteil einverstanden sein, nachdem ihr die Zeugenaussagen gehört und euch noch einmal die Beweise angeschaut habt, die wir auf die Webseite des Podcasts gestellt haben. Wir haben dort auch die Analyse eines Rechtsprofessors hochgeladen, wieso der Fall in North Carolina eventuell nicht die rechtliche Definition von Vergewaltigung erfüllt, nach der es eine Bedrohung zum Beispiel mit einer tödlichen Waffe gegeben haben muss. Ist dies nicht der Fall, wird Vergewaltigung in diesem Staat als sexuelle Nötigung eingestuft.

Einige von euch werden zweifellos sagen, dass das juristische Spitzfindigkeiten sind. Dass Scott Blair wegen der schwerwiegendsten Anschuldigung – Vergewaltigung – hätte verurteilt werden sollen. Andere werden sagen, dass er überhaupt nicht hätte verurteilt werden sollen. Dass die Beweise nicht ausgereicht haben, um ihn jenseits berechtigter Zweifel zu verurteilen.

Ich bin sicher, ich werde Nachrichten mit allen möglichen Meinungen bekommen. Glaubt mir, während meines kurzen Aufenthalts in Neapolis habe ich, während ich von dem Prozess berichtet habe, jede nur denkbare Meinung gehört. Ich habe eine ganze Flut von Nachrichten bekommen, in denen der Segen chemischer Kastration gepriesen wurde. Und andere, in denen der Tod des Vergewaltigers gefordert wurde. Ich habe auch viele Nachrichten bekommen, in denen Scott Blair unterstützt wurde, während K aller möglichen Vergehen bezichtigt wurde, unter anderem desjenigen der Lüge.

Um ehrlich zu sein: Ich kann nicht verstehen, wie wir fast einstimmig der Meinung sein können, dass Mord falsch ist, viele Leute bei Vergewaltigung aber immer noch Grauschattierungen sehen. Jedenfalls unserem E-Mail-Eingang und den Meinungsäußerungen auf Social Media nach, die mein Produzent, Pete, während dieser Staffel ausgiebig studiert hat.

Im Gericht mag der Fall so weit abgeschlossen sein, aber die Verteidigung wird umgehend Berufung einlegen, vielleicht sogar, bevor die Länge der Haftstrafe verkündet wird. Aber egal, für wie lange Scott Blair ins Gefängnis muss – er wird sein restliches Leben für das büßen, was er getan hat. Das Leben, das er kannte, ist vorbei. Er ist jetzt ein verurteilter Sexualstraftäter. Er wird im Register aufgeführt sein. Er wird nie wieder an Schwimmwettbewerben teilnehmen. Schon gar nicht an internationalen.

Nun zu K, dem Opfer. Sie ist weggezogen, um woanders ein neues Leben zu beginnen. Vielleicht wird ihr das Urteil zu ein wenig Frieden verhelfen. Ich hoffe es. Die Geschworenen werden zu ihren Alltagssorgen zurückkehren. Werden ihr Geschäft am Laufen halten oder ihren Arbeitgeber glücklich machen. Werden Kinder und Enkel großziehen. Hypotheken abbezahlen. Aber ich stelle mir vor, dass sie dieser Fall noch viele Jahre beschäftigen wird. Es ist schrecklich, wenn ein Mensch über einen anderen zu Gericht sitzen muss.

Ich bin Rachel Krall, und dies war Staffel drei von *Schuldig oder nicht schuldig*, dem Podcast, mit dem ihr auf der Geschworenenbank sitzt.

RACHEL

54

Rachel zog ihren Koffer durch die Hotellobby. Sie freute sich darauf, nach Hause zu kommen. Im Radio war am Morgen gewarnt worden, dass ein tropischer Sturm draußen auf dem Atlantik stärker wurde und sich auf seinem Weg zur Küste eventuell zum Hurrikan entwickeln würde. Rachel wollte möglichst weit weg sein, wenn er auf Land traf. Als sie einen großen Mann mit vor der Brust verschränkten Armen an einer der unechten Marmorsäulen lehnen sah, blieb sie stehen.

»Sie bleiben nicht, bis das Strafmaß verkündet wird?«, fragte Mitch Alkins.

»Ich muss nach Hause«, erwiderte Rachel. »Wie viel, denken Sie, wird Scott bekommen?«

»Etwa acht bis zehn Jahre, würde ich schätzen. Er ist Ersttäter. Ich glaube nicht, dass der Richter ihm die Höchststrafe aufbrummt. Aber wer weiß. Eins ist sicher: Die Verteidigung geht in Berufung. Die Serie der Fälle, bei denen die Berufung abgeschmettert wurde und auf die der Richter so stolz ist, könnte ein Ende finden.«

»Ich bin sicher, Sie werden alles in Ihrer Macht Stehende tun, um das zu verhindern«, sagte Rachel. Er lächelte entschlossen. Mitch Alkins würde zweifellos dafür sorgen, dass Scott Blair eine saftige Gefängnisstrafe bekam und jeden einzelnen Tag davon verbüßte.

»Haben Sie noch Zeit, dass wir kurz wohin fahren?«, fragte er. »Ich würde Ihnen gern etwas zeigen.« Rachel sah ihn fragend an. Er klang irgendwie seltsam. Sie hatte den Eindruck, dass er ihr etwas verschwieg.

Sie beschloss, ihre Abreise zu verschieben, obwohl sie gehofft hatte, die Stadt verlassen zu können, bevor der Highway verstopft war, weil alle vor dem Sturm flohen. Rachel stellte ihren Koffer im Gepäckraum des Hotels ab und folgte Alkins auf die Straße, wo sein schwarzer Jeep stand. Sie fuhren die Strandstraße in südliche Richtung. Alkins sagte nicht, wohin er sie brachte. Sie brauchte nicht zu fragen.

Als sie am Morrison's Point Strand ankamen, parkte er den Wagen direkt neben dem von Detective Cooper. Am Ende des Stegs sah Rachel das blonde Haar des Detective aufleuchten. Er stand dort und schaute auf das Meer hinaus. Der Himmel war bedeckt und hatte etwas Bedrohliches. Auf dem Wasser waren keine Boote zu sehen. Es war kein Segelwetter. Auf dem Steg saßen an ihren üblichen Plätzen Angler und ließen ihre Schnüre in das aufgewühlte Wasser hängen. Zwei Teenager sprangen trotz des alten Warnschilds in die Wellen.

»Dumme Jungen«, beschwerte sich einer der Angler. »Die verscheuchen die ganzen Fische.«

Detective Cooper drehte sich um und winkte ihnen zu. Neben ihm stand Hannah. Sie trug einen gestreiften Folklorerock und eine kurze Jeansjacke. Als Hannah sich über das Geländer beugte, um Blumen ins Wasser zu werfen, entdeckte Rachel eine Tätowierung aus schwarzem Henna hinten an ihrem Nacken.

Rachel hatte zuletzt im Krankenhaus mit Hannah gesprochen. Sie hatte im Bett gesessen und in ihrem Mittagessen herumgestochert, als Rachel mit einem großen Blumenstrauß in ihr Zimmer getreten war. Sie hatten geredet, bis die Besuchszeit um war.

Hannah hatte Rachel erzählt, dass sie nicht wusste, ob sie in jener Nacht ins Wasser gerutscht war, ob ihre Arme nicht genügend Kraft gehabt hatten oder ob sie, wie sie einräumte, vielleicht dem Lockruf des Meers erlegen sei. »Wie auch immer«, sagte sie. »Ich bin Ihnen so dankbar. Sie haben Ihr Leben für mich aufs Spiel gesetzt.«

Als Hannah merkte, dass Rachel zu ihnen gestoßen war, drehte sie sich um und lächelte sie an. Sie reichte Rachel ein paar Blumen, und gemeinsam warfen sie die verbliebenen Gänseblümchen ins Wasser. Dann sahen sie zu, wie sie von den Wellen erfasst wurden und in die Tiefe sanken.

»Ich kann Sie auf dem Rückweg bei Kitty absetzen«, bot Rachel an. »Da ist ein Sturm im Anmarsch. Vielleicht möchten Sie hier weg, solange es noch geht.«

»Ich will noch nicht so bald weg«, erwiderte Hannah. »Ich bleibe eine Zeit lang. Vielleicht male ich ein bisschen. Es gibt hier einen Galeristen, der unbedingt eine Ausstellung mit mir machen will, und ich dachte, ich könnte zusätzlich zu meinem sonstigen Werk ein paar Bilder von Neapolis malen und sie zusammen nächstes Frühjahr zeigen.«

Sie drehte sich zu Rachel und berührte sie am Arm. »Ich möchte mich entschuldigen. Ich habe Sie mit den Briefen manipuliert, damit Sie mir helfen, Jennys Mörder zu finden, und dann habe ich Sie auf den Steg gelockt und Ihr Leben in Gefahr gebracht. Dazu hatte ich kein Recht. Ich war so darauf fixiert, ihm ein Geständnis abzuringen, dass ich die Möglichkeit gar nicht erst erwogen habe, er könnte uns beide töten, damit seine Verbrechen ein Geheimnis bleiben.«

»Glücklicherweise ist das nicht passiert«, erwiderte Rachel. »Wir sind beide am Leben und gesund. Und wenn er jetzt gefasst wird, kann ich sein Geständnis bezeugen.«

»Haben Sie es noch nicht gehört?«, fragte Hannah verunsichert und warf Cooper über Rachels Schulter hinweg einen Blick zu.

»Was gehört?«, fragte Rachel.

»Dan Moores Leiche wurde heute am frühen Morgen gefunden«, antwortete Cooper. »Sie trieb im Wasser, verheddert in einem der Seile seines Boots. Er hat versucht, es wie ein Bootsunglück aussehen zu lassen, aber er war ein erfahrener Segler. Ein Mann wie er mit all seiner Marineerfahrung verfängt sich nicht in seiner Takelung und ertrinkt. Außer er beabsichtigt es.«

»Vermutlich hat er es für seine Tochter getan«, sagte Rachel. »Damit sie nicht nach allem, womit sie so schon fertigwerden muss, auch noch erleben muss, dass man ihn anklagt.«

»Vermutlich«, erwiderte Cooper. »Es ist trotzdem bedauerlich. Dan Moore hätte bestraft gehört für das, was er Jenny angetan hat und auch Bobby Green. Er wusste, dass Bobby die Jungen bei dem Autounfall nicht umgebracht hatte, aber er hat ihn die Strafe dafür absitzen lassen. Hat sein Leben ruiniert.« Er schüttelte den Kopf. »Ich habe vorhin mit Bobby gesprochen und ihm gesagt, dass er nicht verantwortlich für den Tod der beiden ist. Ich habe ihm erzählt, was in der Nacht wirklich geschehen ist und wie er an die Brandwunden gekommen ist. Er hat geweint wie ein Baby.«

»Mein Leben hat er ebenfalls ruiniert«, flüsterte Hannah. »Aber damit ist Schluss. Ab jetzt werde ich meiner Schwester und meiner Mutter gerecht werden. Ich werde ein richtiges Leben leben, nicht eins, das von Schuldgefühlen bestimmt ist.«

»Es gibt nichts, weswegen Sie sich schuldig fühlen müssten, Hannah«, sagte Rachel sanft. »Sie haben nichts falsch gemacht. Sie waren ein Kind.«

»Das weiß ich jetzt«, erwiderte Hannah. »Ich kann Ihnen gar nicht genug danken für das, was Sie für mich getan haben, Rachel. Sie hätten mich ignorieren können, mich als verrückte Stalkerin abtun, aber Sie haben mir geglaubt, und in der Nacht am Steg waren Sie für mich da. Jetzt wissen wir endlich, was mit Jenny passiert ist.«

»Ich würde Ihnen gern etwas zeigen«, sagte Mitch Alkins mit rauer Stimme. »Ihnen auch, Rachel.«

Er führte sie den Steg entlang. Etwa in der Mitte war in den hölzernen Handlauf ein Messingschild zur Erinnerung an Jenny Stills eingelassen. Gezeichnet war es mit *Die Einwohner von Neapolis.*

»Die Gravur wurde sofort angefertigt, nachdem der Bürgermeister gestern seine Zustimmung gegeben hatte«, sagte Alkins. »Er wollte die Erinnerung an Jenny an dem Ort wachhalten, an dem sie ermordet wurde. Er meinte, das sei längst überfällig.«

Hannah ließ die Finger über die Gravur des Messingschilds gleiten. Tränen strömten ihr über das Gesicht. Es war ein kleiner Schritt, aber ein wichtiger. Es korrigierte die Wahrnehmung dessen, was ihrer Schwester vor fünfundzwanzig Jahren an diesem Strand zugestoßen war.

Rachel und Alkins gingen langsam zurück zum Wagen. Der Wind heulte zu laut, um zu reden, und so sprachen sie erst, als sie wieder im Jeep saßen und die Türen geschlossen waren.

»Bereuen Sie es, hierher zurückgekommen zu sein?«, fragte Rachel, als er sie zum Hotel zurückfuhr.

»Quasi jeden Tag«, gab er zu.

»Wieso haben Sie es dann getan?«, fragte Rachel.

»Das ist eine lange Geschichte, die ich nicht erzählen kann, ohne die Schweigepflicht einem Mandanten gegenüber zu verletzen«, entgegnete er leise und grüblerisch. »Sagen wir einfach, ich hatte einen Fall, der mich an allem hat zweifeln lassen, woran ich je geglaubt habe.«

Als sie am Hotel angekommen waren, beugte sich Rachel, bevor sie ausstieg, aus einem Impuls heraus zu ihm hinüber und gab ihm einen Kuss auf die Wange. Er ließ den Motor laufen und sah ihr hinterher, wie sie durch die Drehtür verschwand. Dann fuhr er davon.

Rachel ließ sich vom Pagen ihr Gepäck geben und ging zum Aufzug, um in die Tiefgarage zu fahren. Als sie einen Touristen vor dem vergoldeten Käfig mit der Nachtigall sah, der mit den Fingern schnippte, um den verängstigten Vogel zum Singen zu bringen, blieb sie abrupt stehen. Da das Fingerschnippen keinen Erfolg brachte, schlug er gegen den Käfig, bis er wackelte und der Vogel verwirrt hin und her flatterte.

Der Geschäftsführer des Hotels war am Telefon, als Rachel in sein Büro stürmte. Sie setzte sich einfach auf den Stuhl vor seinem Schreibtisch. Nachdem er hastig sein Telefonat beendet hatte, machte sie ihm mit deutlichen Worten klar, was sie wollte.

Dreißig Minuten später saß Rachel in ihrem Wagen und quälte sich über die verstopfte Hauptstraße in Richtung Ortsausgang. Sie stellte das Radio an, um Nachrichten zu hören. Der Nachrichtensprecher sagte, sollte der Sturm seine derzeitige Richtung beibehalten, würde er in etwa achtundvierzig Stunden auf die Küste treffen. »Die Einwohner von Neapolis und nahe gelegenen Ortschaften werden aufgerufen, sich auf das Schlimmste vorzubereiten und ihre Hurrikan-Notfallpläne umzusetzen«, sagte der Sprecher. »Wenn Sie die Stadt verlassen können, dann tun Sie es. Noch ist Zeit.«

Auf der Ausfallstraße aus Neapolis hinaus herrschte dichter Verkehr. Rachel musste bei einer Einkaufsstraße vor einer roten Ampel halten und sah, wie ein Händler auf einer Leiter stand und eine Spanplatte vor das Fenster seines Geschäfts nagelte. Als die Ampel auf Grün umsprang, gab Rachel Gas und fuhr weiter.

Nachdem sie auf den Highway eingebogen war, hörte sie ihre Mailbox ab. »Rachel!« Es war Pete. Er klang aufgeregt. »Ich habe einen Fall für Staffel vier gefunden. Ich habe bereits recherchiert. Ich glaube, wir sind da auf etwas Unglaubliches gestoßen. Das wird die beste Staffel überhaupt. Ruf mich an, dann erzähle ich es dir.« Rachel löschte die Nachricht. Es folgte ein langer Piepton und dann die nächste Nachricht.

»Rachel, hier spricht Cynthia Blair«, sagte eine kühle Stimme. »Ich wollte nur sagen, ich hoffe, Sie sind mit sich zufrieden. Bei unserem Treffen haben Sie uns gesagt, Sie würden über den Prozess berichten, um die Wahrheit herauszufinden. Die Wahrheit interessiert Sie offensichtlich nicht. Sie interessieren sich nur für Ruhm und Geld. Sie haben Ihre Einschaltquoten bekommen, nicht wahr, Rachel? Allein darum ging es Ihnen. Das haben Sie geschafft, indem Sie meinen Sohn verteufelt und dafür gesorgt haben, dass er keinen fairen Prozess bekam. Ich verstehe nicht, wie Sie damit leben können.«

Als die Nachricht abrupt mit einem Klick endete, gab

Rachel Gas. Immer wieder wechselte sie die Spur und arbeitete sich so durch den zäh fließenden Verkehr. Sobald sie den Stau hinter sich gelassen hatte, trat sie das Gaspedal durch. Vor ihr schien sich das endlose schwarze Asphaltband des Highways bis zum Himmel zu erstrecken.

Als Rachel vom Rücksitz ein flatterndes Geräusch hörte, warf sie einen Blick in den Rückspiegel. Die Nachtigall schaukelte zufrieden auf der Sitzstange in ihrem Käfig.

DANK

Manchmal sage ich im Spaß, dass einen Roman zu schreiben das Äquivalent zum Marathonlaufen ist. Es ist eine anstrengende und einsame Arbeit, erfordert extreme Disziplin, und es gibt keine Garantie, dass man bis zur Ziellinie durchhält. Die Ähnlichkeit geht über den reinen Vorgang des Schreibens hinaus, denn genau wie bei einem Marathon spielen im Hintergrund viele Leute eine entscheidende und oft unbeachtete Rolle. Mein Dank gilt vor allem Charles Spicer für seine wertvollen Ratschläge während meiner Arbeit an diesem Roman. Sehr dankbar bin ich auch Jennifer Enderlin, Sarah Grill und dem ganzen begabten Team bei St. Martin's Press and Macmillan. Es ist ein riesiges Privileg, dass ihr alle an meiner Seite steht. Dank an meinen Agenten, David Gernert, an Ellen Coughtrey sowie an Rebecca Gardner und das Team bei The Gernert Company. Dank an Ali Watts und die »random penguins« bei Penguin Random House Australia sowie an alle meine anderen internationalen Verleger und Übersetzer. Ich bin außerordentlich dankbar für Ihre Unterstützung. Nach der Veröffentlichung meines Romans *The Escape Room* bekam ich Unmengen von Zuschriften von Buchhändlern und Lesern. Jede einzelne hat mich berührt. Dank an alle, die mir geschrieben haben.

Dank an meinen Mann und meine Söhne, die sich, wäh-

rend ich diesen Roman schrieb, mit langen Abwesenheiten und dauernder Zerstreutheit meinerseits abfinden mussten, danke für eure liebevolle Unterstützung und endlose Geduld. Wegen euch ist das alles die Mühe wert. Dank auch an meine Eltern, meinen Bruder, meine Schwester und meine Tante, die Ozeane von uns entfernt lebt, aber immer in unseren Herzen ist. Etwaige Fehler in diesem Roman sind alle mir zuzuschreiben, egal ob absichtlich oder nicht.
Fiktion ist und bleibt letztlich Fiktion. Neapolis ist eine fiktive Stadt. Ihr Name ist von der römischen Bezeichnung für die Stadt Sichem abgeleitet, wo der biblischen Erzählung nach die Vergewaltigung Dinas stattfand.

Zwei Freundinnen.
Ein Verrat.
Kein Entkommen.

*Cover- und Preisänderungen vorbehalten

Camilla Way

Sie beobachtet dich

Psychothriller

Aus dem Englischen
von Uta Rupprecht
Piper Taschenbuch, 352 Seiten
€ 11,00 [D], € 11,40 [A]*
ISBN 978-3-492-31810-5

In großen Menschenmassen fühlt sich Edie unwohl. Ständig glaubt sie, ihre einstige Freundin Heather irgendwo zu sehen. Ein kurzer Blick, ein Erkennen, ihr Herzschlag beschleunigt sich vor Angst, doch dann ist es nicht Heather. Sie ist es nie, und trotzdem fährt Edie jedes Mal der Schreck in alle Glieder. Sie waren befreundet, damals. Bis sich alles mit einem Schlag veränderte. Edie versucht zu vergessen, doch eines Tages klingelt es an der Tür – und das Böse aus der Vergangenheit kehrt in Edies Leben zurück.

Leseproben, E-Books und mehr unter **www.piper.de**